Le fruit de la trahison

Comme au premier jour…

CHRISTINE RIMMER

Le fruit de la trahison

*éditions*Harlequin

Titre original : FROM HERE TO PATERNITY

Traduction française de GABY GRENAT

HARLEQUIN®
est une marque déposée par le Groupe Harlequin

PASSIONS®
est une marque déposée par Harlequin S.A.

Photos de couverture
Enfant : © PETER HANNERT / GETTY IMAGES
Lettre : © ALFREDO DAGLI ORTI / CORBIS
Paysage : © AMANAIMAGES / JUPITER IMAGES

© 2007, Christine Rimmer. © 2008, Harlequin S.A.

83/85 boulevard Vincent-Auriol 75646 PARIS CEDEX 13.
Service Lectrices — Tél. : 01 45 82 47 47

ISBN 978-2-2808-3918-1 — ISSN 1950-2761

- 1 -

Le samedi d'avril qui devait complètement bouleverser la vie de Charlène Cooper commença comme un samedi tout à fait ordinaire.

A 5 h 15, le réveille-matin la tira brutalement du sommeil. Elle sortit de son lit en bâillant, fila directement à la salle de bains, retira son pyjama et prit sa douche. Exactement comme d'habitude.

Vingt minutes plus tard, elle avait coiffé ses cheveux blonds en queue-de-cheval et revêtu un jean et un T-shirt rouge imprimé du logo du restaurant où elle travaillait. Comme tous les jours, elle s'accorda une minute pour passer un peu de blush sur ses joues, une ombre de mascara sur ses cils et une légère touche de rouge sur ses lèvres naturellement colorées.

Elle ne prenait jamais son petit déjeuner chez elle car Teddy, le cuisinier de permanence à l'ouverture, lui préparait quelque chose à manger plus tard dans la matinée.

Son sac l'attendait sur la petite table de l'entrée, comme d'ordinaire. Ce fut donc sans mettre un pied dans la cuisine ni dans la salle de séjour qu'elle saisit son sac, posa la main sur la poignée de la porte d'entrée et s'apprêta à sortir.

Alors, exactement à cet instant, sa vie bascula.

A cause d'un tout petit bruit.

Une sorte de petit couinement, doux et gentil, comme celui d'un chiot. Ou d'un chaton. A moins que ce ne fût le roucoulement d'un pigeon ? En tout cas, un bruit inhabituel qui provenait du salon.

Voyons… Que ferait un pigeon chez elle ?

Le bruit recommença… A bien y penser, il ne s'agissait pas d'un pigeon. Ni d'ailleurs d'aucun autre animal.

Cela ressemblait davantage à…

Charlène laissa échapper un petit cri incrédule et se précipita dans la pièce voisine où elle découvrit quelque chose d'impensable. De complètement, totalement inconcevable.

Un bébé !

Oui, là, posé sur son vieux canapé devant la baie qui donnait sur la terrasse, il y avait bien un bébé enveloppé dans une couverture rose.

Un bébé…

Le sac de Charlène atterrit sur le sol avec un bruit mou. Elle posa la main sur sa bouche, recula jusqu'au vieux rocking-chair qui avait appartenu à sa grand-mère et s'y laissa tomber, hébétée. Le siège craqua doucement sous son poids.

En face d'elle, le bébé agitait ses petites mains et gazouillait en regardant le plafond, comme si tout allait pour le mieux dans le meilleur des mondes. Par terre, devant le canapé, Charlène aperçut un lit auto plutôt miteux, d'un bleu délavé, et un vieux sac à fleurs d'où dépassait un paquet de couches.

Quelqu'un avait pénétré chez elle et abandonné le nourrisson avec cette caricature de trousseau ! Qui pouvait avoir fait quelque chose d'aussi fou ? Et pourquoi précisément *chez elle* ?

Tandis que l'enfant continuait à faire entendre ses drôles de petits bruits, Charlène s'agrippa aux accoudoirs du fauteuil et se releva légèrement pour appeler, d'une voix étranglée :

— Il y a quelqu'un ?

Elle s'éclaircit la gorge et appela un peu plus fort en direction de la cuisine et de la chambre vide qui se trouvait par derrière.

— Il y a quelqu'un ?

Pas de réponse.

Le bébé se mit à gigoter vigoureusement sous sa couverture rose et Charlène crut entendre un bruit de papier froissé.

Elle se leva d'un bond et s'approcha.

Epinglée au bout de la couverture, elle aperçut une feuille pliée en quatre.

Lorsqu'elle se pencha sur lui, le bébé continua ses gloussements heureux, cligna des yeux — des yeux d'un bleu surprenant — et lui sourit, comme s'il la reconnaissait.

Bien sûr, c'était impossible, il ne l'avait jamais vue !

Les mains tremblantes, elle défit l'épingle de nourrice et s'empara du message. Comme ses genoux menaçaient de ne plus la porter, elle retourna s'asseoir avant d'oser déplier la lettre et de la lire.

Du plat de la main, elle lissa la feuille et ne put retenir

un hoquet effaré en reconnaissant l'écriture penchée vers la gauche, à peine lisible.

« Seigneur… s'entendit-elle murmurer, faites que ce ne soit pas vrai ! »

« Ma chère Charlène,

» Salut ! Je te présente ta nièce, Mia Scarlett Cooper. Elle est née le 15 mars dernier, ce qui lui fait cinq semaines. Pas vrai qu'elle est craquante ? C'est parce qu'elle me ressemble ! Il faut que tu me rendes un petit service. J'ai besoin d'un break avec elle, et même si nous n'avons pas toujours été d'accord toi et moi, je sais que tu prendras bien soin de Mia. Elle est gentille comme tout, tu verras.

» Au fait, ça me gêne un peu de te le dire, mais il vaut mieux que tu le saches : son père est Brand. Et au cas où tu te poserais la question, la réponse est « Oui, c'est à cause de ça que je suis partie l'an dernier. » A cause de Brand et de la façon dont il me traitait.

» Je t'embrasse et je t'aime, même si tu as du mal à le croire.

Sissy. »

Sissy…

Charlène éprouvait l'étrange impression qu'elle allait éclater en mille morceaux qui s'éparpilleraient dans tous les recoins de la pièce. Avec d'infinies précautions, elle se leva et s'approcha de nouveau du canapé.

Mia. La petite s'appelait Mia et ne paraissait plus avoir envie de sourire à qui que ce soit. Elle ne pleurait pas pour autant. Tout au moins, pas encore. Elle considérait calmement Charlène de ses grands yeux bleus et agitait ses mains.

Une adorable fossette creusait son menton.

Une fossette qui ne manqua pas d'évoquer pour elle celle que Brand Bravo avait exactement au même endroit.

« Seigneur… »

Charlène s'assit à côté de la couverture rose. Un moment s'écoula. Quelques secondes ? Plusieurs minutes ? Elle n'aurait su le dire. Incapable de bouger, elle restait là, paralysée, le regard fixé sur les photos de famille qui décoraient le mur en face d'elle. L'une d'entre elles représentait son père et sa mère le jour de leur mariage. Sa mère riait en présentant un morceau du gâteau de mariage à son jeune époux. Ils rayonnaient de bonheur tous les deux, comme pénétrés de la certitude qu'une vie longue et heureuse les attendait.

D'autres photos les représentaient encore, avec deux fillettes souriantes. Sur d'autres encore, Charlène et Sissy apparaissaient, ensemble ou séparément. Sur l'une d'entre elles, on voyait Charlène sur les marches de leur grande maison de Jewel Street, cette maison où ils avaient été une famille unie, avant l'accident. Âgée alors de neuf ans, toute fière de ses nouvelles responsabilités, elle tenait dans ses bras sa petite sœur qui venait de naître.

Elle prononça le nom de cette dernière à haute voix.

— Sissy…

Puis elle se frotta les yeux, secoua la tête et relut la missive. Il lui fallut recommencer trois fois avant que son cerveau ne réussisse à enregistrer cette histoire invraisemblable.

Sa petite sœur avait eu un bébé qui se trouvait actuellement déposé sur le canapé de son salon et qui gigotait en faisant des sourires au plafond, apparemment heureux de vivre et insouciant.

Une petite fille qui s'appelait Mia et dont le père était...
Brand ?

Non ! Charlène ne pouvait supporter cette idée.
Complètement impossible...

Impossible, vraiment ?

La preuve que non ! Mais comment aurait-il pu...

A vrai dire, elle n'avait pas une haute opinion de Brand
Bravo, le fameux avocat de New Bethlehem Flat, célibataire
endurci, comme tout le monde en ville pouvait le confirmer.
Mais tout de même, elle n'aurait jamais cru qu'il puisse
s'abaisser à séduire une gamine aussi déboussolée que Sissy,
et qui, par-dessus le marché, était sa propre sœur.

Pourtant les dates coïncidaient. L'année dernière, Sissy
était venue passer un mois chez elle. Un mois qui s'était
révélé un parfait désastre. En un rien de temps, l'adolescente
s'était taillée une réputation épouvantable, et pas seulement
à cause de ses cheveux violets et de l'épingle de nourrice
qu'elle portait dans le nez. En fait, elle s'était purement et
simplement jetée à la tête de tous les hommes qu'elle avait
rencontrés !

Son allure n'avait bien entendu rien à voir avec le genre
prisé dans la petite ville, mais, dans le style gothique, Sissy
était très jolie. Il était tout à fait possible qu'elle ait séduit
Brand à un moment où il était vulnérable.

Mais que dire de la façon dont Sissy avait quitté la ville
ensuite, s'évanouissant dans la nature précisément la nuit
où quelqu'un avait volé la caisse de Brand et mis à sac son
étude ? On n'avait jamais arrêté le coupable ; pourtant, tout
le monde, en ville, — y compris Charlène, même si elle

refusait de le reconnaître à voix haute — était persuadé que c'était Sissy.

Elle avait dû être folle de colère ou désespérément malheureuse, peut-être même les deux à la fois, pour commettre pareille action…

Le bébé gigota plus vivement et la couverture glissa sur le côté. Charlène le borda de nouveau, attendric par le petit visage rose, malgré le choc et la confusion émotionnelle dans laquelle elle se trouvait.

Sissy et Brand…

Brand et Sissy ?

L'esprit de la jeune femme divaguait douloureusement. Bien que Sissy ait pas mal de problèmes, et c'était peu de lui en reconnaître une kyrielle, elle n'avait aucune raison de mentir à sa sœur à propos de Brand. Même une gamine de dix-neuf ans désorientée sait qu'il suffit d'un test de paternité pour régler cette question une bonne fois pour toutes.

Ce qui signifiait donc que ce qu'elle disait était vrai.

Cette enfant, sa nièce, était bel et bien la fille de Brand Bravo.

« Oh non…, murmura Charlène en prenant sa tête entre ses mains. Non ! »

- 2 -

Il ne serait pas dit que Charlène Cooper ne savait pas faire face aux imprévus que réservait l'existence, aussi étranges et déstabilisants fussent-ils.

Une demi-heure après sa découverte, elle avait déjà fait bon usage du contenu du sac à fleurs pour donner un biberon à sa nièce et la changer. Ensuite, elle avait passé un coup de fil à Teddy pour lui demander de faire appel à une remplaçante pour la matinée.

Cela fait, elle transporta Mia dans sa propre chambre et la déposa sur son lit où elle la cala avec des oreillers pour l'empêcher de rouler par terre. Puis elle alla chercher le lit auto dans le salon et sortit afin de l'installer dans sa voiture.

Son expérience en la matière étant nulle, il lui fallut pas mal de temps pour y parvenir. En outre, elle se sentait nerveuse et s'inquiétait de savoir si le bébé ne risquait rien tout seul dans la maison et s'il n'était pas dangereux, finalement, de l'avoir couché sur le dos juste après lui avoir fait boire son lait.

Le lit enfin solidement amarré, elle se hâta de rentrer

pour découvrir Mia exactement là où elle l'avait laissée, au milieu des coussins, dormant paisiblement, son pouce dans la bouche.

Lorsque Charlène la prit dans ses bras, la petite entrouvrit rapidement les yeux, puis se nicha contre l'épaule de sa tante pour se rendormir aussitôt. Même scénario lorsque la jeune femme l'installa dans sa voiture. Après avoir cligné des yeux, Mia bâilla de façon comique et replongea dans son sommeil innocent, sa petite tête penchée sur le côté.

Charlène se hâta d'aller chercher ses affaires et le sac du bébé. Elle les jeta vivement sur le siège avant et se mit au volant. Arrivée au bout de l'allée qui conduisait à sa maison, elle prit la direction de la grand-rue. Un instant plus tard, elle traversait le centre-ville, résistait à la tentation d'aller vérifier si Teddy et sa remplaçante avaient bien ouvert le restaurant et s'engagea sur le pont Deely. Là, elle croisa le vieux Tony Dellazola qui faisait sa promenade habituelle.

Tony était un des clients les plus fidèles de Charlène. Il repéra la voiture grise de la jeune femme et fronça les sourcils, probablement perturbé qu'elle ne soit pas comme à l'accoutumée en train de l'attendre avec du café frais et prête à faire les recommandations quotidiennes à Teddy sur la façon de lui préparer ses œufs brouillés. Tant pis ! Aujourd'hui, il en serait autrement. Charlène lui adressa un sourire et continua sa route. Elle dépassa le Star Bed and Breakfast, de Chastity, la mère de Brand, et tourna devant l'église méthodiste.

En haut de la rue, elle rejoignit la grand-route. A partir de là, les maisons faisaient place à la montagne escarpée sur la gauche et, sur la droite, à une falaise abrupte qui surplombait la rivière. De temps à autre, Charlène passait sur un pont construit au-dessus des eaux bondissantes et jetait un coup d'œil sur les maisons et les chalets de vacances situés de part et d'autre du cours d'eau. Arrivée au troisième pont, elle tourna sur la gauche, roula encore un peu et arriva devant le panneau qui indiquait : Bravo, 301, Riverside Road. Là, elle ralentit et s'engagea dans le chemin qui conduisait jusqu'à l'habitation.

Le chalet, nouvellement construit, lui apparut au détour d'un virage, niché dans la verdure environnante. Charlène ne l'avait encore jamais vu sous cet angle-là. Il paraissait accueillant et sans prétention. Ses grandes baies, largement ouvertes vers la rivière, étincelaient au soleil tandis que la vaste terrasse de bois de séquoia qui l'entourait invitait à la détente.

Tout le monde savait que Brand Bravo adorait sa nouvelle maison et, malgré sa mauvaise humeur, Charlène devait bien admettre qu'elle était très réussie. Oui, le chalet avait belle allure dans ce cadre de rêve… « Et alors ? se reprit-elle brusquement. Quelle importance cela avait-il ? Aucune. Qu'il soit réussi ou pas, elle s'en fichait comme d'une guigne ! »

Elle arrêta son véhicule devant le garage et prit le bébé dans ses bras. Mia entrouvrit les yeux et fit une petite grimace, visiblement dérangée, mais sa protestation s'arrêta là. Elle se lova contre la jeune femme et soupira doucement avant de se rendormir.

Charlène claqua la portière de sa voiture. A ce bruit sec, brutal, répondit le tac-tac-tac d'un pivert contre le tronc d'un arbre, puis le roucoulement d'une tourterelle perchée un peu plus haut. L'air embaumait le cèdre et la fumée d'un feu de bois qui provenait sans doute d'une cheminée voisine. Au-dessus de la voûte des pins, le ciel matinal était aussi clair et bleu que les yeux de la petite Mia.

Le paysage était on ne peut plus calme et apaisant. Pourtant, le cœur de Charlène battait à toute allure. Son estomac était noué par un mélange de colère, de douleur et par la détermination inébranlable qu'elle avait d'aller jusqu'au bout de sa démarche.

Résolument, elle s'avança sur le chemin en pierre jusqu'à la porte d'entrée et sonna. Le bruit résonna à l'intérieur. Elle attendit, tout en berçant doucement le bébé qui dormait dans ses bras et en s'efforçant de respirer lentement. Elle devait rester calme. Lorsque Brand viendrait lui ouvrir, ses idées devaient être aussi claires qu'un ruisseau de montagne, car il lui faudrait toute sa logique et tout son sens de la répartie pour l'affronter.

A travers le vitrail en plomb qui décorait la partie supérieure de la porte, elle apercevait l'entrée pavée d'ardoises et les rayons de soleil qui provenaient du puits de lumière situé au-dessus.

Quant au maître de maison, il ne donnait aucun signe de vie.

Elle cala davantage le bébé contre son épaule et recommença à sonner, cette fois plus longuement. Les lèvres serrées d'impatience, elle se força à compter jusqu'à dix avant de relâcher sa pression.

Toujours rien.

Elle recommença, en donnant cette fois plusieurs petits coups répétés.

De toute évidence, les avocats réputés n'avaient pas besoin de se lever aux aurores comme le commun des mortels... Eh bien, tant pis pour celui-ci ! Elle allait insister jusqu'à ce qu'il vienne lui ouvrir. De nouveau, elle appuya sur la sonnette, encore plus fort et plus longtemps que les fois précédentes.

Cette fois fut la bonne. La porte s'ouvrit enfin et le maître de maison se tint face à elle, encore endormi, avec pour seul vêtement un bas de jogging usagé. Ses cheveux bruns partaient dans tous les sens et sa joue était zébrée par les plis du drap. A demi réveillé, décoiffé, mal habillé, il était... ma foi... diaboliquement séduisant.

Charlène se redressa et serra Mia plus fort contre elle, comme pour la protéger. Qu'il soit séduisant ou non n'avait aucune importance. Absolument aucune. Charlène s'en moquait et resterait de glace.

— Charlène ! murmura-t-il de sa voix traînante et chaude. Qu'est-ce que tu viens faire ici ?

La jeune femme prit une profonde inspiration. Pas question de se laisser émouvoir.

— J'ai quelque chose d'important à te dire. Laisse-moi entrer.

Et sans attendre qu'il l'invite à le faire, elle pénétra à l'intérieur en passant à côté de lui d'un pas décidé.

— Qu'est-ce que c'est que ce bébé ? demanda-t-il en lui emboîtant le pas. Je n'étais pas au courant de ta grossesse.

Charlène jeta un coup d'œil plein de tendresse sur Mia avant de faire volte-face pour regarder son ennemi droit dans les yeux.

— Nous avons à parler, tous les deux…

Brand se gratta la tête avant d'émettre un petit ricanement.

— Pas possible, je rêve ! Il y a au moins dix ans que tu ne m'as pas adressé la parole.

— Non, tu n'es pas en train de rêver et tu ferais bien de te réveiller complètement avant de m'écouter.

— Voilà qui promet ! commenta-t-il comme pour lui-même. Viens, je t'offre un café.

Charlène faillit lui répondre qu'elle ne voulait rien accepter de lui, mais elle se ravisa. Elle voulait au moins l'entendre avouer qu'il avait couché avec sa sœur, et accepter de reconnaître qu'il avait ainsi engendré l'adorable bébé qu'elle tenait dans ses bras.

— Un café ? répéta-t-il.

La jeune femme réalisa alors qu'elle avait perdu le fil de la conversation et se ressaisit.

— Heu… oui, d'accord. Un café.

Ils pénétrèrent dans la vaste cuisine, aux équipements dernier cri et aux grands comptoirs de granit gris. Charlène s'approcha de la table et souleva un peu le bébé contre son épaule au moment où elle prit place sur une chaise. Puis, silencieuse, elle regarda Brand s'affairer autour du comptoir. Une fois le percolateur en route, il vint se placer devant elle et croisa les bras sur sa poitrine.

— Alors, Charlène, est-ce que tu vas me dire à présent ce qui se passe ?

Elle se souleva un peu de son siège pour attraper le message de Sissy dans la poche de son jean.

— Qu'est-ce que c'est ? demanda-t-il, visiblement surpris par la feuille chiffonnée qu'elle lui tendait.

— Regarde toi-même, répondit-elle en lui fourrant la missive entre les mains.

Il considéra un moment sa visiteuse, comme pour chercher une explication sur son visage, puis, comme elle ne disait rien de plus, il haussa les épaules et commença à lire la note.

Charlène écoutait les gargouillements de la machine à café pendant qu'il lisait et relisait la lettre. Elle fit passer Mia d'un bras sur l'autre, lui frotta le dos affectueusement et embrassa son petit crâne à peine recouvert d'un fin duvet blond.

Enfin, Brand leva les yeux, secoua la tête et se laissa tomber sur la chaise la plus proche de lui en jetant la feuille de papier sur la table.

— Je ne suis pas le père de cette enfant. C'est impossible pour l'excellente raison que je n'ai jamais touché ta sœur.

Charlène lui jeta un regard meurtrier.

Il le lui retourna sans sourciller.

Lasse tout à coup, la jeune femme déclara :

— J'étais sûre que c'était ce que tu me répondrais !

Brand ramena ses pieds nus sous sa chaise et se pencha vers elle.

— Quoi d'étonnant à cela ? C'est la stricte vérité. Tu as beau me détester, tu sais très bien que je suis un homme honnête qui ne couche pas avec des adolescentes paumées.

Charlène soupira. D'accord, il marquait un point. Quoi qu'elle pense de lui, elle n'avait jamais douté de son honnêteté. En tout cas, jusqu'à aujourd'hui.

— Je ne vois pas pour quelle raison Sissy te désignerait comme étant le père de Mia si ce n'était pas vrai.

— Allons, Charlène, atterris ! Ta petite sœur n'en est ni à une folie ni à un mensonge près. Elle n'a jamais eu besoin d'une raison quelconque pour commettre toutes ses extravagances…

Charlène refusa de relever la pique. Si elle commençait la bagarre, Dieu sait où cela les conduirait. Mais elle ne pouvait pas supporter de l'entendre parler ainsi de Sissy…

Même si ce qu'il disait était la stricte vérité !

Brand dut percevoir le malaise qu'il avait déclenché chez son interlocutrice, car il détourna le regard et serra son poing posé sur la table, comme pour s'exhorter au calme.

— Ecoute, reprit-il d'une voix radoucie, je n'aurais pas dû parler comme ça. Je sais bien que tout ce qui touche ta sœur constitue un sujet sensible pour toi.

Sensible… C'était le moins qu'on puisse dire. Charlène se sentait encore responsable de la façon dont Sissy avait été séparée d'elle après la mort de leurs parents. Elle s'était battue comme une lionne pour garder sa jeune sœur avec elle, mais elle n'avait que dix-huit ans à l'époque, et elle était seule. Le juge avait estimé que la fillette serait mieux encadrée dans un foyer d'accueil, sous la responsabilité de deux adultes.

Si seulement Brand, alors, avait…

Mais non. Cela ne s'était pas passé ainsi. Tout était de l'histoire ancienne, à présent, inutile d'y revenir.

Charlène se contenta de revenir sur un passé plus récent.

— Je trouve que tu n'aurais pas dû engager Sissy pour travailler avec toi, l'année dernière.

Brand joua du bout des doigts avec la lettre posée sur la table.

— J'ai seulement essayé d'être utile.

Charlène attendit qu'il la regarde bien en face pour souffler :

— Je t'en prie, Brand, n'essaie plus d'être utile. Plus jamais !

Il ne cilla pas.

— Je sais que tu penses le pire de moi, mais je…

— C'est faux ! l'interrompit-elle, sur un ton beaucoup trop vif et d'une voix beaucoup trop forte.

Brand hocha la tête.

Mia remua dans les bras de Charlène et se mit à geindre. Pauvrette… Sans doute ressentait-elle la tension qui montait chez la jeune femme, malgré ses efforts pour se contrôler.

— Chut ! Tout va bien, ma chérie, murmura-t-elle en la berçant doucement. Rendors-toi gentiment.

Aux inflexions douces de sa voix, Mia soupira et se détendit. Ses gémissements cessèrent et, comme le percolateur venait de cracher son dernier jet, Brand se leva pour servir le café. Il attrapa deux tasses dans le placard situé au-dessus de l'évier et les remplit. Il en plaça une devant Charlène et en posa une autre sur la table pour lui.

La jeune femme s'efforça de parler sur un ton calme.

— Ta version des choses, alors, c'est que ce bébé n'est pas le tien. C'est bien ça ?

— Ce n'est pas ma version des choses, c'est la vérité. Je

n'ai rien à voir avec cette enfant. Mais au fait, où est donc Sissy ?

Voilà la question que Charlène redoutait par-dessus tout. Comme elle tardait à répondre, il insista.

— Comment se fait-il qu'elle t'envoie à sa place pour régler ses comptes ?

— Régler ses comptes ?

— C'est une façon de parler. Où est Sissy ?

— Comment veux-tu que je le sache ? Tu as lu son message aussi bien que moi.

— Bon, tu veux que je me fasse moi-même une idée de la situation, c'est ça ?

Comme Charlène continuait à ne pas lui répondre, Brand poursuivit son soliloque.

— J'imagine que tu n'as pas vu Sissy depuis l'année dernière et qu'elle ne t'a même pas téléphoné pour te donner de ses nouvelles. Elle a déposé sa fille sur le pas de ta porte avec ce petit mot et, ni vu ni connu, elle a disparu une fois de plus sans laisser de traces.

Charlène déglutit péniblement. Voilà qui faisait mal ! Très mal. Mais ce que Brand venait de dire était exactement la vérité.

— Pas sur la pas de la porte, corrigea-t-elle néanmoins, tout en sentant à quel point c'était ridicule.

Sissy avait fait quelque chose de tellement énorme que ce n'était pas ce détail qui allait changer quelque chose à l'histoire…

— Elle a installé Mia sur le canapé de mon salon où je l'ai trouvée ce matin avant de partir travailler.

— Tu veux dire qu'elle a forcé ta porte, abandonné son

enfant sans te dire un mot ? Et, avec tout ça, tu préfères croire sa parole plutôt que la mienne !

Mia s'étira dans les bras de sa tante. Charlène lui massa doucement le dos pour la calmer.

— Sissy n'a pas forcé ma porte. Elle a une clé. Elle sait qu'elle peut venir chez moi quand elle le souhaite. Et elle n'a pas abandonné sa fille, elle me l'a confiée, nuance ! Sissy sait qu'elle peut me faire confiance et que je m'en occuperai de mon mieux.

— Nuance, en effet ! A partir du moment où c'est chez toi qu'elle a abandonné sa fille, tu trouves ça très bien !

— Arrête de prononcer ce mot !

— Quel mot ? Abandonner ?

— Tu le fais exprès ? J'ai envie de te donner des gifles.

Pour toute réponse, Brand hocha la tête.

Charlène serra les lèvres, excédée.

— De toute façon, je ne suis pas venue pour te parler de Sissy.

— Message reçu.

— Tu maintiens donc que Mia n'est pas ta fille ?

— Evidemment. Ce bébé *n'est pas* le mien.

— Dans ce cas, j'imagine que tu ne verras aucune objection à te soumettre à un test de paternité…

Charlène avait lancé cette requête comme un ultimatum, persuadée que Brand allait refuser et se tortiller sur sa chaise. A sa grande surprise, il approuva aussitôt.

— Excellente idée. Et je veux le faire dans les règles, avec un laboratoire réputé et l'assistance d'un avocat, de manière que tout soit parfaitement clair et que chacun soit satisfait des résultats.

Charlène s'éclaircit la gorge. Pour un homme supposé esquiver ses responsabilités, elle devait admettre que son attitude était des plus étonnantes. A moins que… Il avait peut-être l'intention de soudoyer un avocat ? Après tout, il avait de nombreuses relations dans le milieu. Mais elle se ressaisit rapidement. Qu'allait-elle penser ? Brand ne se livrerait pas à ce genre de manipulation déshonorante, elle en était certaine.

— Parfait, conclut-elle. Je suis tout à fait d'accord sur la procédure que tu proposes.

— Il te suffira de demander à Sissy une copie du certificat de naissance de la petite et de lui indiquer le laboratoire que nous retiendrons pour qu'elle donne l'autorisation de prélèvement.

— Quel prélèvement ?

— Le prélèvement à faire sur Mia pour l'analyse d'ADN.

— Oh, je ne savais pas que…

— Ne t'inquiète pas, ce n'est absolument pas douloureux ni traumatisant. On frotte un coton à l'intérieur de la joue du bébé et le tour est joué.

— Mais… tu dis que l'autorisation de Sissy est nécessaire ?

— Evidemment. On n'a pas le droit d'effectuer de prélèvement sur des mineurs sans l'autorisation des parents.

— Tu en es sûr ?

— Sûr et certain.

Charlène avait horreur de l'admettre, mais cela paraissait tomber sous le sens. Mon Dieu ! Pourquoi était-elle venue chez Brand sans réfléchir ? Non seulement elle n'avait rien gagné pour Mia, mais en plus elle avait entendu sur Sissy des choses qu'elle aurait préféré ne pas entendre. Et maintenant, par-dessus le marché, elle n'avait plus le choix, il lui fallait avouer l'horrible vérité.

— Je ne sais pas où joindre Sissy depuis juin dernier. Elle est partie sans me laisser d'adresse ni de numéro de téléphone.

— Tu pourrais peut-être appeler une de ses amies ? Ou cette tante chez qui elle est allée vivre après la mort de tes parents. Elle a peut-être ses coordonnées ?

Tante Irma. Seigneur ! Charlène était prête à joindre tout le monde sauf elle !

— Je… j'en doute. Mais je vais essayer.

Brand se leva pour se resservir une tasse de café. Charlène n'avait pas encore touché la sienne.

— Il y a encore une autre possibilité, déclara-t-il en s'appuyant contre le comptoir.

— Laquelle ?

A voir l'expression arborée par Brand, Charlène sut qu'elle détesterait sa proposition avant qu'il ait seulement ouvert la bouche.

— Contacte les services de protection infantile. Explique-leur que ta sœur affirme par écrit que je suis le père de son enfant. En l'absence de la mère, l'état autorisera peut-être le prélèvement.

— Appeler la P.M.I. ? Jamais ! rétorqua Charlène.

Brand comprit parfaitement la réaction de la jeune femme.

— La situation est bien différente de celle d'il y a dix ans. Tu n'as plus dix-huit ans, tu es une adulte avec une profession stable. Tu es connue et respectée. Tout le monde à New Bethlehem Flat est prêt à témoigner positivement pour toi.

— Je ne vois pas la différence. Autrefois aussi on m'aimait bien et on me respectait. Je gagnais déjà ma vie au restaurant. Et, malgré tout ça, ma tante a réussi à m'arracher Sissy...

— Je t'indiquais juste une autre possibilité...

— Non, je ne veux pas en entendre parler. Je ne veux pas courir le moindre risque de perdre cette enfant. Je suis sa tante, elle est en visite chez moi. Oui, voilà, elle est en visite chez moi pour quelque temps. Tu comprends ?

— Charlène...

La gorge de la jeune femme se noua. Mais quelle idée stupide de venir trouver Brand ! Maintenant, elle avait du mal à retenir ses larmes et elle mourait de peur en pensant aux initiatives qu'il pouvait prendre.

— Je t'interdis de faire intervenir les services sociaux, Brand !

Brand posa sa tasse sur la table et leva les deux mains, exactement comme si son interlocutrice tenait un pistolet braqué sur lui.

— C'est toi qui prendras toutes les initiatives, évidemment, mais il faut que tu saches qu'un jour ou l'autre ils risquent de se manifester.

Charlène se raidit. Jamais elle ne serait capable d'affronter pareille intrusion. Ce qui était arrivé à Sissy autrefois n'arriverait pas à la petite Mia, elle en faisait le serment.

Elle serra la fillette contre elle et se leva en soutenant de la main la petite tête dodelivrante.

— Je... je n'aurais pas dû venir. J'étais tellement bouleversée que je me suis précipitée ici, mais c'était une erreur. Je comprends qu'il nous faut remettre le test jusqu'au moment où Sissy se manifestera pour donner son autorisation.

— Charlène…

La jeune femme se mordit la lèvre, puis ordonna :

— Ne dis rien !

Brand hésita et poursuivit quand même.

— Il faut pourtant que tu te demandes quelque chose : pourquoi ta sœur n'est-elle pas joignable en ce moment ?

Charlène refusait absolument de se poser la question. Ni aujourd'hui, ni demain, ni les jours suivants.

— Sissy se manifestera, déclara-t-elle d'un ton ferme.

— Tu crois ?

— Bien sûr. Elle reviendra chez moi. Et, ce jour-là, tâche d'être prêt à subir le test !

Brand haussa ses larges épaules.

— Sans problème !

Qu'il était donc agaçant avec son air sûr de lui ! Etait-il le père de Mia ? Avait-il réellement séduit Sissy l'année dernière ?

Elle n'en savait pas plus que si elle était restée tranquillement chez elle. Au lieu de se précipiter chez Brand, elle aurait dû prendre le temps de réfléchir à la situation. Oui, elle aurait dû se montrer un peu plus raisonnable. Quelle idée idiote de sonner à sa porte à 7 heures du matin et de le tirer du lit pour brandir Mia sous son nez !

Mais c'était comme ça, il la rendait folle… Dès qu'elle pensait à lui, elle perdait la raison et n'avait plus qu'une envie, celle de se rouler par terre de rage.

Pourtant, il y avait dix ans que leur histoire était terminée.

Dix ans qu'il avait piétiné à jamais toutes ses illusions. Mais elle le haïssait encore, comme si tout s'était passé la veille, et elle était toujours à la recherche d'une occasion, quelle qu'elle soit, de le blâmer.

C'était malsain. Peut-on continuer à vivre en traînant derrière soi pareil boulet de ressentiment ? Non, c'était trop lourd. Il fallait qu'elle s'en débarrasse, d'une façon ou d'une autre.

Et vite.

Elle ramassa le bout de papier froissé posé sur la table, le replia d'une seule main et le glissa de nouveau dans la poche de son pantalon. Puis, sans un mot, elle se dirigea vers la porte.

- 3 -

Brand regarda sortir la jeune femme sans dire un mot. Charlène et lui avaient depuis longtemps franchi un point de non-retour dans leurs relations. Ils étaient ennemis. Ou quelque chose qui y ressemblait fort.

Il supportait très mal l'attitude méprisante qu'elle adoptait à son égard, car, sans fausse modestie, il estimait être un homme loyal et plutôt agréable à fréquenter.

En tout cas, c'était la réputation qu'il avait acquise à New Bethlehem Flat. Une réputation qui n'avait pas été facile à obtenir, quand on avait, comme lui, pour seule recommandation d'être l'un des innombrables fils illégitimes du terrible Blake Bravo, un homme qui avait commis plusieurs actes parfaitement contraires à la loi, après avoir été un très mauvais acteur. Chacun se souvenait que Blake Bravo avait kidnappé son propre neveu dans l'espoir de toucher une rançon en diamants, qu'il avait commis au moins un meurtre dans sa vie, probablement davantage, et qu'il avait encore vécu plus de trente ans après que tout le monde l'avait cru mort et enterré.

Brand avait de nombreux demi-frères. Tous étaient les

enfants de femmes qui, comme Chastity, avaient succombé au charme vénéneux du dangereux Apache. Chastity avait eu quatre fils de cet homme si peu recommandable. Deux d'entre eux avaient marché sur les traces de leur père et s'étaient illustrés par leur mauvaise conduite. Les deux du milieu, Brand et Brett, avaient au contraire fait leur possible pour se distinguer de cet encombrant modèle, en menant une vie aussi normale et rangée que possible.

Brett était maintenant installé comme médecin et marié à une jeune femme charmante avec qui il venait d'avoir un petit garçon. Quant à Brand, il avait fait des études de droit et était revenu à New Bethlehem Flat deux ans plus tôt pour reprendre l'étude de son vieil oncle Clovis, qui se préparait à partir à la retraite.

Brand savait qu'il était considéré comme un membre estimable de la petite ville et que son activité était reconnue comme utile à la communauté. C'est pourquoi la piètre opinion qu'une ancienne petite amie pouvait avoir de lui n'aurait pas dû l'atteindre. Il aurait même dû être bien au-dessus de cela. Paradoxalement, le fait de se dire que cela n'aurait pas dû le gêner le perturbait plus encore !

D'autant plus que ce que Charlène était venue lui raconter n'était pas son problème. Vraiment pas. Il n'avait rien à voir avec cette enfant abandonnée. La petite Mia ne faisait pas partie de sa vie. Pas plus que Charlène, et encore moins l'extravagante Sissy.

Toujours était-il que Charlène avait raison sur un point : jamais il n'aurait dû proposer un emploi de secrétaire à la jeune fille dans son étude. Cette initiative avait été des plus malheureuses.

Dommage… Il avait voulu aider la jeune sœur de son ex-fiancée, malgré ses façons excentriques et ses provocations incessantes, et maintenant il en payait le prix.

Heureusement, avec le temps, tout ce gâchis finirait par s'éclaircir. Il subirait le test de paternité dès que ce serait possible. Pour l'instant, il n'avait qu'à se tenir prudemment en dehors de toute cette histoire compliquée.

Et s'intéresser à sa propre vie, que diable ! Elle en valait la peine, après tout.

Comme elle quittait le chemin qui conduisait chez Brand, Charlène aperçut deux habitantes du quartier, Redonda Beals et Emmy Ralens, bras dessus bras dessous, pour leur promenade matinale. Elles lui adressèrent un petit signe de la main et la jeune femme s'appliqua à leur répondre avec un large sourire, exactement comme si elle n'avait pas le moindre souci.

Redonda et Emmy, la cinquantaine toutes les deux, étaient amies de longue date. Elles fréquentaient régulièrement le restaurant où elles laissaient de généreux pourboires. Ni l'une ni l'autre n'étaient particulièrement connues pour leur propension aux commérages, mais tout le monde en ville savait que Charlène Cooper aurait préféré mourir plutôt que de se rendre chez Brand Bravo, que ce fût pour visiter sa nouvelle maison ou pour tout autre motif. Aussi n'y avait-il rien d'étonnant à ce que les deux amies paraissent surprises de voir Charlène sortir de chez lui.

Leur réaction amena la jeune femme à prendre une décision sur le chemin du retour. Au lieu de rentrer directement chez elle, elle allait passer au restaurant. Après tout, autant présenter sa nièce tout de suite, ce serait fait, elle n'aurait plus à y revenir et cela couperait court à tous les ragots. Du moins l'espérait-elle…

Car c'est ainsi que les choses se passent dans les petites villes. Tout le monde est au courant de tout ce qui arrive chez les uns et les autres. Et New Bethlehem Flat n'échappait pas à la règle. En apercevant ses deux clientes, Charlène comprit immédiatement qu'il lui serait tout à fait impossible de maintenir secrète l'arrivée de sa nièce chez elle.

Lorsque la devanture rouge et noire du Dixie's Diner apparut sur sa gauche, au bord de la route, sa décision était prise et bien prise. Elle allait garder la tête haute, jouer ouvertement les taties gâteaux et faire comprendre à tout un chacun qu'elle n'avait absolument rien à cacher.

Forte de cette résolution, elle pénétra d'un pas ferme dans son établissement, Mia nichée au creux de ses bras. La salle était pleine à craquer car le samedi, plus encore que les autres jours de la semaine, quantité de clients venaient se faire servir le copieux petit déjeuner qui avait fait la réputation du Dixie.

Teddy faisait sauter des crêpes et Rita, la serveuse qui avait accepté au pied levé de venir remplacer Charlène, prenait la commande de la famille Winkle, installée comme d'habitude à une grande table dans le fond de la salle. Nan et George Winkle avaient trois garçons, âgés respectivement de douze, huit et six ans. Plutôt exubérants, les trois gamins avaient tendance à parler fort et réclamaient toujours plus qu'ils n'étaient capables de manger, ce qui amenait régulièrement la famille à une phase de négociation intense au moment de la commande. Négociation qui se terminait toujours de la même manière : après avoir tenté de dissuader les enfants de choisir tel ou tel plat, Nan et George finissaient par céder sur toute la ligne, laissant les trois garçons choisir tout ce que leur gourmandise débridée leur dictait.

Le fils aîné, George Junior, qui avait un faible pour Charlène, la salua d'un grand geste dès qu'il l'aperçut. Stevie, le benjamin, se mit à sauter sur son siège et à chanter sur l'air des lampions :

— Char-lèna-un-bébé-é…

— Tais-toi, lui intima sa mère, en le forçant à se rasseoir correctement.

Quant à Matt, le fils du milieu, il ne perdait pas de vue le but de la sortie en famille et s'adressait à Rita sans se laisser distraire par l'arrivée de la jeune femme.

— Je prendrai un jus d'orange et un chocolat chaud.

— Non, Matt, tu sais bien que…

— Je promets de les boire tous les deux !

— Non, insista son père, c'est ou l'un ou l'autre, et dis bonjour à Charlène.

Rita se retourna.

— Salut Charlène !

A ce moment-là, tous les yeux se fixèrent sur le petit paquet emmitouflé que la jeune femme tenait contre elle.

— Qu'est-ce que vous nous amenez-là ? demanda le vieux Tony Dellazola depuis sa place habituelle derrière le comptoir.

Charlène s'appliqua à afficher sur son visage son plus beau, son plus amical, son plus heureux sourire.

— Je vous présente ma nièce, la fille de Sissy ! Elle

s'appelle Mia Scarlett et elle est venue passer quelque temps chez moi.

Est-ce que son initiative avait été fructueuse ? Est-ce que le fait d'avoir présenté Mia, la tête haute, en plein restaurant, avait désamorcé la machine à commérages ? C'était ce que la jeune femme se demandait ce soir-là, tout en calant le bébé avec des oreillers sur le lit de la chambre d'amis.

En tout cas, tout le monde saurait que c'était elle-même qui avait parlé du « séjour » de Mia chez elle. Et elle avait bien l'intention de s'en tenir à ce scénario. Elle n'en dirait pas davantage et chacun devrait se contenter de cette version.

Pourtant, précisément parce qu'elle ne ferait pas de plus ample confidence, chacun risquait de se mettre à broder sur l'arrivée chez elle de ce bébé tombé du ciel. Impossible de faire autrement ! Ici, tout le monde se mêlait plus ou moins de la vie de son voisin. Il valait mieux l'accepter comme un élément indissociable de la vie dans une communauté aussi réduite que celle de New Bethlehem Flat. Il était juste regrettable que certains fussent soumis plus que d'autres à la redoutable attention de toute la ville…

La famille Cooper faisait malheureusement partie de cette catégorie. Tout d'abord, avec la tragédie de l'accident qui avait tué leurs parents quand Charlène avait à peine dix-huit ans et Sissy neuf ans. Ensuite, avec la bataille juridique qui avait fini par envoyer la fillette vivre chez leur oncle et leur tante de San Diego. Charlène avait pourtant vendu la maison familiale pour financer les avocats grâce auxquels elle espérait se voir confier la garde de sa sœur. Tant d'efforts n'avaient finalement servi à rien, sinon à alimenter les conversations de la petite ville.

Enfin, le dernier épisode de la saga avait été le retour de Sissy en ville, l'an dernier. Dès son arrivée, l'adolescente avait fait scandale et n'avait cessé ensuite de nourrir copieusement la machine à ragots, pour finir par disparaître, au bout de quelques mois, les poches pleines de l'argent sans doute dérobé dans la caisse de Brand.

Nul besoin d'être extralucide pour deviner les bruits qui devaient déjà courir sur leur compte à toutes les deux, depuis qu'elle s'était montrée en ville avec Mia. Elle les entendait aussi bien que s'ils avaient été prononcés en sa présence.

— Oh… Sissy a eu un bébé ?

— Cette pauvre Charlène n'avait encore jamais osé en parler ! Finalement, elle s'est décidée à venir montrer la petite au restaurant…

— C'est du Sissy tout craché d'avoir laissé sa gamine chez sa sœur !

— C'est bien vrai. Elle n'a jamais rien fait comme tout le monde, celle-là.

— Je me demande où elle a bien pu disparaître…

— Moi aussi. Et qui est le père ? C'est tout de même une question importante !

« Assez ! » s'ordonna Charlène. Rien de bon ne pouvait sortir de cette litanie obsessionnelle ! Elle ne pouvait qu'en souffrir et cela n'apporterait rien à personne.

Ce qu'il fallait, c'était agir. Elle devait retrouver sa sœur.

Elle alla chercher son carnet d'adresses. Elle y retrouva deux numéros à San Diego, que sa sœur lui avait donnés quand elle était encore au lycée. La jeune femme appela le premier en espérant que « Mindy » lui répondrait. Le numéro n'était plus en service.

Le second était celui d'une certaine Randee Quail. Ce fut sa mère qui répondit. Elle se souvenait vaguement de Sissy, mais les deux adolescentes s'étaient éloignées l'une de l'autre avant la fin de leur année de seconde. Randee faisait maintenant ses études à l'université de Los Angeles. Maureen Quail donna à Charlène le numéro du téléphone portable de sa fille.

Charlène réussit à joindre la jeune fille dès la première tentative. Malheureusement, cette dernière lui confirma qu'elle n'avait plus de contact avec Sissy depuis la classe de seconde et qu'elle n'avait pas la moindre idée de l'endroit où elle pouvait se trouver.

Charlène se mit alors à explorer le tiroir de la cuisine où elle entassait tout et n'importe quoi, puis les moindres recoins de son bureau, qui se trouvait dans le salon. Elle tomba sur deux numéros, recopiés à la hâte sur des bouts de papier, sans le moindre nom, mais elle se sentait dans une telle impasse qu'elle décida malgré tout de tenter sa chance.

Le premier numéro était celui d'une entreprise de ramonage. Une voix enregistrée la pria poliment de laisser un message, ce qu'elle ne fit évidemment pas.

Le second lui valut d'entendre une voix d'homme.

— Bonjour, vous êtes bien chez Bob Thewlis.

— Heu… bonsoir. Je suis Charlène Cooper. Je me demandais si, par hasard, vous…

— Charlène ! Oui, je me souviens très bien de toi, nous

nous sommes rencontrés au Dixie. Quelle bonne surprise de t'entendre ! Il y a des mois que je t'ai donné mon numéro de téléphone…

— Ah…

Charlène se rappelait vaguement. Ou pensait se rappeler. De temps à autre, un homme lui demandait son numéro de téléphone. Sa tactique était de toujours répondre : « Pourquoi ne pas me donner le vôtre ? Je vous rappellerai bientôt. »

— Salut, Bob…

Il se mit à rire.

— J'ai bien cru que tu ne me ferais jamais signe !

— Je suis désolée, je…

Bob lui rappela gentiment qu'il habitait Nevada City et lui demanda si elle voulait bien dîner avec lui le vendredi suivant. Elle faillit accepter tant elle était gênée de l'avoir dérangé sans même savoir qui il était, mais Mia se mit à pleurer sur ses entrefaites. Alors, soudain, son interlocuteur parut pressé de raccrocher…

— Au revoir, Charlène, dit-il avant qu'elle ait pu lui présenter des excuses pour son attitude bizarre.

Elle alla changer la couche de Mia, puis revint s'asseoir dans le rocking-chair du salon. Ce malheureux coup de fil avait mis son moral au plus bas. Non seulement elle n'avait pas réussi à s'occuper de sa sœur, mais en plus elle vivait seule. Elle ne sortait pas. En tout cas, cela ne lui était pas arrivé depuis longtemps. Elle avait essayé autrefois. Pendant un certain temps, elle avait accepté les invitations qu'on lui faisait, mais, pour une raison ou pour une autre, cela n'avait jamais mené à rien. Au bout de deux ou trois sorties, on ne l'appelait plus. Ou bien c'était elle qui inventait une excuse pour refuser une nouvelle rencontre.

En fait, elle n'avait jamais plus ressenti *le* choc. Non, jamais plus, avec aucun de ses chevaliers servants, elle n'avait retrouvé cette excitation, cet émoi qui surgit quand on rencontre le bon partenaire. Jamais elle n'avait retrouvé le frisson qu'elle avait connu autrefois, dix ans plus tôt.

Avec Brand…

Le dimanche après-midi, Brand sentit monter en lui des envies de meurtre. Ou tout au moins de bagarre en bonne et due forme. Pourtant, cette bouffée de violence ne correspondait pas à l'image de lui qu'il avait si soigneusement forgée au fil des ans. Mais au diable sa réputation ! N'importe quel homme normalement constitué finit par éprouver le besoin de se défendre s'il est trop durement provoqué.

Et c'était exactement ce qu'il ressentait en cette fin de journée.

Le matin, tôt, il était allé chercher son oncle Clovis, qui s'apprêtait à prendre sa retraite de l'étude où ils travaillaient encore ensemble, pour l'emmener jouer au golf à Grass Valley. Ce n'était pas son sport préféré, mais son oncle aimait bien de temps en temps faire un parcours avec lui.

Pour arriver jusqu'au terrain, il fallait compter une bonne heure de trajet par une route pleine de virages. D'ordinaire, le voyage s'effectuait en silence, car Clovis aimait regarder le lever du soleil en sirotant tranquillement le café qu'il emportait dans sa grosse bouteille Thermos rouge.

Mais, ce jour-là, il s'était montré plutôt bavard.

D'après ce qu'on lui avait rapporté la veille, on avait vu Charlène Cooper quitter la ville et se diriger vers la maison de Brand un peu avant 7 heures du matin. On avait même aperçu un lit auto installé à l'arrière du break gris acier de la jeune femme.

Ensuite, Charlène avait été vue de nouveau, vers 7 h 35, cette fois par Emmy Ralens et Redonda Beals, en train de sortir de l'allée de chez Brand. Dix minutes plus tard, elle avait fait son apparition au restaurant avec un bébé dont elle affirmait qu'il était celui de sa sœur.

— Ainsi donc, Charlène est venue te rendre visite hier matin ? demanda Clovis.

— Oui, effectivement.

— Je croyais que vous étiez fâchés tous les deux.

— Nous sommes en froid, c'est vrai.

Clovis attendit un moment que son neveu lui fournisse des explications complémentaires, mais Brand n'avait pas du tout l'intention de poursuivre la conversation. Ils roulèrent donc en silence un grand moment. La voiture descendit au creux d'une vallée, puis remonta sur un sommet sans qu'ils se disent un mot.

— Tu te rappelles, reprit enfin Clovis, que Daisy et moi-même pensons toujours à toi comme le fils que nous n'avons jamais eu…

— Je sais, oncle Clovis, et moi-même, je te considère comme un père.

— Si tu as un problème, n'hésite pas à m'en faire part. Nous chercherons une solution tous les deux.

— Merci, oncle Clovis, j'apprécie ton soutien.

— C'est tout ? Tu n'as rien d'autre à me dire ?

— Non, rien du tout.

— Tu ne veux pas me parler de quelque chose de particulier ?

— Non, oncle Clovis.

Le vieil homme demeura silencieux jusqu'à l'arrivée au terrain de golf. Là, ils commencèrent à jouer et, au quatrième trou, il revint à la charge.

— Charlène a dit que le bébé était en visite chez elle…

— Oui, c'est ce que j'ai appris moi aussi.

— Tu ne trouves pas ça un peu étrange ? Cet enfant est vraiment bien jeune pour se passer de sa mère. Et ce qui est encore plus bizarre, c'est que personne n'a vu Sissy. Je me demande comment elle a pu venir à New Bethlehem Flat sans que personne ne le remarque.

— A toi de jouer, oncle Clovis, répondit Brand. Ne t'inquiète pas et dis à tante Daisy que tout va bien. Charlène va effectivement s'occuper de sa petite nièce pendant quelque temps. Quoi que tu entendes raconter à droite ou à gauche, c'est aussi simple que ça.

Ne t'inquiète pas…

Ah, comme Brand aurait aimé pouvoir lui-même suivre ce conseil ! Ce que son oncle venait de lui rapporter le mettait dans une rage folle. Les gens parlaient déjà… Nul besoin d'être grand clerc pour deviner ce que chacun pensait. Une seule et unique raison pouvait expliquer que Charlène soit venue frapper chez lui avec le bébé de sa sœur dans les bras.

Si les gens n'étaient pas déjà en train de faire courir le bruit qu'il était le père de la petite Mia, ce n'était qu'une question d'heures. D'ici peu, ils allaient faire le parallèle avec son propre père, Blake Bravo, qui avait séduit tant de femmes naïves au cours de sa longue existence, et on ne manquerait pas de rappeler le dicton : « Tel père, tel fils. »

Une comparaison qui lui était insupportable.

Mais, le pire de tout, c'était qu'il ne cessait de penser à Charlène.

Il se faisait du souci pour elle, se demandait comment elle affrontait le fait de n'avoir aucune nouvelle de sa sœur tout en étant obligée de faire bonne figure dans son restaurant et de s'occuper du bébé.

Sa mère lui passa un coup de fil vers 18 h 30, depuis le Bed and Breakfast qu'elle tenait. Quand elle avait fini de servir le thé à ses clients, elle dînait seule ou avec son ami, Alyosha Panopopoulis, un veuf qu'elle fréquentait depuis maintenant un peu plus d'une année. Ses fils Bowie et Buck vivaient loin de New Bethlehem Flat, mais de temps à autre elle invitait Brett et sa famille ou Brand à venir partager son repas.

— Si tu venais dîner avec moi ce soir ? J'ai fait le ragoût de mouton que tu aimes bien.

— Celui avec des olives vertes et des pommes de terre ?

— Oui.

— Alors j'arrive tout de suite !

— Parfait ! Je mets ton couvert.

La principale qualité de Chastity était qu'elle ne se mêlait jamais des affaires de ses fils. Ou très rarement. Il arrivait de temps à autre que la conduite de l'un d'entre eux lui cause du souci. Elle se permettait alors en termes prudents et délicats de le conseiller sur l'attitude qui lui paraissait la meilleure à adopter. Mais ces occasions étaient rares.

La plupart du temps, chacun d'eux pouvait s'asseoir à la table de sa cuisine et apprécier sa cuisine délicieuse, sa joie de vivre et son humour sans risquer d'être dérangé par une question susceptible de le mettre mal à l'aise.

Il en fut ainsi ce soir-là. Chastity servit un whisky à Brand quand il arriva. Il le savoura tranquillement pendant qu'elle préparait la salade verte et découpait le pain.

Leur conversation aborda les sujets habituels : la proximité de la retraite de Clovis, qui ne travaillait plus qu'à temps partiel depuis déjà quelques mois, et la renommée toujours croissante de l'étude, car Brand attirait une nouvelle clientèle venue de tout le canton ainsi que de Nevada City et Grass Valley.

Elle lui parla aussi du projet qu'elle avait de refaire deux ou trois chambres à l'étage, puis ajouta :

— J'ai parlé à Glory aujourd'hui.

Glory Dellazola et Bowie, le plus jeune frère de Brand, avaient été très amoureux l'un de l'autre et l'étaient probablement encore. Lorsque Glory s'était retrouvée enceinte, Bowie avait voulu l'épouser, mais elle avait refusé, persuadée qu'il ne serait jamais capable de vivre sans avoir d'ennuis avec la loi. Elle était partie avec leur bébé à New York, chez Buck, le frère aîné de Brand, et sa femme, B.J. Là, elle travaillait comme nounou auprès de Joseph James, leur petit garçon. Personne ne savait où se trouvait Bowie. Il avait purement et simplement disparu.

— Glory va bien ? demanda Brand.

— Oui, très bien. Elle a même repris ses études par internet.

— C'est une bonne idée.

Chastity posa la cocotte sur la table, puis s'assit, lissa sa serviette sur ses genoux et récita une rapide action de grâces comme elle avait coutume de le faire.

Lorsqu'elle leva les yeux vers lui, une idée vint tout à coup à l'esprit de Brand.

— Maman ?

— Oui.

— Je veux encore avoir une chance avec Charlène…

— Bien sûr, répondit sa mère simplement.

Elle prit la cuillère de service sur la table et demanda :

— Tu me passes ton assiette ?

- 4 -

— Je prendrais bien un autre whisky avant de manger...

Chastity remit le couvercle sur la cocotte fumante.

— Je te laisse te servir...

Brand se leva pour prendre des glaçons et se versa un nouveau verre de Crown Royal.

Un moment plus tard, il avait trouvé suffisamment de courage pour continuer à parler.

— Que ça sent bon !

— Je suis contente que ça te plaise. Sers-toi donc !

Ils mangèrent en silence pendant un moment. Fidèle à elle-même, Chastity ne posa pas de question, préférant laisser l'initiative à celui qui avait envie de se confier.

— Ecoute, déclara enfin Brand d'une traite, quoi que les gens puissent raconter, je ne suis pas le père du bébé de Sissy.

— J'en suis bien persuadée !

— Tu peux me dire pourquoi ?

— Parce que je te connais, tout simplement.

— C'est-à-dire ?

— C'est-à-dire que je sais parfaitement que tu n'as jamais posé la main sur Sissy. D'abord parce que tu serais incapable de toucher une gamine aussi perdue que cette pauvre petite, et ensuite parce que tu as toujours été et tu es toujours amoureux de sa sœur !

— Je n'ai pas dit que j'étais amoureux de Charlène !

— Tu vois comme tu es ! Tu refuses d'admettre ce que ton cœur sait déjà depuis longtemps.

— De toute façon, je ne me vois pas marié à qui que ce soit.

— Tiens ! Voilà une drôle d'idée.

— Et puis Charlène refuse de me voir.

— Pourtant, elle est venue chez toi, samedi…

— Tout le monde en ville fait courir le bruit que je suis le père de sa nièce. Le pire, c'est que Sissy elle-même l'a affirmé dans le message qu'elle a laissé à sa sœur.

Chastity hocha la tête.

— Quelle faiseuse de trouble ! Et incapable de voir plus loin que le bout de son nez… Où est-elle en ce moment ?

— Tu me promets de ne rien répéter à personne ?

— Tu sais bien que je suis aussi muette qu'un tombeau. Rien de ce que tu diras ne sortira de cette pièce.

— Charlène n'en a pas la moindre idée.

— Mais… Elles ont bien dû se parler quand Sissy est arrivée avec son bébé !

— Non.

— Comment, non ?

— Charlène a trouvé la petite sur le sofa de son salon, point final. Sissy avait laissé un message disant qu'elle avait besoin de se reposer un peu et que j'étais le père de sa fille.

C'est pour cette raison que Charlène est venue chez moi. Elle est venue me demander d'assumer mes supposées responsabilités.

— Tu lui as dit que tu n'étais pas le père ?

— Bien sûr.

— Et alors ?

— Je suis persuadé qu'elle ne m'a pas cru. De toute façon, elle ne sait plus où elle en est avec cette histoire.

— Eh bien, ça ne va pas être facile pour toi de rentrer dans ses bonnes grâces.

— J'en ai bien peur...

Le restaurant était fermé le dimanche.

Ce qui tombait bien, car Charlène avait besoin d'une journée de libre pour se rendre à Grass Valley faire provision de lait maternisé et de couches. Elle en profita pour acheter un berceau et une table à langer ainsi que quelques vêtements premier âge et un nid d'ange. C'est fou tout ce dont un enfant si petit peut avoir besoin !

Une fois de retour chez elle, elle entreprit de monter et d'installer le berceau et la table à langer dans la chambre d'amis qui se trouvait derrière la cuisine. Ce ne fut pas sans mal, mais elle y réussit.

Cela fait, elle se posa la question de la garde de Mia. Il était évident qu'elle avait besoin d'une nounou. Très vite, elle pensa à Gracie Dellazola, l'épouse de l'un des petits-fils du vieux Tony, et la belle-sœur de Glory, qui avait eu un bébé de l'un des frères de Brand l'année précédente. Gracie avait un petit garçon de deux ans et gardait régulièrement les enfants d'un couple client du restaurant. Elle l'appela aussitôt.

— Oui, je peux m'occuper de ta nièce, Charlène. Tu peux me la laisser du lundi au vendredi. Par contre, à moins que tu ne sois vraiment ennuyée, je ne souhaite pas travailler le samedi. J'aime bien consacrer le week-end à ma famille.

— Bien sûr, c'est tout à fait normal, je chercherai une autre solution pour le samedi. D'ailleurs, j'engagerai peut-être une serveuse supplémentaire pour ce jour-là. Est-ce que tu penses pouvoir garder Mia de 6 à 14 heures, ou bien est-ce que ça te fait trop ?

— Non, ça me convient très bien.

— Et en cas de bousculade au restaurant, tu accepterais de me dépanner en fin de journée de temps à autre ?

— Sans problème.

— Magnifique ! Tu me tires une belle épine du pied, Gracie.

— C'est avec plaisir, Charlène. Tu sais que si tu as besoin de quoi que ce soit tu peux compter sur moi.

Si j'ai besoin de quoi que ce soit… « Et comment ! se dit Charlène. J'ai besoin de retrouver ma sœur. J'ai besoin de savoir qu'elle va bien, qu'elle n'a pas fait d'autres bêtises. J'ai besoin aussi de force et de patience pour m'occuper de ce bébé… »

— Non, merci, tout va bien.

— Tu peux venir passer un moment avec moi pour bavarder si tu en as envie, ajouta la jeune femme.

Les larmes montèrent aux yeux de Charlène.

— Que tu es gentille, Gracie ! Je te remercie, je viendrai peut-être te voir un jour ou l'autre…

— En attendant, tu m'amènes Mia demain matin ?

— Oui, c'est ça. Merci encore, Gracie. A demain.

Oui, Gracie était vraiment une voisine adorable, se dit Charlène en raccrochant. Mais elle n'était pas la seule. Ce soir-là, Chastity l'appela vers 20 heures. La jeune femme avait toujours apprécié la mère de Brand. Elle aimait bien aussi les frères de ce dernier d'ailleurs, même Bowie, le fauteur de troubles qui buvait trop et qui avait quitté New Bethlehem Flat l'année précédente. Heureusement, elle avait assez de maturité pour ne pas en vouloir à toute la famille de Brand même si elle était fâchée avec lui !

— Il paraît que tu gardes le bébé de ta sœur quelque temps. Je voulais juste te dire que si tu as besoin de quelqu'un pour prendre le relais de temps en temps, tu peux compter sur moi.

— Gracie Dellazola va être sa nounou, mais effectivement je peux avoir besoin d'un coup de main en dehors des horaires prévus. Merci de ta proposition, elle me permettra d'être plus tranquille.

— Tu sais que mes horaires sont très souples. Et j'adore m'occuper des tout-petits.

En effet, Glory avait séjourné chez Chastity avec son bébé après la naissance, et la mère de Brand avait proclamé partout combien elle était heureuse de cette compagnie.

— Je te promets de penser à toi au moindre imprévu. Et il y en aura, sans aucun doute !

En raccrochant le combiné, Charlène connut un moment de soulagement, de courte durée, malheureusement. Elle avait paré au plus urgent, mais elle ne cessait de s'inquiéter pour Sissy, même si elle était vraiment heureuse de s'occuper de Mia tant que sa sœur avait besoin de son aide.

Que pouvait bien faire son imprévisible cadette ? Et où ?

Etait-elle en bonne santé ?

Qui fréquentait-elle en ce moment ?

Charlène avait beau lire et relire le papier froissé griffonné par Sissy, elle ne réussissait toujours pas à y trouver le moindre indice de réponse aux questions qu'elle se posait.

Le lundi et le mardi, Charlène s'appliqua à régler son emploi du temps sur les horaires de Mia. Elle allait récupérer la petite chez Gracie après le coup de feu de midi au restaurant et rentrait chez elle se reposer quelques heures. Ensuite, elle retournait au Dixie avec la petite jusqu'à 17 heures.

Le mercredi, elle était déjà rodée. Mia paraissait toute contente de passer ses matinées chez Gracie avec le petit Tony. Et comme elle était vraiment une enfant très calme, sa présence ne posait pas de problème au restaurant l'après-midi.

Les belles-sœurs de Gracie, dont les enfants n'étaient plus des nourrissons, prêtèrent à Charlène une poussette, un transat et même un parc où le bébé pouvait rester couché sur un matelas dans la journée sans danger de se faire mal. Comme la jeune femme n'amenait pas la petite au restaurant quand elle servait, tout se passait bien. Mia restait ensuite à côté d'elle dans son transat pendant qu'elle faisait sa comptabilité ou préparait ses menus.

Si elle ne s'était pas fait autant de souci pour Sissy, elle aurait été parfaitement heureuse de la vie qu'elle menait.

Le mercredi soir, à son retour du restaurant, elle s'occupa de Mia, lui donna son bain, la fit manger, la coucha comme d'habitude. Et ensuite, elle fit ce qu'elle pensait ne jamais être capable de faire : elle appela sa tante Irma à San Diego pour lui demander si elle avait eu récemment des nouvelles de Sissy.

Irma Foxmire n'avait pas changé. Elle était toujours aussi moralisatrice et froide qu'autrefois. Ce fut de sa voix autoritaire et glaciale qu'elle répondit à la jeune femme.

— Que veux-tu que je te dise ? Il y a plus d'un an que Larry et moi n'avons vu ta sœur. Elle n'a même pas passé un coup de fil pendant tout ce temps ! Toi non plus d'ailleurs… Ce qui fait que je ne sais absolument pas comment la joindre.

Charlène ne put retenir un soupir.

— Est-ce qu'il s'est passé quelque chose de nouveau dont nous devrions être informés ? ajouta Irma sur un ton plein d'impatience.

C'était à cet instant que Charlène aurait dû mentionner l'existence de Mia. Elle n'en fit rien. Comme elle l'avait dit à Brand, elle n'avait aucune envie que les services sociaux se mêlent de ses affaires et elle craignait que, si sa tante apprenait l'existence du bébé, elle les appelle aussitôt pour que la petite fille lui soit enlevée.

— Charlène tu m'entends ? Tu es toujours en ligne ?

— Oui, oui, tante Irma…

— Alors réponds à ma question !

— Non, il n'y a rien de nouveau. Pas que je sache en tout cas. J'essaie seulement de savoir où se trouve ma sœur. Personne n'a pu me donner de ses nouvelles.

Comme elle mentait bien ! Mais le jeu en valait la chandelle…

— Ecoute, étant donné tous les soucis qu'elle cause à tout le monde, je trouve que ce n'est pas plus mal ! Elle n'a cessé de nous faire de la peine à Larry et à moi. Après tout ce que nous avons fait pour elle, son ingratitude est insupportable. Nous nous sommes sacrifiés, et voilà comment elle nous récompense !

— Tante Irma, je préférerais que tu ne dises plus de mal de Sissy.

Mais Irma n'écoutait déjà plus. Comme d'habitude…

— Oublie ta sœur, Charlène, c'est vraiment ce que tu as de mieux à faire !

C'en était trop.

— Comment peux-tu me dire une chose pareille ! C'est ma petite sœur et je l'aime.

« Calme-toi, se disait-elle en son for intérieur, sentant sa colère enfler, prête à éclater avec la violence d'un ouragan. Tais-toi, ne dis plus rien ! » Elle en fut incapable.

— Au cas où tu l'aurais oublié, Sissy était une enfant adorable, joueuse et heureuse de vivre quand vous me l'avez enlevée pour l'obliger à vivre avec vous !

A l'autre bout du fil, Irma émit un hoquet scandalisé.

— Qu'est-ce que tu insinues ? J'ai fait exactement ce qu'il fallait pour son bien. Et Dieu sait le mal que ça m'a donné ! Je l'ai nourrie, vêtue et j'ai tenté de l'éduquer. Mon mariage a même failli sombrer dans cette entreprise. Si ta sœur veut continuer à gâcher sa vie, ça la regarde à présent. Chacun est libre de ses choix, mais ne me demande pas de cautionner les siens. En tout cas, je préfère ne plus aborder ce sujet.

— Tant mieux ! Moi non plus je n'ai pas envie de continuer cette conversation, rétorqua sèchement Charlène.

Elle n'avait pas terminé sa phrase que la tonalité parvint à son oreille. Sa tante avait raccroché.

— Espèce de harpie ! marmonna la jeune femme.

Furieuse, elle raccrocha à son tour et considéra sa nièce qui gazouillait en regardant les papillons d'un mobile suspendu au-dessus d'elle.

— Bon, au moins, j'ai essayé… Je n'aurai pas de regrets. Mais quelle horrible femme ! Elle me met à bout de nerfs en moins de temps qu'il n'en faut pour le dire.

Mia se mit à produire des petits bruits amusants qui ressemblaient à un rire. Charlène retrouva un peu de calme.

— Excuse-moi, Mia. Je ne devrais pas parler comme ça devant toi. Mais, même si ce n'est pas gentil de ma part de le dire, je trouve que c'est la stricte vérité.

Le bébé redoubla de zèle.

— Et j'espère que plus tard tu sauras te montrer plus patiente et plus compréhensive que ta tante Charlène, poursuivit la jeune femme.

La sonnette de l'entrée retentit comme Charlène se penchait sur sa nièce pour caresser son petit crâne au duvet soyeux.

— Zut ! Juste au moment où je suis dans tous mes états !

Les lèvres pincées, elle se dirigea vers la porte d'entrée qu'elle ouvrit sans ménagement.

Brand se tenait sur le pas de sa porte.

- 5-

— Depuis dimanche dernier, j'essaie de trouver le courage de venir te voir, déclara-t-il dès qu'ils se trouvèrent face à face.

Il regardait la jeune femme, plein d'espoir, et sa sincérité paraissait impossible à mettre en doute. Comme il était grand et beau ! Comme il avait l'air solide et digne de confiance !

Charlène serra plus encore les lèvres. Ne serait-ce que pour cette raison, elle avait tous les droits de le haïr. Car tout cela n'était qu'une façade. En réalité, il n'avait aucune des qualités que son apparence laissait supposer.

— Pas possible ! s'exclama-t-elle. Et pour quelle raison ?

Il fourra les mains dans les poches de son bermuda kaki et haussa les épaules d'un air embarrassé.

— Parce que… Je trouve que ce n'est pas juste que tu t'occupes toute seule de ce bébé. J'aimerais t'aider.

Charlène aurait reçu un coup sur la tête qu'elle n'aurait pas eu l'air plus ahurie.

— Pardon ?

— J'aimerais te donner un coup de main.

— Tu as déjà oublié ce que je t'ai dit ? Je t'ai demandé de ne pas chercher à m'être utile. Ta bonne volonté conduit à des catastrophes dont je préfère me dispenser.

— Mais tu as besoin d'aide, Charlène !

— Tu reconnais donc que Mia est ta fille ?

— Toi aussi, tu as oublié ce que je t'ai dit ? Mia ne peut pas être ma fille, parce que je n'ai jamais touché ta sœur.

La conversation revenait au point mort. Cela ne menait à rien de discuter avec lui, on ne faisait que tourner en rond.

— Brand, va-t'en. Laisse-moi tranquille, c'est tout ce que je te demande.

Elle tenta de refermer la porte d'entrée, mais n'y réussit pas car Brand avait prévu cette éventualité et glissé son pied dans l'entrebâillement. Furieuse, Charlène lui décocha un regard dénué d'aménité.

— Enlève ton pied de là !

— Laisse-moi entrer.

— Tu veux que j'appelle la police ?

— Pourquoi pas ?

Il avait haussé les sourcils d'un air provocant. Quant à son pied, il resta exactement là où il était posé.

Charlène avait le choix entre deux attitudes : ou bien se mettre à crier comme une folle et ameuter les voisins, ou bien le laisser entrer et lui faire la grande scène du deux entre quatre murs. Elle opta pour la deuxième solution.

— Très bien, entre, dit-elle, les dents serrées.

Elle se détourna et se dirigea vers le salon où elle contourna le parc de Mia pour venir s'écrouler dans le canapé. Brand la suivit après avoir doucement refermé la porte d'entrée. Elle le sentait tout proche d'elle, mais refusait de lever les yeux vers lui en manière de représailles. Mia, qui continuait à gazouiller gentiment, paraissait accaparer toute son attention.

Brand s'approcha de Charlène et se pencha vers elle.

— Tu ne veux même pas me regarder ?

— Non.

Voilà qui était net. Il se frotta le crâne, un peu déconcerté.

— Voyons…

— Si tu as quelque chose à me dire, dis-le et qu'on en termine le plus vite possible.

Du coin de l'œil, elle apercevait ses mains, qu'il avait sorties de ses poches.

Ces mains… Parfois, il lui semblait qu'elle se souvenait encore de leur douceur sur sa peau ! Pourquoi diable fallait-il qu'elle pense à des choses pareilles, alors qu'il se tenait à vingt centimètres d'elle ?

— Je… je suis désolé…, commença-t-il.

La jeune femme tendit l'oreille. Elle avait dû mal entendre ! Alors qu'une minute plus tôt elle s'était juré qu'elle ne le ferait pas, elle releva la tête et rencontra le regard anxieux posé sur elle.

— Qu'est-ce que tu viens de dire ?

— Je suis désolé pour ce qui s'est passé il y a dix ans. Je n'aurais pas dû te quitter, mais je ne savais pas quoi faire… Tu comprends, je n'avais que vingt ans et je ne me sentais pas capable d'être l'homme dont tu avais besoin. Je savais que je ferais un mauvais mari et que nous irions droit au désastre. Comment voulais-tu que je m'improvise du jour au lendemain père d'une fillette de neuf ans ?

Charlène le regarda, stupéfaite.

— C'est pour ça que…

— Oui. Je me suis conduit comme un lâche. J'ai préféré partir et te laisser te battre seule pour garder ta sœur.

— Qu'est-ce que tu attends de moi maintenant ? Que je te pardonne ? Que je te dise que tout ça c'est du passé et que je m'en suis remise ? Eh bien, c'est vrai que je devrais. Je devrais être plus mature. Mais en fait je n'ai rien surmonté du tout et je t'en veux toujours autant.

— Je sais.

— Je ne veux même pas en parler.

— Très bien.

— Très bien ?

— C'est ce que je viens de dire.

Il n'ajouta rien. Il avait compris que tout ce qu'il dirait serait retourné contre lui. Qui sait même si Charlène ne se mettrait pas à crier ? Ou à faire une crise de nerfs ?

Il se contenta de la regarder en silence.

De son côté, Charlène ne cessait de se poser la question qui la rongeait depuis l'arrivée de Mia : avait-il ou non couché avec Sissy ? En plus de lui avoir fait faux bond dix ans plus tôt, était-il capable de lui mentir et de renier son enfant ?

A cette idée, elle prit sa tête dans ses mains et ne put retenir un petit gémissement.

— Charlène, tu te sens mal ?

La voix de Brand était pleine d'inquiétude et de compassion. A cet instant, elle sut alors avec certitude qu'il ne pouvait

pas avoir fait ce dont elle l'avait soupçonné. Parce que…
parce que c'était tout simplement impossible, voilà !

Elle était libre de continuer à lui en vouloir, mais, en ce
qui concernait Sissy, elle avait la certitude qu'il ne l'avait
pas séduite. Maintenant, elle le croyait quand il lui affirmait
qu'il ne l'avait jamais touchée.

Ce qui signifiait peut-être d'un autre côté qu'elle était
tellement hypnotisée par son charme qu'elle gobait tout ce
qu'il lui disait… Ou alors que Sissy lui avait outrageusement menti ? Si tel était le cas, c'était vraiment cruel de sa
part, puisqu'elle avait choisi d'accuser le seul homme que
Charlène ait jamais aimé.

Cruel et terriblement triste.

La fatigue la submergea d'un coup. Elle n'en pouvait plus
d'en vouloir à Brand, d'entretenir sa rancune contre lui et
de se cacher la colère qu'elle éprouvait envers Sissy.

Elle posa ses mains sur ses genoux et se redressa.

— J'ai entendu tes excuses. Tu as autre chose à me
dire ?

— Oui.

— Quoi ?

— Je veux t'aider. Disons que ce serait une façon de
me rattraper.

Charlène secoua la tête, incrédule. Elle devait rêver !
Etait-ce possible que Brand se trouve chez elle, en train de
lui présenter des excuses et de lui dire qu'il voulait réparer
sa lâcheté d'autrefois ?

— Tu plaisantes ?

— Je n'ai jamais été aussi sérieux.

C'était tout simplement incroyable…

Elle jeta un regard autour d'elle, comme pour s'assurer qu'elle était bien éveillée et son regard tomba sur Mia qui s'était endormie sous son mobile.

— Regarde… Regarde ce bébé, reprit-elle.

— Oui. Elle dort, n'est-ce pas ?

— Calme, paisible. Tout ce drame autour d'elle, toute cette souffrance ne l'atteignent pas. C'est elle qui a raison !

Elle se leva pour aller vers le parc et prendre Mia dans ses bras. De là, elle l'emmena dans la chambre qui était devenue celle de la petite. Elle la déposa dans son berceau, brancha l'Audi Baby et referma doucement la porte derrière elle.

Brand l'attendait dans le salon, absorbé dans la contemplation de ses photos de la famille.

— Qu'est-ce que tu veux faire exactement pour m'aider ? demanda-t-elle.

— Ce que tu voudras.

— Alors ne raconte à personne que Sissy a laissé Mia sur mon canapé comme un paquet encombrant.

— Bien sûr. Personne n'apprendra rien de ma bouche, je te le jure solennellement.

— Parfait.

Rassurée par ces paroles, Charlène s'assit sur l'accoudoir du canapé, à bonne distance de Brand.

— Figure-toi que j'ai appelé ma tante Irma…

Mais pourquoi diable lui racontait-elle cela ? Il n'avait pas besoin de le savoir !

— Oh là là…

Evidemment. Il savait tout sur le compte de cette dernière. Autrefois, elle lui racontait tout. Il était son roc, son havre. Elle l'aimait plus que tout… Du moins, jusqu'au jour où il avait refusé de l'épouser pour l'aider à obtenir la garde de Sissy.

Allons, voilà qu'elle se laissait de nouveau gagner par l'amertume. Ce n'était pas bon, il fallait dépasser ce stade.

— Est-ce qu'elle a été plus aimable que d'habitude ?

— Disons qu'elle a été égale à elle-même. J'avoue que je me suis laissée emporter et que j'ai dit deux ou trois choses pas très gentilles pour elle, mais je n'ai pas parlé de Mia. Elle-même n'y a pas fait allusion. Je pense qu'elle n'a jamais su que Sissy était enceinte et j'ai bien l'intention d'en rester là.

— Arrête de me regarder comme si j'allais tout lui raconter ! Je ne la connais même pas.

— Si jamais elle entrait en contact avec toi…

— Pourquoi le ferait-elle ?

— Par pure méchanceté. Un jour ou l'autre, elle peut rencontrer quelqu'un qui lui parlera du bébé. Comme elle connaît ton nom et sait que nous nous sommes fréquentés autrefois, elle est tout à fait capable de chercher à te joindre pour en savoir davantage. Mais si jamais elle le fait, jure-moi que tu t'arrangeras pour ne pas lui répondre !

— Je veux réellement t'aider, Charlène. Je te promets que, si jamais je reçois un jour un coup de fil de ta tante Irma, je serai trop occupé pour lui répondre.

— Je te remercie.

— Tu es sûre qu'elle est aussi mauvaise que tu le dis ?

Tout à coup, Charlène eut envie de se pincer. Voilà qu'elle était en train de converser tranquillement avec son pire ennemi ! Il fallait arrêter cela tout de suite, sinon, il allait croire qu'ils étaient devenus les meilleurs amis du monde, ce qui, évidemment, était loin d'être le cas.

Et pourtant, elle s'entendit lui dire :

— Tu as vu dans quels problèmes psychologiques se débattait Sissy, l'an dernier...

Charlène attendit un instant les remarques désagréables que Brand ne manquerait pas de faire sur sa jeune sœur. Puis, comme rien ne venait, elle poursuivit :

— Elle avait déjà pas mal de difficultés avant que tante Irma ne la prenne chez elle. Tu comprends, perdre ses deux parents en même temps n'est pas chose facile à encaisser quand on a neuf ans. Imagine un peu : tu les vois partir le soir en voiture, heureux et souriants, et puis tu ne les revois plus jamais... Après ça, même quand elle était encore avec moi, elle était devenue triste, elle ne parlait presque plus.

— Ça me paraît normal, après un choc pareil.

— Oui. Mais tante Irma est tellement autoritaire, tellement dure ! Elle ne cesse de faire des critiques ou de donner des ordres. Evidemment, dans ce contexte, Sissy est devenue complètement rebelle à toute autorité.

Brand haussa le sourcil.

— Je ne comprends pas pourquoi tu l'as appelée, si tu la tiens en si piètre estime.

Allait-il se mettre à la critiquer ? Elle n'avait pas besoin de ça ! Déjà, elle sentait sa vieille colère revenir, mais elle fit un effort pour la contenir. Il avait dit qu'il voulait l'aider ? Voilà qu'elle était en train d'avoir une idée. En plus de garder le silence sur Mia et Sissy, elle savait ce qu'elle allait lui demander tout à l'heure. Oui, il ne quitterait pas sa maison sans qu'elle lui ait confié une mission de la plus haute importance. Et cela, ce serait certainement le meilleur soutien qu'il puisse lui apporter…

— Je t'ai dit que Sissy ne m'a laissé aucune piste susceptible de me permettre de la joindre. Il m'a semblé que le mieux était de faire appel à tous les gens qui la connaissaient.

— Tu espérais que ta tante te donnerait quelques numéros de téléphone ?

— Oui, mais c'était une erreur. Elle et Sissy ont eu leur dernière dispute l'an dernier quand elle a découvert que Sissy avait séché ses cours pendant plus de deux mois. Ma sœur s'était même débrouillée pour intercepter les courriers en provenance de l'école pour empêcher tante Irma de découvrir l'affaire.

— Et bien sûr, ça ne lui a pas valu un bon point !

— Tante Irma a été furieuse, tu imagines. Elle a fouillé la chambre de Sissy de fond en comble, persuadée qu'elle allait y trouver de la drogue.

— Il y en avait ?

— Tu n'as pas besoin de le savoir. Mais à la suite de ça elle a chassé Sissy de chez elle.

— C'est alors à ce moment-là qu'elle est venue vivre chez toi. Mais là encore ça ne s'est pas tellement bien passé, n'est-ce pas ?

— Non. Tu le sais aussi bien que moi.

— Ce qui fait que Sissy n'a jamais fait d'études.

— Non, elle n'a même pas fini le lycée.

— Alors que toi tu avais obtenu une bourse pour aller à l'université. Pourquoi l'as-tu refusée ?

— J'avais envie de mener mon affaire sans attendre.

— Tu es une femme d'action…

— Oui, sans doute.

Toujours perchée sur l'accoudoir du canapé, Charlène changea de position, puis osa enfin poser la question qui lui brûlait les lèvres.

— Ecoute, Brand, puisque nous sommes en train d'avoir cette conversation parfaitement civilisée, je veux te demander...

— Aïe... Je crains le pire...

— Qu'est-ce qui s'est passé entre Sissy et toi l'an dernier ? Pourquoi est-ce qu'elle est partie ? Quelles raisons ont bien pu la pousser à pénétrer dans ton étude pour voler ta caisse ?

Brand regarda Charlène bien en face, sans sourciller, comme un homme qui n'a rien à cacher. Ou peut-être voulait-il lui faire croire qu'il n'avait rien à cacher ?

Il répondit avec le plus grand calme.

— Je ne sais absolument pas pourquoi Sissy s'est enfuie, ni pourquoi elle fait toujours des choses bizarres. Et puis, personne n'a de preuve que c'est elle qui a commis le vol dans mon étude.

— Tu essaies de te défiler...

— Non. Je t'explique simplement que je n'en sais pas plus que toi.

— Ça ne m'aide pas beaucoup !

— Désolé.

— Pourtant, il y a quelque chose que tu peux faire pour m'aider...

— Quoi ? Dis-le moi et je le ferai.

— Il faut que tu m'aides à la retrouver !

- 6 -

Brand détourna un instant le regard, mais très vite, il se ressaisit.

— Retrouver Sissy ? Comment veux-tu que je m'y prenne ? Tu n'as pas la plus petite idée de l'endroit où elle se trouve, aucun numéro de téléphone, pas le moindre nom d'une amie, d'une connaissance…

— Faux. J'ai le téléphone de deux filles qu'elle a connues au lycée. L'un est hors service, mais j'ai réussi à joindre la seconde.

— Qu'est-ce qu'elle t'a dit ?

— Qu'elle n'avait pas vu Sissy depuis plusieurs années…

— C'est bien ce que je disais !

— C'est pour cette raison que je te demande d'intervenir. Tu es avocat, non ? Il paraît que les avocats engagent parfois des détectives privés pour pister les maris qui trompent leur femme ou d'autres histoires dans ce genre.

— Oui, ça m'arrive effectivement de temps à autre.

— Eh bien, engages-en un maintenant pour Sissy.

Cette proposition ne parut pas déchaîner l'enthousiasme de Brand, qui approuva mollement :

— Je vais voir ce que je peux faire.

— Je te remercie, répondit Charlène assez sèchement. Et maintenant, je pense que nous en avons terminé avec ce que nous voulions nous dire.

— Si je te dis que je ne suis pas d'accord là-dessus, qu'est-ce que tu me réponds ?

— Que ça ne fait aucune différence.

Brand espérait que la jeune femme se radoucirait, mais il n'en fut rien. Voyant cela, il se leva à contrecœur et se prépara à partir. Charlène se leva aussi et l'accompagna jusqu'à la porte. Mais Brand ne se tenait pas pour battu. Une fois sur le seuil, il se retourna.

— Je pensais que peut-être…

Charlène eut aussitôt l'intuition qu'il allait lui proposer quelque chose de parfaitement inacceptable, comme par exemple sortir dîner avec lui ou l'accompagner au cinéma, aussi prit-elle les devants de la plus énergique façon.

— La réponse est non. Et arrête de penser, d'accord ?

Mais elle ne put s'empêcher de le trouver aussi charmeur qu'autrefois, avec son grand corps de sportif, ses yeux noisette et son adorable fossette au menton. Que cherchait-il à ce moment précis ? Qu'espérait-il ? Etait-il possible que sa soudaine envie de l'aider soit liée à la culpabilité qu'il ressentait pour ce qui s'était passé dix ans plus tôt ?

— Que tout soit bien clair entre nous, Brand. Je ne te demande rien d'autre que de ne pas raconter comment Mia est arrivée chez moi et de me trouver un bon détective. A part ça, je n'ai besoin de rien. Vraiment rien. Je me débrouille très bien toute seule.

Ils étaient si proches l'un de l'autre que, tout en parlant, Charlène respirait l'eau de toilette raffinée de son visiteur. Avec émotion, elle se rappela qu'il utilisait autrefois celle que vendait la droguerie du coin de la rue, la meilleur marché, qu'elle avait appris à aimer tout simplement parce que c'est lui qui la portait.

Le temps avait passé, depuis, l'eau de toilette avait changé — un mélange plus fin, plus racé —, mais Charlène aspirait la fragrance musquée de tous ses poumons, incapable de résister à la douceur qui l'enveloppait. Il fallait résister à la tentation de succomber, pourtant…

Elle fit un pas en arrière afin de se protéger.

— Je t'assure que je m'en sors parfaitement. J'ai trouvé une nounou et ta mère a même appelé pour proposer de me dépanner de temps en temps.

— Ça ne m'étonne pas d'elle, elle adore les bébés ! J'espère que tu n'hésiteras pas à lui confier la petite.

De nouveau, Charlène était sur la défensive. Il fallait vraiment qu'elle prenne garde. C'était une chose de réussir à pardonner à Brand sa lâcheté d'autrefois, mais c'en était une autre de le laisser reprendre trop d'emprise sur elle.

— La « petite » ! Je parie que tu ne te rappelles même pas son nom !

— Bien sûr que si ! Je pensais que…

— Tu vois, tu penses encore ! Arrête, je t'en prie. Et rappelle-moi le nom de la « petite » en question.

— Mia. Mia Scarlett Cooper.

Charlène soupira.

— Très bien. Tu marques un point.

— Tu es toujours d'humeur aussi belliqueuse ?

— Je ne veux pas me bagarrer avec toi, Brand. Je voudrais même que… que nous nous entendions bien.

— Je suis heureux de te l'entendre dire !

— Ce qui est passé est passé, d'accord ?

— Moi, je veux bien, mais en ce qui te concerne, il faudra que tu apprennes à me pardonner.

— J'y travaille.

Il la regarda un long moment, puis recula vers la porte.

— Au revoir, Charlène.

Le lendemain soir, à la même heure, Brand était de nouveau sur le pas de sa porte. Elle fit un effort pour se rappeler que, selon le plan qu'elle avait arrêté, elle ne devait pas être contente de le revoir.

— Qu'est-ce que tu veux ? s'exerça-t-elle à lui demander sèchement, en remarquant que, comme la veille, par mesure de précaution, il avait déjà glissé son pied dans l'entrebâillement de la porte.

— Je suis bien content de te revoir, Charlène !

— Tu as quelque chose à me dire ?

— Oui. J'ai de bonnes nouvelles.

Le cœur de la jeune femme fit un bond de joie dans sa poitrine.

— Tu as retrouvé Sissy !

La mine de Brand s'assombrit.

— Non, ce n'est pas ça, désolé.

— Qu'est-ce que c'est, alors ?

— Laisse-moi entrer, je te raconterai.

— Brand !

— Franchement, tu es la seule femme au monde dans la bouche de laquelle mon prénom sonne comme une menace !

Ils se regardèrent un moment en silence.

— Laisse-moi entrer, répéta-t-il.

Elle aurait pu insister pour qu'il lui parle sur le pas de la porte. Mais n'avait-elle pas décidé de faire son possible pour bien s'entendre avec lui ? Après tout, s'il était content d'entrer chez elle quelques minutes, cela ne pouvait blesser personne.

Elle fit un pas en arrière et lui désigna le hall d'un geste de la main.

— C'est bon, entre…

— Merci.

— Et maintenant, dis-moi pourquoi tu es là.

Brand porta la main à son oreille, comme s'il n'avait pas très bien entendu.

— Une bière ? Volontiers ! C'est gentil…

Stupéfaite, Charlène se retrouva dans la cuisine en train d'ouvrir le réfrigérateur, avant même d'y penser. De là, elle jeta un coup d'œil vers le salon et aperçut Brand penché sur le parc de Mia.

— Alors, ma belle, comment tu vas, aujourd'hui ?

D'une chiquenaude, il mit en branle le mobile dont les papillons commencèrent à virevolter au-dessus de la tête du bébé qui gazouilla avec ardeur.

— Tu as vu comme ils sont contents ? Ils dansent pour toi, petite Mia, regarde-les bien.

A cet instant, il leva les yeux et aperçut Charlène qui l'observait.

Gênée que sa curiosité ait été surprise, elle plongea dans le réfrigérateur dont elle sortit deux bouteilles de bière.

Quand elle revint dans le salon, Brand s'était déjà installé dans un fauteuil. Elle le servit, se servit aussi, puis demanda sur un ton professionnel :

— Maintenant que tu as de quoi te rafraîchir, explique-moi ce qui me vaut ta visite.

— J'ai trouvé un détective.

— C'est une bonne nouvelle en effet.

— Il travaille dans la région de Sacramento et s'appelle Bravo. Tanner Bravo.

— Non ! Ne me dis pas qu'il s'agit encore d'un de tes demi-frères !

Décidément, le légendaire Blake Bravo avait des fils partout ! Etonnant que personne n'ait encore songé à l'inscrire dans le livre des records...

— Si. Encore un demi-frère. Et j'ai aussi une demi-sœur, Kelly. Figure-toi que j'ai trouvé Tanner il y a seulement huit mois, dans les pages jaunes de Sacramento. Il a travaillé plusieurs fois pour moi depuis et en plus d'être mon frère, il est réellement compétent dans son domaine.

Charlène eut très envie de se faire expliquer pourquoi un avocat avait eu besoin des services d'un détective de Sacramento, dans une ville aussi petite que la leur, mais cela relevait sans doute du secret professionnel, et elle ne lui posa pas la question.

— Que dois-je faire ?

— Rien. Il viendra te voir demain et tu répondras aux questions qu'il te posera.

— Tu as une idée de ce qu'il va me demander ?

— Il a probablement besoin d'être informé de tout ce que tu sais sur ta sœur. Y compris les numéros de téléphone dont tu disposes. Même celui de ta tante Irma.

— Mais Brand, il ne faut pas qu'il…

Brand lui coupa la parole.

— Arrête, Charlène. Le travail d'un détective est de recueillir des informations, pas d'en donner. Tanner ne racontera rien à ta tante, je te le promets. Mais tu ne dois rien lui cacher. Ni le nom du lycée que Sissy a fréquenté, ni le nom de ses camarades, même si elle les a seulement mentionnés en passant, ni les endroits dont elle t'a parlé. Bref, tout ce dont tu pourras te rappeler.

— Je ne sais pas grand-chose en fait…

Elle prit son verre de bière sur la table basse, puis garda le nez baissé.

— … alors que je devrais en savoir bien plus sur ma sœur…

— Tu as fait ton possible, Charlène, dit-il gentiment.

— Non, pas vraiment. Elle s'est peu à peu refermée sur elle-même. A un moment donné, elle ne me parlait presque plus et je me suis découragée. J'ai abandonné. Je n'aurais pas dû. Idem l'année dernière, quand elle est venue ici. Ça a été vraiment difficile de vivre avec elle ! Je ne savais pas comment m'y prendre pour la mettre en confiance. Il m'a semblé qu'il valait mieux ne pas la forcer à parler, je me suis donc montrée discrète. Résultat, elle est partie sans me prévenir et depuis, je n'ai plus eu aucune nouvelle, jusqu'à ce que je trouve Mia dans mon salon…

Brand posa un instant sa main sur celle de Charlène, mais la retira presque aussitôt. Ce geste de soutien fit chaud au cœur de la jeune femme. Elle apprécia sa retenue, qui lui évitait d'avoir à prendre ses distances.

— Etant donné le caractère de ta sœur, je t'assure que tu as fait au mieux.

— Je ne pense pas, non.

— Mais si ! Que ce soit autrefois ou maintenant, tu as toujours fait tout ton possible pour elle, qu'est-ce que tu veux de plus ?

— L'aider en ce moment, parce que je suis certaine qu'elle traverse encore des difficultés !

— Tu trouves que t'occuper de son bébé, ce n'est pas l'aider ?

— Ça n'est pas suffisant. Si elle m'a laissé Mia de cette manière, c'est qu'il y a une raison…

— Ecoute, étant donné que tu ne peux pas faire plus dans l'immédiat, il faudra bien que ce soit suffisant. Par contre, tu peux être efficace en dressant une liste de tout ce dont tu te souviens à propos de ta sœur, pour Tanner. Note ses fréquentations, ses goûts, son habitude de se droguer de temps à autre…

Charlène le coupa vivement :

— Je n'ai jamais dit que Sissy…

— Ecris tout ce que tu sais. N'omets rien. Le moindre indice peut se révéler précieux. Tout ce que tu cacheras à Tanner ne fera que rendre son travail plus difficile et la recherche plus aléatoire.

— Je ne voudrais pas qu'il sache…

— Charlène, il faut que tu comprennes que ta franchise sera le meilleur moyen d'aider ta sœur.

— Tu as raison.

— Dresse cette liste dès ce soir. Et s'il te plaît, va me chercher une autre bière.

— Mais…

— J'ai envie de profiter encore un peu de ton hospitalité.

Charlène se leva et revint avec une nouvelle bouteille de bière. Brand remplit son verre, puis regarda la jeune femme avec un sourire à lui fendre le cœur.

— Qu'est-ce que tu as prévu pour le dîner ?

— Brand, il n'est pas question que tu restes manger ici. Dis-moi plutôt à combien vont s'élever les honoraires de Tanner.

— Peu importe, je m'en chargerai.

— Je refuse. C'est *ma* sœur qu'il recherche.

— Mais c'est *moi* qui l'ai engagé.

— Parce que je te l'ai demandé !

— Charlène, laisse-moi m'occuper de ça.

— Je veux payer ce que je dois.

— Charlène, je t'en prie… Tu m'as promis que tu me laisserais t'aider, tu te souviens ? Alors considère que Tanner, c'est mon rayon et n'en parlons plus.

— Je ne peux pas accepter.

— Tu as tort. C'est ma façon de participer. Et par-dessus le marché, c'est idiot de gaspiller du temps et de l'énergie à nous chamailler pour ça. Il y a mille et un autres sujets de dispute plus valables que celui-ci !

— Nous les envisagerons le moment venu, mais je maintiens ma position… Tu veux que j'aille te chercher quelque chose à grignoter, avec ta bière ?

— J'adorerais…

Brand resta chez Charlène une bonne heure de plus. Elle aurait dû le mettre dehors bien avant, mais au moment où elle envisageait de lui demander de partir, il insista pour changer la couche de Mia.

Pas question de rater ça !

Elle dut reconnaître qu'il se débrouilla fort bien. Ses gestes étaient un peu lents, mais efficaces et tendres. Tout le temps que dura l'opération, il ne cessa de parler au bébé qui roucoulait en le regardant de ses grands yeux bleus. Le spectacle était charmant, beaucoup trop, à vrai dire, pour la tranquillité d'esprit de la jeune femme.

Une fois Brand parti, elle prépara son repas et refusa absolument d'envisager le fait que faire griller une côtelette de plus aurait été des plus faciles…

Son dîner en solitaire terminé, elle alla coucher Mia dans son berceau, puis s'installa dans le rocking-chair avec un cahier et un crayon dont elle mâchonna consciencieusement le bout pendant qu'elle réfléchissait à ce qu'elle allait noter.

Elle ne trouva pas grand-chose à écrire. En fait, elle savait depuis le début que la moisson serait maigre, mais en voyant les quelques lignes qu'elle avait eu tant de mal à remplir, elle eut un violent coup de cafard. Dire que c'était là tout ce qu'elle savait de Sissy !

Ce constat lui fit passer un mauvais moment. Elle se dit

enfin que d'autres souvenirs lui reviendraient certainement pendant la nuit et elle installa cahier et crayon à côté de son lit, sur sa table de chevet.

Hélas, rien ne vint.

Vers 17 heures le lendemain, Brand l'appela au restaurant.

— Tanner sera en ville dans une heure, lui annonça-t-il sans le moindre préambule.

Cela faisait trois jours de suite que Brand l'appelait, mais elle refusait de reconnaître qu'elle avait toujours plus de plaisir à entendre sa voix.

— Très bien, répondit-elle d'une façon aussi neutre que possible.

— Emmène Mia chez ma mère et viens nous retrouver au Nugget.

Charlène cala le téléphone dans le creux de son épaule pour rendre la monnaie à un client qui lui parut un peu trop curieux de son coup de fil. Il aurait sans doute aimé savoir qui était son interlocuteur. Elle en fut agacée. Personne n'avait besoin de savoir avec qui elle parlait ! Le vieux Tony Dellazola, installé au comptoir comme à l'ordinaire, paraissait très intéressé lui aussi. Elle lui jeta un coup d'œil un peu méfiant, auquel il répondit par un large sourire, puis s'adressa de nouveau à Brand.

— Je te rappelle dans un instant, d'accord ?

— Très bien, je suis à l'étude.

— Tammy ! dit-elle à la serveuse qui assurait normalement le service. Tu veux bien venir un instant tenir la caisse ?

— Bien sûr, Charlène.

La jeune femme emporta avec elle Mia installée dans son petit transat et se dirigea vers son bureau, situé à côté de la réserve. Là, elle posa de nouveau le bébé sur le sol et rappela Brand.

— Pourquoi est-ce que tu assistes aussi à la rencontre avec Tanner ? demanda-t-elle.

— Parce qu'il est entendu que je t'aide ! Et aussi parce que je vous invite à dîner.

— Ça ne m'explique pas pourquoi ta présence est nécessaire.

— Eh bien, en fait, elle ne l'est pas du tout.

— Ah ! Heureuse de t'entendre l'admettre ! s'exclama Charlène sur le ton de la victoire.

— Oui, mais j'ai envie de voir mon frère, voilà tout. Nous pouvons passer un moment agréable tous les trois autour d'un verre de vin et d'un bon steak. Ensuite, tu pourras rentrer chez toi avec Tanner et parler tranquillement de Sissy. Il notera toutes les pistes que tu lui suggéreras et toi, tu pourras lui poser toutes les questions que tu voudras. Tu peux lui faire entièrement confiance. N'hésite pas à aborder avec lui des sujets qui te gênent avec moi. Il ne répètera à personne ce que tu lui confieras, même pas à moi.

— Tu veux dire que tu nous quitteras après le dîner ?

— Exactement.

— C'est sûr ?

— Oui. C'est important que tu te sentes tout à fait libre de discuter avec Tanner.

— Dans ce cas, je ne vois pas l'utilité de ce dîner.

Brand émit un grognement d'impatience.

— Tanner va faire plus de deux heures de route pour venir ici ; il mérite un bon repas en arrivant, tu ne crois pas ?

— Si, mais vous pouvez parfaitement dîner en tête à tête. Ma présence est tout à fait inutile.

— Charlène…

Brand n'en dit pas davantage. Il se contenta de prononcer le prénom de la jeune femme sur un ton tel qu'elle eut honte de cette discussion mesquine. Pourquoi faire toute une histoire pour quelque chose qui n'en valait vraiment pas la peine ?

— D'accord. Je serai au Nugget dans une heure et la rencontre se déroulera comme tu le désires. Mais c'est moi qui payerai Tanner.

— Nous en reparlerons…

- 7 -

Le combiné à peine reposé, elle réalisa ce qu'elle venait de faire… Elle venait d'accepter de dîner en ville avec Brand un vendredi soir. Dès le lendemain, tout le monde saurait qu'après dix ans de fâcherie ils se parlaient de nouveau.

Pire encore. Que non seulement ils se parlaient, mais qu'ils sortaient ensemble.

La petite Mia lui lança un gentil gazouillis depuis son siège, posé à côté d'elle.

Charlène se pencha vers le bébé qui gigotait dans sa grenouillère vert pomme et lui massa tendrement le pied.

— Tu as raison, ma chérie. Dans la mesure où je laisse Brand m'aider, tout le monde le saura de toute façon. Et puis, si j'ai décidé de lui pardonner, autant assumer. C'est important pour mon évolution personnelle d'accepter d'être vue en public avec lui.

— Areu… Areu…, approuva Mia en se trémoussant de plus belle.

Charlène appela donc Chastity pour s'assurer qu'elle pourrait bien prendre soin de la fillette durant la soirée.

— Rien ne peut me faire davantage plaisir ! affirma cette dernière.

Charlène déposa donc Mia en quittant le restaurant et rentra chez elle se changer. Elle mit une robe qu'elle avait achetée des mois plus tôt, mais qu'elle n'avait encore jamais portée. Et si elle passa beaucoup de temps à se pomponner, personne n'avait besoin de le savoir…

Ensuite, elle retourna en ville et entra au Nugget où Brand et un homme aux cheveux bruns l'attendaient, assis à une table, face à la porte. Brand lui sourit aussitôt en l'apercevant. Son compagnon se retourna vers elle et elle nota aussitôt une ressemblance entre les deux demi-frères. Tanner était beau lui aussi, dans le genre mélancolique, et il arborait au milieu du menton la fossette caractéristique de la famille Bravo.

Elle s'avança vers eux et commanda un verre de vin blanc pendant que Brand la présentait. La poignée de main de Tanner, ferme et chaleureuse, lui donna aussitôt le sentiment qu'elle pourrait compter sur lui et en même temps que ce ne serait pas facile de le connaître.

Brand se pencha vers elle.

— Cette robe est ravissante et tu la portes divinement bien !

Allons…

Voilà qui ressemblait fort à ce qu'un homme dit à une femme quand ils sortent en amoureux plutôt qu'aux paroles échangées au cours d'une réunion de travail… Car il s'agissait bien d'une réunion de travail, quoi qu'ait l'air de signifier le sourire entendu que Nadine Stout, la serveuse, arborait en les découvrant attablés ensemble.

— Merci…, murmura-t-elle un peu gênée.

Après tout, l'important était de mettre tout le monde à l'aise. Elle n'allait quand même pas en vouloir à Brand de lui faire un compliment !

Et puis pourquoi refuser de reconnaître qu'elle était contente que son élégance ne soit pas passée inaperçue. La lueur d'admiration qui brillait dans les yeux noisette aux reflets dorés ne lui déplaisait pas, au contraire…

Elle se ressaisit aussitôt cette pensée formulée. Dix ans plus tôt, ce beau parleur l'avait laissé tomber au moment où elle avait le plus besoin de lui, alors inutile de se rengorger et de se laisser tourner la tête parce qu'il aimait sa robe…

La conversation, déjà entamée par Brand et Tanner, se poursuivit tout au long du repas. L'un parla de son étude, l'autre donna des nouvelles de sa mère et de sa sœur. Tanner apprit à Charlène qu'il était né et avait été élevé à Sacramento, mais qu'il se souvenait très peu de son père presque toujours absent. Après avoir un certain temps affronté seule les difficultés de la vie et l'éducation de deux enfants, sa mère avait fini par se décourager et les avait confiés, sa sœur et lui, à l'assistance publique.

Brand regarda la jeune femme.

— Tu vois, aucun de nous n'a vraiment connu Blake Bravo.

A vrai dire, Bowie, le plus jeune, ne l'avait même jamais vu… Chastity s'était retrouvée enceinte de son quatrième enfant, mais Blake n'était jamais revenu à New Bethlehem Flat. Elle avait connu la même existence difficile que la mère de Tanner, mais à la différence de cette dernière elle avait réussi à garder ses enfants auprès d'elle.

Aucun des deux hommes ne mentionna Sissy. Ni Mia. Charlène en fut soulagée. Elle aurait tout le temps d'aborder le sujet avec Tanner un peu plus tard, quand ils seraient en tête à tête.

Lorsque la serveuse apporta l'addition, Charlène tint à régler le repas et comme elle s'était exprimée sur un ton plus autoritaire qu'il n'était nécessaire, les deux hommes la laissèrent faire, se contentant de la remercier.

Ensuite, chacun regagna son véhicule et Tanner s'apprêta à la suivre. Avant de prendre le volant, elle regarda Brand marcher jusqu'à sa jeep garée devant la poste et éprouva un drôle de pincement au cœur. Que signifiait cette réaction ? Aurait-elle souhaité que le repas qu'ils venaient de partager soit un vrai dîner de retrouvailles ? Demain, quand les langues commenceraient à répandre le bruit que Brand et elle recommençaient à sortir ensemble, regretterait-elle que ce ne soit pas la vérité ?

Allons… Ces interrogations étaient parfaitement oiseuses. Complètement malvenues, même.

Elle haussa les épaules et mit le contact.

Une fois chez elle, Charlène offrit une tasse de café à Tanner et alla chercher la liste qu'elle avait établie à son intention. Il la prit et commença à la lire avec la plus grande attention. La jeune femme l'observait et, au fur et à mesure que le temps passait, elle sentait la tension s'installer entre ses omoplates et la nervosité la gagner.

Lorsqu'il leva les yeux de la feuille, il la dévisagea et perçut son malaise car il lui demanda si elle se sentait bien.

— Pas vraiment, avoua-t-elle. Je suis très inquiète au sujet de ma sœur.

— Je ferai mon possible pour la retrouver.

Elle éprouva une profonde déception. Il se contentait de cette formule convenue ? Elle s'attendait à bien autre chose, mais à vrai dire, elle ne savait pas exactement quoi…

— J'ai un certain nombre de questions à vous poser…

— Oui, bien sûr, je vous écoute.

— Combien de temps s'est écoulé entre le moment où votre tante l'a chassée et celui où elle est arrivée chez vous, l'année dernière ?

— Je ne sais pas exactement. Je pense que Sissy est venue directement ici, mais dans le fond, je n'en sais rien.

— Est-ce qu'elle possède une voiture ?

— Non. Enfin… peut-être en a-t-elle une maintenant, mais l'an dernier elle n'en avait pas. En fait, elle en avait une six mois avant de venir chez moi.

Tanner ne dit rien, mais Charlène comprit qu'il attendait quelques explications supplémentaires.

— Sissy a eu plusieurs amendes pour excès de vitesse. Et trois accidents. Pas très graves, mais son permis de conduire lui a été retiré.

— Comment est-elle venue ici sans voiture ?

— En stop. Elle sait très bien que je déteste ça parce que je trouve que c'est dangereux, mais elle l'a fait quand même. Sissy a toujours prétendu qu'elle était tout à fait capable de se défendre et qu'il valait mieux que personne ne cherche à l'embêter.

— Vous savez pourquoi votre tante l'a chassée ?

— Sissy m'a dit que c'était parce qu'elle ne suivait pas ses cours…

Tanner regarda Charlène avec l'air de celui qui attend autre chose. Elle se décida alors à lui avouer ce qu'elle n'avait pas voulu reconnaître devant Brand.

— En fait, ma tante avait trouvé… du haschich dans la chambre de Sissy.

Agacée de voir que Tanner notait tout ce qu'elle venait de lui dire, elle lui demanda abruptement :

— Pourquoi vous voulez savoir tout ça ? Quelle importance ça peut bien avoir ?

— Nous y trouverons peut-être des pistes. Plus j'en sais, mieux ça vaut pour la recherche.

Charlène s'en voulut aussitôt de sa réaction idiote.

— Je suis désolée. J'avoue que… que je suis toujours mal à l'aise d'avoir à reconnaître que Sissy usait parfois de drogue.

— Je comprends parfaitement et je vous remercie de votre franchise. Si vous le permettez, je vais encore vous poser quelques questions.

— Bien sûr, je vous écoute.

— Pendant son séjour chez vous, est-ce que Sissy a reçu la visite d'amis ?

— Non.

— Des coups de fil ? Elle-même en a peut-être donné ?

— Oui. Quand j'ai reçu ma note de téléphone, après son départ, j'ai remarqué des appels que je n'avais pas passés moi-même, à San Diego et à San Francisco. J'ai tout de suite appelé ces numéros dans l'espoir de retrouver sa trace.

Chaque fois que je suis tombée sur une boîte vocale, j'ai laissé un message, mais personne ne m'a rappelée. A part ça, un homme m'a répondu que je faisais une erreur et m'a raccroché au nez ; ailleurs, une femme m'a juré qu'elle n'avait jamais entendu parler de quelqu'un du nom de Sissy.

— Vous avez conservé ce relevé ?

— Oui, je crois.

Comme elle se levait déjà pour aller le chercher, Tanner l'arrêta dans son élan. Il sortit une carte de visite de la poche de sa veste et la lui tendit.

— Prenez votre temps. Vous me faxerez cette liste demain, tranquillement.

— D'accord.

— Vous pouvez me rappeler les dates de son séjour ici ?

Et comment ! Ces dates étaient marquées au fer rouge dans sa mémoire.

— Elle est restée ici cinq semaines. Du dimanche vingt-deux mai jusqu'au dimanche vingt-sept juin ou peut-être au lundi vingt-huit juin, je ne sais pas exactement parce qu'elle est partie pendant la nuit. Quand je me suis réveillée le lundi matin, elle n'était plus là ct ses affaires avaient disparu.

Tanner ajouta quelques lignes à son rapport.

— Vous pensez que sa grossesse date de son séjour ici ?

— Oui, à moins que Mia ne soit née en avance ou que Sissy m'ait menti à propos de sa date de naissance.

— Brand m'a dit qu'elle vous avait laissé une lettre ?

— Oui.

— Je peux la voir ?

— Je… Elle est plutôt en mauvais état tellement je l'ai lue et relue.

— Peu importe.

Charlène alla chercher la lettre qu'elle conservait dans sa boîte à bijoux.

— Vous voyez ? Elle a écrit que Mia était née le quinze mars.

— La petite paraît bien avoir l'âge que sa mère indique…

— Tout à fait.

— Ce qui fait que la grossesse remonterait à la mi-juin, pendant qu'elle se trouvait ici.

— Et comme vous avez pu le lire vous-même, Sissy affirme que Brand en est le père.

— Oui, je vois. Vous la croyez ?

C'était la première fois que la question lui était posée par une personne extérieure. Elle répondit avec sincérité.

— Plus j'y réfléchis, plus je pense que non. Non, vraiment, je ne crois pas que Brand soit le père de Mia.

Tanner hocha la tête.

— Et vous êtes sûre que Mia est bien la fille de votre sœur ?

Cette question inattendue la désarçonna complètement.

— Mon dieu… Je n'ai jamais imaginé que… Il ne m'est jamais venu à l'idée que Mia ne soit pas la fille de Sissy. De qui donc, sinon ?

— Je n'en ai pas la moindre idée, mais c'est peut-être aussi quelque chose que nous devons envisager. Dans le fond, vous n'avez jamais vu votre sœur enceinte et votre

tante n'a jamais entendu parler de l'existence de ce bébé…
Vous l'avez seulement trouvé sur votre canapé.

— Oui, bien sûr, mais…

— Mais quoi ?

— Rien, répondit Charlène sur un ton ferme. Je suis absolument certaine que Mia est ma nièce.

— Comment pouvez-vous avoir cette certitude ?

Tanner avait adopté une voix douce, comme celle qu'on prend pour parler à un enfant un peu demeuré. Charlène ferma les yeux. Elle était sûre de ce qu'elle avançait.

— Tout simplement parce que j'avais neuf ans quand ma sœur est née et je me souviens très bien d'elle bébé. Mis à part la fossette que Mia a au menton, elle a exactement le visage de ma sœur au même âge. C'est impossible qu'elle ne soit pas la fille de Sissy.

Tanner demeura silencieux. Pendant un moment, on entendit seulement le tic-tac de la pendule. Puis Charlène ouvrit les yeux et vit qu'il écrivait encore sur sa feuille.

— Vous auriez une photo récente de votre sœur ?

Comment n'y avait-elle pas pensé plus tôt ?

— Oui, j'en avais pris quelques-unes pendant son séjour, l'an dernier.

Elle se leva et alla les chercher.

Tanner choisit la meilleure de toutes, celle sur laquelle Sissy apparaissait en train de boire son café du matin sur la terrasse. On y voyait parfaitement ses cheveux violets hérissés comme une crête, ses lèvres peintes en noir et les épingles de nourrice qu'elle portait en ornement dans le nez et dans les oreilles.

— J'en ferai une copie et je vous la rendrai, dit Tanner.

— Merci. Je n'ai pas tellement de photos d'elle.

Tanner rassembla ses notes et se leva.

— Je commencerai mon enquête avec les numéros de téléphone que vous allez me faxer.

— Quand vous parlerez à ma tante… je…

Charlène ne savait comment exprimer ce qui lui tenait tant à cœur, mais Tanner devina de quoi il s'agissait. Peut-être Brand l'avait-il averti ? Quoi qu'il en soit, il répondit aussitôt :

— Si vous préférez que je ne parle pas de Mia, je respecterai votre volonté. Votre tante n'apprendra rien de plus que ce que vous lui avez déjà dit.

— Je vous remercie, répondit-elle chaleureusement.

Il eut un petit sourire.

— Ne me remerciez pas, je n'ai encore rien fait !

Charlène le raccompagna jusqu'à sa voiture. Ensuite, elle grimpa dans la sienne et alla jusqu'au Bed and Breakfast de Chastity récupérer Mia. La Cherokee bleu nuit de Brand était garée devant la porte.

Elle aurait dû s'en douter…

Oui, mais pourquoi se sentait-elle soudain si légère et heureuse ?

Idiote ! Elle était idiote. Complètement idiote…

Elle s'avança sur l'allée pavée d'ardoises en se répétant qu'il n'était absolument pas question de permettre à Brand de venir passer un moment chez elle. Au cas où il le lui demanderait…

Chastity vint lui ouvrir et la fit entrer dans la cuisine sans lui laisser le temps de dire qu'elle ne voulait pas s'arrêter. Là, une bonne odeur de citron flottait dans la pièce. Alyosha, l'ami de Chastity, se trouvait là lui aussi, assis à la table avec Brand. Il était veuf et avait pris sa retraite à New Bethlehem Flat, où il continuait à se rendre utile comme homme à tout faire chez les uns et les autres. Il salua Charlène d'un signe de tête.

— Bonsoir ! lança Brand en lui souriant.

Le cœur de Charlène bondit de joie dans sa poitrine.

Idiote ! Triple idiote !

Chastity lui présenta une chaise et lui fit signe de s'asseoir à côté de Brand.

— Mia dort bien sagement dans ma chambre. Tu as tout le temps de boire une tasse de café et de goûter ma tarte au citron.

La jeune femme voulait refuser, expliquer qu'elle n'avait pas le temps de s'arrêter… Au lieu de quoi elle s'assit.

— De la tarte au citron ! Voilà ce qui sentait si bon…

— Elle sent bon, c'est vrai, mais c'est encore mieux de la manger, commenta Alyosha.

— Ta réunion s'est bien passée ? demanda Chastity.

Aussitôt, Charlène se demanda si Brand n'avait pas trop parlé. Inquiète, elle lui jeta un coup d'œil auquel il répondit par un signe de tête qui la rassura. Apparemment, il avait su se montrer discret.

— Très bien, répondit-elle.

— Tant mieux. Je suis bien contente pour toi, reprit la mère de Brand.

Charlène trouva que sa tasse et son assiette se vidaient trop vite. Comme elle était bien, ici. Il y avait quelque chose de spécial dans cette cuisine, quelque chose d'un peu magique qui faisait qu'on y oubliait les problèmes qu'on y avait introduits en entrant. Pourtant, il lui fallait quitter cet environnement protecteur pour replonger dans la réalité.

Courageusement, elle refusa une seconde tranche de tarte et une autre tasse de café et se leva.

— Merci, Chastity, pour ce moment bien agréable. Mais il faut que je rentre avec Mia maintenant.

Chastity alla chercher le bébé qui bâillait, ouvrit de grands yeux et se rendormit aussitôt. Charlène prit la petite fille dans ses bras et tendit la main pour saisir le sac que Brand avait sorti de la chambre de sa mère.

— Laisse, je vais le porter jusqu'à ta voiture, lui proposa-t-il.

Charlène aurait préféré se débrouiller seule, mais elle ne dit rien. Faire une histoire pour un aussi petit détail serait vraiment compliquer les choses à plaisir.

— Merci encore pour ton aide, Chastity.

— N'hésite pas à me confier Mia, je serai toujours heureuse de la garder.

Puis elle s'adressa à son fils :

— Tu raccompagnes Charlène ?

— Bien sûr.

Dehors, au-dessus du porche, la nuit de printemps était fraîche et calme. La jeune femme tendit la main vers le sac du bébé, mais Brand lui adressa un sourire qui étincela dans la nuit et se mit hors de sa portée.

— Attends un peu !

Le cœur de la jeune femme se mit à battre très vite.

— Donnant, donnant, reprit Brand. Si je te rends le sac, tu me racontes comment ça s'est passé avec Tanner.

— Il n'y a rien à dire.

Brand arbora une mine suppliante.

— Allez !

Bien entendu, cette mimique n'impressionna pas du tout Charlène, mais le problème n'était pas là. Le problème, c'était son cœur qui battait la chamade et qui attendait… quoi, au juste ? Elle ne savait pas, mais elle se sentait perdre la tête.

Elle fit mentalement le tour de la situation. C'était tout simplement catastrophique. Sa sœur avait disparu et se trouvait peut-être dans un de ces pétrins inimaginables comme elle seule était capable de les créer… L'horrible tante Irma risquait d'un jour à l'autre de découvrir l'existence de Mia et d'envoyer la P.M.I. à ses trousses… Et il y avait cette question de paternité qui n'était toujours pas résolue, même si, désormais, elle ne pensait pas que Brand soit le père de Mia… Sans parler du premier problème, celui qui remontait à dix ans et qui était loin d'être réglé.

D'accord, elle avait résolu de pardonner à Brand. Mais pardonner était une chose, renouer avec lui en était une autre.

Ce serait même, pour dire les choses franchement, une très mauvaise idée. Le summum de la bêtise, le comble de l'idiotie, l'apothéose de la stupidité.

Non, sa raison lui interdisait de renouer avec cet homme.

Mais son cœur, qui ne réfléchissait pas tant, était tout heureux de sentir Brand avec elle, là, sous le porche de Chastity, et il le faisait savoir à coups redoublés. Brand pouvait la narguer tant qu'il voulait en lui balançant du bout des doigts le sac de Mia sous le nez, peu importait.

Tout ce qu'il désirait, ce cœur de midinette, c'était rester ici le plus longtemps possible, ici ou ailleurs, pourvu que ce soit avec lui.

Idiote ! Elle était tout simplement idiote.

Hélas.

Pourtant, ce n'était pas compliqué de dire *non*. C'était même très simple : *non*. Tellement simple, qu'elle s'entendit répondre :

— Bon, d'accord, viens chez moi. Mais juste un petit moment…

Le sourire de Brand s'élargit et étincela encore davantage tandis qu'il jetait le sac de Mia par-dessus son épaule.

— D'accord. Je te suis !

- 8 -

« Et si je l'embrassais ? » se demandait Brand, tandis qu'il suivait dans sa jeep la voiture de la jeune femme.

Dans la vie, il faut avoir des buts. Voilà qui conviendrait parfaitement comme but pour la soirée...

Bon, il y avait à peine deux jours que Charlène avait accepté son aide et décidé de lui pardonner. Est-ce qu'elle ne risquait pas de penser qu'il brusquait un peu les choses ?

A la réflexion, il décida que non. A ses yeux, il ne brusquait rien du tout car deux jours, c'était terriblement long. A vrai dire, c'était même une éternité.

Surtout si l'on tenait compte de toutes les années qui s'étaient écoulées, au cours desquelles il n'avait cessé de se mentir, de se dire qu'il avait bien fait de la quitter et de prétendre qu'il était parfaitement heureux sans elle. Combien de fois s'était-il répété que cela n'avait aucune importance qu'elle le haïsse et refuse de lui parler ?

Dix années pendant lesquelles il était sorti avec des *étrangères*. Il n'y avait pas de meilleur mot pour désigner les femmes qu'il avait fréquentées après sa rupture avec

Charlène. Toutes étaient agréables, intelligentes, amusantes parfois, séduisantes toujours.

Oui, mais elles n'étaient pas Charlène.

Ce qui avait fait qu'à ses yeux elles n'étaient rien de plus que des étrangères.

La bonne nouvelle était que, désormais, il en avait fini avec ces simagrées. Il ne pensait pas mariage ni relation durable. Cela ne l'intéressait pas d'aller aussi loin. Il avait compris qu'il n'était pas du genre à se marier.

Mais il avait envie de se rapprocher de Charlène. Vraiment. Et il était prêt à rattraper le temps perdu.

Il avait d'ailleurs noté avec une certaine joie qu'elle paraissait vouloir se laisser apprivoiser rapidement. Bien sûr, s'il lui avait demandé son avis, elle aurait juré ses grands dieux qu'il racontait n'importe quoi, mais il était avocat, et son expérience lui avait appris qu'il valait mieux parfois éviter de poser certaines questions tant qu'on n'était pas sûr d'obtenir la réponse souhaitée.

Il n'avait pas l'intention de demander quoi que ce soit, en fait. Il avait décidé d'agir. Et cela, dès que Charlène lui en donnerait la moindre possibilité.

Il se doutait que ce ne serait pas facile de réussir à l'embrasser. Mais il aimait les défis et tant mieux si celui-ci était de taille !

— Je vais mettre Mia dans son berceau et je reviens, annonça la jeune femme une fois qu'ils furent arrivés chez elle.

Il la suivit dans la chambrette qui se trouvait au-delà de la cuisine et déposa le sac du bébé sur une chaise à l'entrée de la pièce. Charlène coucha la petite fille sans allumer la lampe.

Debout dans l'embrasure de la porte, il admira la courbe douce de la joue de la jeune femme lorsqu'elle se pencha et le doux éclat de ses cheveux blonds quand son visage coupa le rayon de lumière qui provenait de la cuisine.

Charlène couvrit Mia avec une petite couverture surpiquée d'étoiles bleu ciel, qu'il devinait plus qu'il ne les voyait vraiment dans la pénombre. Mais il savait qu'elles étaient là, ces étoiles, et qu'elles avaient été cousues par les mains encore maladroites d'une petite fille de neuf ans.

Ce petit couvre-lit avait été celui de Sissy autrefois. Charlène lui en avait raconté l'histoire, il y avait bien longtemps, quand ils étaient encore amoureux l'un de l'autre. Quand elle lui racontait tout, y compris ses secrets, tous les événements, petits ou grands, qui comptaient pour elle.

C'était ainsi qu'elle lui avait parlé d'une couverture matelassée que sa mère avait cousue avant la naissance de Sissy et sur laquelle la petite fille qu'elle était avait obtenu la permission de broder des étoiles bleu ciel. Lorsqu'elle évoquait ce souvenir plein de tendresse, un autre genre d'étoiles scintillaient aussi dans ses yeux. Oui, il avait été tout pour elle, autrefois, jusqu'à ce qu'il la quitte...

La jeune femme se redressa à ce moment-là et leurs regards se croisèrent. Elle détourna nerveusement le sien. Il recula d'un pas et retourna dans la cuisine.

— Tu veux une bière ? lui demanda-t-elle en refermant la porte derrière elle. Un café, plutôt ?

— Non, je te remercie, je n'ai besoin de rien.

Il s'assit pourtant à la table de la cuisine et elle s'y installa aussi, en ayant bien soin toutefois de laisser une chaise vide entre eux deux.

Brand se passa la main dans les cheveux. Voilà qui ne cadrait pas tellement avec son projet de la soirée… Il lui faudrait trouver un moyen de se rapprocher, ce qui ne serait pas une tâche facile, s'il en croyait l'expression affichée sur le visage de la jeune femme. Il y lisait aussi clairement que si le message y avait été écrit en toutes lettres : « Ne t'amuse pas à essayer ! »

Remettant le baiser à plus tard, il se rappela alors pourquoi il était venu chez elle.

— Alors, comment s'est passé l'entrevue avec Tanner ?

— Exactement comme tu l'avais prévu. Il m'a posé beaucoup de questions, auxquelles j'ai répondu de mon mieux, et il est parti avec une photo de Sissy.

— Il te la rendra, ne t'inquiète pas.

— Il me l'a promis. Il m'a demandé aussi si j'étais bien sûre que Mia soit la fille de Sissy.

Brand parut surpris de cette question.

— Ah… Evidemment, il n'a jamais rencontré ta sœur, ni Mia. Il ne peut pas savoir combien elle lui ressemble.

— Mon dieu, c'est vrai que…

Bouleversée, elle avait mis sa main sur sa bouche et ses yeux se remplirent brusquement de larmes.

Brand bondit de sa chaise et se rapprocha d'elle.

— Je… je suis désolé ! Qu'est-ce que j'ai dit qui te fait de la peine ?

Charlène secoua la tête en sanglotant.

— Rien…

— Allons !

Il lui prit la main et la tira vers lui. Charlène ne lui opposa aucune résistance. Elle se leva et vint se lover contre lui. Il lui caressa les cheveux, en respirant leur parfum.

— C'est juste bon que… que toi aussi, tu ne doutes pas, murmura-t-elle contre son épaule.

Elle leva les yeux vers lui tandis qu'un sourire tremblait sur sa bouche.

— Toi aussi, tu sais ! Tu viens de le dire. Tu *sais* que Mia est bien la fille de Sissy.

— Bien sûr !

— Tu comprends, j'en suis persuadée, mais c'est tellement réconfortant que quelqu'un soit d'accord avec moi ! Il y a tellement de choses que je ne sais pas sur ma sœur… Trop de choses ! Mais, avant que Tanner ne me pose la question, il ne m'était jamais venu à l'esprit que la petite ne soit pas sa fille…

De nouveau, elle cacha son visage contre son épaule.

Il lui prit le menton et l'obligea à le regarder.

— Réfléchis un peu, Charlène. Mis à part le fait que Mia ressemble trait pour trait à Sissy bébé, il n'y a absolument aucune raison pour qu'elle vienne déposer sur ton canapé le bébé de quelqu'un d'autre. Ça n'aurait aucun sens.

— Non, aucun. Je suis bien d'accord, mais la plupart du temps Sissy ne fait que des choses qui n'ont aucun sens !

— Oui, c'est vrai… Cette fois pourtant, je trouve son comportement parfaitement logique. D'une logique un peu tordue, je te l'accorde, mais logique quand même. Tu sais combien Sissy est imprévoyante, il n'y a donc rien d'étonnant à ce qu'elle se soit retrouvée enceinte. Elle décide pourtant de garder le bébé, ce qui d'ailleurs ne me surprend pas non plus, mais très vite elle comprend que s'occuper d'un enfant est une tâche trop lourde pour elle. Par chance, elle connaît quelqu'un sur qui elle peut compter, quelqu'un qui s'occupera parfaitement bien de sa fille. Toi. Hélas, vos relations n'étant pas au beau fixe, elle ne se sent pas le courage de t'affronter. Que lui reste-t-il à faire ? Déposer sa fille chez toi et repartir aussitôt, ni vue ni connue.

— En me laissant un mot pour m'apprendre que tu en es le père…

Il lui caressa la joue. Elle était douce, tiède. Exactement comme dans son souvenir.

— Les relations entre ta sœur et moi n'étaient pas au beau fixe non plus.

Le regard clair de Charlène se fit interrogateur.

— Vous vous étiez disputés ?

— C'est toi qui poses des questions indiscrètes maintenant !

— Je veux savoir, Brand.

Il fixa des yeux la bouche pulpeuse de son interlocutrice et son projet initial lui revint à l'esprit, plus séduisant que jamais.

Charlène insista :

— Qu'est-ce qui s'est passé entre vous ?

Il abdiqua. Autant parler tout de suite, car elle ne lui laisserait pas de répit tant qu'elle ne saurait pas.

— Ta sœur m'en veut pour les mêmes raisons que toi. Elle considère que c'est ma faute si elle s'est retrouvée chez l'horrible tante Irma à l'âge de neuf ans.

— Elle te l'a dit ?

Il acquiesça d'un signe de tête et soupira.

— Oui, le jour où je l'ai engagée. Si tu l'avais vue ! Elle

a débarqué à l'étude comme une furie, moulée dans un T-shirt à peine plus grand qu'un timbre-poste et parée des ces abominables épingles de nourrice en guise de bijoux. Elle brandissait la petite annonce que j'avais fait passer dans le *Sierra Times*, et m'a annoncé tout de go que je lui devais cet emploi, parce que, si je ne t'avais pas laissé tomber autrefois, elle serait restée à New Bethlehem Flat, aurait fait de brillantes études et aurait une bonne situation.

— Mais elle avait un emploi, l'an dernier ! s'insurgea Charlène. Dans mon restaurant !

— Oui, mais le « hic », c'est qu'elle ne voulait pas travailler dans un restaurant !

Charlène laissa échapper un gros soupir.

— Ce qui fait qu'elle t'en veut autant qu'à moi…

En fait, il y avait encore entre eux un autre contentieux, d'une tout autre teneur, mais Brand estima plus sage de s'en tenir là.

— Oui, depuis tout ce temps ! approuva-t-il. Ça paraît incroyable d'avoir la rancune aussi tenace, tu ne trouves pas ?

Il s'était adressé à elle sur un ton outrageusement scandalisé afin de la provoquer.

— Arrête ! ordonna la jeune femme en lui donnant un petit coup sur la poitrine. Je t'ai déjà dit que je faisais des efforts…

— Je sais et je m'en réjouis. Mais est-ce que tu es bien sûre de faire tout ton possible ?

Il la dévisageait en retenant son souffle. Qui sait si… Et voici que l'impensable se produisit ! Elle rapprocha son visage du sien sans qu'il lui ait rien demandé.

— Regarde-moi si tu veux des preuves ! répliqua-t-elle, provocante à son tour.

— C'est exactement ce que je suis en train de faire, et c'est un vrai plaisir…

Les coins de la bouche de Charlène se mirent à trembler, comme si elle s'efforçait de retenir un sourire.

— Ne fais pas l'idiot ! Tu sais très bien ce que je veux dire. Je suis là, dans tes bras et ça me plaît…

— Je m'en réjouis ! Moi aussi, ça me plaît.

— Franchement, je ne me croyais pas capable d'en arriver là.

— Où ? questionna-t-il, comme s'il n'avait rien remarqué.

— Allons, tu le sais très bien… Je ne pensais pas que je te fréquenterais de nouveau et encore moins que la vieille flamme se rallumerait !

— Charlène ?

— Oui…

— Tout le monde a le droit de changer d'avis…

Il laissa son bras glisser lentement le long de son dos. Comme elle paraissait à son aise, lovée contre lui ! Chaque fois qu'il la prenait dans ses bras autrefois, c'était exactement ce qu'il ressentait. C'était bon de voir que certaines bonnes choses du passé n'avaient pas changé !

— Et moi, je ne le crois pas ! déclara Charlène sans conviction, les lèvres tendues vers lui, comme si elle attendait un baiser.

— Tu te trompes.

— Certainement pas…, ajouta-t-elle mollement.

Chacun des ses gestes prouvait qu'elle pensait le contraire de ce qu'elle affirmait.

Brand n'avait pas besoin d'être davantage encouragé. Il pencha son visage vers elle et posa ses lèvres sur celles de la jeune femme.

Il les effleura à peine.

Puis il attendit.

Il n'avait pas l'intention de la brusquer, en tout cas, pas plus qu'il ne venait de le faire.

Même si lui-même mourait d'envie d'échanger avec elle un vrai baiser.

Elle soupira, lui passa les bras autour du cou et se haussa sur la pointe des pieds pour souder ses lèvres aux siennes.

Quelle surprise !

Et quelle merveille.

Les baisers de Charlène…

Avec un petit gémissement, elle entrouvrit les lèvres.

Brand la serra davantage contre lui et grogna de plaisir en sentant la poitrine ronde et tendre se presser contre lui. Il glissa sa langue entre ses lèvres.

Comme autrefois, il savoura sa bouche, la retrouva, parfaite, parfumée, comme aux plus beaux jours de leur amour, comme dans les plus beaux de ses rêves, comme dans ses désirs les plus voluptueux.

La tentation se faisait de plus en plus forte pour lui non seulement de continuer, mais de la soulever dans ses bras pour l'emmener jusqu'à son lit. Il avait trop envie de rattraper le temps perdu, tout de suite, cette nuit même.

Mais elle n'apprécierait sans doute pas sa hâte, et il perdrait du temps au lieu d'en gagner. A regret, il releva la tête. Au bout d'un moment, elle ouvrit les yeux et le regarda. Mon dieu, comme ils étaient bleus, les yeux de Charlène ! Bleus comme le ciel au-dessus de la Sierra au cœur de l'été.

— Je n'arrive pas à croire à ce que je viens de faire… murmura-t-elle.

Avant qu'il ait pu répondre quoi que ce soit, la sonnette de l'entrée retentit.

— Mon dieu ! s'exclama-t-elle, inquiète.

De nouveau, il l'attira contre lui et appuya ses lèvres contre sa chevelure parfumée.

— Il ne faut pas que tu aies peur…

— Peur ? De quoi ?

— De ce que les gens peuvent dire de nous. On s'en fiche ! Il y a toujours eu des racontars, il y en aura toujours et on ne peut rien faire pour les empêcher.

— C'est vrai, reconnut-elle. Après tout, si nous voulons être… amis, c'est notre affaire et ça ne regarde personne.

— Exactement !

Bien sûr, Brand avait bien autre chose en tête que l'amitié, et le baiser qu'ils venaient d'échanger aurait bien dû le faire comprendre à Charlène, mais si elle avait envie d'appeler « amitié » ce qui se passait entre eux, libre à elle. Il n'irait pas la contrarier !

Dans quelques jours, il lui prouverait, avec tous les détails nécessaires, qu'ils étaient beaucoup plus que de simples amis. Mais, pour l'instant, il avait atteint le but qu'il s'était fixé pour la soirée et s'en réjouissait profondément. Chaque chose en son temps…

La sonnette retentit de nouveau.

— Allons, dit Charlène, il faut que j'aille ouvrir.

A regret, Brad laissa retomber ses bras pour la libérer. Elle se dirigea aussitôt vers la porte et il la regarda traverser la salle de séjour. En la voyant lisser sa jupe et remettre de l'ordre dans ses cheveux, il ne put s'empêcher de sourire. Elle essayait de s'assurer que sa tenue était irréprochable et que personne ne pourrait deviner ce qui venait de se passer entre eux. C'était assez amusant ! Cela dit, qui pouvait se permettre de venir sonner chez elle sans prévenir, à une heure aussi avancée de la soirée ?

Charlène ouvrit la porte d'entrée et poussa un petit cri.

— Tante Irma ! Qu'est-ce que tu viens faire ici ?

- 9 -

« Non ! se dit Charlène en dévisageant la sœur de son père. N'importe qui au monde, mais pas tante Irma ! »

Et en plus, elle avait des valises… Deux grosses valises, posées par terre sur le seuil, de chaque côté d'elle.

— Bonsoir ! C'est la surprise de la journée ! annonça Irma avec un sourire contraint. Je suis venue te faire une petite visite.

Elle paraissait fatiguée et son visage plus mince et plus vieux que d'ordinaire.

Charlène prononça le premier mot qui lui vint à l'esprit :

— Non !

Irma cligna des yeux.

— Pardon ?

Sa voix d'habitude si autoritaire manquait étrangement d'assurance. On aurait même dit qu'elle tremblait. Etait-ce possible ? Charlène avait envie de se pincer ! La terrible tante Irma, là, debout à sa porte, en train de trembler comme une pauvre petite chose ?

La jeune femme s'éclaircit la voix.

— Oncle Larry est venu avec toi ?

Larry était un imbécile de première catégorie. Sous prétexte qu'il gagnait énormément d'argent dans l'immobilier, il s'imaginait tout savoir. Il était si dominateur qu'Irma paraissait réservée à côté de lui.

La visiteuse cligna une nouvelle fois des yeux et arrangea sa coiffure d'un geste rapide.

— Non, je suis seule. Il n'a pas pu m'accompagner cette fois.

Bon, c'était au moins ça ! Il n'y en aurait qu'un à affronter…

— Franchement, tante Irma, j'étais loin de me douter que tu venais. D'autant plus que nous étions plutôt en froid ces derniers temps, si tu te souviens. Il me semble qu'un séjour chez moi en ce moment est…

Charlène cherchait les mots qui seraient à la fois polis et fermes. Elle n'en trouva aucun et se rabattit sur le premier qui lui était venu à l'esprit et qu'elle avait pourtant écarté au début.

— … impossible.

Ce fut ce moment que choisit Brand — qui aurait pourtant dû avoir suffisamment de bon sens pour rester dans la cuisine où Charlène l'avait laissé — pour traverser le salon. Elle lui adressa un regard d'avertissement, mais il l'ignora superbement et continua à s'avancer vers elles.

Irma avait posé une main sur sa poitrine.

— Je t'en prie, Charlène. Laisse-moi entrer. Juste le temps de te parler.

Elle aperçut Brand dans l'embrasure de la porte.

— Oh, bonsoir !

— Bonsoir. Je suis Brand. Brand Bravo.

Et il lui tendit la main.

Irma la saisit par une sorte de geste réflexe et la serra faiblement.

— Brand ? questionna-t-elle en ayant l'air de chercher dans ses souvenirs.

Bien sûr, c'était un nom qu'elle avait entendu autrefois. Elle jeta un coup d'œil perplexe en direction de sa nièce.

— Oui, confirma cette dernière à regret, mon amoureux du temps du lycée. Nous avons recommencé à nous voir ces temps-ci…

— Oh, je vois ! Eh bien, je ne voudrais pas… Franchement, je…

Irma essayait vainement de se dégager de la main de Brand qui aggrava son cas, au lieu de lâcher prise, en proposant sans consulter Charlène :

— Entrez donc. Ravi de faire votre connaissance, Irma.

Charlène lui donna un coup de coude dans les côtes et secoua la tête d'un air désespéré. Il ne fallait absolument pas que sa tante découvre l'existence de Mia !

— Non, Brand, je suis désolée, mais c'est impossible. Je…

— C'est tout à fait possible au contraire, assura Brand en tirant Irma vers l'intérieur.

Charlène lui adressa un regard meurtrier qui ne le troubla pas le moins du monde, puisqu'il conduisit tranquillement Irma vers le canapé.

— Venez vous asseoir…

— Heu… merci, bredouilla cette dernière en se laissant aller au milieu des coussins.

— Je vais chercher vos valises, proposa ensuite Brand.

— Oh, merci bien !

Elle retira son blazer bleu marine et le posa derrière elle sur le dossier, puis jeta un regard incrédule sur le parc qui trônait au milieu du salon, exactement comme si elle refusait de croire ce que ses yeux lui montraient pourtant.

Charlène observa la scène, certaine que quelque chose ne tournait pas rond chez sa tante. Mais quoi que ce fût, sa priorité était Mia. Et puisqu'Irma représentait un danger pour le bébé, il ne fallait pas qu'elle reste.

Elle se hâta de rejoindre Brand dans l'entrée avant qu'il n'ait saisi les valises.

— Il faut que je te parle immédiatement !

Puis, jetant un regard en direction de sa tante, elle lui lança :

— Je reviens tout de suite !

— Oui, oui… Fais ce que tu as à faire.

Charlène attrapa Brand par le bras et le tira dans sa chambre.

— Mais tu te rends compte de ce que tu es en train de faire ? lui demanda-t-elle à voix basse, furieuse, dès qu'elle eut refermé la porte derrière eux.

— Charlène…

Comme si le fait de prononcer son prénom constituait une réponse !

— Si elle reste ici, elle découvrira l'existence de Mia. Et une fois qu'elle saura…

— Que se passera-t-il à ton avis ?

— Tu le sais aussi bien que moi ! Elle appellera les services sociaux.

— Non, elle ne le fera pas.

— Comment tu le sais ? Tu ne la connais pas comme je la connais ! Tu ne sais pas de quoi elle est capable.

Brand regarda en direction de la porte.

— La femme qui vient d'entrer chez toi a des ennuis. C'est évident ! En plus, il se trouve qu'elle est ta tante. Tu ne peux pas l'abandonner.

— Si. Et je le ferai sans remords, tu peux me croire…

Il prit Charlène par les épaules. La jeune femme essaya de se dégager, mais il ne la laissa pas faire.

— Réfléchis un peu, Charlène. Elle est ici, à New Bethlehem Flat. Ton petit jeu de cache-cache avec elle est terminé.

— Je ne vois pas de quoi tu parles.

— Si tu la mets dehors ce soir, elle ira dormir à l'hôtel ou au Sierra Star, chez ma mère. Et d'ici à demain matin, il se sera trouvé quelqu'un pour lui parler du bébé de Sissy. Un bébé que tu as recueilli.

— Mon dieu… Alors, tu crois qu'il faut que je la garde chez moi ? Mais qu'est-ce que je vais lui dire ?

— Mon idée va sans doute te paraître contrariante, mais je pense qu'il faut que tu lui dises la vérité.

— Non !

— Dans l'état où elle est présentement, je te jure qu'elle ne fera de mal à personne.

— Il suffit d'attendre un peu, tu verras ! C'est vrai que ce soir, elle a l'air bizarre. Mais tu ne la connais pas, Brand !

Tu ne peux pas imaginer à quel point elle est dépourvue de cœur.

— C'est vrai, sur ce point, tu as raison : je ne la connais pas. Mais en tant qu'avocat, j'ai quelques relations professionnelles avec les services sociaux et je te promets solennellement que personne ne t'enlèvera Mia. J'y veillerai personnellement, je t'en donne ma parole.

Le plus extraordinaire dans toute cette histoire, c'était que Charlène croyait à cette promesse. Elle se laissa aller contre la porte.

— Brand… Si tu savais comme j'ai peur !

Il l'attrapa de nouveau par les épaules.

— C'est inutile. Il te suffit de lui dire la vérité.

— Mais je ne sais pas comment…

— Explique-lui simplement que Sissy t'a laissé Mia pour quelque temps.

— Mais elle sait parfaitement que je n'ai pas la moindre idée de l'endroit où se trouve Sissy !

— Qu'est-ce que ça peut faire ? Contente-toi de dire que tu t'occupes de ta nièce pendant l'absence de Sissy. Tu n'as pas besoin de donner de détails.

— Je ne me sens pas capable de…

— Ecoute, j'ai une idée. Je vais emmener ta tante chez ma mère.

— Mais pourquoi ?

— Parce que tu n'as qu'une chambre d'amis et que c'est Mia qui l'occupe pour l'instant. Propose-lui du thé et un biscuit, ou peut-être un sandwich, ce qu'elle voudra, et parle-lui de Mia. Avec naturel. Ce sera la meilleure façon de lui couper l'herbe sous le pied. Mais franchement, encore une fois, ça m'étonnerait qu'elle cherche à te nuire. Ensuite, nous l'emmènerons au Sierra Star.

— Tu crois que…

— Oui, je crois que ! Et maintenant, allons la retrouver. Nous ne pouvons pas la laisser seule toute la soirée.

— Bon, je ferai comme tu voudras, conclut Charlène, incapable de proposer une alternative.

Ils retournèrent rejoindre Irma dans le salon où elle avait gardé exactement la même position que lorsqu'ils l'avaient laissée : mains croisées sur les genoux, et regardant fixement le parc de Mia.

Charlène s'approcha d'elle, résignée.

— Tante Irma, est-ce que tu voudrais quelque chose à boire ? Un café ?

— Un thé bien chaud, volontiers.

— Je vais mettre l'eau à bouillir et je reviens.

Irma se mit debout et suivit sa nièce dans la cuisine. Charlène lui fit signe de s'asseoir à la table pendant qu'elle mettait la bouilloire en route.

— Tante Irma, est-ce que tu te sens bien ?

— Oui, tout à fait bien. Je… je voulais m'excuser d'avoir été un peu cassante avec toi l'autre jour au téléphone. Et d'autres fois aussi, avant ça. Je me rends compte que je n'ai pas été tendre, ni avec toi, ni surtout avec ta sœur. Je l'ai compris il y a quelque temps.

« Cette fois, je rêve ! se dit Charlène. Je rêve, je délire, j'hallucine complètement… Si j'entends tante Irma reconnaître qu'elle n'a pas été tendre, c'est que je divague, purement et simplement. »

Brand, qui s'était rapproché de la cuisine avait entendu

113

lui aussi. Et il arborait un air assez satisfait. Charlène le regarda avec des yeux ronds, puis continua à préparer le thé sans rien dire.

Ce fut Irma qui reprit la parole.

— Il me semble que j'ai aperçu un parc d'enfant dans le salon…

Charlène serra les dents.

— En effet. C'est celui de Mia, le bébé de Sissy. Elle passe quelque temps chez moi.

Irma cilla plusieurs fois d'affilée, puis porta la main à sa poitrine.

— Sissy… Sissy a eu un bébé ?

Charlène décida d'afficher autant d'enthousiasme que possible.

— Oui, une adorable petite fille, qui s'appelle Mia Scarlett et qui est née le quinze mars dernier.

— Mon dieu…, bredouilla Irma. Elle est ici en ce moment ?

— Oui.

— Est-ce que… est-ce que je pourrais la voir ?

Brand ne laissa pas à Charlène le temps de répondre.

— Demain. Maintenant, elle dort.

— Oui, bien sûr, approuva Irma.

— En fait, ajouta Brand, avec cette petite pensionnaire, la maison est déjà bien pleine.

— Oui, renchérit la jeune femme. Je n'ai que deux chambres, la mienne et celle qu'occupe Mia.

Irma hocha la tête.

— Oui, je comprends.

— C'est pour ça que nous avons prévu quelque chose pour vous, reprit Brand.

— Vraiment ? demanda Irma, la voix pleine d'espoir.

D'espoir, mais aussi d'une grande lassitude sembla-t-il à Charlène. Deux mots qu'elle n'aurait jamais eu l'idée d'évoquer à propos de sa tante si sûre d'elle et de son pouvoir sur les choses et les gens.

— Ma mère tient un petit hôtel, tout près d'ici, expliqua Brand. En fait, il s'agit d'un Bed and Breakfast. Vous y disposerez d'une chambre très confortable et vous pourrez facilement venir ici à pied quand vous le souhaiterez.

Charlène lui jeta un regard d'avertissement. C'était une chose que de proposer un hébergement à sa tante et une autre, bien différente, que de lui laisser ainsi carte blanche pour venir chez elle. Brand fit comme s'il n'avait rien remarqué.

— Je te rejoindrai demain pour le petit déjeuner, proposa-t-elle à sa tante.

Le lendemain était un samedi. Rita prenait en charge l'ouverture du restaurant maintenant qu'elle devait s'occuper de Mia pendant le week-end.

— Tu viendras avec le bébé ? demanda Irma.

De nouveau, Charlène nota un fond de tristesse déroutant dans la voix de sa tante qu'elle n'avait jamais connue qu'autoritaire et exigeante.

— Bien sûr, je viendrai avec Mia.

— Je suis très contente, approuva Irma. Et la solution du Bed and Breakfast de votre mère me paraît tout à fait satisfaisante, ajouta-t-elle en se tournant vers Brand.

Charlène servit du thé à tout le monde. Ils grignotèrent

quelques tranches du cake qu'elle avait fait la veille. Brand alimenta la conversation à lui tout seul, Irma se contentant de dire qu'elle se sentait un peu fatiguée et qu'elle serait plus en forme le lendemain.

Qu'est-ce qu'elle entendait par là ? se demanda Charlène, de nouveau inquiète. Est-ce qu'une fois « plus en forme », elle allait se mettre à poser des questions et à causer des problèmes ?

Vers 21 heures, Brand proposa de conduire Irma chez sa mère. Charlène se retrouva donc seule et alla se mettre au lit avec un livre.

Une demi-heure plus tard, le téléphone sonna. Elle se dépêcha de décrocher afin que le bruit ne réveille pas Mia. C'était Brand.

— Dis donc, Charlène, tu es bien sûre que la personne que je viens de conduire chez ma mère est ton horrible tante Irma ?

Charlène se mit à rire tandis que son cœur sautait de joie dans sa poitrine. Il fallait vraiment qu'elle se surveille…

— Ecoute, moi aussi j'ai du mal à le croire ! Je n'arrête pas de me demander ce qui s'est passé pour qu'elle change aussi radicalement.

— Un jour ou l'autre, elle te le racontera.

— Peu importe, tu sais. La chose qui compte, c'est qu'elle ne cherche pas à m'enlever Mia.

— Tu te rappelles ce que je t'ai dit à ce sujet ?

— Oui, parfaitement. J'avoue aussi que la femme qui est venue frapper à ma porte ce soir ne me paraît pas du tout menaçante.

— Nous sommes donc bien d'accord.

— Tu crois qu'elle a un cancer et qu'en réalisant qu'elle va bientôt mourir elle a compris tout à coup à quel point cllc avait été méchante ?

— C'est possible.

— Mon dieu… J'espère que ce n'est pas le cas. Si tu savais le nombre de fois où j'ai souhaité sa mort ! Si jamais elle est réellement très malade, je…

— Arrête tout de suite ! Et dis-toi que, quelles que soient les difficultés qu'elle connaît en ce moment, tu n'y es strictement pour rien.

— Ecoute, Brand, rends-moi un service, s'il te plaît.

— Si je peux…

— Appelle Tanner et dis-lui que ma tante vient d'arriver ici, mais que je ne veux pas qu'il lui parle.

— Il faudra bien qu'il la rencontre un jour ou l'autre…

— Pour l'instant, il me semble que ce serait prématuré. Je préfère qu'il commence par suivre les autres pistes.

— Entendu.

— Merci beaucoup.

— De rien, voyons !

— Si, merci de ton aide. Merci d'être là, tout simplement.

Brand se tut un instant. Charlène se rendit compte qu'elle souriait bêtement au mur d'en face et qu'elle se sentait ridiculement heureuse à la simple idée qu'il se trouvait à l'autre bout du fil.

— Je parie que si quelqu'un t'avait dit la semaine dernière que tu me remercierais au téléphone, tu aurais pensé que cette personne avait perdu la raison.

Exactement ! Brand voyait on ne peut plus juste. Elle serra nerveusement l'appareil entre ses doigts.

— Tout de même… Je n'aurais pas dû t'embrasser…

Un petit rire extrêmement séduisant lui parvint.

— Bien sûr que si !

Un frisson délicieux courut le long du dos de Charlène. Délicieux, mais dangereux. Elle se redressa dans son lit et se cala contre son oreiller.

— Tu ne trouves pas que tout ça arrive un peu trop vite ?

— Non.

— Mais, Brand, tu…

— Non. En ce qui me concerne, ça ne sera jamais assez vite !

Charlène soupira. Pourquoi est-ce que, tout à coup, la tête lui tournait ? C'était stupide de se laisser émouvoir à ce point. D'autant plus que ça lui était déjà arrivé une fois, et que tout ce qu'elle avait gagné à ce petit jeu, ça avait été d'être malheureuse comme les pierres.

Il fallait qu'elle reprenne le contrôle d'elle-même. Et sans attendre !

— Ecoute, je ne sais pas pourquoi je t'ai dit que ça arrivait un peu trop vite car, à la vérité, il ne se passe strictement rien entre nous. A part ce baiser, bien sûr, mais qui ne compte pas.

De nouveau, un grand silence s'ensuivit. Elle n'entendait même plus la respiration de Brand à l'autre bout du fil.

— Brand ? Tu es toujours là ?

— Oui.

— Je… Je ne voudrais pas que tu te fasses des idées.

— Ne t'inquiète pas, je ne me fais aucune idée, répliqua-t-il d'une voix parfaitement neutre.

Fallait-il qu'elle se montre plus explicite ? Qu'elle lui dise clairement que jamais plus elle ne tomberait amoureuse de lui ? Une fois avait suffi, elle ne voulait plus courir ce risque. Elle l'avait payé trop cher la première fois.

D'ailleurs, il n'avait pas dit qu'il était amoureux d'elle. Et puis un baiser ne signifiait rien. Elle n'était plus une adolescente, pour croire le contraire.

— Je voulais seulement que tu saches combien je te suis reconnaissante. Tu t'es montré très efficace au cours de ces derniers jours. Et, pas plus tard que tout à l'heure, j'ai admiré la façon dont tu as su régler la question de ma tante. Jamais je n'aurais été capable de le faire aussi bien. Je ne sais vraiment pas comment je me serais débrouillée si tu ne t'étais pas trouvé chez moi ce soir.

Nouveau silence. Puis :

— C'est un début. Je te souhaite une bonne nuit, Charlène.

— Ecoute…

Mais Brand avait raccroché.

- 10 -

Lorsque Charlène se rendit, le lendemain matin, chez Chastity, Irma se montra tout aussi charmante qu'elle l'avait été la veille. Elle prit Mia dans ses bras, la berça tendrement et sourit à sa nièce.

— Cette petite ressemble beaucoup à sa mère, tu ne trouves pas ?

— Si, c'est tout le portrait de Sissy au même âge...

Tout en parlant avec elle, Charlène ne pouvait s'empêcher de se demander ce que cette gentille dame avait à voir avec la terrible tante Irma qu'elle avait toujours connue.

— J'espère que Sissy va bien et qu'elle n'a pas d'ennuis, ajouta Irma avec précaution.

— Elle va très bien, répondit Charlène en priant le ciel que ce soit vrai.

Puis, malgré ce préambule presque affectueux, elle attendit que sa tante fasse une des remarques acerbes dont elle ne se privait jamais.

Rien de vint. Au contraire, Irma enchaîna :

— Ah, voilà qui me fait plaisir ! Tu as donc réussi à la joindre après m'avoir téléphoné ?

— Oui, mentit Charlène sans le moindre remords.

— Tant mieux.

Chastity apparut sur ces entrefaites et évita à Charlène le souci de devoir inventer quelques mensonges supplémentaires à propos de sa sœur. La mère de Brand leur servit une omelette aux pommes de terre qui était sa spécialité et ses fameux petits cakes aux airelles. Pendant tout le temps où elles mangèrent, Charlène ne cessa d'attendre de nouvelles questions à propos de Sissy. Ou tout au moins, des remarques désobligeantes sur le compte de cette dernière.

Mais, cette fois encore, elle en fut pour ses frais. Irma demeurait la délicieuse étrangère qu'elle avait été la veille. Elle expliqua à Charlène qu'elle avait décidé de passer quelque temps à New Bethlehem Flat parce qu'elle avait besoin d'un peu de repos. Le Bed and Breakfast de Chastity lui plaisait beaucoup et lui conviendrait à merveille pour le séjour qu'elle envisageait de faire.

— Je viendrai te rendre visite. Ça me permettra de faire mieux connaissance avec Mia, et je me reposerai le reste du temps.

Elle regarda par la fenêtre le jardin de Chastity, où les longues lianes des clématites s'enroulaient capricieusement autour de la grille du portail et où les rhododendrons commençaient à montrer de nouvelles feuilles vert tendre.

— J'irai faire de longues promenades à pied le long de la rivière et je profiterai de la belle vue sur la Sierra. Cette petite ville est vraiment très jolie et pleine de ressources.

Charlène n'en croyait pas ses oreilles. Irma avait toujours dénigré New Bethlehem Flat ! Combien de fois n'avait-elle pas reproché à la mère de la jeune femme d'avoir enlevé son frère à la civilisation pour l'attirer dans ce coin perdu, plein de serpents venimeux, d'ours sauvages et où il ne se passait jamais rien d'intéressant ?

— Tante Irma… Tu es sûre que tu te sens bien ? ne put-elle s'empêcher de demander.

Un sourire tremblotant se dessina sur les lèvres de sa tante. Mais elle se redressa, rejeta ses épaules en arrière et releva le menton.

— Oui, je vais très bien.

Puis elle baissa les yeux sur Mia qu'elle tenait dans ses bras.

— Quel amour ! Cette enfant est un vrai petit ange.

Au bout d'un long moment, elle rendit Mia à Charlène qui la déposa dans le transat qu'elle avait apporté avec elle. La petite fille s'y laissa installer de bonne grâce et se mit à se balancer pendant que les adultes finissaient tranquillement leur petit déjeuner. La jeune femme aurait encore plus apprécié le sien si elle avait cessé d'anticiper quelque question embarrassante de la part de sa tante ou, pire encore, la remarque blessante qui ne manquerait pas d'arriver.

Mais il n'y eut ni question embarrassante ni remarque blessante. Rien.

Tout cela était extrêmement bizarre.

Elle aurait aimé que Brand se trouve là, avec elle. Chaque fois qu'elle entendait une porte s'ouvrir, elle sursautait, s'attendant à le voir surgir…

Ce n'était jamais lui qui arrivait, mais quelque pensionnaire du Bed and Breakfast.

A force de se tendre chaque fois que sa tante ouvrait la bouche, par crainte de l'entendre lui faire un reproche, et de guetter Brand, elle était nerveusement épuisée à la fin du repas.

— Si nous allions faire une promenade toutes les trois ? proposa Irma au moment où Charlène s'apprêtait à partir. Ça nous fera du bien de respirer le bon air de la montagne.

— Non, je ne peux pas, répondit Charlène. Il faut que je passe au restaurant pour m'assurer que tout va bien.

— Alors laisse-moi Mia pendant que tu travailles…

— Non, merci, j'ai l'habitude de me débrouiller seule.

Irma avait beau paraître une femme totalement nouvelle, Charlène n'était pas pour autant prête à lui faire confiance. Pas question de la laisser avec la petite. Qui sait si elle n'en profiterait pas pour alerter les services sociaux ou pour repartir avec elle à San Diego ?

Irma se pencha vers sa nièce et lui dit à voix basse :

— Je sais ce que tu penses de moi, et franchement, je ne peux pas te le reprocher. J'espère seulement qu'avec le temps tu apprendras à me voir différemment.

La jeune femme ne sut trop que répondre à cette remarque. Irma s'en rendit compte et eut de nouveau un sourire triste. Elle reprit :

— Allez, va vite ! Merci d'être venue me voir avec la petite.

— Si tu venais dîner à la maison ce soir ? lui proposa alors Charlène, sans avoir pris le temps de réfléchir.

Quand elle réalisa ce qu'elle venait de dire, il était trop tard pour faire machine arrière.

— Avec le plus grand plaisir !

*
* *

Depuis son bureau du restaurant, Charlène faxa à Tanner la note des communications téléphoniques correspondant au séjour de Sissy, après avoir souligné les numéros qu'elle ne connaissait pas et qu'elle avait l'intention de rappeler elle-même dès qu'elle en aurait le temps.

Ensuite, elle s'installa au comptoir au moment du coup de feu de midi. Le samedi en effet, le déjeuner durait toujours plus longtemps que les autres jours et le rythme ne ralentissait que vers 15 heures. Comme Mia était bien sage, Charlène en profita pour rester jusqu'à la fermeture, qui avait lieu à 17 heures.

Une fois de retour chez elle, elle se changea et commença à préparer le dîner pour sa tante. Cette dernière arriva comme convenu à 19 heures et resta trois heures pendant lesquelles elle se montra pleine de gentillesse. Elle prit Mia dans ses bras, lui parla avec tendresse et joua avec elle pour le plus grand délice de la petite. Pas une seule parole désagréable ne sortit de sa bouche et elle ne posa que des questions anodines, comme « Où as-tu trouvé des courgettes aussi fraîches ? » ou bien « Est-ce que tu fais toujours ton marché le matin ? »

Le repas achevé, elle proposa d'aider à ranger. Comme Charlène refusait tout d'abord, elle insista.

— C'est vraiment le moins que je puisse faire après le délicieux repas que tu as préparé pour moi !

Un peu plus tard, elle fit des compliments sur la maison.

— J'adore cette grande fenêtre qui donne sur la terrasse…

Puis une ombre passa sur son visage.

— Est-ce que tu regrettes la grande maison blanche dans laquelle tu as grandi ?

Charlène se raidit. « Celle que j'ai dû vendre à cause de toi, pour payer les avocats quand je voulais obtenir la garde de Sissy ? » pensa-t-elle. Mais elle n'en dit rien à voix haute. Ç'aurait été trop cruel. La nouvelle et étrangement gentille tante Irma ne méritait plus qu'elle se montre agressive.

— Parfois. Mais j'aime beaucoup cette petite maison. Et puis, j'ai toujours les souvenirs de l'autre…

— Si tu savais comme je regrette, maintenant, que tu aies été obligée de te séparer de la maison où tu as grandi… Oui, j'ai ce regret parmi bien d'autres, hélas…

Eh bien ! Jamais Charlène n'aurait imaginé que sa tante pouvait être capable de présenter des excuses à qui que ce soit, et encore moins à elle.

— Il ne faut pas. C'est le passé, et je suis très bien ici.

La soirée lui parut aussi irréelle que le petit déjeuner, mais elle se révéla beaucoup moins éprouvante. La jeune femme commençait à croire que sa tante avait effectivement changé. Sans cesse, elle devait se rappeler à l'ordre afin de rester sur ses gardes, tant il lui paraissait impossible que la méchante femme qu'elle avait toujours connue ne refasse pas surface à un moment ou à un autre. Il était difficile d'imaginer que quelqu'un puisse changer aussi radicalement en aussi peu de temps.

Et pourtant, ce fut bien la nouvelle tante, si aimable et souriante, qui fit son au revoir à la fin de la soirée…

Une fois seule, Charlène coucha Mia dans son berceau et envisagea de passer quelques coups de fil. Elle y renonça, estimant qu'il était déjà tard pour appeler des étrangers.

Puis, elle se ravisa. Qui sait si, au contraire, ce n'était pas le meilleur moyen de joindre ces personnes qu'elle n'avait pas pu joindre la première fois ?

Elle composa donc le premier numéro et eut l'impression de revivre la scène de l'été précédent. L'homme de San Diego était toujours aussi mal élevé et laconique.

— Erreur ! grommela-t-il en raccrochant.

Parmi les autres numéros qu'elle avait dans cette ville, deux ne la mirent en relation qu'avec un répondeur sur lequel elle laissa un message. Un autre n'était plus en service. Enfin, elle appela San Francisco. Une voix de femme jeune lui répondit et affirma qu'elle ne connaissait personne répondant au prénom de Sissy.

— Attendez, ajouta-t-elle pourtant, je vais demander à Dwayne. C'est chez lui que vous appelez.

Charlène entendit un échange confus, puis la jeune femme reprit la communication.

— Non, lui non plus ne connaît personne de ce nom-là.

Charlène eut la présence d'esprit de demander :

— Et vous, comment vous appelez-vous ?

— Zooey. Désolée, je ne peux pas vous aider !

Et elle raccrocha.

Charlène essaya de surmonter le découragement qui commençait à l'envahir. Elle décida qu'elle rappellerait un autre jour et qu'elle aurait peut-être alors la chance de tomber sur quelqu'un qui connaîtrait Sissy.

Et elle prendrait soin de préparer son intervention à l'avance pour expliquer clairement les raisons de son appel et préciser combien elle avait besoin d'aide. Même les gens les plus revêches se radoucissent quand ils comprennent qu'ils peuvent rendre service.

Pour l'heure, elle se sentait assez démoralisée. Sur le nombre, il y en avait probablement au moins un qui devait connaître Sissy… Mais qui sait si sa diablesse de sœur ne leur avait pas demandé de se taire si jamais quelqu'un leur téléphonait à son sujet ? Elle était bien capable d'avoir pris ce genre de précautions !

Il lui restait à espérer que les recherches de Tanner auraient plus de succès que les siennes. Après tout, c'était son métier de retrouver les gens ! Il devait savoir comment s'y prendre pour recueillir des informations, même auprès de ceux qui se montraient réticents à en donner.

Elle retira ses chaussures et se laissa tomber sur son lit avec un profond soupir. Comme toujours, ses pensées dérivèrent immédiatement vers Brand. Que faisait-il en ce moment ? Il était peut-être en train de dîner avec une jolie jeune femme… Une femme qui ne le regarderait pas de travers s'il l'embrassait.

Cette pensée lui fut insupportable.

Elle se redressa, reprit le téléphone et, tout en se disant qu'elle ne devrait pas suivre cette impulsion, composa le numéro de Brand. Comment aurait-elle pu résister ? Ses doigts couraient tout seuls sur le clavier, rapides, agiles, décidés. Brand répondit dès la deuxième sonnerie.

— Allô…

— Bonsoir, Brand. C'est Charlène. Tu es chez toi ?

— Apparemment, oui !

— J'ai une question à te poser. Tu es d'accord pour y répondre franchement ?

— Pose-la toujours, j'aviserai.

— Est-ce que par hasard il y a en ce moment à tes côtés une personne qui attend patiemment que tu aies fini de téléphoner pour que tu t'occupes d'elle ?

— Qu'est-ce que ça peut te faire ?

Et voilà, il se dérobait ! Il ne répondait pas.

— Tu ne t'es pas montré ce matin au petit déjeuner chez ta mère…

— Je t'ai manqué ?

— Arrête ce petit jeu, Brand ! Au lieu de répondre à la question que je te pose, tu m'en poses une à ton tour. C'est comme ça que travaillent les avocats ?

— Double non, Charlène. Non, ce n'est pas comme ça que travaillent les avocats, et non, il n'y a pas de femme chez moi en ce moment.

— Ah, tant mieux.

— Je te manque ?

— Heu… oui. Je suis seule.

Cela dit, elle garda le silence. Brand aussi. Elle l'entendait respirer. Ils n'avaient donc rien à se dire ? Mon dieu, c'était pathétique !

Enfin, il reprit la parole.

— Tu voulais me parler ?

Oui, bien sûr, sans cela pourquoi l'aurait-elle appelé ? Mais elle ne savait comment s'y prendre… Par quoi commencer ?

— Charlène ?

— Oui…

— Ne bouge pas… J'arrive !

Bien sûr, c'était à cet endroit précis de la conversation

qu'elle aurait dû dire *non*. Elle aurait dû se rappeler qu'ils étaient seulement amis et ne seraient jamais davantage, qu'elle s'entraînait à lui pardonner, mais qu'il n'était pas question qu'il finisse dans son lit ou qu'il se passe quoi que ce soit entre eux. Et que, jamais au grand jamais, elle ne retomberait amoureuse de lui !

Oui, elle aurait dû. Mais le seul mot qui lui vint aux lèvres fut :

— D'accord !

- 11 -

Six minutes plus tard, elle entendit Brand frapper chez elle.

Pieds nus, chaque nerf de son corps à vif, elle fila vers l'entrée et ouvrit la porte toute grande. Il était là, en jean et T-shirt blanc, avec ses vieux mocassins, l'incarnation exacte de l'homme qu'elle aimait, qu'elle attendait, qui lui manquait, qui la faisait souffrir…

Depuis si longtemps !

Elle se jeta dans ses bras sans un mot, sans hésiter une seconde. Avec fougue. Avec impatience. Elle leva ses lèvres vers lui et il pressa sa bouche contre la sienne avec ferveur. Il prit ce premier baiser avec une ardeur contenue, passa sa langue sur la ligne qui fermait les lèvres de Charlène. Très vite, elle se rendit, les entrouvrit et céda à son avance avec un petit gémissement de plaisir. Il la serra plus fort dans ses bras au fur et à mesure qu'elle accueillait sa langue pour un baiser de plus en plus profond.

La caresse des mains de Brand dans ses cheveux la faisait fondre. Elle sentait ses genoux faiblir sous son poids et un délicieux vertige la coupait peu à peu de la réalité.

Comme c'était bon !

Cela avait toujours été bon.

Cette fois-ci, c'était différent pourtant. Brand avait changé. Ses épaules étaient plus larges qu'autrefois, sa poitrine plus musclée.

Un instant, il écarta ses lèvres de celles de Charlène.

— Où est Mia ?

— Elle dort dans son berceau…

Elle passa ses doigts dans les courtes boucles brunes et attira de nouveau le visage de Brand contre le sien.

Il ne résista pas, bien au contraire. Oui, il voulait bien l'embrasser encore. Il voulait bien prendre ce qu'elle lui offrait. Tout, si elle le lui proposait !

Chez Charlène, pourtant, la sonnette d'alarme s'était déclenchée. Non, il ne fallait pas continuer… Ce n'était pas la chose à faire… Mais l'avertissement se faisait de plus en plus ténu, de plus en plus lointain, de plus en plus inefficace.

Au fond, elle n'en avait cure ! Au diable la prudence, au diable le passé…

Brand referma la porte d'un coup de pied et poussa le verrou de la main sans se retourner.

Charlène l'avait attrapé par les épaules et poussait ses hanches contre lui. Elle voulait qu'il sente combien elle était impatiente de lui appartenir.

De nouveau.

Après si longtemps.

Bien trop longtemps ! Une éternité…

Le passé venait de les rattraper. Non pas le détestable passé de la trahison et de l'abandon, mais le passé délectable qu'ils avaient partagé quand Sissy était la plus adorable des petites sœurs, quand leurs parents étaient encore en vie et que Brand était son amoureux si tendre et si affectueux.

Il l'adorait autrefois. Il lui répétait qu'elle était unique au monde et lui donnait l'envie de faire mille folies.

Oui, c'était ce passé-là qui lui revenait.

Le *bon* passé, plein d'amour et de bonheur.

Il les environnait de nouveau, pénétrait jusqu'à son cœur, faisait monter à ses yeux des larmes de joie et de tendresse.

Brand lui prit le visage entre ses mains et attira de nouveau sa bouche vers la sienne. Elle plongea son regard dans les yeux mordorés, bordés de longs cils noirs qu'elle n'avait jamais réussi à oublier.

Du pouce, il écarta la mèche de cheveux qui s'était collée sur la joue de la jeune femme.

— Tu pleures ? Je ne suis pas venu pour te faire pleurer ! C'est fini. Plus jamais tu ne verseras de larmes à cause de moi. Plus jamais, tu entends ?

Elle se mit à rire, heureuse, d'un petit rire étranglé par le désir.

— Ce n'est rien. Ce sont de bonnes larmes…

Brand ne parut guère convaincu.

— C'est sûr ?

— Oui. Prends-moi dans tes bras et embrasse-moi encore, c'est tout.

Il obéit sans discuter. Il posa sa bouche sur celle de Charlène, puis la serra contre lui et la souleva de terre. Elle enroula ses bras autour de son cou et se laissa emporter dans sa chambre où il la fit doucement glisser contre lui jusqu'à ce que ses pieds touchent de nouveau le sol.

Elle s'assit sur le bord du lit et prit la main de Brand dans les siennes pour l'attirer à côté d'elle.

— Attends…, murmura-t-il.

Il retira rapidement ses mocassins et dégrafa son jean qui glissa légèrement sur ses hanches, laissant apparaître la ceinture de son slip rouge.

— Viens près de moi…, murmura Charlène.

Elle l'attrapa par les hanches et écarta les jambes pour l'accueillir contre elle. Puis elle leva son visage vers lui. Brand la regardait, les yeux brillants de désir, la bouche prête à l'embrasser.

Doucement, elle fit glisser la fermeture éclair du jean, puis, prenant à pleines mains le vêtement de chaque côté, elle le fit descendre le long des jambes de Brand, jusqu'à ce qu'il atterrisse sur le sol avec un bruit mou.

Il s'en libéra d'un mouvement preste, pour venir s'asseoir à côté d'elle.

— Attends, nous n'avons pas encore terminé ! souffla-t-elle.

— Tu as raison…

Elle posa une main sur le ventre plat de Brand et écarta délicatement l'élastique du sous-vêtement afin de le faire passer par-dessus le sexe durci de son compagnon.

Cela fait, elle se recula un peu et prit appui sur ses bras pour le contempler dans toute sa nudité. Brand était beau, mince, musclé. Et il la désirait.

Exactement comme autrefois.

Et pourtant, tout était différent maintenant.

De nouveau, le passé déferla sur elle. Les souvenirs affluaient tout à coup.

Elle se rappelait la première fois qu'il était venu dîner chez ses parents. Elle avait quinze ans alors et lui à peine dix-sept. Il portait des pantalons trop courts et, malgré ses efforts pour discipliner ses épais cheveux à grand renfort de gel coiffant, un épi insolent se dressait obstinément sur le somment de son crâne.

Chaque fois qu'il s'était adressé à ses parents, il avait soigné son langage, choisi ses formules de politesse, montré la plus grande déférence. Bien sûr, il voulait les rassurer. Il voulait leur prouver que malgré le nom qu'il portait il ne ressemblait pas à Blake Bravo, son père de sinistre réputation, ni à son frère aîné ou à son cadet qui avaient mal tourné eux aussi.

Oui, cette soirée-là avait mérité une pierre blanche dans la mémoire de Charlène, car elle avait compris qu'elle était amoureuse de lui autant que pouvait l'être un jeune cœur comme le sien, plein d'espoir et d'illusions.

Et puis, quelques mois plus tard, il y avait eu cette nuit si spéciale…

La nuit où ils avaient fait l'amour pour la première fois, à l'arrière de la vieille voiture que Brand conduisait alors. Comme ils étaient malhabiles, impatients, amoureux, emportés par leur désir adolescent plein de fougue et de maladresse !

A l'époque, elle était certaine qu'ils se marieraient, car Brand était l'homme de sa vie, et elle le savait. Il lui avait juré qu'elle était celle avec qui il voulait vivre, qu'elle était tout pour lui. Et il le lui avait répété chaque fois qu'ils s'étaient retrouvés pendant les deux miraculeuses années où il l'avait aimée.

Ensuite, il avait passé son bac et était parti étudier à l'université de Rocklin. Ce fut alors que les choses commencèrent à changer entre eux. Elle refusait de le reconnaître, et pourtant, elle sentait bien qu'il s'éloignait d'elle peu à peu. Oh, bien sûr, il sortait toujours avec elle, mais leur relation était devenue différente, leur complicité moins intense.

Et puis ses parents étaient morts et elle avait compris qu'après eux elle allait perdre aussi sa sœur. Elle avait eu terriblement besoin de Brand à ce moment-là. Il aurait fallu qu'il la soutienne, qu'il devienne son mari comme il lui avait toujours promis qu'il le serait. Il aurait fallu qu'il tienne tête au juge et promette que chez eux Sissy bénéficierait d'un vrai foyer, auprès de deux jeunes adultes qui s'aimaient et où, précisément pour cette raison, elle serait bien mieux que chez Irma et Larry…

— Arrête de me regarder comme ça, Charlène ! s'exclama Brand. Je sais trop bien à quoi tu penses quand tu prends cet air-là.

Ses paroles la ramenèrent brusquement au moment présent et elle réalisa qu'effectivement elle avait le regard perdu dans le lointain, dans ces souvenirs qui lui faisaient encore tant de mal.

Elle cligna des yeux pour chasser les fantômes du passé.

— Brand, qu'est-ce que nous sommes en train de faire ?

Comme il la regardait sans comprendre ce revirement, elle reprit :

— Je… Je ne sais plus pourquoi tu es là, tout à coup…

— Tu ne sais plus ? Eh bien, je vais te l'expliquer !

Il se pencha vers elle, la saisit par les épaules et la força à se mettre debout. Puis il lui prit le visage entre ses paumes et la força à le regarder.

— Charlène, réfléchis : tu m'as haï pendant dix ans…

— Je sais ! C'est pour ça que…

— Tu m'as *haï*, Charlène, tu comprends ce que ça veut dire ? Le contraire de l'amour, ce n'est pas la haine, c'est l'indifférence. Réfléchis, et dis-moi honnêtement si tu as jamais éprouvé de l'indifférence pour moi !

La jeune femme s'efforça de trouver une réponse qui la satisfasse, mais c'était bien difficile avec Brand si proche d'elle et, de surcroît, nu.

— C'est vrai, je n'ai jamais éprouvé d'indifférence, mais malgré tous tes beaux discours je sais parfaitement que la haine n'a rien à voir avec l'amour.

— Arrête de me raconter toutes ces bêtises, Charlène ! C'est quand même *toi* qui m'as appelé ce soir, non ?

— Je le reconnais, mais ça ne veut pas dire pour autant que je suis amoureuse de toi, ni que je peux de nouveau t'aimer comme autrefois. Je veux que ce soit bien clair entre nous, Brand. Plus jamais, tu entends ? Plus jamais je ne serai amoureuse de toi.

Il ferma les yeux, exactement comme si les paroles qu'il entendait le blessaient comme autant de flèches enfoncées dans sa chair, mais ne dit rien.

Il rapprocha son visage de celui de Charlène, et laissa sa bouche au-dessus de celle de la jeune femme sans la toucher.

Charlène se sentait brûler intérieurement. Plus rien au monde ne comptait pour elle que ce baiser qu'elle attendait.

Brand souffla :

— D'accord, tu ne m'aimes pas. Mais pour le reste ?

— Qu'est-ce que tu appelles « le reste » ?

— Ose dire que tu n'as pas envie de moi !

Là, il marquait un point, évidemment. Comment lui mentir alors qu'il se tenait nu, juste à côté d'elle, et qu'elle tremblait de désir sous ses yeux ?

Impossible…

Têtue, elle ouvrit pourtant la bouche dans l'espoir qu'une répartie bien sentie fuserait. Mais tout ce qu'elle réussit à articuler fut :

— Heu… je…

Ce qui était assez lamentable, il faut bien le reconnaître.

Bien entendu, Brand profita de la situation.

— Allez, dis-le ! Dis-moi : « Brand, je ne te désire pas », et je te promets que je m'en irai tout de suite.

Charlène secoua la tête, incapable de mentir alors qu'un désir violent lui brûlait les entrailles.

— Tu vois ? triompha-t-il.

Il la regardait, sûr de lui, parfaitement conscient de l'effet qu'il produisait sur elle.

— Tu me désires, je le sais. Je le vois. Je le sens.

— Oui, c'est vrai, avoua-t-elle, vaincue et la voix tremblant d'impatience.

— Alors on continue ! Ne nous compliquons pas la vie avec des émotions périmées… Nous avons envie l'un de l'autre. Tu m'as appelé, je suis venu. Tu m'as clairement expliqué que tu ne m'aimes pas. D'accord, je ne reviendrai pas là-dessus. Mais ce n'est pas une raison suffisante pour que nous nous privions de ce dont nous avons envie tous les deux !

Et pourtant, si, il y avait bien une raison. Elle savait fort bien que, malgré les beaux discours de Brand, si elle l'admettait dans son lit, c'est leur relation tout entière qui serait changée. Etait-elle prête à en accepter les conséquences ?

Elle n'en avait pas la moindre idée. Voilà qui signifiait clairement qu'elle devrait discuter davantage, l'obliger à trouver des arguments plus convaincants, et même... lui demander de se rhabiller et de partir.

Hélas, entre ce qu'elle *aurait dû* faire et ce qu'elle *avait envie* de faire, il y avait un abîme. Un abîme que Brand s'employait à combler de ses baisers, de son odeur d'homme et de la chaleur de ses caresses. Il lui rendait les choses encore plus difficiles. Ou alors plus faciles ? Charlène ne savait plus.

Il couvrait ses joues, son cou, sa gorge, de baisers légers, aériens. Elle frissonna. Il posa sa main sur son épaule, puis glissa vers sa poitrine. A travers son chemisier et son soutien-gorge, la pointe de son sein se durcit comme pour venir à la rencontre de la caresse.

Un gémissement s'échappa de ses lèvres, témoignage de son excitation et faible tentative de protestation.

Brand lécha amoureusement son cou, puis souffla dessus, ce qui la fit frissonner délicieusement.

Comment résister ? C'était impossible. Il fallait qu'elle le touche. Elle l'attrapa par les épaules et le simple contact de sa peau la fit soupirer de plaisir.

La main de Brand abandonna un instant son sein pour défaire les boutons du chemisier, derniers obstacles à ses caresses.

Charlène entrouvrit les yeux. Il était temps, encore… Il lui suffisait de poser sa main sur celle de Brand et de lui dire : « Stop ! »

Un mot, un geste et il s'arrêtait.

Mais elle ne prononça pas le mot. Elle ne fit pas le geste.

Au lieu de cela, elle recommença à gémir de plus belle quand il ouvrit complètement son chemisier et le fit glisser le long de ses épaules pour l'en débarrasser. Puis il le jeta d'un geste vif, et elle ne chercha même pas à savoir où il avait atterri. Cela fait, il entreprit aussitôt de dégrafer son soutien-gorge, qui subit le même sort.

Une fois qu'elle fut dévêtue, il lui prit les seins dans ses mains et murmura :

— Que tu es belle ! Encore plus belle qu'autrefois…

Lorsqu'il baissa la tête et qu'elle sentit son souffle chaud sur sa peau, la même ivresse qu'autrefois s'empara d'elle. Brand avait saisi la pointe d'un sein entre ses lèvres et, de la langue, il en caressait l'aréole, dessinant des cercles de volupté, puis il en attrapa le bout entre ses dents et se mit à tirer dessus, avec une douceur qui la mettait au bord de l'extase.

Oui, elle allait mourir de plaisir, tout simplement.

Mais Brand ne voulait pas s'en tenir là. Il la fit s'allonger sur le lit et se laissa aller à côté d'elle. Dès cet instant, tout devint magique pour Charlène.

Il lui semblait être dans un rêve. Un rêve de volupté totale.

L'envie de résister avait complètement disparu. Tout ce qu'elle avait pu dire tout à l'heure pour tenter de dissuader Brand dans son entreprise lui paraissait inutile et même carrément stupide. Quelle femme aurait voulu résister à pareil plaisir ? Il aurait fallu être complètement idiote !

En un tournemain, il la débarrassa de son jean et de son sous-vêtement. Maintenant, elle était aussi nue que lui.

Alors, il commença à la toucher. Partout, de ses doigts habiles, affolants. Il lui caressa les cuisses, le ventre, la poitrine et, en réponse à ses initiatives, Charlène laissait échapper des soupirs de plaisir.

Chacun de ses gestes était lent car c'était ainsi qu'il voulait que ce fût. Très lent et très voluptueux. A chaque étape, elle suppliait, essoufflée de désir :

— Encore… Je t'en prie, Brand, encore !

Alors, la bouche de Brand s'empara d'un mamelon qu'il téta ardemment. Elle frémit, le dos parcouru par un frisson brûlant.

Il descendit vers les cuisses qu'elle avait écartées, les caressa longuement jusqu'à ce qu'elle le supplie de monter plus haut, vers l'entrejambe humide qu'elle lui présentait comme une offrande.

Mais il réclama sa bouche de nouveau, l'embrassa profondément et glissa enfin un doigt, puis deux, dans la béance de son sexe brûlant de désir. Il savait en écarter les lèvres avec douceur et détermination. Charlène le suppliait de continuer. Elle criait de plaisir, soulevait les fesses pour lui rendre son baiser avec plus d'ardeur encore.

C'était comme si leurs âmes s'embrassaient pour mieux faire l'amour ensemble. Brand était le seul homme avec lequel elle avait connu pareil bonheur. Ils s'embrassaient ainsi autrefois, interminablement, pendant qu'il la caressait, l'amenant au bord de l'orgasme.

Il roula sur lui-même pour enfiler un préservatif. Elle voulait le caresser à son tour, lui rendre le plaisir qu'il venait de lui donner, mais au moment où elle approcha la main pour s'emparer de son sexe, il la saisit par le poignet.

— Non… Je veux…

Les mots lui manquaient, mais elle comprit tout de suite. Il la désirait tant qu'il ne voulait plus retarder le moment de la pénétrer. Elle était d'accord.

C'était bon.

C'était ce qu'ils désiraient tous les deux.

Il se glissa en elle. Elle l'enserra de sa gaine souple et tiède. Il poussa à petits coups pour la pénétrer davantage. A chaque mouvement, elle jouissait un peu plus. Elle releva les jambes et lui enserra le dos. Il accéléra la cadence, et elle s'abandonna au délicieux plaisir qui envahissait tout son corps. Elle répondit à ses poussées, tendue vers le plaisir qu'elle sentait monter en elle.

Elle se cambra comme un arc. Ensemble, ils parvinrent au pic de la jouissance.

C'était bon.

C'était parfait.

Mais, non, jamais plus elle ne serait amoureuse de lui. Jamais plus elle ne lui donnerait son cœur.

Pourtant, au sommet du plaisir, c'était bien le prénom de Brand qui avait jailli de ses lèvres.

- 12 -

Brand demeurait toutefois sans illusions. Il savait que dès qu'elle aurait retrouvé sa respiration les premiers mots de Charlène seraient pour le renvoyer chez lui.

Il avait la certitude qu'elle recommencerait aussitôt à douter de lui et à se reprocher d'avoir admis dans son lit l'homme qu'elle avait banni de sa vie pendant dix ans.

Aussi avait-il décidé de faire en sorte que cela ne se produise pas. Tous les moyens seraient bons pour parvenir à cette fin. Car, après toutes ces années, il avait enfin réussi à revenir où il voulait être, bien décidé à user de tout son pouvoir de séduction, de toutes les astuces possibles pour rester là, serré dans les bras tièdes de Charlène.

Tout au moins, pour le restant de la nuit.

Bien sûr, le bonheur qu'il éprouvait présentement ne faussait pas sa lucidité. La meilleure entente sexuelle du monde ne résoudrait pas ses problèmes, il s'en fallait de beaucoup. Charlène s'était radoucie parce qu'elle lui était reconnaissante de l'aider à rechercher Sissy. Mais elle n'avait pas oublié qu'il l'avait abandonnée dix ans plus tôt...

L'oublierait-elle jamais d'ailleurs ?

Qui sait s'il ne venait pas de tout gâcher en couchant avec elle ? Il avait tenu son corps dans ses bras, nu et pantelant de plaisir, mais c'était peut-être tout ce qu'elle pouvait lui donner, désormais.

Et, si c'était le cas, c'était une raison de plus pour passer le restant de la nuit avec elle…

Sa ligne de conduite lui apparaissait clairement. S'il voulait qu'elle change d'avis, il devait la distraire, faire en sorte qu'elle n'ait pas l'occasion de ressasser remords ou regrets. C'était un défi qu'il se lançait et qu'il était bien heureux d'accepter.

Pour commencer, il entreprit d'aspirer les gouttes de transpiration qui s'étaient formées sur le cou de la jeune femme. Il prit le lobe de son oreille entre ses dents et le taquina tendrement. Elle laissa échapper un gémissement de protestation et tenta de le repousser. Mais ce fut un geste de femme comblée au repos, pas encore disposée à reprendre les jeux amoureux avec son compagnon.

Il continua donc à lui embrasser le cou, la poitrine, le creux qu'elle avait à la base de la gorge. Elle le laissait faire, soupirait, lui permettait de continuer. Puis, tout à coup, au lieu de le repousser, elle l'enlaça et se mit à lui caresser le dos, tendrement, doucement.

Alors, il lui murmura à l'oreille qu'elle était la plus belle femme du monde. Et il le pensait vraiment. Elle était mince, mais solide, avec des seins plus pleins que dans le souvenir qu'il en avait, des hanches douces, une toison bouclée et soyeuse…

Ils avaient tant de temps à rattraper tous les deux, tant

de retard à combler ! Il allait y réussir. Oui, quoi qu'elle en dise, il allait réussir à regagner sa confiance.

De nouveau, il descendit vers les cuisses de la jeune femme et commença à les embrasser. Puis, quand il les écarta pour les caler de part et d'autre de son cou, elle ne protesta pas.

Elle se contenta de souffler :

— Brand !

Et, quelques instants plus tard, elle ajoutait seulement :

— Oh, oui…

L'Audi Baby les réveilla sur les coups de 4 heures du matin, lorsque Mia se mit à pleurer. D'un geste qui était devenu un réflexe chez elle, elle alluma la lampe de chevet et se rappela tout à coup qu'elle n'était pas seule dans son lit. Elle jeta un coup d'œil par-dessus son épaule pour voir Brand bâiller en demandant :

— C'est l'heure de se lever ?

— En théorie, non, mais en pratique, oui !

Elle rejeta les couvertures et se dirigea vers la penderie pour prendre sa robe de chambre.

Mia cria plus fort.

A son tour, Brand sauta du lit.

— Je vais t'aider.

— Ce n'est pas nécessaire, répondit-elle en évitant de regarder le corps nu de son compagnon.

— Mais si, bien sûr !

Il enfila son slip pendant qu'elle quittait la pièce.

Une fois dans la chambre de la petite, elle lui parla doucement afin de la calmer.

— Voilà, ma chérie, je suis là, avec toi…

Le bébé gigotait, agitait ses petites mains.

Charlène défit son pyjama pour vérifier l'état de la couche.

— Qu'est-ce qu'elle a ? demanda Brand qui venait d'apparaître sur le pas de la porte.

— Elle est mouillée. Je vais la changer, et si ça ne suffit pas à la calmer, je lui donnerai un biberon.

Brand pénétra dans la petite pièce.

— Laisse-moi faire…

Charlène hésita un instant.

— Tu crois ?

— Bien sûr !

Elle lui tendit le bébé qui continuait à geindre et le regarda l'installer sur la table à langer. Quel spectacle que ce gars sculptural, dans son slip rouge, penché sur ce nourrisson ! Délicatement, il défit les boutons-pression et dégagea les petites jambes potelées. Charlène se sentait fondre complètement ! Avec une dextérité qui l'étonnait, décidément, il retira la couche humide, souleva du pied le couvercle de la poubelle pour la jeter, nettoya Mia avec une lingette parfumée et lui mit une couche propre avant de lui renfiler son pyjama. Tout cela en un tournemain, exactement comme s'il avait fait ces gestes toute sa vie.

— Dis donc, tu m'impressionnes ! avoua Charlène, assez ébahie de le voir ensuite tenir le bébé qui pleurnichait encore contre son épaule pour lui tapoter doucement le dos.

— Ça m'arrive de temps à autre de me livrer à ce petit

exercice, confia-t-il avec un sourire. J'ai trois neveux maintenant, tu sais.

En effet, si Brett était le seul à vivre à New Bethlehem Flat, Buck et sa femme venaient souvent le voir, accompagnés de Glory, qui amenait avec elle le fils de Bowie.

— Oui, vraiment, tu m'épates !

— Je suis effectivement très doué, ajouta-t-il sur un ton faussement modeste.

Pourtant, Mia continuait à pleurer.

— Elle a faim, conclut Charlène. Je vais lui préparer un biberon.

Brand voulut le lui donner et Charlène le laissa faire. Pourquoi le contrarier ? Il paraissait tout heureux ! Il lui fallait simplement se rappeler qu'il ne serait pas toujours là et qu'elle devait veiller à ne pas s'habituer au spectacle de ce bel homme, installé dans le fauteuil de la petite chambre, occupé à calmer Mia et à la nourrir.

Une fois le biberon terminé, il fallut la changer de nouveau. Brand s'exécuta, toujours de bonne grâce, puis la reposa dans son berceau, calmée et détendue.

Il rejoignit Charlène dans sa chambre quelques minutes plus tard, après s'être assuré que la petite fille avait bien repris son sommeil.

Sur le pas de la porte, il chuchota :

— J'espère que maintenant que j'ai changé Mia deux fois et que je lui ai donné le biberon, tu n'as pas l'intention de me renvoyer chez moi !

Il avait parlé sur le ton de la plaisanterie, mais Charlène perçut tout de même l'inquiétude qui perçait dans sa voix.

Pour toute réponse, elle ouvrit le lit afin de l'accueillir.

Vite, il se débarrassa de son slip et la rejoignit. Elle éteignit la lampe, puis s'allongea sur le dos, les yeux fixés sur le plafond. Elle le sentait tout près d'elle, si proche qu'elle n'aurait eu qu'à tendre un peu la main pour le toucher.

C'est ce qu'elle fit, un peu hésitante, jusqu'à ce que ses doigts rencontrent la hanche de Brand. Un instant plus tard, il refermait sa main sur celle de la jeune femme.

— Si nous laissions faire les choses un peu comme elles viennent ? demanda-t-il d'une voix basse et un peu rauque. Qu'est-ce que tu en penses ?

— Les gens vont jaser…

Charlène sourit dans le noir en lui faisant cette réponse. Au même moment, elle savait qu'elle se fichait comme d'une guigne de ce que les gens pourraient raconter sur leur compte. Il fallait savoir ne pas y attacher d'importance.

Les doigts de Brand se resserrèrent sur les siens.

— Ils jaseront, quoi que nous fassions.

Elle approuva d'un petit grognement.

— C'est vrai.

Cela dit, elle laissa de nouveau monter en elle le désir qui couvait dans son corps.

Brand l'entoura de ses bras.

C'était bon. C'était délicieux de se sentir ainsi enveloppée de douceur et de force. Bien sûr, la vie lui avait appris sans ménagement que rien ne dure très longtemps. Mais, pour l'instant, il n'y avait aucun endroit au monde où elle avait davantage envie d'être que là où elle se trouvait en ce moment.

Alors elle se serra davantage contre Brand et ferma les yeux.

Le lendemain était un dimanche. Le restaurant était donc fermé. Charlène, Brand et Mia allèrent prendre le petit déjeuner au Bed and Breakfast avec Irma. Ils trouvèrent cette dernière fidèle à sa nouvelle personnalité, aimable et souriante.

Comme ils étaient encore à table, Angie, la femme de Brett, appela pour inviter Brand et Chastity à dîner. Brand répondit en riant qu'il acceptait à une condition, que Charlène, Mia et Irma soient également de la partie.

Angie accepta de bon cœur :

— Plus on est de fous, plus on rit !

Ils passèrent ainsi la soirée tous ensemble dans la maison de Brett et Angie, au bord de la rivière. Brett fit griller du poulet et Irma eut le plaisir de câliner sa petite-nièce ainsi que Jackson, le fils de leurs hôtes, qui n'avait qu'une semaine de plus que Mia.

Après le repas, pendant que Charlène aidait Angie à débarrasser, cette dernière souligna combien elle trouvait Irma adorable.

En voyant Charlène hocher la tête d'un air dubitatif, la jeune femme s'étonna :

— Tu n'es pas d'accord ?

— A vrai dire, je ne reconnais pas ma tante ! Elle est devenue une personne complètement différente de celle que je connaissais. Je t'assure que je m'attends encore à me réveiller brusquement et à retrouver la tante Irma d'autrefois.

— A t'entendre, ce n'est pas quelque chose qui te ferait très plaisir…

Charlène n'avait pas envie de s'étendre sur le sujet. Angie devait pourtant connaître son histoire… Même si elle n'était revenue vivre ici que l'année dernière, il était impossible que sa mère ou l'une de ses sœurs ne lui ait pas raconté dans quelles circonstances Sissy avait été envoyée vivre à San Diego !

— Tu sais que c'est elle qui m'a empêchée de garder Sissy ?

— Non ?

— Si, c'est bien ce qui s'est passé.

Angie s'empara d'un torchon pour s'essuyer les mains.

— J'ai entendu dire que la personne qui avait accueilli ta sœur était une véritable harpie. S'il y a un rapport avec ta tante, je t'en prie, ne te sens pas offensée…

— La vérité, c'est qu'il s'agit de ma tante elle-même. Et, effectivement, elle était une véritable harpie ! Tout au moins, elle l'était encore mercredi dernier, quand elle m'a dit un certain nombre de choses extrêmement désagréables au téléphone. Je ne sais absolument pas ce qui s'est passé depuis pour qu'elle devienne la femme la plus aimable de toute la Californie ! Chaque fois que je le lui demande, elle détourne la conversation. Mais ça ne l'a pas empêchée de me faire des excuses pour son comportement envers Sissy et moi.

Angie raccrocha le torchon.

— Il y a des gens qui se réveillent un jour… C'est peut-être ce qui est arrivé à ta tante. Elle a dû se rendre compte qu'elle s'était mal conduite et a décidé de changer de cap.

Charlène se mit à rire.

— C'est l'avis d'une professionnelle ?

Angie était infirmière et travaillait dans la même clinique que son mari.

— En fait, tu n'as pas besoin de mon avis. Ce ne serait de toute façon qu'une opinion parmi d'autres.

Charlène soupira.

— Ne crains pas de dire quelque chose qui me fasse peur. J'ai déjà imaginé mille scénarios pour m'expliquer ce revirement et j'en suis arrivée à la conclusion qu'il a dû se passer dans sa vie quelque chose d'abominable qui l'a fait sortir de son train-train habituel. Je me demande même si elle n'aurait pas un cancer ou une horrible maladie qui l'aurait obligée à réfléchir et incitée à modifier son comportement.

— C'est possible. Elle a dû vivre un traumatisme violent qui l'a poussée à changer.

— Ou alors… Elle joue la comédie et mijote quelque chose qui m'échappe encore.

Angie secoua la tête.

— Franchement, si ce le cas, elle est rudement bonne comédienne ! Parce qu'avec moi ça marche complètement. Je t'assure que quiconque la fréquente en ce moment ne peut faire autrement que se persuader qu'elle est quelqu'un de très bien.

Charlène approuva.

— Tu sais quoi ? Je suis d'accord avec toi. Elle a compris. Elle n'a plus envie de continuer à se comporter en femme autoritaire et acariâtre. Elle est venue chez moi pour essayer de se faire pardonner toutes les années où elle a été si méchante. Tant que je ne peux pas en savoir davantage sur ce qui s'est passé, je vais m'en tenir à cette version des choses. Et profiter de ce qu'elle est devenue.

Au moment où elle prononçait ces mots, Charlène prit un air rêveur.

— *Profiter de ma tante !* Si on m'avait dit que je parlerais ainsi la semaine dernière, j'aurais cru mon interlocuteur fou à lier !

Tanner appela le lendemain soir, au moment où Brand et Charlène étaient en train de préparer le dîner. Brand s'appliquait à peler des pommes de terre tandis que Charlène s'efforçait de ne pas trop se laisser attendrir par ce spectacle déconcertant.

Elle évitait aussi de relever à quel point ils s'entendaient bien tous les deux, combien ils s'étaient facilement glissés dans un quotidien commun alors qu'il y avait à peine deux jours qu'elle l'avait appelé…

La sonnerie du téléphone l'avait arrachée à ces réflexions et elle avait été heureuse de reconnaître la voix de son enquêteur.

— J'ai du nouveau pour vous.

Charlène sentit ses jambes se liquéfier sous elle. Elle avisa la chaise la plus proche et alla s'y installer. Brand s'était interrompu et, le couteau à la main, il la regardait d'un air préoccupé.

— C'est Tanner, souffla-t-elle à son intention.

Puis elle reprit :

— Je vous écoute, Tanner.

Le compte rendu fut rapide. Rapide et succinct... Il avait utilisé tous les indices en sa possession pour rechercher Sissy dans la totalité des Etats de l'Ouest. Nulle part, il n'avait trouvé trace d'elle.

— Ce qui signifie, expliqua-t-il, qu'elle a très probablement été arrêtée. Nulle part je n'ai trouvé la moindre piste la concernant. Pas la moindre location de voiture, le moindre ticket de stationnement. Elle n'a jamais utilisé de carte de crédit, en tout cas, de carte établie à son nom. C'est comme si elle avait disparu de la surface de la terre.

— Est-ce que ça signifie que vous n'avez plus de piste pour continuer les recherches ?

— Pas tout à fait. J'ai encore les numéros de téléphone que vous m'aviez donnés. Je vais aller rencontrer cette jeune fille qui est allée au lycée avec votre sœur pour voir si je peux réveiller sa mémoire.

Dans ce but, il avait remis ses autres engagements des jours à venir afin de se rendre en Californie du Sud et frapper à toutes les portes qui lui seraient indiquées.

— Vous n'allez pas vous contenter de leur téléphoner ?

— Si je n'arrive pas à les joindre autrement, je le ferai, mais je préférerais de beaucoup leur parler face à face. On en apprend toujours beaucoup plus de cette façon. Les gens se protègent davantage quand on les questionne par téléphone que quand on se trouve sur le pas de leur porte.

Charlène se sentit obligée de confesser :

— J'ai de nouveau essayé tous ces numéros de téléphone avant-hier.

— Et alors ?

— Rien…

— Il vaut mieux que vous vous absteniez de les rappeler tant que je ne vous aurai pas donné mon feu vert. Si jamais l'un d'entre eux nous cache quelque chose, vos coups de fil ne peuvent que l'inciter à se tenir encore davantage sur ses gardes.

— Oui, je comprends. Je… je suis désolée de…

— Inutile, ce n'est pas grave pour l'instant. Brand m'a dit que vous ne souhaitiez pas que j'interroge votre tante…

— C'est vrai. En fait, la situation est assez complexe…

— Pour ça, c'est vous qui décidez. Prévenez-moi si vous changez d'avis.

— D'accord.

— Je vous rappellerai dès que j'aurai quelque chose de nouveau. Et bien sûr, de votre côté, vous pouvez me joindre sur mon téléphone portable si vous avez des questions à me poser ou s'il vous revenait un détail à la mémoire.

Brand, qui en avait terminé avec son épluchage, s'était rapproché d'elle. Il posa la main sur son épaule.

— Tu as des nouvelles ? Mauvaises ?

— Pas vraiment mauvaises, mais pas excellentes non plus.

Elle lui répéta ce que Tanner venait de lui apprendre.

— Je commence à me demander si je reverrai ma sœur un jour. Tu vois, je me sens triste, complètement impuissante, et ça me frustre beaucoup. Je voudrais être sûre qu'elle est en sécurité, qu'elle est heureuse… Mais j'ai peur pour elle. Je m'inquiète. Je redoute vraiment qu'il lui soit arrivé malheur et que sa petite fille soit obligée de grandir sans elle ! Elle a peut-être des ennuis et ne trouve personne pour l'aider. Qui sait même s'il n'est pas déjà trop tard ?

Brand se leva, prit Charlène par la main et l'attira vers lui.

— Je t'interdis de continuer à te morfondre ainsi ! Rien n'est encore perdu.

La jeune femme ravala ses larmes et enfouit son visage dans le creux de l'épaule compatissante que Brand lui offrait. Quelque part au fond de son esprit, pourtant, la traditionnelle recommandation continuait à tourner en boucle :

« Attention, Charlène ! Tu sais que tu ne peux pas faire confiance à cet homme. Il t'a déjà abandonnée une fois, il recommencera… »

Elle serra les paupières et décida d'ignorer cet avertissement. Pour l'heure, elle était reconnaissante à Brand de lui offrir ainsi réconfort et soutien à un moment où elle en avait tant besoin.

Il posa un baiser léger sur la tempe de la jeune femme.

— Ne t'inquiète pas, Tanner retrouvera Sissy.

Elle soupira. Il avait l'air tellement sûr de ce qu'il disait ! Elle en profita pour se raccrocher à cette sérénité et se rappela qu'il n'y avait que neuf jours qu'elle avait trouvé Mia sur son canapé. Somme toute, cela faisait bien peu de temps. Sissy pouvait très bien réapparaître d'un jour à l'autre. Le mot qu'elle avait laissé paraissait si gai, si plein d'entrain qu'on l'imaginait volontiers insouciante et pleine de projets comme à l'ordinaire, pas du tout comme quelqu'un qui aurait eu besoin d'aide ou qui en aurait souhaité.

Charlène releva son visage et adressa à Brand un grand sourire plein de courage.

— Tu as raison. J'ai confiance de nouveau. Tu peux aller faire cuire les pommes de terre.

— Zut ! s'exclama Brand. Juste au moment où je m'apprêtais à aller te réconforter d'une manière plus intime !

Elle réfléchit un instant. Ce réconfort-là ne lui paraissait pas du tout une mauvaise idée.

— Voyons…, murmura-t-elle. Mia est en train de faire une sieste et les pommes de terre peuvent attendre. Tu crois que tu peux faire vite ?

Brand afficha une mine des plus sérieuses.

— Bien sûr. Vite et bien.

— Parfait, c'est exactement ce qu'il me faut.

Il éclata de rire et la souleva dans ses bras pour l'emmener dans la chambre.

Pendant le moment qui suivit, Charlène oublia tout : Sissy, Mia, Irma, et même le fait qu'elle devait demeurer vigilante. Oui, elle oublia tout.

Jusques et y compris le fait qu'elle ne devait pas tomber amoureuse.

- 13 -

La semaine s'écoula calmement, et mis à part l'inquiétude que Charlène éprouvait toujours au sujet de Sissy ce fut une bonne semaine. Brand passait chaque nuit chez elle et elle l'accueillait avec bonheur.

N'importe quelle femme en aurait fait autant à sa place, car comment ne pas se réjouir d'avoir un compagnon aussi disposé que lui à participer aux tâches ménagères ? Il était toujours prêt à aider dans la cuisine ou à changer les couches de Mia, ce qu'il faisait d'ailleurs sans que Charlène ait besoin de le lui demander. En outre, il la faisait rire et appréciait la compagnie de la tante Irma.

Et puis, à cela, il fallait ajouter les nuits magiques qu'ils passaient ensemble. Ils faisaient l'amour avec un plaisir de plus en plus grand. Aussi Charlène avait-elle décidé de suivre le conseil de Brand : vivre un jour après l'autre.

Irma demeurait pensionnaire chez Chastity. Elle y prenait son petit déjeuner et venait déjeuner au Dixie. Des liens d'amitié commençaient à se tisser entre elle et la mère de Brand. Parfois, lorsque la jeune femme s'arrêtait pour lui dire bonjour, elle les trouvait toutes deux installées sous le porche en train de rire et de discuter dans la douceur de l'air printanier.

Irma ne paraissait pas manifester le désir de retourner à San Diego. Un soir où Charlène se trouva en tête à tête avec elle parce que Chastity était rentrée à l'intérieur avec Mia, elle en profita pour lui demander des nouvelles de l'oncle Larry.

Irma leva une main insouciante.

— Oh, tu sais, il a toujours très bien su se débrouiller sans moi !

Charlène ne trouva rien à répondre. C'était vrai qu'il savait prendre soin de lui ! En fait, Sissy avait coutume de dire qu'il était l'homme le plus égoïste du monde. Un époux parfait, en somme, pour l'horrible tante Irma… Mais maintenant ?

— Tante Irma, tu as changé, ne put s'empêcher de faire remarquer Charlène.

— Eh bien… J'espère ! J'en ai vraiment envie, tu sais. J'ai décidé de devenir une nouvelle femme.

— Mais pourquoi ? J'aimerais bien savoir ce qui t'a donné cette envie ?

Irma regarda sa nièce un long moment, puis lui demanda :

— Tu penses que c'est important de savoir ce qui a provoqué ce changement, du moment qu'il s'est réellement produit ?

— Oui, il me semble. Je pense que c'est toujours intéressant de connaître les raisons qui font agir les gens auxquels on s'intéresse.

— Ah… Est-ce que ça signifie que tu t'intéresses à moi ?

Charlène approuva d'un signe de tête, un peu surprise par cette question.

— Oui. Je me suis toujours intéressée à toi, même quand j'avais envie de t'envoyer au diable. Après tout, tu es ma tante, ma seule famille.

Irma avança la main vers elle et la posa un instant sur son bras.

— Je pense que je t'inquiète encore un peu. Tu te demandes si je ne suis pas en train de mijoter quelque chose contre toi. Je ne te blâme pas le moins du monde pour ça. Avec tout ce que je t'ai fait subir, ainsi qu'à Sissy, ta méfiance me paraît tout à fait légitime.

Charlène ne répondit rien. C'était exactement ce qu'elle ressentait.

Irma laissa échapper un petit rire.

— Je ne suis pas encore tout à fait prête à te parler de moi et je sais que je n'ai pas le droit d'attendre de toi une confiance aveugle. Je ne te le demande même pas. Simplement, il est vrai que j'ai changé. Je n'ai pas la moindre idée de ce qui est arrivé à Sissy, mais j'imagine que ce n'est rien de bon. Il me suffit de regarder l'air inquiet qui assombrit ton visage chaque fois que quelqu'un prononce le prénom de ta sœur pour deviner que, où qu'elle se trouve, tu es très inquiète à son sujet.

Ces paroles émurent Charlène plus qu'elle ne voulait se l'avouer. Ainsi, c'était vrai ? Irma était devenue capable de se soucier du bonheur de Sissy et du sien ? Quel changement radical !

— Tu vois, poursuivit Irma, je suis réellement inquiète moi aussi. Que tu le croies ou non, malgré toutes les méchantes paroles que j'ai prononcées l'autre jour au téléphone, j'étais déjà soucieuse en pensant à elle, mais je ne pouvais pas le montrer. Je n'étais pas encore prête à assumer la responsabilité que j'ai dans tout ce qui est arrivé à ta sœur.

— Et maintenant ?

— Maintenant, oui, répondit simplement Irma. Il y a eu une époque où j'aurais enfourché mes grands chevaux et tenté de tout régenter à ma façon. Parce que j'aurais été sûre que le bébé de Sissy devait venir vivre avec moi. A tout prix.

Charlène demeurait assise sans bouger. Que répondre à sa tante qui, tranquillement assise dans le fauteuil en rotin de Chastity, décrivait dans les moindres détails ses craintes les plus profondes, les plus noires ?

Mais Irma n'avait pas encore terminé.

— C'est vrai, je le reconnais. Autrefois, dans cette situation, j'aurais fait des pieds et des mains pour obtenir la garde de Mia. Je me serais dit que c'était avec moi qu'elle serait le mieux. J'aurais fait intervenir les services sociaux pour qu'on te l'enlève si tu avais refusé de me la confier de ton plein gré. J'aurais tout fait, absolument tout, pour prouver que j'avais raison. Et, bien entendu, tout ce que j'aurais réussi à faire, ç'aurait été de déchirer un peu plus notre famille. Exactement comme je l'ai fait, il y a quelques années.

Elle croisa tranquillement les mains sur ses genoux et secoua la tête.

— Aujourd'hui, je vais me conduire différemment. Je vais simplement attendre que Sissy revienne. Je souhaite seulement être là pour te soutenir, Charlène. Je veux être une aide et non plus un obstacle. Une amie, pas une ennemie.

— Tu crois ce qu'elle t'a dit ? demanda Brand une fois que la jeune femme lui eut fait part de cette incroyable conversation.

— Je *veux* la croire. Ce qu'elle m'a dit me plaît beaucoup. Je réserve encore mon jugement, mais si elle reste comme elle est en ce moment je finirai par lui faire réellement confiance.

— Ah… Tu apprends donc à faire confiance…, releva Brand d'une voix douce.

Charlène comprit aussitôt qu'il ne parlait pas seulement de sa tante Irma. Il y avait beaucoup plus que cela dans l'apprentissage dont il parlait.

— Je comprends que ce soit assez difficile, quand on a été trompée une première fois…, ajouta-t-il comme pour lui-même.

Puis, il se tut.

Tanner appela le soir suivant sur les coups de 7 heures. Il s'était rendu à toutes les adresses correspondant aux numéros de téléphone que Charlène lui avait donnés. Trois des personnes rencontrées affirmèrent ne pas avoir revu Sissy depuis un an.

Charlène soupira.

— Pourtant, deux d'entre elles m'avaient affirmé ne pas la connaître !

— Après avoir parlé un moment ensemble, elles ont fini par m'avouer qu'elles la connaissaient effectivement. Sissy leur avait téléphoné l'année dernière, mais elle leur avait demandé de ne rien dire si quelqu'un venait les questionner.

— Mais alors comment se fait-il qu'elles vous aient raconté ça, finalement ?

Tanner rit doucement.

— Ah… Ça fait partie du métier. C'est même pour ce talent que je suis payé. Pour faire parler les gens… Malheureusement, ce qu'elles ont dit ne va pas nous être d'une très grande aide pour retrouver votre sœur.

En effet… Le gars dont le numéro n'était plus en service purgeait une peine de trois ans à la prison de Folsom pour une affaire de drogue. Il avait déjà fait huit mois et affirmait ne pas avoir eu de nouvelles de Sissy depuis avant son incarcération.

— J'ai fait des vérifications, assura Tanner, et effectivement il n'a pas eu de contact avec elle depuis ce moment-là.

Restaient donc Dwayne et Zooey, à San Francisco. Là, par contre, Tanner avait obtenu quelques informations intéressantes.

— Dwayne Tourville a été le petit ami de votre sœur au lycée. Son amie actuelle, Zooey Nunley, ne l'a jamais rencontrée. Il m'a affirmé avoir déménagé il y a deux ans et avoir parlé avec Sissy au téléphone plusieurs fois depuis qu'il a quitté la Californie du sud.

— Il l'a rencontrée ?

— Oui, une fois. Elle est passée chez lui avec Mia au

début du mois d'avril et lui a demandé de l'argent. Il assure lui avoir donné cent dollars et l'avoir priée de ne plus se manifester car Zooey, qui paye leur loyer, ne serait pas ravie de rencontrer une de ses anciennes copines escortée d'un bébé.

Charlène réfléchit rapidement.

— Tout ce que je peux déduire de ça, c'est que Sissy était à San Francisco peu de temps avant de laisser Mia chez moi…

— Oui. Désolé, Charlène, je sais que ce n'est pas grand-chose.

La jeune femme posa ensuite la question qui lui était immédiatement venue à l'esprit en écoutant le compte rendu de Tanner :

— Vous pensez que Dwayne puisse être le père de Mia ?

— J'ai abordé la question avec lui et il m'a affirmé que c'était impossible. Non seulement Sissy se serait présentée chez lui sans y avoir été invitée, mais il ne l'aurait plus vue depuis son départ de San Diego.

— Vous le croyez ?

— Je ne sais pas. Le fait est qu'il essaie d'épargner à Zooey le souci de se sentir en compétition avec une ancienne petite amie. Il a donc menti quand vous lui avez téléphoné.

— C'est vrai, puisqu'il a dit à Zooey qu'il ne connaissait personne du nom de Sissy.

— Il vit aux crochets de la jeune femme en question et vous a menti pour protéger ses intérêts. Est-ce que ça signifie qu'il a également menti quand il a affirmé ne pas être le père de Mia ? Au point où nous en sommes, il n'y a aucun moyen de le savoir.

— Vous voyez autre chose à me signaler ?

— Pour l'instant, non.

Charlène le remercia et leur conversation s'arrêta là.

Brand, qui avait baissé le son de la télévision pendant ce temps, se rapprocha d'elle.

— A voir ton air déçu, j'imagine que ce coup de fil ne t'a pas appris grand-chose.

— Nous ne savons toujours pas où Sissy se trouve, mais il paraît qu'elle était à San Francisco avec Mia il y a un mois.

Elle mourait d'envie d'aller elle-même rencontrer Dwayne à San Francisco. Peut-être aurait-elle appris davantage ? Mais elle ne voulait pas laisser Mia, et encore moins l'emmener avec elle dans ce déplacement peu agréable. Elle renonça donc à quitter New Bethlehem Flat où elle continua à travailler, à s'occuper du bébé de Sissy, et à voir sa tante de temps à autre au Sierra Star.

Pendant ce temps, Brand et elle devenaient de plus en plus proches l'un de l'autre. Brand passait le plus clair de son temps chez elle. Ses affaires de toilette avaient trouvé leur place dans la salle de bains de la jeune femme et il s'était approprié un tiroir de sa commode ainsi qu'un tiers de sa penderie. Charlène n'était pas du tout gênée par cet envahissement, bien au contraire. Elle était heureuse d'avoir Brand près d'elle si souvent.

Une autre semaine s'écoula.

Parfois, quand elle regardait Brand donner le biberon à Mia, ou pendant qu'ils dînaient en tête à tête dans la cuisine, elle ne pouvait s'empêcher de penser combien ils ressemblaient tous les trois à une véritable famille. Il lui était de plus en plus difficile de se rappeler qu'elle devait rester vigilante à l'égard de Brand et qu'il ne fallait pas trop compter sur lui. Ainsi qu'ils en étaient convenus, ils se laissaient porter par les circonstances. Ils vivaient au jour le jour, et cela devait lui suffire.

Parfois, quand elle berçait Mia, elle se surprenait à deux doigts de lui murmurer :

— Ta maman t'aime de tout son cœur, petit ange…

Le seul problème, c'est que lorsque ces mots lui venaient à la bouche, elle pensait que c'était *elle*, la maman de Mia. Pire encore, elle en arrivait à se dire qu'elle ne verrait pas d'inconvénient à ce que la situation se prolonge indéfiniment. Elle, Brand et Mia composaient une famille improvisée, mais une famille qui devenait de plus en plus réelle, tout au moins à ses yeux.

Une nouvelle semaine passa. Puis une autre. Et puis encore deux.

La tante Irma se rendit deux fois à San Diego, rapidement, par avion. Elle n'expliqua pas les raisons de ces deux déplacements et paraissait s'être installée au Sierra Star pour une période indéterminée.

Au retour de son deuxième voyage, Charlène s'installa auprès d'elle sous le porche et lui demanda :

— Est-ce que par hasard quelque chose ne va pas entre oncle Larry et toi ?

— Pas du tout ! répliqua aussitôt Irma. Au contraire, tout va très bien. Mieux que jamais, même.

— Mais il y a plus d'un mois que tu es ici ! Oncle Larry ne trouve rien à redire à ça ?

— Je n'en sais rien, répondit Irma en posant sa tasse de thé sur la petite table en rotin qui se trouvait à côté d'elle. Je dois t'avouer quelque chose, Charlène : ton oncle et moi avons décidé de continuer nos vies chacun de notre côté.

Charlène ne fut pas surprise de cette nouvelle. A vrai dire, elle s'y attendait. Pourtant, elle fut étonnée du calme avec lequel sa tante lui faisait part de cette décision. Elle paraissait même tout à fait contente.

— Tante Irma, tu es sûre que tu te sens bien ?

Irma se mit à rire.

— Charlène, est-ce que tu as compté le nombre de fois où tu m'as posé cette question depuis que je suis arrivée ici ?

— Plusieurs fois, c'est vrai. Et tu m'as toujours répondu que oui.

— Parce que c'est la vérité. Je ne me suis jamais sentie aussi bien de toute ma vie.

— Tu peux m'expliquer ?

— Non, pas encore. Le moment n'est pas venu, je ne suis pas encore prête.

— Mais tu me réponds chaque fois la même chose, quand je te demande de m'aider à comprendre !

— Je te promets qu'un jour je te raconterai tout, dans les moindres détails. Mais, pour l'instant, je ne peux pas. Ne te fâche pas et sois patiente.

— Oh, mais je ne me fâche pas !

— Tant mieux, conclut sa tante, laconique.

Toutes deux grignotèrent les délicieux sablés au citron préparés par Chastity, puis Charlène reprit :

— Tu comprends, avant, je voulais savoir parce que je ne te faisais pas confiance. Maintenant, c'est pour une raison bien différente. Je crains que ce ne soit pas bon pour toi de garder tout ça en toi, sans rien en dire à personne.

— Ne te vexe pas, reprit Irma, mais je ne garde pas tout ça pour moi. J'ai tout raconté à Chastity.

— C'est vrai ?

— Oui. C'était plus facile de parler à quelqu'un de mon âge, tu comprends ? Quelqu'un qui n'appartient pas à la famille et avec qui je n'ai pas de passé. J'essaie réellement de devenir une personne meilleure, mais je n'ai pas réussi à éliminer tout mon orgueil. Pour l'instant, je ne suis pas encore capable de révéler à ma nièce quelle horrible femme j'ai été !

Tanner appelait tous les vendredis, mais n'avait jamais grand-chose de neuf à rapporter.

Pourtant, le 16 juin, il annonça enfin à Charlène la nouvelle qu'elle attendait depuis si longtemps : il avait retrouvé Sissy.

Une émotion intense bouleversa la jeune femme et lui fit monter les larmes aux yeux.

— Vite, racontez-moi tout !

Deux jours plus tôt, Sissy avait de nouveau appelé Dwayne, mais c'est Zooey qui avait répondu au téléphone. Apparemment, Sissy s'était montrée très arrogante avec cette dernière. Elle avait refusé de donner la moindre information à son sujet, si ce n'est un numéro de téléphone et avait insisté lourdement pour que Dwayne la rappelle.

Excédée par ce comportement condescendant, Zooey avait eu une explication avec Dwayne qui lui avait tout raconté et lui avait donné la carte de Tanner. Elle l'avait donc appelé et il lui avait expliqué l'inquiétude de Charlène au sujet de son excentrique jeune sœur. Zooey n'avait pas fait de difficulté pour lui communiquer le numéro que Sissy avait laissé.

C'est ainsi que Tanner avait pu apprendre qu'il correspondait à un appartement d'Oakland, loué à une certaine Shawna Pratt. Il s'était rendu à cette adresse dans la matinée et avait pu apercevoir Sissy sortir de l'appartement et y rentrer quelques heures plus tard.

Il désirait savoir si Charlène souhaitait qu'il intervienne plus avant, ou si elle préférait continuer elle-même.

La jeune femme le remercia chaleureusement et lui assura qu'elle préférait s'occuper de la suite elle-même.

— Cette fois, pas question que Sissy me raccroche au nez ! Je vais me rendre sur place.

— Parfait, je pense que c'est la meilleure solution, approuva Tanner.

— Est-ce qu'elle avait l'air en bonne santé ? demanda-t-elle encore avant de raccrocher.

— Oui, tout à fait. Elle m'a paru alerte et en pleine forme.

Ce qui sous-entendait que Sissy ne se droguait pas. Ouf ! C'était sans doute la meilleure nouvelle de la journée…

— J'ai pris plusieurs photos, ajouta Tanner, je vous les enverrai par courriel, avec un rapport écrit.

— Parfait. Je vous remercie beaucoup pour votre aide.

Ne manquez pas de m'envoyer également la note de vos honoraires.

— Brand m'a dit qu'il se chargeait de ça.

— Peu importe. Je veux tout de même la recevoir.

— Comme vous voudrez, Charlène.

Quand elle raccrocha, ses mains tremblaient.

Elle alla rejoindre Brand dans la chambre de Mia où il était occupé à la changer. En voyant le visage bouleversé de la jeune femme, il comprit que quelque chose de grave venait de se produire.

— Que se passe-t-il, Charlène ? Tu as du nouveau ?

— Oui. Tanner a retrouvé Sissy. Nous partons pour Oakland demain matin à la première heure.

Brand pensait que Charlène devait laisser Mia à Irma et à sa mère.

— Tu comprends, si jamais Sissy demande que nous lui rendions sa fille, nous pourrons lui dire de venir la chercher ici. Ça nous laissera au moins le temps de trouver un moyen de protéger Mia.

Charlène savait qu'il avait raison. Comment sa sœur allait-elle se comporter ? Elle était si imprévisible et si peu raisonnable ! Le bien-être de Mia était la première des choses à prendre en considération. Mais, pourtant, la laisser avec Irma ne plaisait pas outre mesure à la jeune femme…

Allait-elle accepter de faire confiance à sa tante ?

Brand dut deviner son inquiétude, car il coupa court à ses interrogations.

— Si tu n'es pas encore tout à fait sûre de ta tante, je

peux expliquer la situation à ma mère et lui dire que c'est autant à elle qu'à Irma que nous confions Mia.

Charlène convint que c'était la meilleure des solutions. Une fois avertie, Chastity promit de veiller discrètement elle-même sur le bébé jusqu'à leur retour.

Le lendemain matin, lorsqu'ils laissèrent Mia au Sierra Star sur les coups de 6 heures du matin, Irma éclata en sanglots.

— Je sais ce que ça signifie que tu acceptes de laisser Mia ici, avec moi, expliqua-t-elle en frottant tendrement le dos de la petite fille. Tu comptes sur moi, tu me fais confiance et je te promets que je serai à la hauteur !

Charlène les enlaça toutes les deux. Lorsqu'elle s'écarta d'elles, Irma lui adressa un petit clin d'œil.

— Et je ne me sens pas offensée le moins du monde que tu aies demandé à Chastity d'avoir un œil sur moi !

Charlène se mit à rire.

— Chastity n'était pas supposée te faire cette confidence !

— Elle me dit tout. Nous sommes devenues les meilleures amies du monde.

Brand apparut alors en haut de l'escalier. Il sortait de la chambre d'Irma, où il venait de déposer toutes les affaires du bébé.

— Tu es prête ?

— Fin prête !

Irma intervint alors :

— Dis à ta sœur que je l'aime ! Je sais qu'elle ne le croira pas, mais dis-le lui tout de même.

— Promis, je le ferai.

Ils firent quatre heures de route sans presque se parler. Charlène ne se sentait pas d'humeur bavarde et Brand, qui comprenait son inquiétude, respecta son silence. Toute l'attention de la jeune femme était focalisée sur le nombre de kilomètres qu'il leur restait à parcourir et sur les efforts qu'elle devait faire pour contenir son impatience.

Lorsque enfin ils tournèrent au coin de la rue où vivait Sissy, tous ses nerfs étaient tendus comme une corde de violon. Elle se tenait penchée en avant, les mains posées sur le tableau de bord, comme si le fait de s'incliner dans la bonne direction allait leur permettre de retrouver Sissy plus rapidement.

Des voitures stationnaient de chaque côté de la rue, toutes les places étaient occupées, mais sans hésiter Brand entra dans l'allée située devant l'immeuble et se gara sans le moindre état d'âme devant un panneau qui indiquait : « Réservé aux locataires ».

Charlène, si prudente en temps normal, jaillit de la voiture avant même que Brand ait coupé le moteur. Ils se trouvaient dans la cour d'un petit lotissement aux immeubles d'un étage disposés en U. Les portes étaient peintes en bleu. D'après l'adresse donnée par Tanner, l'appartement qu'ils cherchaient se trouvait dans le second immeuble situé à leur droite. Trois marches conduisaient à la porte et un gros cactus aux formes bizarres était posé dans un pot en terre cuite à côté de la première marche.

Charlène passa la première, gravit le petit escalier et appuya sur la sonnette.

Une mince jeune femme, très pâle, vint ouvrir.

— Oui ?

171

Charlène se força à sourire.

— Shawna ?

— Oui, c'est moi.

Mon dieu… Que dire ? Comment s'assurer qu'elle allait le laisser rencontrer Sissy ? Elle aurait dû mettre au point un plan de bataille, au lieu de partir sans réfléchir.

Shawna la dévisageait de ses grands yeux noirs.

— Qu'est-ce que vous voulez ?

— Heu… Je voudrais parler à Sissy Cooper. Je suis sa sœur, Charlène.

La jolie petite bouche de Shawna s'étira en une grimace de dégoût.

— Je l'ai fichue dehors hier soir ! Elle m'a volé deux cents dollars !

— Je vous en prie ! Je vous demande seulement un numéro de téléphone… ou une adresse où je pourrai la trouver.

Shawna éclata d'un rire mauvais.

— Vous blaguez ou quoi ? Je viens de vous dire que je l'ai jetée dehors avec pertes et fracas. Elle est partie feignasser ailleurs, où elle voudra, pourvu que ce ne soit plus chez moi.

— Si vous pouviez seulement…

— Désolée, allez voir ailleurs !

Elle s'apprêtait à refermer la porte, mais Charlène l'en empêcha.

— Vous dites que Sissy vous a volé de l'argent… Je vais vous rembourser, et je vous demande seulement en échange de me dire où je peux la contacter.

Brand se rapprocha d'elles. Comme Charlène était heureuse de le sentir à côté d'elle !

Il ouvrit son portefeuille.

— Vous avez parlé de deux cents dollars ?

Shawna regarda longuement l'argent que Brand avait commencé à sortir, puis secoua la tête.

— Vous voulez me rendre ce qu'elle m'a volé, d'accord. Mais je n'ai aucun renseignement à vous donner en échange. Elle est partie, point final. Tout ce que je sais, c'est que je ne veux plus la revoir.

Brand compta l'argent, plia les billets de banque et les tendit à la jeune femme.

— Si jamais elle vous appelle, ou si elle revient, essayez de lui demander un numéro de téléphone.

Shawna n'avait toujours pas pris l'argent.

— Vous avez compté trois cents dollars. Elle m'en a volé seulement deux cents.

Brand ne retira pas les billets superflus.

— Si elle refuse de vous donner un numéro, demandez-lui au moins d'appeler sa sœur.

Charlène avait déjà sorti une feuille de papier et un crayon de son sac. Rapidement, elle griffonna quelque chose.

— Voici le numéro de chez moi et celui de mon travail. Téléphonez-moi si vous apprenez quoi que ce soit. Je vous en prie.

Shawna n'avait toujours pas pris l'argent. Elle continuait à les dévisager tous les deux, d'un air moins hostile toutefois.

— C'est vous qui gardez son bébé ?

— Oui.

— Elle va bien ?

— Oui. Mia est une belle petite fille, pleine de joie de vivre et de santé. Dites-le bien à Sissy si vous la voyez.

Shawna se décida enfin à prendre l'argent.

— D'accord, mais ne vous montez pas la tête. Il y a fort à parier qu'elle ne remettra jamais les pieds ici.

Ils furent de retour à New Bethlehem Flat vers 16 heures et allèrent aussitôt récupérer Mia.

Irma vint à leur rencontre et comprit que Charlène n'avait pas réussi. Elle la serra dans ses bras.

— Ne perds pas courage, tout finira par s'arranger, tu verras !

Brand installa Mia dans la voiture et ils rentrèrent tous les trois chez Charlène. La jeune femme se sentait démoralisée. Que faire maintenant ? Fallait-il de nouveau faire intervenir Tanner et recommencer de zéro ? Ou bien attendre en s'occupant de Mia et en espérant que Sissy finirait par donner de ses nouvelles ?

Le lendemain, dimanche, ils allèrent déjeuner avec Chastity et Irma. Une fois de retour, Charlène commença à vérifier ses comptes de la semaine pendant que Brand travaillait sur son ordinateur.

C'est alors que le téléphone sonna.

D'un geste automatique, la jeune femme saisit le combiné.

— Salut, c'est moi ! Est-ce que tu t'occupes bien de mon bébé ?

Seigneur, c'était la voix qui hantait les rêves de Charlène depuis des semaines entières ! Sissy… Enfin…

Charlène se cramponna au téléphone tandis que sa bouche devenait sèche comme de l'étoupe.

— Oui, Sissy ! Mia va très bien…

Brand s'était rapproché d'elle et avait posé une main rassurante sur son épaule. Elle lui jeta un regard plein d'espoir tout en attrapant un bloc-notes et un crayon.

— Que c'est bon de t'entendre ! Où es-tu ? Quand est-ce que tu viens nous voir ?

— Tais-toi ! ordonna Sissy, et écoute-moi plutôt.

— Mais je…

— Charlène, tu m'entends ?

— Oui, bien sûr.

— Je ne suis pas prête à revenir à Behtlehem-Trifouillis-les-Ploucs. Et encore moins à prendre soin de Mia. Je t'appelle parce que j'ai eu Dwayne au téléphone. Il m'a appris que tu me faisais rechercher par un détective. Arrête ça tout de suite, tu entends ? Je ne veux pas qu'on m'épie, ni qu'on me suive. Je veux qu'on me fiche la paix, d'accord ?

— Bien sûr, Sissy, mais…

— Promets-moi que tu vas arrêter de me faire rechercher !

— D'accord, mais…

— Je vais très bien, ne t'inquiète pas.

— Mais si, justement, je m'inquiète… Comment est-ce que tu…

— Je t'ai dit que j'allais très bien. Je sais prendre soin de moi. Je reviendrai à Bethlehem quand je serai prête. Tu as compris ?

— Oui, je…

— Alors, c'est parfait.

— Sissy, est-ce…

Charlène entendit un « clic ». Sissy avait raccroché. Elle resta là un long moment, le récepteur à la main, alors que Sissy n'écoutait plus depuis longtemps.

Ce fut Brand qui raccrocha pour elle. Puis il la prit dans ses bras.

Cette nuit-là, ils firent l'amour encore plus tendrement, plus amoureusement que les autres fois. A la fin, elle se mit à pleurer et sanglota longtemps, lovée contre lui, laissant enfin libre cours à la tension qui s'était accumulée en elle.

Quand elle se fut calmée, il la borda doucement, l'embrassa sur le nez et murmura :

— Dors bien, mon amour. Tu te sentiras mieux demain.

- 14 -

Le jour suivant, le courrier leur apporta une épaisse enveloppe envoyée par Tanner. Charlène contempla longuement les photos qu'il avait prises de Sissy et recommença à sangloter.

Pourtant, sa sœur paraissait effectivement en parfaite santé. Ses cheveux avaient poussé et elle avait arrêté de les teindre en violet. Ils étaient encore coiffés n'importe comment, mais, au moins, Charlène reconnaissait leur teinte naturelle brun doré. Aucune épingle de sûreté ne *décorait* plus son joli visage et son regard vif dénotait qu'elle était tout à fait sobre. Le fait de constater ainsi que Sissy ne se droguait pas apaisa considérablement la jeune femme.

C'était au moins une chose que l'enquête lui avait permis de savoir. Elle gardait par ailleurs l'intime conviction que la jeune fille reviendrait un jour ou l'autre. Il suffisait d'attendre que l'envie lui vienne…

Maintenant qu'elle était rassurée sur l'état de santé de Sissy et qu'elle savait qu'elle n'était pas morte au fond d'un bois, Charlène se sentait tout à fait capable d'attendre son retour. Elle s'occuperait de Mia et prendrait son mal en patience, voilà tout.

L'enveloppe contenait un rapport détaillé de l'enquête ainsi que la note de frais. La somme n'était pas négligeable, et pourtant Charlène avait la certitude que Tanner n'avait pas fait payer plein tarif à son frère. Elle pensa aussi aux trois cents dollars que Brand avait donnés à Shawna et qu'il avait refusé qu'elle lui rembourse. Et aux provisions qu'il rapportait chez elle pratiquement chaque jour… C'était trop.

Le soir même, elle lui dit qu'elle souhaitait participer aux frais qu'il avait engagés pour Tanner.

— Pas question. Nous avons déjà réglé ce problème avant que l'enquête débute.

— Brand, ça représente une grosse somme. Et je le soupçonne de ne pas avoir appliqué son tarif normal.

— Ecoute, entre frères, c'est naturel. Je fais de même quand il me demande d'être son avocat. La seule chose que je regrette, c'est que cette affaire ne puisse pas être conclue totalement.

— L'essentiel, c'est que je sache que Sissy va bien. Mais j'insiste tout de même pour payer au moins une part.

— Non. Inutile de continuer cette discussion. J'ai tout à fait les moyens de payer cette note d'honoraires.

— Mais moi aussi !

— Je n'ai jamais dit le contraire. Ce que je veux te faire comprendre, c'est que je *tiens* à le faire.

Charlène considéra le beau visage sérieux tourné vers elle. Qui aurait dit qu'après toutes ces années passées loin l'un de l'autre, ils se retrouveraient si proches ?

— Soit, Brand. Mais je trouverai bien un moyen de te rendre ce que tu fais pour moi.

— Ce n'est pas la peine, Charlène. Ce qui est à moi est à toi.

Voilà qui constituait une déclaration de poids ! Surtout si elle prenait en compte leur serment de ne pas se prononcer sur un engagement à long terme… Elle décida de ne pas relever. D'autant plus que, assez souvent, il lui arrivait de ressentir la même chose. Oui, il lui semblait de plus en plus qu'ils étaient ensemble d'une manière beaucoup plus stable qu'ils voulaient bien le reconnaître.

Pourtant, il n'était toujours pas question d'engagement entre eux. Il faudrait bien qu'ils abordent ce sujet un jour ou l'autre… Ne serait-ce que pour remettre au clair les limites qu'ils s'étaient fixées.

Mais pas tout de suite. Pas à un moment où Brand se montrait si gentil, si généreux, et où elle ne rêvait de rien d'autre que de passer ses bras autour de lui et de rester ainsi dans sa chaleur, jusqu'à la fin de ses jours. Enfin… Sauf lorsqu'elle entrelacerait ses doigts aux siens pour l'entraîner vers sa chambre et son lit !

— Oh, Brand, j'aimerais tant qu'elle revienne…

— Oui, je sais…

Quelque chose dans sa voix alerta Charlène. Ou est-ce que c'était sa façon de faire traîner les mots ? Toujours fut-il qu'un frisson d'inquiétude la parcourut.

Elle releva la tête de manière à le regarder dans les yeux.

— Quelque chose ne va pas ?

Il la prit doucement par les épaules.

— Je ne sais pas comment te le dire… J'attends toujours le bon moment, mais on dirait qu'il n'arrive jamais.

Elle le dévisagea intensément.

— Qu'est-ce que c'est ? Dis-le-moi tout de suite !

— Eh bien… Il y a deux mois que Sissy t'a laissé Mia…

Charlène savait déjà qu'elle n'aimerait pas ce qui allait suivre.

— Pas tout à fait deux mois. Dans quelques jours seulement.

— D'accord, mais il y aura deux mois cette semaine.

Elle venait de se dégager de son étreinte pour se réfugier contre l'évier.

Brand la regarda d'un air infiniment patient.

— Tu es en colère, n'est-ce pas ?

— Tu exagères la durée du séjour de Mia, c'est tout.

— Charlène…

Elle venait de croiser les bras d'un air déterminé, déjà sur la défensive.

— Oui ?

— Il faut que tu envisages de protéger Mia.

— La protéger ? Mais qu'est-ce que je suis en train de faire ?

— Tu es en train de te mettre en colère.

— Non, pas du tout !

Elle avait parlé trop vite, trop fort. Et elle le savait.

— A quoi est-ce que tu es en train de faire allusion, Brand ? Je préférerais que tu t'exprimes clairement tout de suite !

— Parfait. Allons droit au but ! Pour commencer, je te

conseille de changer ta serrure. Sissy a bien une clé de ta maison, non ?

— Heu… il me semble…

— Tu m'as dit qu'elle avait une clé, tu te souviens ? Le premier matin, quand elle t'a laissé Mia sur le canapé.

— Oui, c'est vrai. Elle a une clé, et alors ? Où veux-tu en venir ?

— Tout simplement au fait que Sissy peut entrer chez toi quand l'envie lui viendra, et tu ne pourras rien faire pour l'en empêcher.

— Mais je ne *veux* pas l'en empêcher ! C'est ma sœur. Ma maison est la sienne.

— Je comprends et j'admire ta générosité. Tu soutiens Sissy depuis des années. Quoi qu'elle ait fait, tu ne l'as jamais abandonnée, tu lui as toujours gardé ta porte ouverte. Mais il faut que tu admettes que la situation est différente maintenant.

Charlène respirait avec difficulté. Il lui semblait qu'un étau enserrait sa poitrine. Brand la torturait, cela ne pouvait pas continuer ainsi.

— Charlène…

— Arrête !

Il se garda bien d'obéir.

— Regarde les choses en face. Sissy peut de nouveau pénétrer chez toi sans te prévenir, exactement comme elle l'a fait la dernière fois, et emmener Mia avec elle. Il faut donc que tu changes ta serrure et que tu envisages une procédure qui te permette d'adopter Mia ou tout au moins de devenir sa tutrice, légalement. Actuellement, Sissy peut surgir n'importe quand et exiger que tu lui rendes Mia. Tu seras obligée de le faire. Et ensuite, ta sœur peut disparaître comme elle l'a déjà fait l'an dernier ou il y a deux mois. Et qui sait alors la vie qu'elle fera mener au bébé ! Tu sais aussi bien que moi que nous devons protéger Mia et lui offrir un environnement calme et stable.

Le cœur de Charlène battait à tout rompre.

— Je ne pourrai jamais !

— Pense à Mia, Charlène. Tu dois accepter l'idée que ta sœur n'est pas capable d'assurer à sa fille une enfance décente ni de lui procurer un bon départ dans la vie.

— Non !

Charlène voulait que Brand s'arrête de parler. Elle ne pouvait plus supporter qu'il lui décrive une réalité qu'elle n'avait pas la force de regarder en face. Elle secoua la tête et une fois de plus, murmura :

— Non ! Non. Je ne pourrai jamais faire ça.

Elle se força à le regarder de nouveau.

— Tu ne comprends pas ? Tu ne vois pas que tu me demandes de me comporter comme tante Irma autrefois ? Tu me fais revenir dix ans en arrière. Seulement cette fois, ce n'est plus tante Irma qui m'enlève ma sœur, c'est moi qui enlève sa fille à Sissy ! Comment peux-tu croire un seul instant que je vais faire une chose pareille ?

— Ce n'est pas du tout la même situation. Si tu veux bien te donner la peine de réfléchir cinq minutes pour te débarrasser de la culpabilité que tu traînes comme un boulet, tu le verras très vite. Tu étais parfaitement capable de t'occuper de ta sœur à l'époque où elle t'a été enlevée. Alors que Sissy a abandonné sa fille…

— Je t'interdis de prononcer ce mot-là, tu entends ?

— Soit. Disons donc que Sissy est une jeune femme assez perturbée, qu'elle agit souvent de façon irresponsable et…

— Allons donc ! Quantité de mères ne sont pas des modèles. Elles ont le droit d'avoir envie de souffler de temps en temps, pour oublier les responsabilités que la maternité leur a imposées. Ce n'est pas pour autant qu'il faut envisager de leur retirer leur enfant !

— Tu sais très bien que c'est un cercle vicieux qui se constitue. Les mères incompétentes fabriquent des enfants à problème et ces derniers deviennent eux-mêmes de mauvais parents.

— C'est ce qui s'est passé entre tante Irma et Sissy ?

— Si tu veux. Si Sissy emmène Mia pour l'élever elle-même, cette pauvre petite se trouvera aussi peu maternée que Sissy elle-même l'a été. Et cette fois, ce n'est pas un juge incompétent qui te l'aura enlevée, mais toi-même qui auras consenti à cette erreur.

— Oh, je ne veux pas…

Charlène secoua la tête, comme pour refuser le tableau que Brand venait de lui dresser, mais elle savait bien, au fond, qu'il avait parfaitement raison, même si entendre tout cela lui était insupportable.

Pourtant, tout en elle criait sa révolte. Comment faire une chose pareille à sa sœur ? Comment lui enlever Mia ?

Elle poussa un gros soupir.

— Je sais que tu vois juste, Brand. Je sais que, à moins que Sissy ne réussisse à changer radicalement d'existence, Mia n'a aucune chance d'avoir une vie normale auprès d'elle. Mais je ne peux pas écarter ma sœur pour prendre sa place auprès de son enfant. Ne me demande pas de faire ça. J'en suis incapable.

— Je ne te demande rien, répondit Brand, le regard triste. Je me contente de dire ce qui doit être dit, c'est tout. Ça ne me concerne pas. Ni toi. Ni même Sissy. C'est de Mia qu'il est question.

Il fit un geste en direction du parc où la petite fille gigotait à son aise en roucoulant de plaisir au milieu de ses jouets.

— Ce qui importe, c'est de faire au mieux pour cette enfant. C'est-à-dire de mettre toutes les chances de son côté pour qu'elle devienne plus tard une adulte responsable et épanouie.

— Seigneur… Pourquoi faut-il que ce soit aussi difficile ? Quoi que je fasse, je perds. Ou bien je rejette ma sœur, ou bien je compromets l'avenir de Mia. C'est un choix impossible !

— Je te demande seulement d'y réfléchir.

— Mais je…

— Réfléchis-y calmement, Charlène. Ce sera déjà beaucoup.

La demande de Brand était parfaitement raisonnable. Charlène pressa ses lèvres l'une contre l'autre et hocha la tête.

— A la bonne heure. C'est déjà un début !

- 15 -

Lorsque Brand rentra du travail le jour suivant, il trouva la camionnette d'un serrurier garée devant la maison de Charlène. Une demi-heure plus tard, l'ouvrier s'en allait et elle lui tendait une nouvelle clé, toute brillante.

— Tiens, puisque tu vis pratiquement ici…

Il prit la jeune femme dans ses bras et l'embrassa longuement. Mia gazouillait gentiment dans son parc et rien ne pressait pour mettre le dîner en route… Pourquoi ne pas continuer à s'embrasser dans la chambre ? Avec quel plaisir il allait retirer à la jeune femme la grande chemise rouge qu'elle avait enfilée par-dessus son jean ! Déjà, il sentait le désir monter en lui, exigeant, impatient.

Il en était ainsi chaque fois qu'il l'embrassait.

Il glissa ses doigts par-dessous le chemisier et commença à caresser le dos de Charlène, là où la peau était aussi douce qu'une peau de bébé.

Elle soupira.

Puis s'écarta de lui.

— J'ai pensé que…

— Chut ! Embrasse-moi maintenant et pense plus tard !

Il pencha de nouveau son visage sur elle, mais elle se déroba.

— Tu sais bien pourtant que j'adore t'embrasser, dit-elle en forme d'excuse.

— Alors prouve-le-moi !

— Pas maintenant…

Il laissa échapper un grognement et capitula.

— Bon. A quoi as-tu pensé ?

Elle le prit par la main.

— Viens, suis-moi. Tu veux une bière ? Ou quelque chose d'autre ?

— Et comment ! Je veux te dépouiller de tes vêtements et te faire mille choses insensées…

— D'accord, mais plus tard.

— Promis ?

— Promis.

Elle le conduisit jusqu'au vieux canapé placé sous la fenêtre et l'y fit asseoir. Un instant plus tard, elle était de retour avec une bière.

— A quoi as-tu pensé ?

— Eh bien, à beaucoup de choses qui m'ont tenue éveillée une bonne partie de la nuit. J'avais peur de te déranger.

— Mon Dieu ! Et moi qui attendais que tu me racontes ce que tu avais dans la tête !

Elle se mit à rire nerveusement.

— Je n'osais pas bouger de peur de te réveiller !

— Il est grand temps de me mettre au courant de ce qui t'empêchait de dormir.

Charlène se cala au milieu des coussins.

— C'est à propos de ce que tu m'as dit hier…

Brand ne fut guère surpris mais très content. Il était temps que Charlène affronte le gros problème qu'elle devait régler. Il n'avait simplement pas imaginé qu'elle réagirait aussi vite et s'attendait à devoir revenir à la charge plusieurs fois pendant les jours à venir. Apparemment, il l'avait sous-estimée… Tant mieux. Ils allaient enfin prendre les dispositions qui s'imposaient pour assurer à Mia un avenir serein et confortable.

Charlène lissa le tissu de son jean, qui n'en avait nul besoin, et déclara :

— J'ai pris un certain nombre de décisions…

— Parfait.

— Tu avais raison à propos de la serrure.

— J'ai vu que tu t'en étais occupée.

— C'est vrai que je n'ai pas envie que Sissy entre chez moi sans me prévenir et reparte avec Mia. En revanche, pour ce qui est de lancer une procédure qui me permettrait d'adopter Mia ou d'en devenir sa tutrice, j'estime qu'il est trop tôt. Je ne peux pas faire ça. En tout cas, pas tant que Sissy n'est pas revenue. Il faut d'abord que j'aie une conversation avec elle et que nous mettions un certain nombre de choses au clair.

— A mon avis, tu ferais mieux d'agir sans attendre.

Charlène se raidit.

— Je ne m'attends pas nécessairement à ce que tu sois d'accord avec moi.

— Tant mieux, parce que sur ce dernier point je ne t'approuve pas du tout. Qu'est-ce que c'est que cette histoire de

« mettre un certain nombre de choses au clair » avec Sissy ? Comme si elle était le genre de personne pleine de bon sens avec qui tu pourrais avoir une conversation à cœur ouvert ! Désolé, Charlène, mais il me semble que tu te racontes des histoires. Tu as oublié qu'à plusieurs reprises je t'ai entendue dire que tu craignais que Sissy ne revienne jamais ?

— C'est vrai que c'est une de mes angoisses. Si elle ne se manifeste pas dans les années à venir…

— Les années à venir ! Tu te rends compte de ce que tu dis ?

— Si tu me laissais finir ce que j'essaie de t'expliquer ? lança-t-elle, le regard furieux.

— Excuse-moi…

Elle se prit la tête dans les mains, comme si le simple fait de penser à tout cela lui donnait la migraine.

— Je comprends parfaitement qu'il me faudra trouver une solution correcte pour Mia et que, pour ça, je serai sans doute obligée de faire intervenir les services sociaux. Sans quoi je n'aurai jamais la responsabilité officielle de Mia.

— C'est ça qui te contrarie ? Tu crains qu'à cette occasion on t'enlève Mia et que se répète l'histoire ? Mais je t'ai déjà dit que je pouvais faire en sorte que ça n'arrive pas. Et cette fois, tu peux compter sur moi, Charlène. Je te promets que personne ne te retirera cette petite.

— Je n'ai aucune garantie que tu pourras tenir cette promesse.

— Je te jure que j'y veillerai.

— Et que deviendra Sissy dans tout ça ?

— Qu'est-ce que tu veux dire ?

— Nous serons obligés d'utiliser le mot que je déteste.

Il nous faudra dire que Sissy a *abandonné* Mia. Ce qui fait qu'en plus d'être privée de sa fille elle aurait des ennuis avec la loi. C'est bien illégal d'abandonner ses enfants, n'est-ce pas ?

— Non, je t'assure que…

— Ne cherche pas à m'embrouiller avec des raisonnements d'avocat ! Nous savons parfaitement que Sissy se trouverait dans une position d'accusée.

— Non. Sissy n'a jamais mis la santé de sa fille en danger. Elle t'a confié le bébé parce qu'elle savait que chez toi Mia serait en sécurité. Aucune accusation ne sera retenue contre elle.

— On lui reprochera tout de même d'être une mère incompétente.

« Mais c'est exactement ce qu'elle est ! » se retint de dire Brand. Heureusement, il choisit une attitude plus diplomatique, et se contenta de répéter ce qu'il avait déjà dit mille fois au moins :

— Nous ne faisons rien d'autre que nous occuper de la sécurité affective et matérielle de Mia.

Le silence s'installa entre eux. Charlène considéra Brand longuement avant de se décider à parler.

— Je me demande quelque chose…

— Oui ? Quoi ?

— Tout à l'heure, tu m'as dit que, *cette fois*, je pourrais compter sur toi.

— Exactement.

— Je voudrais te demander si toute la gentillesse que tu nous as manifestée, à Mia et à moi-même, toute l'aide que tu m'as apportée, ce n'est pas seulement une façon de compenser ce qui s'était passé quand nous étions jeunes ?

Brand prit son temps avant de répondre. Il savait que cette question recélait un piège. Un piège bien féminin… Quoi qu'il réponde, il allait se trouver en tort. Parce qu'effectivement il essayait bien de rattraper son erreur de jeunesse, et il n'en éprouvait aucune honte !

Pourquoi d'ailleurs aurait-il dû en être gêné ?

Charlène s'éclaircit la voix, comme pour lui manifester qu'elle attendait sa réponse.

— Il y a sans doute de ça dans mon attitude, convint-il.

— Tu es bien vague…

— Je t'ai déjà expliqué que je regrettais de ne pas avoir su rester à tes côtés autrefois. Je n'ai jamais pu me pardonner d'avoir été lâche au point de t'abandonner, alors que tu avais tant besoin de moi. Mais je n'étais pas prêt alors à assumer le rôle que tu attendais de moi. Je suis sûr que si nous nous étions mariés à cette époque, je n'aurais pas su être à la hauteur. Notre mariage aurait été un échec.

Comme Charlène ne répondait rien, il poursuivit :

— Tu sais que je n'ai pas eu une enfance facile. Mon père a totalement disparu de ma vie quand j'avais deux ans, ce qui fait que je n'ai aucun souvenir de lui. Tout ce que j'en sais, c'est ce que m'ont appris les journaux et les racontars des uns et des autres. Rien de très glorieux, je ne t'apprends rien. J'ai donc dû grandir sans père et ça n'a pas été facile.

Charlène écoutait toujours, attentive, silencieuse.

— Ma mère est une femme formidable qui a fait tout ce

qu'elle pouvait pour nous, mais élever seule quatre garçons tout en tenant son Bed and Breakfast n'était pas une tâche aisée. Sans compter qu'elle continuait à espérer que mon grand fou de père finirait par revenir, même s'ils n'étaient pas mariés. Toujours est-il que, moi, je n'ai pas eu sous les yeux l'exemple de ce que peut être un vrai couple où chacun essaie de rendre l'autre heureux et s'occupe des enfants. Je n'ai eu aucun modèle de ce que doit être un mari. Et encore moins la recette qui m'aurait permis de devenir le père adoptif d'une fillette de neuf ans.

— Brand… Je t'ai dit que je te pardonnais et je le répète. Tu as été si bon ces derniers temps. Avec moi, avec Mia, avec ma tante…

En entendant ces mots, l'espoir qui commençait à naître en Brand se flétrit aussitôt, un peu comme si cette déclaration faisait office de testament. Malgré l'annonce de son pardon, il avait le sentiment que Charlène avait adopté le ton de celle qui va asséner : « Tout est fini entre nous. » Lui-même était loin d'être prêt pour cela. Il en était même à des années-lumière…

Il fit un effort pour se ressaisir. Pourquoi s'inquiéter ainsi ? Ne venait-elle pas de lui remettre une clé de sa maison ? Il n'avait pas rêvé, puisqu'elle était là, sur la petite table, posée à côté de sa bière… On ne donne pas une clé à un homme qu'on a l'intention de chasser de sa vie !

— Où veux-tu en venir exactement, Charlène ?

— Je veux juste te dire que si tu éprouvais le besoin de te racheter, tu l'as déjà fait, et largement. J'ai tourné la page de cet épisode de ma vie. Ce qui est passé est passé. Je préfère suivre ton conseil et m'intéresser à notre avenir.

— Et… tu le vois comment ?

— Je ne vois rien du tout pour le moment. J'ai changé la serrure, Sissy n'entrera pas à l'improviste. Pour le reste, nous n'avons qu'à attendre. Nous aviserons quand elle se manifestera.

Brand décida de s'en tenir à cela. Qu'aurait-il pu faire d'autre d'ailleurs, à part des suggestions ? Il ne pouvait obliger Charlène à prendre des décisions qu'elle refusait de prendre, même s'il était persuadé que c'étaient les bonnes.

Evidemment, s'ils étaient mariés, les choses se présenteraient différemment. Il aurait eu son mot à dire, mais ce n'était pas le cas.

Pourquoi donc se sentait-il aussi contrarié, alors qu'elle venait de lui annoncer ce qu'il avait souhaité entendre pendant des années : qu'elle lui avait pardonné. Il dormait dans son lit, il lui faisait l'amour chaque fois que l'occasion se présentait… Il était heureux, non ?

Oui, il était heureux comme il ne l'avait plus été depuis qu'ils sortaient ensemble au temps du lycée. Que lui fallait-il de plus ? Qu'attendait-il d'autre ?

Ils préparèrent le dîner. Passèrent à table. Puis Charlène rangea la cuisine pendant qu'il s'occupait de Mia. Ensuite, ils regardèrent les informations à la télévision et allèrent au lit.

Quelques instants plus tard, allongé entre les draps blancs, il attendait que Charlène vienne le rejoindre. Comme tous les soirs, elle s'attardait dans la salle de bains, occupée à ce mystérieux rituel qui précédait son coucher. Il entendait l'eau couler dans la pièce à côté. Par la porte entrouverte, lui parvenaient des effluves parfumés. Tout cela était agréable, apaisant.

Il se tourna sur le côté et commença à l'imaginer en train de se préparer. Le simple fait de penser ainsi à elle le bouleversait. Charlène l'avait toujours bouleversé ! Même pendant tout le temps où elle refusait de le voir, il avait continué à éprouver le besoin de la toucher, de respirer son odeur, bref, de retrouver tout ce qu'il avait perdu et pensait ne plus jamais connaître.

Car c'est bien ce qu'il pensait alors… Jusqu'à ce que Sissy disparaisse en laissant sa fille sur le canapé de sa sœur. Tout à coup, au moment où il avait perdu tout espoir, voilà qu'une seconde chance lui avait été offerte.

Le glissement de pieds nus sur le carrelage le fit se retourner. Il ouvrit un œil et aperçut le visage de la jeune femme, démaquillé, tout rose et frais, et ses longs cheveux dénoués qui couvraient ses épaules.

— Viens vite ! souffla-t-il.

— Tu crois ? Tu parais tellement à ton aise tout seul dans ce grand lit !

— Bien trop grand pour moi…

Charlène se mit à rire et se rapprocha de lui. Puis elle défit la ceinture de sa robe de chambre qui s'entrouvrit, révélant dans son entrebâillement sa poitrine ronde, le doux renflement de son ventre et, plus bas encore, sa toison dorée. Il se redressa sur son oreiller pour apercevoir ce qui demeurait caché à sa vue : les chevilles fines, les pieds minces. Les ongles de ses doigts de pied étaient vernis d'un rose vif, particulièrement gai.

— Enlève ta robe de chambre, demanda-t-il. Lentement.

Charlène était une jeune femme indépendante, mais obéir à un homme en pareilles circonstances lui convenait tout à fait. Elle se fit tout de même un peu désirer, caressa sa peau claire au-dessus de sa poitrine, joua avec les boucles de ses cheveux. Brand respirait avidement le parfum qui émanait de ce corps si désirable. La jeune femme continuait son petit jeu de séduction en ayant bien soin de ne pas écarter davantage les pans de son vêtement.

— Tu me fais mourir d'impatience…, murmura Brand.

— Douce mort, non ? demanda-t-elle, moqueuse.

Enfin, elle le prit en pitié. D'une main, elle fit glisser sur son épaule une manche de sa robe de chambre. Un sein rond au mamelon tendu apparut.

— Oui, reste comme ça !

Brand se sentait prêt à exploser sans même la toucher, uniquement en la regardant.

Elle lui obéit et il s'absorba dans la contemplation de la courbe de sa hanche. Comme elle était belle ! Il repoussa les couvertures et s'assit sur le bord du lit à côté d'elle.

Les lèvres de Charlène étaient légèrement entrouvertes. Brand avait plaisir à penser que, bientôt, il les embrasserait.

— Viens plus près, commanda-t-il.

Elle obéit.

— Plus près encore !

Cette fois, il pouvait la toucher. Enfin !

Il suivit de l'index le bord de la robe de chambre. Lorsqu'il frôla l'abdomen de Charlène, elle se mit à frissonner. Il leva le visage vers elle, lui sourit, et continua à descendre.

Elle retint sa respiration. C'était exactement ce qu'il souhaitait. Il voulait qu'elle perde le souffle sous ses caresses, qu'elle le supplie de continuer, qu'elle se soumette entièrement à ses désirs.

La main de Brand descendit jusqu'au nid de boucles en haut de ses cuisses fines. Elle s'y glissa, douce, habile, y trouva le doux sillon déjà humide. Leurs nuits d'amour précédentes faisaient qu'ils étaient maintenant parfaitement accordés l'un à l'autre. Charlène n'avait pas besoin de beaucoup de préludes pour être prête à l'accueillir.

Néanmoins, l'un et l'autre adoraient les préliminaires et ne s'en privaient pas d'ordinaire. Mais, ce soir, il avait besoin qu'elle se rapproche de lui.

Il l'attrapa par la taille et l'attira vers lui. La robe de chambre glissa et tomba sur le tapis.

— Embrasse-moi, Charlène…

Seigneur… Qu'y avait-il de meilleur au monde que d'embrasser Charlène ? Elle était si douce, si parfumée ! Il glissa les doigts dans ses cheveux doux comme de la soie, en saisit une poignée et tira doucement dessus. Charlène ne résista pas et se rapprocha encore de lui sans desceller sa bouche de la sienne. Puis elle s'empara de son sexe durci.

Brand laissa échapper un grognement de plaisir. Elle le caressait maintenant. Oui, elle savait comment le rendre fou ! Il avait rejeté sa tête en arrière et soulevait ses hanches pour mieux se livrer à elle, la supplier de lui accorder ce qu'il souhaitait.

Il pensait qu'il allait mourir de plaisir. Quelle importance ? Mourir ainsi serait un pur délice. Mais Charlène s'installa sur lui, autour de lui. Alors, il l'attrapa par les hanches et la souleva. Ce fut à son tour à elle de gémir tandis qu'il la pressait contre lui. Il lui embrassait la bouche, les seins, en mordillait le bout, traçait des cercles de feu sur leur aréole pendant qu'elle le chevauchait de plus en plus ardemment.

— Oui, Brand ! Encore, encore…

Elle soulevait les hanches, les abaissait de nouveau et ce mouvement les rendait fous tous les deux, tant il les comblait l'un et l'autre de volupté.

Enfin, il se sentit éclater, et elle cria son plaisir en même temps que lui.

Epuisé, il se laissa tomber en travers du lit, l'entraînant sur lui. La longue chevelure parfumée s'étala sur sa poitrine et ce fut comme si Charlène étalait sur lui une douce couverture de soie.

Que se passa-t-il alors ? Quelque chose en lui se libéra.

Tout à coup, il comprenait, il savait.

Oui, il savait exactement ce qu'il voulait, ce dont il avait besoin.

Et contrairement à toutes ses prévisions il était persuadé de pouvoir l'obtenir.

C'était étonnant. Il venait d'éprouver la certitude que, avec cette femme, tout, absolument tout, lui devenait possible.

Il ramena en arrière la longue chevelure blonde.

— Charlène ?

— Mmm…

Elle entrouvrit les yeux, encore voilés de volupté.

— Oui ?

Brand prit entre ses mains le visage qu'il adorait et déposa sur les lèvres encore gonflées de plaisir un baiser ardent.

— Charlène…, répéta-t-il.

Le simple fait de prononcer ce prénom le plongeait dans le bonheur. Surtout quand cela s'ajoutait au poids du corps de la jeune femme sur le sien et à l'odeur de l'amour qu'ils venaient de faire ensemble.

— Qu'est-ce qu'il y a ?

Elle le regardait d'un air vaguement inquiet.

— Quelque chose te préoccupe ?

— Non, tout va bien.

— Alors ?

Alors il parla. Il dit l'impossible. Les mots qu'il pensait ne jamais prononcer, ce soir-là, il les prononça.

— Epouse-moi, Charlène.

— Brand !

Elle paraissait bouleversée, prête à éclater en sanglots.

Brand la regardait, souriant, prêt à entendre une réponse dont il ne doutait pas.

C'est alors qu'elle répondit non.

- 16 -

— Non ? répéta Brand, incrédule.

Au lieu de répondre, Charlène s'éloigna de lui et il resta couché dans le lit, comme un idiot.

Elle ramassa sa robe de chambre et l'enfila de nouveau. Il s'assit au moment où elle enroulait la ceinture autour de sa taille. Elle fit un nœud, serré, puis leva les yeux vers lui.

— Je suis désolée…

Brand vit dans ses yeux clairs qu'elle ne parlait pas à la légère. Désolée, elle l'était, il n'y avait pas à en douter. Mais elle était aussi certaine de sa réponse.

Il n'essaya pas d'argumenter, de plaider pour la convaincre. Il savait qu'il ne réussirait pas à la faire changer d'avis. En outre, il se sentait dans une position plutôt inconfortable, là, tout nu, en train d'essuyer un refus aussi catégorique.

Aurait-il oublié la première règle de sa profession d'avocat ? *Ne jamais poser une question dont on ne soit pas déjà certain de la réponse.*

Mais il avait cru la connaître, cette réponse ! Quel fou il était ! Quel prétentieux imbécile il faisait…

Il s'assit sur le lit et Charlène eut un mouvement de

recul, comme si elle redoutait qu'il la touche. Sans doute craignait-elle qu'il ne tente de la convaincre en usant du pouvoir qu'il avait sur elle ?

Il se leva et enfila ses vêtements. Ensuite, il se tourna de nouveau vers elle. Elle n'avait pas bougé et se tenait toujours là, debout, drapée dans sa robe de chambre.

— Brand, je regrette…

Il leva la main, dans un geste signifiant qu'elle n'avait pas besoin de continuer.

— J'ai bien entendu ta réponse.

— Je… Je ne peux pas, Brand.

Il aurait mieux fait de ne pas demander, mais il ne put s'en empêcher. Il fallait qu'il comprenne !

— Pour quelle raison ?

— Parce que… j'ai tellement l'habitude de…

— De quoi ?

— Eh bien, j'ai l'habitude de me suffire à moi-même, de ne compter que sur moi-même. Tu comprends, pour moi, le mariage, c'est pour toujours. Et je ne pense pas… je ne crois pas que…

Elle s'embrouillait lamentablement. Les explications qu'elle s'efforçait de donner n'avaient ni queue ni tête.

Et puis, tout à coup, il lui sembla deviner.

— Tu ne me fais pas assez confiance, c'est ça ?

— Non, je n'ai pas dit ça.

— Tu n'as pas besoin de le dire, je l'ai deviné. Tu ne me fais toujours pas confiance. Tu m'as pardonné sans doute, tu ne me hais plus, tu me désires même, mais tu as encore peur de prendre des risques avec moi. Vivre au jour le jour à mes côtés, c'est tout ce que tu peux supporter. Tu as encore peur que je t'abandonne.

— Non, je n'ai plus peur, rectifia Charlène.

Mais en prononçant ces mots, elle regardait partout sauf en direction de Brand : le sol, le lit défait, le mur derrière lui, tout, sauf lui-même.

Au cas où il aurait eu le moindre doute, ce comportement l'aurait dissipé. Il savait, devant ce refus de l'affronter du regard, qu'il avait deviné juste.

— Bien sûr que si ! insista-t-il.

De nouveau, elle se déroba. Que pouvait-il faire ? Y avait-il seulement quelque chose à faire ? Devait-il se jeter à ses genoux pour la supplier de lui laisser encore une chance ? Pour lui jurer un amour absolu et éternel ?

Il l'avait déjà fait. Il lui avait juré qu'il l'aimait, qu'il l'aimerait toujours, autrefois, quand ils étaient tout jeunes. Et comment le lui avait-il prouvé ? En l'abandonnant à la première difficulté.

— Je ne peux pas, répéta-t-elle d'une voix douce, mais qui ne lui laissait aucun espoir.

Un petit cri se fit entendre depuis la chambre de Mia. Puis un autre, plus fort.

— J'y vais, proposa Brand. Recouche-toi.

Elle obéit, mais au lieu de se coucher, elle resta assise et laissa la lumière allumée pour l'attendre. Quand il revint, elle chercha son regard.

— C'est vrai, reconnut-elle. Tu as raison, j'ai peur. Je

meurs de peur à la pensée que, si je commence à croire que notre relation est stable, je…

Sa voix s'étrangla dans sa gorge.

— … tu vas de nouveau me quitter, acheva-t-elle avec un effort.

Brand se tenait debout dans l'embrasure de la porte.

— Jamais de la vie !

— J'entends bien ce que tu me dis. J'arrive même à le croire, mais là, tout au fond de moi, j'ai trop peur. J'apprécie vraiment tout ce que tu as fait pour m'aider. Tu as été merveilleux et je te suis vraiment reconnaissante.

— Arrête de parler de reconnaissance !

— Je…

— Alors, qu'est-ce que tu as d'autre à ajouter ?

Charlène soupira. Comment lui dire ? Comment lui expliquer ?

— Brand, je suis folle de toi. Je crois que je l'ai toujours été, même quand je ne voulais plus te voir. Je n'ai jamais réussi à te chasser de mon esprit. C'est exactement ce que tu m'avais dit la première fois que nous avons de nouveau fait l'amour tous les deux. Le contraire de l'amour, c'est l'indifférence, tu avais bien raison. C'est vrai que, si je t'ai tant détesté, c'était pour mieux me cacher combien j'étais encore amoureuse de toi. Je crois que c'est un sentiment qui ne me quittera jamais.

Brand avait croisé les bras.

— Tu es folle de moi, mais tu refuses de m'épouser…

Ce n'était pas une question, mais une constatation.

— Oui, c'est bien ça.

— Parce que tu n'as toujours pas confiance en moi ?

Une énorme boule dans la gorge, elle confessa :

— Je me demande toujours si tu ne vas pas partir un beau matin… Tu comprends, j'ai déjà perdu tant de monde ! Mes parents, ma sœur, toi une première fois.

— Mais tu ne m'as pas perdu puisque je suis là !

Elle secoua la tête.

— Je sais que je devrais être plus courageuse. Plus forte. Que je devrais accepter de courir le risque. Mais je ne peux pas parce que, si tu me quittais encore une fois, Brand, je suis sûre que j'en mourrais.

Brand demeura silencieux, le temps de réfléchir à ce qu'il venait d'entendre, puis il reprit :

— J'imagine que j'aurai beau te jurer fidélité et te promettre de toujours te soutenir, ça ne changera pas grand-chose ?

— En effet.

— Je m'en doutais.

Le silence qui suivit cette déclaration leur parut interminable. Ils se regardaient tous les deux, si proches apparemment, mais à des kilomètres l'un de l'autre, mentalement.

Puis Brand reprit la parole.

— La vérité pourtant, Charlène, c'est que tu peux compter sur moi. Exactement comme tu l'as fait pendant les deux mois qui viennent de s'écouler. Et que tu réussisses ou non à surmonter ces horribles craintes qui te paralysent, ça ne changera pas. Je ne suis plus le tout jeune homme d'il y a dix ans. Je sais qui je suis et je sais ce que je veux.

Charlène leva un sourcil interrogatif vers lui.

— Ce que je veux, Charlène, c'est vivre avec toi toute ma vie. Et je suis prêt à t'aider encore si tu en as besoin, que ce soit légalement ou financièrement. Tu n'auras qu'à me le dire, je suis sincère.

— Mais ? demanda la jeune femme.

— Effectivement, il y a un « mais ». J'étais d'accord pour vivre avec toi au jour le jour pendant quelque temps. Quelques semaines. Mais je ne veux pas continuer à jouer à faire semblant en attendant qu'un jour tu te décides enfin à m'accepter vraiment. Je ne suis pas capable de ça. Je suis trop fier. Et ça me ferait trop souffrir aussi. Cette fois, c'est à mon tour de te dire que je suis désolé. Mais je vais retourner vivre dans ma grande maison vide.

Le cœur de Charlène battait à tout rompre dans sa poitrine. Elle était à deux doigts de le supplier de rester, de jeter ses bras autour de lui pour l'empêcher de partir. Elle était prête à lui promettre tout ce qu'il lui demanderait.

Oui, vraiment tout, même de passer sa vie avec lui comme il le lui demandait, alors qu'elle-même avait si peur de ce « toujours ».

Elle voulait qu'il reste avec elle, qu'il ne parte jamais.

Mais, au lieu de suivre cette impulsion, elle demeura assise, bien droite dans le lit, les mains croisées sur la couverture.

Brand partit dans la pièce à côté et rassembla quelques vêtements. En un rien de temps, il fut prêt à partir.

— Je reviendrai demain, quand tu seras au restaurant pour prendre le restant de mes affaires. Je laisserai tes clés sur la table de la cuisine.

Charlène se força à approuver de la tête.

— Très bien.

Brand la regarda une dernière fois avant de sortir.

— Je veux que tu saches une chose, Charlène, c'est que je ne suis pas en colère contre toi. Même si tu refuses de croire en nous deux, en ce que nous pourrions construire ensemble.

— Je comprends.

Elle toussa pour chasser les larmes qui lui nouaient la gorge.

— Je te crois tout à fait.

— Si tu as besoin de quoi que ce soit, tu n'auras qu'à m'appeler.

Elle hocha la tête.

— Je le ferai.

— Jure-le-moi.

— Je te le jure. Je t'appellerai si j'ai besoin de toi.

Alors, Brand ramassa son sac et quitta la chambre.

- 17 -

Une semaine s'écoula.

Et puis encore une autre.

Tout à coup, ce fut le mois de juillet. Les nuits étaient toujours fraîches et l'eau de la rivière pas encore assez chaude pour qu'on aille y nager.

Pourtant, les journées étaient longues et tièdes. L'école était terminée et les enfants entraient et sortaient sans cesse du restaurant où ils venaient s'approvisionner de boissons désaltérantes.

Le jour de la fête nationale arriva. Charlène regarda le défilé depuis les fenêtres du restaurant. Elle n'alla pas danser ce soir-là, et pourtant, de sa maison, elle entendait la musique du bal donné dans la grande salle de la mairie.

Elle s'efforça de ne pas se demander si Brand y était allé. Elle évita de l'imaginer en train de serrer contre lui une jolie jeune femme prête à dire « oui » là où elle-même avait répondu « non ». Elle se disait que si cela arrivait ce serait pour le mieux. Oui, elle souhaitait que Brand rencontre quelqu'un d'autre et que toute la ville parle de lui et de sa nouvelle fiancée.

S'il fréquentait une autre femme, elle réussirait peut-être à admettre qu'elle l'avait réellement perdu et qu'il ne reviendrait jamais vers elle. C'était ce qu'elle souhaitait. Car il lui demandait plus qu'elle ne pouvait lui offrir. Il voulait sa confiance et une promesse d'engagement, alors qu'elle n'en était plus capable. Non, depuis longtemps, elle ne croyait plus aux serments éternels.

Depuis qu'il l'avait quittée, elle l'avait rencontré trois fois dans la rue. Chaque fois, il lui avait adressé un signe de tête et un sourire. Elle avait fait de même, et tous deux avaient continué leur chemin.

Oui, elle souhaitait qu'il trouve une nouvelle amie, et en même temps elle savait que, si cela se produisait, elle ne serait pas capable de le supporter.

Elle continuait à s'occuper de son restaurant. Elle prenait soin de Mia qui était toujours un bébé facile et adorable. Et elle attendait que Sissy retrouve un peu de bon sens et revienne la voir.

Le lendemain de la fête nationale était un mercredi. Irma l'appela pour l'inviter à dîner avec elle au Nugget.

— J'ai envie de fêter avec toi les bonnes nouvelles que je vais t'annoncer. Il m'a semblé qu'un bon petit plat en tête à tête dans ce restaurant serait un moyen agréable de le faire. Chastity m'a dit qu'elle pouvait s'occuper de Mia pendant ce temps.

— Tu sais ce qui me ferait plaisir ? répondit Charlène. C'est que tu viennes plutôt à la maison pour cette petite soirée. J'ai de beaux steaks dans le congélateur, que je serai heureuse de manger avec toi. Tu profiteras un moment de Mia et ensuite, quand elle sera fatiguée, nous la mettrons au lit. Elle s'endormira tranquillement dans son berceau et nous finirons la soirée toutes les deux.

— J'avais réellement envie de t'inviter…

— Inversons les rôles ! Je te promets même une bouteille de bon vin pour accompagner le repas.

— Dans ce cas, c'est moi qui l'apporterai.

— Parfait. Viens vers 19 heures, d'accord ?

Irma arriva à l'heure convenue avec un délicieux cabernet qu'elle posa sur la table basse. Ensuite, elle alla prendre Mia dans son parc, l'embrassa et la berça un moment dans ses bras.

— Ma petite chérie… Je te fais un bisou, et puis je te remettrai dans ton parc où tu joueras bien sagement pendant que je parlerai avec ta tante Charlène. J'ai des choses très, très importantes à lui annoncer !

Irma se mit à chantonner en retournant dans la cuisine où elle retrouva Charlène qui finissait de préparer une salade composée.

— Laisse tout ça et viens avec moi dans le salon, où nous allons trinquer ensemble.

Charlène obéit, se sécha les mains au torchon à carreaux accroché à côté de l'évier et alla s'asseoir à côté de sa tante sur le vieux canapé.

Lorsqu'elles levèrent leur verre ensemble, Charlène demanda :

— Un toast, d'accord, tante Irma, mais en quel honneur ?

Irma rayonnait.

— A ma future vie, ici, à New Bethlehem Flat, où j'ai enfin découvert ce qui comptait dans l'existence.

— Voilà effectivement un bon prétexte pour trinquer ! approuva joyeusement Charlène en avalant une gorgée du délicieux cépage.

— Il est merveilleux ! complimenta-t-elle.

— C'est vrai, confirma Irma après l'avoir goûté elle aussi.

Ensuite, elle se mit à rire comme une petite fille.

— Si tu savais ! Je mourais d'envie de te mettre au courant, mais j'attendais un moment où tu serais disponible pour te parler tranquillement.

— Oh ! lança Charlène, curieuse tout à coup. Ce que tu vas me dire doit donc être très important !

— Oui, très important en effet.

— Tu ne fais qu'aiguiser ma curiosité…

— Eh bien…

— Eh bien ?

— Je viens d'acheter une vieille maison à côté du Sierra Star !

— Pas possible !

— Si. Elle est en très mauvais état, mais…

— Je vois, ce doit être la maison Lockhart.

— Oui, c'est ça.

— Il y a au moins six ans que personne n'y habite.

Tout à coup, Charlène ne savait plus si elle devait féliciter sa tante ou lui présenter ses condoléances, tant la maison était délabrée !

Irma devina l'embarras de sa nièce.

— Je sais ce que tu penses, Charlène. Il y a effectivement

beaucoup de travaux à envisager, mais elle est si bien située et le jardin si agréable que je n'ai pas hésité longtemps.

— La remise en état va te coûter très cher…

— En effet, mais ça n'a pas d'importance.

Charlène dévisagea sa tante, très surprise.

— Vraiment ?

— Oui.

— Comment comptes-tu t'y prendre ?

— Larry me verse une pension plus que confortable.

— Tu es sérieuse ?

— Tout à fait. Si le juge l'avait calculée sur la base de la valeur humaine de mon ex-mari, je ne pourrais même pas acheter une roulotte de romanichel, mais comme c'est sa valeur sur le marché des affaires qui est prise en compte, je vais être riche !

— Je suis vraiment heureuse pour toi.

— Merci, ma chérie. Je trouve que j'ai bien de la chance puisque je peux envisager une restauration complète de ce qui redeviendra une belle demeure, aussi bien à l'intérieur qu'à l'extérieur.

Charlène se leva pour embrasser sa tante dont le bonheur faisait plaisir à voir.

— Tu sais, reprit Irma, je souhaite de tout mon cœur que, toi aussi, tu sois heureuse.

Charlène ne répondit rien et retourna dans la cuisine continuer à préparer la salade.

— Tout va bien pour toi en ce moment ? poursuivit Irma.

Sa nièce ne se retourna pas et continua à couper une tomate en rondelles.

— Parfaitement bien, ne te tracasse pas.

Irma n'hésita plus et entra dans le vif du sujet.

— Tu mens, Charlène ! Et tu mens très mal. Je sais parfaitement que Brand te manque terriblement. Et je n'ai même pas besoin d'aller lui demander s'il est heureux sans toi. A voir la façon dont il traîne dans la rue, le regard vide et le visage chagrin, ça saute aux yeux qu'il n'est pas dans son assiette.

— Tante Irma…

— Quoi qu'il se soit passé entre vous, il…

— Je te répète que tout va bien !

— Téléphone-lui, Charlène !

— Je n'ai rien à lui dire.

— Invente quelque chose. Ne laisse pas un jour de plus s'écouler sans lui, parce…

La sonnerie de la porte d'entrée retentit, lui coupant la parole.

— Tiens, qui ça peut-il bien être ? se demanda-t-elle en s'essuyant les mains.

— C'est peut-être lui ! suggéra Irma, l'âme romantique.

— Bien sûr que non !

Charlène tenait à garder les pieds sur terre.

Pourtant, elle sentit les battements de son cœur s'accélérer et ses joues devenir toutes chaudes.

La sonnerie retentit de nouveau.

— Tu veux que j'y aille ? proposa Irma.

— Non, merci. Surveille la cuisson des haricots verts pendant que je vais ouvrir.

— Volontiers.

La troisième sonnerie agaça Charlène. Qui que ce soit, le visiteur se montrait bien impatient !

Elle se hâta vers la porte et l'ouvrit toute grande.

Sissy se tenait devant elle.

- 18 -

— Salut ! lança Sissy.

Charlène avait du mal à en croire ses yeux.

Sa sœur portait une jupe rouge très serrée et un haut noir moulant. Pour tout bijou, une paire d'immenses créoles en argent.

Sissy ! En chair et en os, debout en face d'elle devant sa porte d'entrée.

Sissy, enfin…

— Tu vas te décider à nous laisser entrer ?

Nous ? Charlène avait été si occupée à dévisager sa sœur qu'elle n'avait même pas remarqué le garçon qui l'accompagnait. Grand, maigre, les cheveux tressés en une masse de nattes style dreadlocks, il se tenait légèrement en retrait.

— Salut, dit-il à son tour.

— Je te présente Jet, annonça Sissy en le désignant du doigt sans se retourner.

Charlène fit un effort pour lui sourire.

— Bonjour, Jet, articula-t-elle péniblement.

Elle était clouée de surprise.

— Alors, on entre ? demanda Sissy de nouveau.

— Heu… bien sûr ! Excuse-moi, bredouilla Charlène.

Elle fit un pas en arrière et le jeune couple s'avança en traînant les pieds.

Depuis l'entrée, Sissy remarqua le parc. Aussitôt, elle se dirigea vers lui et prit le bébé dans ses bras.

— Ma jolie ! Ma petite fille chérie ! Tu vas bien ?

Mia roucoulait et gigotait de plaisir, exactement comme si elle reconnaissait sa mère. Sissy l'embrassa dans le cou, sur ses joues roses rebondies et la berça tendrement en lui chantonnant :

— Mia Scarlett, comme tu es mignonne ! Ma poupée à moi, mon bijou précieux… Que maman est contente de te voir ! Si tu savais comme tu lui as manqué…

Ce fut alors qu'elle leva les yeux et aperçut Irma, son verre de cabernet à la main, debout dans l'arche qui séparait la cuisine de la salle de séjour.

Aussitôt, toutes les paroles affectueuses que Sissy adressait à sa fille s'arrêtèrent instantanément.

— Zut alors ! Qu'est-ce qu'elle fiche ici cette vieille bique ? demanda-t-elle entre ses dents serrées.

Irma s'avança, une expression de tristesse sur le visage.

— Sissy, je suis très heureuse de voir que tu te portes bien.

Sissy se tourna vivement vers Charlène et lui demanda en serrant Mia contre elle :

— Qu'est-ce qu'elle fiche ici, celle-là ?

Irma ne laissa pas à Charlène le soin de répondre.

— Je vis ici, répondit-elle aussitôt.

Sissy laissa échapper un ricanement.

— Ici ! Chez toi, Charlène ?

— Non, répondit cette dernière. Irma habite au Sierra Star.

— Pour l'instant tout au moins, compléta Irma. Mais je viens d'acheter une maison dans la rue du Commerce. Je vais la faire remettre en état et dès que ce sera terminé je m'y installerai.

Sissy regardait sa tante avec des yeux ronds de surprise.

— Au fait, poursuivit Irma, ton oncle Larry et moi sommes en train de divorcer.

— Pas possible ! s'exclama Sissy.

— Mais si, répliqua Irma. Je vis seule depuis quelque temps et je suis heureuse comme une reine.

Sissy laissa échapper un long chapelet de jurons.

Mia, qui ressentait l'hostilité de sa mère et la tension qui régnait tout à coup dans la maison, se mit à pleurer.

— Tiens, dit Sissy en tendant sa fille à Charlène. Prends-la, elle te connaît mieux que moi maintenant.

Charlène fut très heureuse de récupérer Mia. Elle la berça doucement et la petite fille se calma très vite.

Sissy s'était tournée vers Irma et l'affronta carrément.

— Ecoute, tante Irma, je me moque complètement des raisons qui font que tu te trouves ici. Tout ce que je te demande, c'est de te tenir loin de moi.

— Je suis désolée que tu…

— Tu as gâché ma vie et tu le sais très bien. Je te déteste !

— Sissy, si tu me…

— Tais-toi ! ordonna la jeune fille. Je ne suis pas venue

217

ici pour ressasser le passé en ta sinistre compagnie. Fiche-moi la paix, compris ?

— Bien sûr, si c'est ce que tu…

Sissy fit un geste de la main.

— Et ne t'approche pas de moi !

Irma hocha la tête, fit un pas en arrière et s'assit à la table de la cuisine. Elle soupira et croisa les mains en considérant ses deux nièces.

Charlène continuait à bercer Mia en constatant une fois de plus combien sa tante avait changé.

Vraiment, profondément.

Lorsqu'elle entendit le soupir d'Irma face à l'amertume et à la colère de Sissy, elle comprit qu'enfin l'incroyable s'était produit. Lentement, à force de patience et de gentillesse, sa tante avait gagné son amour. Elle en était au point où elle faisait confiance à Irma, où elle savait qu'elle était capable d'accomplir le geste qu'il fallait quand il le fallait.

Face à une faute, elle était devenue capable de rester honnête et pleine de compassion. Et elle savait aussi s'asseoir et se taire quand elle n'avait pas de moyen de se faire entendre.

Le garçon maigre qui accompagnait Sissy prit enfin la parole.

— Sissy, crache le morceau…

Le morceau ? Charlène serra davantage sa nièce contre elle et, pour dissimuler son inquiétude, se raccrocha à un réflexe de bonne hôtesse.

— Nous allions passer à table, vous voulez vous joindre à nous ?

— C'est pas le dîner qui nous intéresse, reprit Jet. On n'est pas venus pour ça. Il faut que nous parlions.

Charlène regarda sa sœur.

— Que se passe-t-il, Sissy ?

Sissy évita de croiser le regard de son aînée.

— On s'assied ? Jet va t'expliquer.

— Mais je…

Sans scrupules, Jet lui coupa brusquement la parole :

— Allez, assieds-toi et ne fais pas la maligne !

L'estomac de Charlène se serra. Tout à coup, elle se sentit menacée.

Elle cala Mia contre sa hanche et contourna la table basse pour arriver au canapé.

— Très bien…

Elle s'efforçait de parler sans élever la voix et de garder son calme.

— Expliquez-moi pourquoi vous êtes ici.

— C'est tout simple, commença-t-il.

Il se balançait d'un pied sur l'autre, comme s'il était incapable de rester tranquille une minute.

— Je vous écoute, reprit Charlène.

— Eh bien… ce bébé qui est là… c'est moi son père.

Oh, non ! se récria intérieurement Charlène.

Elle se tourna vers sa sœur.

— C'est vrai ?

— Oui, répondit Sissy un peu trop vite. Bien sûr !

Elle continuait à éviter le regard de sa sœur.

Une énorme colère gonfla la poitrine de Charlène, bien plus forte que la crainte que le sinistre Jet lui inspirait.

— Attends un peu, Sissy ! Il faudrait tout de même que tu m'expliques un détail.

Cette fois, Sissy se soumit à l'autorité qui émanait de la voix de sa sœur et leva les yeux vers elle.

— Que devient Brand dans cette histoire ? Tu m'avais bien dit qu'il était le père de Mia ?

Jet se tourna vers Sissy et grogna :

— Qui c'est, ce Brand ?

Sissy se mit à rire nerveusement.

— Oh, j'avais dit ça juste pour te mettre en colère !

C'était bien ce que Charlène avait supposé, mais tout de même… Cela lui faisait mal. Enormément. Entendre Sissy admettre avec autant de désinvolture ce qu'elle avait fait et en rire comme s'il s'agissait d'une gentille plaisanterie la faisait énormément souffrir.

— Comment as-tu pu être aussi cruelle avec moi ?

Sissy eut le bon goût de prendre un air contrarié. Puis, elle fit la moue.

— Je croyais que tu le détestais.

— Eh bien, figure-toi que je ne le déteste pas ! Et que je le déteste ou pas, de toute façon, il compte pour moi. Vraiment. Quoi que tu en penses.

— Oh, ne me regarde pas comme ça ! C'était seulement une blague.

— Tu crois que cette blague me fait rire ?

Sissy accentua sa moue.

— De toute façon, Brand m'a très mal traitée.

— Dis donc, intervint Jet, qui continuait à gigoter, j'aimerais bien savoir où on en est…

Charlène ignora totalement son intervention.

— Brand t'a donné un travail. Il a fait son possible pour t'aider à refaire ta vie à ici, après que tu as juré tes grands dieux que jamais tu ne travaillerais au restaurant avec moi…

— Eh là… Alors maintenant, tu es de son côté ? Apprends qu'il m'a complètement manqué de respect !

— Comment ?

— Dites, vous deux, expliquez-moi…, reprit Jet.

Cette fois encore, Charlène ne le gratifia même pas d'un regard. Soudain, elle venait de comprendre quel jeu Sissy avait joué dans toute cette affaire. A vrai dire, elle aurait dû s'en douter…

— Tu lui as fait des avances, n'est-ce pas ?

Sissy baissa le nez.

— Tu lui as fait des avances et il t'a repoussée. Voilà pourquoi tu as mis son bureau à sac et pourquoi tu es partie avec l'argent de sa caisse.

« Et tout ça, poursuivit-elle in petto, il ne me l'a jamais avoué parce qu'il savait combien ça me peinerait… »

Cette fois, au moins, Sissy devint toute rouge.

— Et alors ? se rebiffa-t-elle cependant. J'étais folle de lui et il m'a repoussée sans même me regarder. Il fallait bien que je me venge ! Alors j'ai concocté un petit scénario pour que les gens parlent de lui comme ils parlent de moi.

Charlène était abasourdie.

— Bon, reprit Sissy, ça suffit. Ce n'est pas lui le père de Mia, je te le répète. Admettons que je n'aurais pas dû l'accuser… Je regrette de l'avoir fait. Il n'a rien à voir dans toute cette histoire.

— J'aimerais bien qu'on parle de nos affaires, insista Jet de nouveau.

Charlène commençait à être lasse de cette discussion.

— De quelles affaires ?

Jet tira sur ses doigts dont les articulations se mirent à craquer.

— C'est simple. Nous voulons…

Charlène lui coupa la parole.

— Je veux que ce soit Sissy qui m'explique.

Sissy s'était mise à contempler ses chaussures avec une attention tout à fait excessive.

— C'est à Jet de parler.

— Parfaitement, reprit-il. Voilà, je suis en train de monter un orchestre…

Mia bavait et Charlène se pencha pour attraper un mouchoir sur la table basse.

— Tu m'écoutes ? demanda Jet.

— Oui, parfaitement. Vous êtes en train de monter un orchestre. Et alors ?

— Pour faire de la musique rock et techno.

Charlène posa le mouchoir sur son épaule et changea Mia de côté. Discrète, Irma se leva de sa chaise et disparut dans la cuisine. Ni Sissy ni Jet ne parurent le remarquer.

— Très bien, reprit Charlène. Continuez.

— Je vais avoir beaucoup de succès, tous les gens qui m'ont entendu jouer vous le diront. Mais Sissy et moi on n'est pas fait pour élever des gosses. C'est comme ça, c'est tout. Vous nous donnez dix mille dollars et on vous laisse la petite.

Charlène le regarda comme si elle n'avait pas bien entendu.

— Oui, reprit Jet, on vous signe un papier et on vous laisse la petite.

Il continuait à s'agiter et Charlène commençait à penser qu'il devait être sous l'effet de drogues pour être ainsi toujours en mouvement.

— Avec ce papier, vous pourrez l'adopter. Elle deviendra votre fille.

Charlène se tourna vers sa sœur qui continuait à fixer le sol. Elle n'arrivait pas à croire que la jeune fille était tombée aussi bas.

Irma non plus, d'ailleurs, qui avait tout entendu depuis le fond de la cuisine. Elle ne put s'empêcher d'intervenir.

— Sissy, ce que vous proposez là ne peut pas être sérieux !

Sissy leva alors les yeux et jeta un regard meurtrier en direction de sa tante.

— Toi, tais-toi ! Ne te mêle pas de mes affaires.

— Allons, reprit Charlène, expliquez-moi mieux. On dirait que… vous voulez me vendre votre bébé ?

— Appelez ça comme vous voudrez, grogna Jet, je prends l'argent et je laisse la petite.

— Mais comment…, commença Irma.

— Tu vas te taire ! ordonna Sissy une fois de plus.

Irma obéit. Charlène garda également le silence, se contentant de bercer tendrement la petite Mia tout en regardant alternativement Sissy et son ami.

Le plus abominable dans tout cela, le plus triste, c'était

que Charlène se rendit compte qu'elle était tentée d'accepter cet ignoble marché.

En un clin d'œil, elle avait su qu'elle réussirait à rassembler la somme d'argent demandée. Brand était avocat. Il saurait arranger l'affaire… Elle réalisa soudain que la première personne à laquelle elle avait pensé pour l'aider était Brand…

Depuis un moment déjà, elle avait envie de partir en courant, Mia serrée contre elle, pour aller le rejoindre, lui parler, lui demander conseil. Oui, courir, courir vite et loin, pour fuir cet horrible chantage.

Brand saurait la conseiller. Elle lui faisait confiance.

Oui, enfin ! De nouveau… Elle pouvait lui dire ses secrets, ses angoisses, il saurait l'apaiser, l'épauler. Il ne se déroberait pas quand elle lui demanderait de l'aide, elle en était certaine. Cette fois, elle ne doutait pas de lui un seul instant.

— Alors ? demanda Jet. Qu'est-ce que tu réponds ? Le marché te convient ?

Charlène était à deux doigts de s'étrangler. C'était *ça* le père de Mia ? Seigneur…

Elle en était malade pour Mia, qu'elle serrait de plus en plus fort. Malade aussi pour Sissy, pour le choix désastreux qu'elle avait fait.

— Sissy, comment peux-tu te conduire comme ça ? Comment pourras-tu jamais te pardonner ?

— Ecoute ce que te dit Jet, marmonna Sissy. C'est comme ça que ça marche entre nous. Tu règles l'affaire avec mon mec.

Le « mec » en question reprit la parole.

— Nous voulons dix mille dollars dans les vingt-quatre heures. Et nous voulons aussi une rente pour Sissy. Donne-lui la moitié du restaurant, elle a droit à sa part là-dedans. Pour régler ça, nous te donnons une semaine, mais pour la gamine, il nous faut les dix mille dès demain. Compris ? Demain.

Charlène en avait largement assez entendu.

— Sissy, arrête ce cinéma et dis à cet imbécile qu'il passe les bornes. Il dit n'importe quoi.

Mais Sissy, autrefois si indépendante, si libérée, si insolente, ne savait aujourd'hui faire autre chose qu'en déférer à son « mec ».

— Fais ce qu'il te dit, Charlène.

Autant discuter avec un mur…

— Pas question de faire ce que vous demandez, répondit la jeune femme en se tournant vers Jet.

Jet arrêta de se balancer d'un pied sur l'autre.

Charlène avait les nerfs à fleur de peau maintenant.

— N'imaginez pas un instant que je vais donner un centime à ma sœur tant qu'elle est sous l'influence d'un voyou dans votre genre.

Jet devint tout rouge.

— Eh là… Tu me traites de quoi ?

— Que les choses soient très claires entre nous, reprit Charlène. Il est hors de question que j'*achète* Mia. Et jamais je ne *vous* donnerai quoi que ce soit de la part de restaurant qui revient à ma sœur.

— Tu refuses, c'est ça ? jeta Jet, comme s'il avait du mal à croire ce que Charlène venait de lui assener.

— Exactement. Et en plus, je vous demande à tous les deux de sortir de chez moi. Tout de suite.

Jet cligna des yeux. Puis émit un ricanement.

— Comme tu voudras. Mais tu n'as pas fini d'entendre parler de nous.

— Allez-y, ne vous gênez pas, vous ne me faites pas peur.

— Tu regretteras de nous avoir traités comme ça ! Et maintenant, donne-nous la gamine.

— Non.

— Comment, non ?

— Non, répéta Charlène, plus fermement que jamais.

— C'est *notre* fille. Si tu refuses de banquer, pas question que tu la gardes !

Sissy leva les yeux. Elle jeta un regard nerveux à son compagnon.

— Jet…

— Boucle-la, toi. C'est moi qui règle les affaires.

Comme il faisait un pas menaçant dans sa direction, Charlène se mit debout.

— Donne-moi la gamine, répéta-t-il, menaçant.

— Non.

Elle contourna la table basse tandis que Jet s'avançait de l'autre côté pour la rejoindre.

— Non, répéta-t-elle, la voix claire, parfaitement calme.

Jet sauta dans sa direction, mais il manqua son but. Charlène avait déjà fait un bond en arrière, Mia serrée contre son cœur. Elle entendit Jet jurer très grossièrement.

Effrayée par ce remue-ménage inhabituel, la petite fille commença à pleurer.

Sissy se mit à crier d'une voix aiguë :

— Arrête, Jet !

Irma entra en scène de nouveau.

— Vous allez laisser Charlène tranquille !

Charlène se trouvait maintenant à proximité de la salle de bains. Elle s'y précipita avec Mia et ferma la porte derrière elles. Cela fait, elle poussa aussitôt le verrou.

— Tu vas me laisser entrer, voleuse de gosse !

Il frappait contre la porte comme un forcené. Mia se mit à pleurer plus fort. Charlène la berça encore plus tendrement en lui murmurant des mensonges.

— Ce n'est rien, ma chérie. Tu vas voir, tout va aller très bien dans un instant.

De l'autre côté de la porte, Jet tapait de plus en plus fort et injuriait Charlène d'une abominable façon.

Puis, les coups s'arrêtèrent. Mia se calma un peu. Affolée, Charlène cherchait un moyen d'échapper à ce furieux, mais la petite fenêtre située au-dessus de la baignoire était beaucoup trop étroite pour qu'elle puisse envisager de sortir par là. Surtout avec un bébé dans les bras... Qu'allait-elle faire ?

Au moment où elle comprenait qu'il n'y avait aucune issue possible, quelque chose heurta la porte très violemment. Elle retint un cri de terreur. Une charnière céda sous le coup.

Elle recula autant que le lui permettait la petite pièce. Jet hurla d'autres insanités et se jeta de nouveau de tout son poids contre la porte.

Cette fois, ce fut le loquet qui céda. La porte s'ouvrit

en grand et, emporté par son élan, Jet se trouva propulsé à l'intérieur, jusqu'à heurter le mur du fond.

Affolée, Charlène se demandait ce qu'elle allait pouvoir faire pour protéger Mia de ce forcené.

Il se remit debout, se campa résolument sur ses jambes maigres et montra ses poings serrés à Charlène.

— Donne-moi la gamine. Tout de suite !

Charlène serra les lèvres et secoua la tête.

Jet allait se jeter sur elle, le poing en l'air, lorsque Sissy se précipita sur lui et le retint par le bras.

Des larmes ruisselaient sur son visage.

— Arrête, Jet ! Tu entends, ça suffit maintenant.

Jet tenta de lui faire lâcher prise, mais elle se cramponna désespérément.

— Jet, c'était un mauvais plan. J'abandonne ! Laisse ma sœur tranquille.

De nouveau, il secoua violemment le bras pour se débarrasser de la jeune fille.

— Fiche-moi la paix ! Nous emportons la gamine ! Si elle veut la garder, qu'elle casque !

Mais Sissy ne céda pas. Elle continua à crier, forçant sa voix pour couvrir les hurlements de Mia.

— Tu sais très bien que Mia n'est pas ta fille ! Laisse tomber, j'ai changé d'avis.

Il la gifla violemment. Sissy tomba à côté du lavabo et porta une main sur sa joue toute rouge.

— Crétin !

Il leva la main de nouveau, et Sissy recula, effrayée, se faufilant entre la cuvette des W.C. et le lavabo.

Charlène cria :

— Ça suffit ! Arrêtez !

Juste à ce moment-là, Irma fit son apparition. Elle tenait à la main la grande casserole pleine des haricots verts et de l'eau dans laquelle ils bouillaient encore un instant auparavant.

— Reculez ! ordonna-t-elle.

Tout en parlant, elle s'était glissée entre Jet et Sissy.

Le visage de Jet était devenu effrayant. Au lieu de reculer, il fit mine de s'avancer. Ce fut un pas de trop. D'un bras, Irma protégea Sissy qu'elle retint en arrière d'elle et jeta le contenu de la casserole en direction de Jet.

Un hurlement de douleur lui échappa car il avait reçu sur les jambes une grande partie de son contenu brûlant.

Charlène avait rapidement pivoté sur elle-même de manière à se retrouver face au mur et faire ainsi de son corps un écran pour protéger Mia qui s'était mise à trembler de peur.

Jet continuait à hurler comme un possédé.

— Tu m'as brûlé, espèce de garce !

Charlène ne prêta pas attention à ses cris de douleur. Elle franchit la porte de la salle de bains, se précipita dans le hall juste au moment où la porte d'entrée s'ouvrait brusquement.

C'était Brand. En trois pas, il se trouva auprès d'Irma.

— Ça suffit, Irma. Je vais prendre le relais.

- 19 -

Par chance, Irma avait arrêté le gaz sous les haricots verts au moment où Jet et Sissy étaient arrivés. Le jeune homme n'était donc que superficiellement brûlé, mais, pour plus de sécurité, Brand appela tout de même son frère Brett et téléphona ensuite au shérif. Le représentant de la loi arriva en même temps que le médecin. L'un s'occupa de la blessure pendant que l'autre recueillait les premiers témoignages.

Une heure plus tard, Jet était embarqué dans la voiture du shérif pour être emmené au poste, où il devait être gardé pour agression et voie de fait.

Son travail terminé, Brett rentra chez lui et Brand s'apprêta à faire de même.

Mais Charlène avait mille et mille choses à lui dire et elle ne savait par quoi commencer.

Le plus important était tout de même de le remercier.

— Heureusement que tu es arrivé, Brand. Je ne sais ce que nous serions devenues sans ton intervention !

Il eut un sourire qui lui brisa le cœur.

— Apparemment, Irma avait pris la direction des opérations !

— Oui, elle a eu beaucoup de présence d'esprit, approuva Charlène.

Car non seulement Irma avait surgi à point nommé avec sa casserole d'eau bouillante, mais c'était elle aussi qui avait discrètement appelé Brand.

Charlène regarda autour d'elle, comme pour chercher du secours.

« Je t'aime, Brand. Oh, je t'en prie, accorde-moi encore une chance… Permets-moi d'essayer encore une fois ! »

Elle murmurait en elle-même les mots qu'elle aurait voulu crier.

— Bonsoir, Charlène.

— Bonsoir, Brand.

Elle resta debout sous le porche pour le regarder s'éloigner. Puis, elle referma la porte et rentra dans la maison, triste à mourir.

— Je n'arrive pas à croire que tu l'as laissé partir comme ça ! déclara Irma sur un ton de reproche.

Charlène se retourna et tomba dans les bras de sa tante.

— Tu as été étonnante !

— Toi aussi, ma chérie.

Irma resta chez sa nièce pour la nuit, mais personne ne s'endormit de bonne heure. Les trois femmes avaient beaucoup à se raconter et encore plus de projets à mettre au point ensemble.

Sissy pleura beaucoup. Elle affirma de nouveau que Jet n'était pas le père de Mia. Elle ne le connaissait même pas lorsqu'elle s'était retrouvée enceinte et ne l'avait rencontré qu'après avoir laissé Mia chez Charlène. Elle avoua aussi qu'elle ne savait pas qui était le père de sa petite fille.

— J'ai eu plusieurs amis après mon départ de New Bethlehem Flat, l'année dernière. N'importe lequel d'entre eux pourrait être le père de Mia. J'étais un peu folle à l'époque et je faisais n'importe quoi. Mais je vous jure que, pendant tout le temps de ma grossesse, j'ai pris grand soin de ma santé. Ni drogue ni alcool. Après la naissance de Mia, je suis restée dans un foyer pour femmes. Je... j'étais fière. Oui, j'étais fière de voir que j'avais mis au monde une belle petite fille en parfaite santé. Mais après avoir passé quelque temps seule avec elle, je me suis rendu compte que je n'y arriverais pas. C'était trop de responsabilité pour moi... Alors, j'ai amené Mia chez toi, Charlène. Je savais que tu t'occuperais bien d'elle, qu'elle trouverait auprès de toi tout l'amour et les soins dont elle avait besoin.

Sissy reconnut qu'elle ne pouvait pas leur en dire plus parce que c'était là tout ce dont elle était sûre.

— J'ai tout gâché... Je ne sais plus quoi faire. Tout ce que j'entreprends part en vrille ! Je ne suis bonne à rien.

Charlène prit sa sœur dans ses bras et lui assura qu'à chaque jour suffisait sa peine. La situation n'était certes pas brillante, mais elle aurait pu être pire. Mia allait bien, et elle-même allait trouver du soutien pour reprendre sa vie en main.

A son tour, Irma trouva les mots pour consoler la pauvre Sissy qui se laissa embrasser par cette tante qu'elle avait tant détestée. Curieusement, elle paraissait accepter avec plus de facilité que sa sœur le changement qui s'était opéré chez cette dernière.

Charlène contemplait cette scène en se disant que, somme toute, si Irma avait été capable d'un tel changement, il n'y avait pas de raison pour que Sissy ne réussisse pas elle aussi à évoluer. Elle était d'ailleurs déjà dans la bonne voie puisqu'elle leur avait ouvert son cœur. Enfin, elle avait osé leur montrer à quel point elle était blessée et dépourvue de repères. Bien sûr, elle avait encore un long chemin à parcourir, mais le premier pas était fait.

Toutes trois commencèrent à parler du futur et à envisager pour Sissy différents moyens de se construire une vie dont elle pourrait être fière.

Puis Irma leur parla de leur oncle Larry.

— C'est lui qui régissait ma vie entière. Je n'ai jamais eu le temps de m'occuper de toi, Sissy, parce qu'il fallait que je lui consacre le moindre de mes instants. Il s'appropriait toute mon énergie, accaparait toutes mes forces. Tout devait tourner autour de lui et de lui seul. Il fallait que tout soit parfait et je m'épuisais pour essayer de le satisfaire.

Elle posa sa main sur l'épaule de Sissy qui accepta cette marque de tendresse.

— Il avait approuvé ma démarche, quand j'ai demandé que tu nous sois confiée, Sissy. Il estimait que c'était notre devoir de t'accueillir chez nous. Mais une fois que nous avons obtenu gain de cause et que tu as effectivement commencé à vivre avec nous, il a trouvé ta présence dérangeante.

Elle adressa à Sissy un sourire d'excuse.

— Tu te rends compte ? Tu étais une vraie personne,

avec des besoins et des idées bien à toi ! C'était plus qu'il ne pouvait en supporter. Finalement, il était heureux que nous n'ayons pas eu d'enfant et quand tu es arrivée chez nous il t'en a tout de suite voulu de déranger son confort personnel. Tu étais assez perturbée, mais qui ne l'aurait pas été à ta place ?

Sissy hocha la tête, heureuse de se sentir comprise.

— Tu en voulais à la Terre entière. En fait, tu avais besoin de beaucoup d'amour et d'attention, alors que Larry ne s'occupait que de lui-même et que moi je ne m'occupais que de lui…

A ce point de sa confession, Irma laissa échapper un soupir de regret.

— Bien sûr, rien de tout ça ne peut excuser mon attitude. J'ai été une mauvaise éducatrice et je le sais parfaitement. Je vivais dans le mensonge, dans une relation complètement fausse et je dépensais toute mon énergie à entretenir l'illusion dans laquelle je me trouvais.

Cette fois, elle se tourna vers Charlène.

— La fois où je me suis montrée si dure avec toi au téléphone, j'étais passée au bureau de Larry sans le prévenir. Je l'ai surpris dans une position très compromettante avec sa secrétaire.

— La petite jeune aux cheveux roux ? demanda Sissy.

— Oui, en effet. Je les ai regardés et je me suis dit que j'avais tout sacrifié à cet égoïste qui ne pensait qu'à son plaisir. A cause de lui, j'avais gâché ma vie, détruit ma famille et suscité la haine de mes deux nièces. J'ai compris ce jour-là que je devais changer et tenter de réparer le mal que j'avais fait autour de moi.

Charlène sourit affectueusement à sa tante.

— Je trouve que tu ne te débrouilles pas si mal !

— J'y travaille, du moins…, admit Irma d'un air modeste.

Sur les coups de 3 heures du matin, elles décidèrent qu'il était grand temps d'aller se reposer. Sissy s'installa dans le lit qui se trouvait dans la chambre de Mia, et Irma, munie d'une couverture et d'un oreiller, s'endormit sur le canapé du salon.

Charlène conserva son propre lit, mais elle demeura longtemps éveillée, repassant dans son esprit tout ce qui s'était passé au cours des heures précédentes. Et, surtout, elle pensait à Brand. Comme il lui manquait ! A 3 h 45, elle comprit enfin ce qu'il lui restait à faire. Elle se leva et s'habilla.

Tout doucement, elle s'apprêtait à se glisser hors de la maison sans réveiller personne quand Irma lui lança :

— Tu vas voir Brand, n'est-ce pas ?

Zut ! Dire qu'elle croyait passer inaperçue…

— Heu… oui.

— C'est une bonne idée, approuva Irma. Va vite le retrouver, c'est un homme de qualité.

Et comme Charlène ne bougeait pas, elle ajouta :

— Allez, file ! Ne perds plus de temps !

La lumière était allumée devant chez lui. Lui non plus n'avait pas dû s'endormir, parce qu'il répondit au premier coup de sonnette. Il apparut, vêtu en tout et pour tout d'un bas de pyjama rouge. Il était beau comme dans un rêve. Son rêve à elle…

C'était l'homme qu'elle aimait. Celui dont elle avait besoin. Le seul homme qui comptait dans sa vie.

— Tu ne pouvais pas dormir, toi non plus, pas vrai ? souffla-t-elle.

Il la prit par la main, pour toute réponse, et l'attira à l'intérieur, puis il repoussa la porte derrière elle avant de la prendre dans ses bras.

Oh, comme elle se sentait bien tout à coup ! C'était vraiment le meilleur endroit du monde. Elle leva son visage vers lui et ils échangèrent le baiser le plus tendre et le plus excitant qu'ils aient jamais partagé.

Lorsque enfin leurs bouches se séparèrent, Charlène murmura :

— Je t'aime, Brand. Dis-moi qu'il n'est pas trop tard !

— Je t'aime Charlène. Je t'aimerai toujours. Epouse-moi.

— Oui…

Il plongea son regard dans les yeux de la jeune femme qui brillaient de bonheur, et retenait son souffle, incapable encore de croire à ce oui.

Comment avaient-ils réussi à en arriver là ? Ils avaient été de jeunes amoureux, s'étaient séparés, étaient devenus ennemis, pendant des années, puis amis, et maintenant, voilà qu'ils étaient bien plus !

Tellement plus…

— Charlène, tu me fais confiance, enfin ?

Elle lui adressa le plus tendre des sourires.

— Oui. Toi et moi, nous ne nous quitterons plus jamais.

Quel moment de bonheur intense ! Elle n'avait jamais rien connu de pareil. Il était 4 heures du matin, un 6 juillet, et ils se tenaient tous les deux à l'aube de leur vie.

— J'ai longuement parlé avec Sissy, expliqua-t-elle. Et avec Irma aussi. Sissy est décidée à se faire aider pour se stabiliser. Elle ira habiter avec tante Irma et reprendra des études. Nous avons toutes les trois admis que Mia avait besoin de sécurité et qu'il valait mieux pour elle que je devienne sa tutrice. Sissy demeure sa mère, bien entendu, mais au moins, elle est assurée, et moi aussi par la même occasion, que, tant qu'elle n'a pas encore trouvé sa voie, sa fille mènera une vie régulière et calme. En tout cas, c'est ce qu'elle nous a dit tout à l'heure ! J'espère qu'elle ne changera pas d'avis dans quelque temps.

Brand considéra le visage soudain inquiet de la jeune femme.

— Toi aussi, Charlène, prends les choses comme elles viennent.

— Oui, tu as raison. Je ferais bien de me souvenir de ce conseil. Apparemment, ce mauvais sujet de Jet n'a pas eu le temps de prendre trop d'emprise sur elle. Elle paraît vraiment décidée à changer de vie.

— Tu crois qu'elle accepterait que nous soyons conjointement responsables de Mia ?

Charlène retint un cri de joie. C'était exactement ce qu'elle espérait !

— Tu serais d'accord pour devenir son tuteur ?

— Oui, répondit-il en prenant son visage dans ses mains.

Comme la vie est étrange, se dit la jeune femme. Sissy avait menti en désignant Brand comme père de Mia. Et voilà que, finalement, en un certain sens, il allait le devenir.

— Je suis sûre qu'elle acceptera. Elle a réellement envie que sa fille connaisse l'amour et la stabilité dont elle a manqué à la mort de nos parents.

— Il ne nous reste donc qu'à lui soumettre notre proposition...

— Nous le ferons dès demain.

— Toi et moi, ensemble, tu es d'accord ?

Charlène plongea sans hésiter son regard dans celui de Brand.

— Oui. Complètement d'accord. A partir d'aujourd'hui et pour toujours, oui !

LILIAN DARCY

Comme au premier jour…

*éditions*Harlequin

Titre original : THE COUPLE MOST LIKELY TO

Traduction française de FABRICE CANEPA

- 1 -

Il faisait déjà sombre lorsque Stacey Handley atteignit la crèche. Elle se dit que la pluie qui tombait sans discontinuer allait encore un peu plus réduire la visibilité sur l'autoroute. Fort heureusement, John était un excellent conducteur. Mais les conditions climatiques exécrables ne manqueraient pas de le ralentir considérablement.

Son ex-mari effectuerait donc les deux heures de trajet qui séparaient Portland d'Olympia dans l'obscurité et sur une chaussée glissante avec leurs jumeaux de deux ans à l'arrière.

Stacey réprima un soupir. Ce n'était ni la faute de John ni la sienne. C'était juste une nouvelle conséquence fâcheuse de leur divorce et de toutes les erreurs qu'ils avaient commises. La plus déterminante, sans doute, avait été de se marier, en premier lieu...

Ravalant ces considérations déprimantes, Stacey poussa la porte de la crèche. L'atmosphère accueillante et chaleureuse qui régnait à l'intérieur contrastait avec le temps maussade de ce premier vendredi de janvier.

Aux murs, étaient accrochés de nombreux dessins réalisés

par les enfants. Ils formaient un véritable kaléidoscope d'images colorées, preuve de leur imagination fertile et de leur désarmante joie de vivre.

Stacey avait toujours aimé cet endroit. Il avait le don de lui remonter le moral et de la mettre d'excellente humeur. L'hôpital pour lequel elle travaillait était situé juste à côté et ellee venait très souvent rendre visite à Max et Ella qui y passaient la majeure partie de leurs journées.

D'un pas léger, elle se dirigea vers la salle de jeux où se trouvaient les jumeaux. Ce fut Max qui la vit en premier et il se jeta dans ses bras pour se serrer contre elle. Ella, comme d'habitude, était bien trop occupée pour remarquer son arrivée.

— Bonjour, mon chéri, fit-elle en ébouriffant les cheveux blonds de son fils. Tu as passé une bonne journée ?

— Oui ! J'ai fait de la peinture !

— Tu veux bien me montrer ce que tu as dessiné ?

Elle essaya de se dégager doucement de son étreinte, mais il refusa de la laisser faire, trop heureux de l'avoir retrouvée. Il était beaucoup plus possessif qu'Ella, qui faisait souvent preuve d'une autonomie étonnante pour une enfant de son âge.

En fait, Ella et Max étaient si différents de physique et de caractère que la plupart des gens avaient du mal à croire qu'ils puissent être jumeaux. Mais Stacey était heureuse que chacun ait pu développer sa propre personnalité sans se sentir étouffé par cette gémellité.

L'idée du long week-end solitaire qui l'attendait lui serra le cœur. Curieusement, il était de plus en plus difficile pour elle de les voir partir maintenant qu'ils marchaient et parlaient. Pourtant, s'occuper d'eux n'était pas toujours de tout repos.

Heureusement, John s'était révélé être un très bon père. Ils avaient divorcé à l'amiable et avaient gardé d'excellentes relations, ce qui leur avait permis de se mettre d'accord au sujet de la garde des jumeaux. John les prenait un week-end sur trois, parfois un sur deux, et leurs enfants paraissaient se satisfaire parfaitement de la situation.

Jetant un coup d'œil par la fenêtre de la salle de jeux, Stacey réalisa qu'il faisait nuit, à présent, et que la pluie s'était changée en neige fondue. Un frisson la parcourut tandis qu'elle imaginait l'état de la route que John devrait emprunter.

Il était temps pour elle de partir travailler. Mais elle décida d'attendre l'arrivée de son ex-mari. Après tout, elle pourrait rattraper le temps perdu en restant un peu plus tard. En attendant, elle profiterait un peu de ses enfants.

Comme elle était sur le point de se diriger vers Ella qui venait enfin de remarquer sa présence, Stacey se figea brusquement, le cœur battant à tout rompre.

Dans l'encadrement de la porte, se découpait la silhouette du dernier homme qu'elle se serait attendue à trouver en un tel endroit.

Bien sûr, elle savait qu'il était censé revenir à Portland. C'était même elle qui s'était chargée des formulaires administratifs, à l'hôpital où il devait prendre son poste. Mais elle n'aurait jamais imaginé qu'il puisse fréquenter une crèche.

Jake Logan.

L'homme qu'elle aurait pu épouser, dix-sept ans auparavant. L'homme avec qui elle avait espéré partager la joie d'avoir un enfant. Celui qui avait quitté Portland bien avant qu'elle ne soit prête à le laisser s'en aller…

Lui aussi l'avait reconnue. L'expression qui se peignait sur son visage exprimait un mélange de stupeur et d'incrédulité. Le temps sembla se figer tandis que tous deux se contemplaient fixement. Puis Ella se rapprocha de Stacey qui tenait toujours Max dans ses bras.

Jake savait-il qu'elle s'était mariée et qu'elle avait eu deux enfants ? Avait-il remarqué sa signature au bas des documents qui confirmaient son embauche au sein de l'hôpital général de Portland ?

Avait-il seulement imaginé qu'ils seraient amenés à se revoir régulièrement lorsqu'il reviendrait à Portland ?

Probablement pas, s'il fallait en croire son expression.

Le fait de se retrouver face à lui avec un enfant sous chaque bras avait quelque chose d'ironique. N'était-ce pas justement ce qu'il avait fui ? Il voulait être libre, ne pas s'encombrer de responsabilités dont il n'avait que faire. Aujourd'hui encore, elle lui en voulait de s'être défilé comme il l'avait fait.

Elle pensait pourtant avoir tourné cette page de son existence des années auparavant. Après tout, même si son mariage s'était révélé être un échec, elle ne regrettait rien. La naissance des jumeaux avait largement compensé les déceptions et les frustrations qu'elle avait pu éprouver.

Mais une partie d'elle-même lui enviait cette liberté qu'il avait conservée. Elle n'avait pu s'empêcher de consulter son dossier personnel et savait qu'il n'était toujours pas marié.

Pour un homme de trente-cinq ans aussi séduisant, il ne pouvait s'agir que d'un choix conscient.

Car Jake était toujours aussi beau. Plus, peut-être, car la maturité avait donné à son visage un surcroît de personnalité et de charme. Et si elle le trouvait déjà très attirant lorsqu'elle était adolescente, il était à présent irrésistible.

Contrairement à nombre d'hommes de son âge, il ne s'était pas empâté et n'avait pas commencé à perdre ses cheveux. En revanche, il paraissait plus athlétique qu'autrefois. La chemise blanche qu'il portait soulignait ses larges épaules et les manches retroussées laissaient voir des avant-bras musclés.

Ses cheveux noirs étaient coupés beaucoup plus court qu'autrefois et se teintaient de blanc au niveau des tempes, ce qui lui donnait un air distingué.

Il se trouvait en compagnie de Jillian Logan, l'une des assistantes sociales qui travaillait à la fois pour la crèche et l'hôpital. C'était une femme magnifique aux longs cheveux bruns et à la silhouette élancée. La plupart des hommes qu'elle croisait ne manquaient pas de se retourner sur son passage.

Peut-être était-ce pour cela qu'elle choisissait toujours des tenues très conservatrices qui soulignaient son profession-nalisme plus que son apparence physique. Mais le tailleur bleu marine qu'elle portait ne suffisait pas complètement à dissimuler son éclatante beauté.

— Bonjour, Stacey, fit-elle. Je viens juste de passer à ton bureau et j'y ai découvert mon cousin qui t'attendait.

Bien sûr, Stacey n'avait pas manqué de remarquer que tous deux partageaient le même nom de famille. Mais ni l'un ni l'autre n'avait mentionné le fait qu'ils étaient apparentés et elle en avait déduit qu'il s'agissait d'un simple hasard. Après tout, Logan était un patronyme assez courant.

Visiblement, elle s'était trompée. Pourtant, lorsqu'ils préparaient leur mariage et discutaient de la liste des invités, Jake n'avait jamais fait allusion à cette branche de la famille.

Les Logan étaient pourtant des gens très en vue qui avaient consacré beaucoup d'argent au développement de la crèche du centre d'adoption et de la clinique spécialisée dans la fertilité qui constituaient une sorte d'annexe officieuse de l'hôpital général.

— Jake aimerait beaucoup visiter les lieux, reprit Jillian. Ce serait l'occasion pour lui de rencontrer quelques-uns des membres du personnel et de récupérer son badge. Tu commences lundi, n'est-ce pas ? ajouta-t-elle à l'intention de son cousin.

Il hocha la tête avant de se tourner de nouveau vers Stacey.

— Mais je ne vous ai pas présentés, s'excusa Jillian. Stacey, voici Jake Logan…

— Nous nous connaissons déjà, indiqua ce dernier.

Il tendit la main à Stacey qui la serra. Ce geste si banal en apparence revêtait à ses yeux un caractère hautement symbolique. C'était en effet la première fois qu'ils se revoyaient depuis que Jake avait quitté Portland.

— C'est moi qui me suis occupée du dossier de Jake, expliqua Stacey à Jillian.

Elle ne tenait pas à préciser que tous deux s'étaient rencontrés bien avant cela et qu'ils avaient même vécu ensemble. Jake ne releva pas cette flagrante omission, se contentant de lui décocher un regard indéchiffrable.

Stacey avait beaucoup de mal à recouvrer un semblant de contenance. Elle avait la désagréable impression d'être coupée en deux, comme si une partie d'elle s'était brusquement retrouvée propulsée dans le passé.

Les souvenirs de sa liaison avec Jake affluaient et elle ne parvenait pas à endiguer le flux d'émotions qui la submergeait. Elle se rappelait leurs baisers, leurs promenades en amoureux, leurs étreintes passionnées et les promesses qu'ils s'étaient faites.

Ils étaient alors convaincus qu'ils passeraient ensemble le reste de leur vie. Tout le monde le pensait, d'ailleurs. N'avaient-ils pas été élus couple de l'année, lorsqu'ils étaient encore au lycée ?

Stacey se demanda si Jillian avait entendu parler d'eux, à cette époque. Elle avait fréquenté le même établissement mais était plus jeune de deux ans, ce qui, pour des adolescents, constituait une barrière quasiment infranchissable.

De plus, le fait que Jake n'ait jamais mentionné l'existence de sa cousine semblait indiquer que les deux branches de la famille ne se fréquentaient guère. Jillian ne paraissait d'ailleurs pas s'apercevoir de l'étrange tension qui régnait entre eux tandis qu'ils se contemplaient en silence.

— On nous a prévenus que tu devais venir voir les jumeaux, reprit-elle. Est-ce que tu comptes rentrer directement chez toi, ensuite ? J'aurais bien montré l'hôpital à Jake, mais j'ai un rendez-vous…

Elle consulta sa montre.

— Et j'ai déjà dix minutes de retard, ajouta-t-elle.

— Ne t'en fais pas, la rassura Stacey. Je ne comptais pas rentrer. Les enfants doivent passer le week-end chez leur père et il ne devrait pas tarder à arriver. J'étais juste venue leur dire au revoir. File à ton rendez-vous. Je m'occuperai du docteur Logan. Après tout, cela fait partie de mes attributions.

Stacey vit Jake froncer les sourcils et comprit qu'il n'avait pas remarqué sa signature au bas des documents concernant son nouveau poste à l'hôpital. Elle avait donc un avantage sur lui puisqu'elle savait depuis plusieurs semaines déjà qu'ils seraient amenés à travailler ensemble.

Malheureusement, cela n'avait pas suffi à la préparer au choc qu'elle avait éprouvé en se retrouvant face à lui après tout ce temps. Et elle commençait tout juste à réaliser combien cette cohabitation risquait d'être délicate.

— Merci beaucoup, Stacey, lui dit Jillian. A très bientôt, Jake.

Elle lui effleura le bras d'un geste emprunt d'une certaine gêne, ce qui confirma l'impression initiale de Stacey : tous deux étaient peut-être cousins, mais ils se connaissaient très mal.

Alors que Jillian s'éloignait, Jake et Stacey furent rejoints par Nancy Logan. Nancy était l'épouse de Robbie Logan, le frère de Jillian. Son mari et elle avaient fondé la crèche. Partis d'une petite association de quartier, ils avaient réussi à en faire l'une des structures les plus importantes de la région.

Développant sans cesse leurs activités, ils avaient fondé un foyer qui accueillait et plaçait les enfants abandonnés ainsi qu'un service chargé d'accompagner les jeunes femmes enceintes qui ne pouvaient ou ne voulaient pas élever leurs bébés.

— Je me doutais bien que tu serais là, s'exclama Nancy. J'ai vu que les sacs des enfants étaient toujours dans le bureau de Robbie.

— John a été retardé, expliqua Stacey.

— S'il n'arrive pas bientôt, il sera obligé de s'arrêter en route pour les faire manger.

— Exact. Et ils risquent de se gaver de hamburgers et de frites…

— Ne t'inquiète pas trop pour cela. Ils mangent de façon équilibrée ici et je sais que tu veilles à ce que ce soit le cas lorsqu'ils sont chez toi. Quelques frites ne devraient pas leur faire grand mal…

— Tu as sans doute raison. Bon, je te les confie. Je vais aller faire visiter l'hôpital au docteur Logan. Il doit commencer lundi et il souhaiterait se familiariser avec son nouvel environnement.

— Alors, c'est vous, Jake ? s'exclama Nancy en souriant. Je suis Nancy Logan, l'épouse de votre cousin Robbie. Je suis ravie de faire votre connaissance.

— Moi de même, répondit Jake en serrant la main qu'elle lui tendait.

— Je crois que nous aurons l'occasion de discuter au cours de ce week-end.

— Oui. Jillian veut me présenter tout le monde. Je crois qu'elle est fermement décidée à réconcilier les deux branches de la famille.

— C'est vrai. Encore que je doute qu'elle parvienne à rapprocher son oncle et son père… En tout cas, je suis ravie que vous reveniez vivre dans la région. D'autant que nous serons sans doute amenés à travailler ensemble.

— Probablement, acquiesça Jake d'un ton nettement plus réservé que celui de son interlocutrice.

— Est-ce que vous comptez vous installer à Portland définitivement ?

— Je ne sais pas encore. J'ai beaucoup de mal à tenir en place. Pour le moment, j'ai signé un contrat de deux ans. Je verrai alors si ce poste me convient. J'espère que Jillian ne sera pas trop déçue si je décide de repartir…

Il fut brusquement interrompu par les cris de deux enfants qui se disputaient dans le couloir.

— Excusez-moi, fit Nancy, mais je ferais mieux d'intervenir avant qu'ils ne s'étripent. Nous discuterons de tout cela chez Jillian.

Stacey la suivit des yeux tandis qu'elle se dirigeait vers les deux garçons qui étaient en train de se battre. La conversation qui venait d'avoir lieu avait confirmé une partie de ce qu'elle soupçonnait sans pour autant satisfaire complètement sa curiosité.

Elle s'abstint néanmoins d'interroger Jake au sujet de sa situation familiale. Pour le moment, elle jugeait préférable de s'en tenir à des relations d'ordre exclusivement professionnel.

— Nous devrions aller imprimer ton badge avant de visiter l'hôpital, déclara-t-elle.

— Je te suis.

— La machine qui sert à plastifier les badges est parfois capricieuse, expliqua-t-elle. Il faut alors faire appel à l'un des employés du service de maintenance et ils ont tendance à partir plus tôt le vendredi…

Elle s'interrompit brusquement, réalisant qu'elle était en train de babiller de façon incontrôlable pour masquer sa nervosité. Malheureusement, cela ne faisait que souligner le malaise qu'elle éprouvait en présence de Jake.

Elle se tourna donc vers ses enfants qui avaient repris leurs jeux et alla leur dire au revoir. Comme à son habitude, elle s'efforça de ne pas s'attarder plus que nécessaire. Elle ne tenait pas à ce qu'ils sentent combien ces séparations lui étaient douloureuses.

Lorsque ce fut fait, Jake et elle se dirigèrent vers la sortie.

— Je ne pensais pas que ce serait aussi difficile, remarqua-t-il, pensif.

— Quoi donc ?

— De te revoir.

— A qui le dis-tu ! répondit-elle d'un ton qui se voulait léger. Tu n'as pas changé…

— As-tu remarqué que tous les gens de notre âge disent cela ? Chaque fois qu'ils revoient quelqu'un qu'ils fréquentaient au lycée, ils lui disent qu'il n'a pas changé. J'imagine que c'est une façon de se rassurer… Mais, dans ton cas, ce n'est pas une simple figure de style. Lorsque je t'ai aperçue, tout à l'heure, j'ai eu l'impression de me retrouver projeté des années en arrière !

— Moi aussi, avoua Stacey, embarrassée.

Elle se sentait presque intimidée par la présence de Jake. C'était une impression curieuse : autrefois, le fait de se trouver à ses côtés lui avait toujours paru rassurant. Mais leur séparation et les années passées loin l'un de l'autre avaient tout changé.

Ils étaient à présent des étrangers l'un pour l'autre, plus, peut-être, que s'ils venaient de se rencontrer pour la première fois.

— Cela fait si longtemps, murmura-t-elle. Comment vas-tu ?

— Bien, répondit Jake. Je vais bien. Très bien, même…

Le fait de répéter trois fois cette réponse ne fit qu'augmenter le malaise qu'éprouvait Jake. En réalité, il ne se sentait pas bien du tout. Bien sûr, en revenant à Portland, il s'était attendu à croiser Stacey, tôt ou tard. Mais jamais il n'avait imaginé que ce serait si dur.

Elle aussi était sous le choc, mais elle paraissait le supporter bien mieux que lui. Peut-être était-ce parce qu'elle avait eu le temps de se préparer à cette rencontre. N'avait-elle pas dit à Jillian que c'était elle qui avait traité son dossier ?

A présent, il regrettait amèrement de ne pas avoir prêté un peu plus d'attention aux documents qu'il avait signés et renvoyés à l'hôpital. Mais peut-être n'aurait-ce pas changé grand-chose, au fond. Le fait de se retrouver nez à nez avec elle dans cette crèche l'aurait pris de court de toute façon.

Lorsqu'il avait croisé son regard, il avait eu la fâcheuse impression d'être foudroyé sur place. Son cœur s'était mis à battre à tout rompre tandis qu'il restait tétanisé, incapable de formuler la moindre pensée cohérente. A présent, une sensation de vertige persistante l'empêchait de réfléchir clairement.

Jamais il ne se serait attendu à travailler avec Stacey. Et il allait lui falloir établir très rapidement un nouveau mode de relations avec elle. Leur histoire était en effet bien trop lourde pour qu'ils puissent se contenter de se comporter en anciens camarades de classe.

Ils avaient exercé une influence déterminante sur leurs existences respectives et les choix qu'ils avaient faits autrefois conditionnaient encore aujourd'hui leur vie de tous les jours. De plus, bien des choses étaient restées en suspens lorsqu'ils s'étaient séparés.

Cette rencontre ne contribuait guère à apaiser l'inquiétude qu'avaient éveillée en lui les paroles de sa cousine. Jillian semblait bien décidée à réunir leurs deux familles. Elle lui en avait déjà parlé lorsqu'ils s'étaient rencontrés pour la première fois, à ce séminaire organisé à Seattle. Or Jake n'était pas du tout persuadé que cette réconciliation soit réellement possible.

Le seul fait d'accepter ce poste au sein de l'hôpital de Portland serait probablement considéré comme un véritable affront par les parents de Jillian. Il lui faudrait donc convaincre très rapidement son oncle Terrence et sa tante Leslie que ses intentions étaient pures.

Et il devrait réitérer cet exploit face à son père, Lawrence Logan, ce qui promettait d'être particulièrement difficile...

Tandis que Jake méditait sur les nombreux défis qui l'attendaient, Stacey et lui avaient quitté la crèche et rejoint l'hôpital tout proche.

— Allons dans mon bureau, fit-elle. Nous y serons plus tranquilles…

Jake se demanda avec une pointe d'angoisse si Stacey comptait discuter avec lui de leur rupture. Il n'était pas sûr d'être prêt à aborder ce sujet qui ne manquerait pas de rouvrir de vieilles blessures.

Préoccupé, il la suivit à travers un dédale de couloirs jusqu'à un ascenseur qu'ils empruntèrent pour gagner l'étage où étaient situés les bureaux de l'administration. Celui de Stacey, récemment repeint, était impeccablement rangé.

— Je vais commencer par prendre une photo de toi pour le badge, expliqua-t-elle.

Elle ouvrit un tiroir et en sortit un appareil numérique. Jake ne put s'empêcher de penser au jour où ils étaient allés faire des photos d'identité pour leurs passeports. Ils avaient prévu de passer ensemble une année sabbatique en Europe avant d'entrer à l'université.

Le programme qu'ils avaient concocté était aussi riche que varié : trois mois de fouilles archéologiques sur un site romain, six semaines d'apprentissage intensif de l'espagnol, des vendanges dans le sud de la France… Ils étaient bien décidés à profiter de ce voyage pour visiter les pays qu'ils traverseraient, découvrir des cultures différentes de la leur et se faire de nouveaux amis.

En plus des clichés qu'ils avaient pris pour leurs passe-ports, ils s'étaient photographiés en train de faire des grimaces ou de s'embrasser. Ce souvenir lui paraissait si lointain qu'il aurait tout aussi bien pu appartenir à une tout autre existence.

Subsistait-il en lui un peu du garçon qui avait tant aimé

Stacey ? Ressemblait-elle encore parfois à l'adolescente enthousiaste qu'elle était autrefois ? Il n'aurait su le dire.

Lorsqu'elle avait découvert qu'elle était enceinte d'Anna, ils avaient renoncé à leurs projets de voyage. C'est alors qu'elle avait commencé à changer. Et il avait pris peur en voyant la jeune fille passionnée qu'il aimait se transformer en une femme responsable et rangée.

Lui-même ne se sentait pas prêt à sacrifier sa liberté pour se marier, avoir des enfants et passer le reste de sa vie à Portland. Jusqu'alors, elle avait paru partager cette vision des choses, mais sa grossesse avait tout changé.

Il avait essayé de l'accepter, de se raccrocher à ses sentiments pour elle. Et il y était presque parvenu. Mais Stacey avait perdu Anna au bout de vingt semaines. Les médecins n'avaient pu leur expliquer les raisons de cette fausse couche.

C'est Stacey qui avait insisté pour choisir un nom malgré tout. Et, encore aujourd'hui, chaque fois que l'une de ses patientes perdait son bébé, Jake pensait à la petite Anna Handley Logan. Il se rendit compte brusquement que, si elle avait vécu, elle aurait aujourd'hui dix-sept ans. Mais l'idée d'être le père d'une adolescente de cet âge lui semblait parfaitement surréaliste.

A la mort d'Anna, Jake avait été saisi d'un mélange presque insoutenable de chagrin, de soulagement et de culpabilité. Il avait alors compris qu'il ne voulait pas d'enfants et n'en voudrait probablement jamais. C'était une forme d'engagement bien trop absolue, trop définitive.

Et lorsque Stacey lui avait proposé d'essayer une fois de plus, il avait compris que leur relation était condamnée.

Incapable de la quitter de manière brutale, il avait alors commencé à s'éloigner d'elle volontairement, à creuser entre eux une distance toujours plus grande qui se manifestait par d'incessantes disputes.

Malgré l'alchimie tant physique qu'intellectuelle qui avait toujours existé entre eux, leur liaison n'avait pas résisté à ce travail de sape…

— Tu devrais te placer devant le mur du fond, suggéra Stacey, le rappelant brusquement au moment présent.

Il s'exécuta.

— Souris, lui conseilla-t-elle.

Jake s'efforça d'obéir. Le flash crépita et elle s'approcha pour lui montrer le cliché qu'elle venait de prendre.

— Bon sang ! s'exclama-t-il. Il vaudrait mieux ressayer. J'ai un air si lugubre que je risque de traumatiser tous mes patients…

Elle rit un peu nerveusement.

— C'est ma faute, s'excusa-t-elle. J'aurais dû te laisser un peu plus de temps.

Jake ne releva pas. Elle savait probablement aussi bien que lui pourquoi il avait tant de mal à sourire. Résigné, il alla se replacer devant le mur.

— Je suis prêt, déclara-t-il en s'efforçant de se détendre.

— Pas moi, répondit-elle. Il faut attendre que cette lumière repasse au vert…

Elle manipula l'appareil, cherchant à le remettre en état de marche et Jake en profita pour l'observer à la dérobée. Elle était magnifique. Loin d'avoir terni sa beauté, les années semblaient l'avoir rehaussée. Peut-être était-ce l'effet de l'expérience et de la maturité qui donnait à son regard une force et une richesse accrues.

Sa silhouette avait changé, elle aussi. L'adolescente dégingandée s'était muée en une femme aux courbes harmonieuses. Ses gestes trahissaient une grâce et une assurance nouvelles comme si elle avait appris à vivre en meilleur accord avec le monde.

Tandis qu'elle effectuait les réglages nécessaires sur l'appareil photo, une mèche de cheveux blonds retomba sur son visage, lui masquant le bleu de ses yeux. Un nouveau souvenir remonta en lui.

C'était la première fois qu'ils faisaient l'amour, inconfortablement enlacés sur la banquette arrière de sa voiture. Tandis qu'elle allait et venait sur lui, ses cheveux dorés ondulaient au gré de leur étreinte, reflétant la lueur de la lune…

— Ça y est ! s'exclama Stacey. Souris !

Il tenta vainement de s'arracher aux images qui s'étaient formées dans son esprit et elle prit un nouveau cliché. Lorsqu'elle le lui montra, il eut l'impression de lire sur son propre visage les pensées terriblement érotiques qui l'avaient assailli.

— Au moins, je ne leur ferai pas peur, remarqua-t-il, embarrassé.

— Non. Mais tes patientes risquent de te demander ton numéro de téléphone…

Elle sourit malicieusement, ce qui eut pour effet d'illuminer tout son visage. C'était une expression qu'il se rappelait parfaitement et qui éveilla en lui un brusque élan de tendresse, mêlée de nostalgie.

— Je suis désolée, s'excusa-t-elle. Cette remarque était complètement déplacée…

— Ne t'inquiète pas pour cela, éluda-t-il.

Stacey se dirigea vers son bureau et ralluma son ordinateur avant de lancer le programme qui commandait l'impression des badges. Elle importa la photographie qu'elle venait de prendre puis inscrivit son nom, son prénom et l'intitulé de son poste.

Pendant ce temps, Jake attendait patiemment, s'efforçant de dominer l'attirance qu'elle lui inspirait toujours après toutes ces années.

— Ce sont tes enfants que j'ai vus à la crèche ? demanda-t-il pour faire diversion.

Instantanément, il regretta d'avoir abordé le sujet. Ce qui aurait pu passer pour une conversation banale éveillait de douloureux échos, dans leur cas. N'était-ce pas les enfants qui les avaient éloignés l'un de l'autre ?

— Oui, répondit-elle sans lever les yeux de l'écran de son ordinateur. Ils s'appellent Max et Ella. Leur père et moi sommes séparés, comme tu l'as probablement compris.

— Je suis désolé, dit-il.

Mais ce n'était pas du tout ce qu'il ressentait, en réalité. A sa propre surprise, il éprouvait à l'égard de Stacey un sentiment protecteur dont l'intensité le stupéfia. La simple idée que son ex-mari ait pu lui causer le moindre chagrin le rendait fou.

Venant de quelqu'un qui lui avait fait autant de mal, cela ne manquait pas d'ironie, songea-t-il avec une pointe d'autodérision.

— C'est John qui les garde, ce week-end, précisa-t-elle.

John Deroy… C'est un bon père. Il s'est toujours beaucoup impliqué dans leur éducation. Malheureusement, il vit à Olympia, à présent, ce qui rend les choses un peu plus difficiles…

Jake comprit qu'elle souffrait de voir ses enfants s'éloigner régulièrement. Cela ne l'étonna pas le moins du monde. Stacey avait toujours rêvé d'être mère et elle devait prendre cette responsabilité très à cœur. De plus l'amour qu'elle éprouvait à l'égard des jumeaux avait transparu dans chacun de ses gestes, à la crèche.

Ce qu'il ignorait, en revanche, c'était ce qui avait pu la pousser à divorcer si peu de temps après la naissance de ces enfants que son mari et elle chérissaient.

— Au moins, lorsqu'ils sont là-bas, cela te laisse un peu de temps pour toi, commenta-t-il.

— Tu peux le dire, répondit-elle d'un ton qui manquait singulièrement de conviction. J'en profite pour faire la fête comme une folle !

Elle esquissa un petit entrechat.

— C'est le pas de danse le plus lamentable qu'il m'ait été donné de voir depuis bien longtemps, Handley, ironisa-t-il pour détendre l'atmosphère.

— C'est parce que je n'ai pas les chaussures adéquates, Logan, répliqua-t-elle.

Elle se lança dans un charleston endiablé qu'elle conclut par un coup de son talon imaginaire en direction de son tibia. Il grimaça de douleur et tous deux éclatèrent de rire. Puis leurs regards se croisèrent et leur bonne humeur mourut aussi vite qu'elle était apparue.

Handley et Logan. C'était ainsi qu'ils s'appelaient autrefois lorsqu'ils plaisantaient ou qu'ils se querellaient. Et l'emploi de leurs noms de famille les avait brusquement ramenés des années en arrière.

Il aurait été si facile de retrouver de vieilles habitudes, de faire comme si rien ne les avait jamais séparés. Mais cela n'aurait été qu'un mensonge, une illusion qui aurait fini tôt ou tard par voler en éclat. Mieux valait oublier et tout reprendre de zéro.

— C'est fait, déclara Stacey en s'écartant de lui pour récupérer son badge fraîchement imprimé.

Elle le lui tendit et il remarqua qu'elle le tenait du bout des doigts pour éviter qu'ils ne se touchent. Apparemment, elle aussi avait décidé de se tenir sur ses gardes. Il aurait probablement dû s'en réjouir, mais, au lieu de cela, un mélange de tristesse et d'amertume l'envahit.

— Me voilà fin prêt pour la visite, déclara-t-il avec un entrain un peu forcé.

Stacey hocha la tête et commença à lui faire faire le tour de l'hôpital. Elle lui montra la maternité, le service d'obstétrique et celui de gynécologie, les étages réservés aux patients, la cafétéria et la salle de repos réservée aux médecins. Elle finit par la boutique qui se trouvait au rez-de-chaussée.

En chemin, ils croisèrent plusieurs personnes avec lesquelles il serait amené à travailler. Stacey paraissait tous les connaître parfaitement et elle les lui présenta. Chaque fois, elle ajoutait une remarque plus personnelle, une plaisanterie ou un sourire qui lui valaient apparemment le respect et l'amitié de tous.

Lorsqu'on lui posait une question d'ordre professionnel, elle répondait avec exactitude et concision.

Quand ils eurent terminé, Stacey l'entraîna jusqu'à la clinique voisine où il exercerait également. Comme la crèche, elle avait été fondée par les Logan. Elle était spécialisée dans les problèmes de fertilité et l'accompagnement des femmes enceintes qui entendaient renoncer à leurs enfants.

Ceux-ci étaient pris en charge par la fondation qui possédait l'un des programmes d'adoption les plus efficaces de la région.

— Depuis combien de temps travailles-tu ici ? demanda-t-il à Stacey.

— Depuis la naissance des jumeaux. Avant, je travaillais au centre médical de l'université de Portland. Je suis à temps partiel.

— Tu as fait ce choix pour pouvoir t'occuper des enfants ?

— Oui. C'est un bon compromis. De cette façon je peux profiter d'eux sans me replier complètement sur ma petite famille. De toute façon, je pense que je deviendrais folle si je devais les tenir à l'œil sept jours sur sept !

Elle lui décocha l'un de ces sourires mi-ironiques mi-complices dont elle avait le secret et il se sentit fondre. Une fois de plus, il se morigéna intérieurement. La situation était déjà bien assez compliquée comme cela sans qu'il ne s'abandonne à l'indéniable attirance que Stacey exerçait sur lui.

Un silence gêné suivit donc cet instant d'intimité. C'était la première fois que Jake se retrouvait dans une telle situation.

Il voyageait beaucoup et avait pour principe de ne jamais revoir les femmes avec lesquelles il était sorti.

En général, il se contentait de relations relativement brèves et passionnées qui prenaient fin au premier signe de lassitude.

Mais Stacey ne répondait à aucun de ces critères. Leur liaison avait énormément compté à ses yeux, contribuant à façonner l'homme qu'il était devenu. Il avait mis très longtemps à s'en remettre et réalisait aujourd'hui qu'il n'y était peut-être même pas parvenu complètement.

Et voilà qu'ils allaient travailler ensemble plusieurs jours par semaine. Comment était-il censé réagir à cela ? Comment était-il supposé parler de tout et de rien alors que son esprit était assailli de souvenirs qu'il était impuissant à endiguer et d'émotions aussi intenses que contradictoires ?

Stacey exerçait sur lui une fascination que le temps n'avait pas suffi à résorber. Le pire, c'est qu'il ne s'agissait pas d'une simple attirance physique, mais de quelque chose de bien plus profond. Comme autrefois, il lui semblait qu'il existait entre eux un lien aussi intangible qu'évident.

Et il n'était même pas certain de vouloir le rompre…

— Bien, déclara Stacey lorsqu'ils furent de retour dans le hall de l'hôpital. Je crois que nous avons fait le tour. Ton badge te permettra de te garer sur le parking réservé au personnel. Je suppose que tu as laissé ta voiture sur celui des visiteurs.

— Exact.

— Dans ce cas, il faut que tu prennes l'ascenseur qui se trouve au bout de ce couloir sur la droite, expliqua-t-elle en lui indiquant la bonne direction.

Elle s'exprimait sur un ton aussi courtois que détaché, comme si la situation était parfaitement naturelle et qu'ils n'étaient que de simples collègues de travail qui venaient de faire connaissance.

Mais Jake n'était pas dupe. Malgré ce vernis de politesse et de calme, il percevait parfaitement le trouble qui habitait Stacey. Et il savait qu'elle avait hâte de le voir partir pour se retrouver seule et remettre un peu d'ordre dans ses pensées.

Lui-même avait également besoin de faire le point. Qui sait ? Ce week-end lui permettrait peut-être de prendre un peu de distance et de mieux se préparer à leur prochaine rencontre.

Mais, alors même qu'il formulait cette pensée, il comprit que les choses ne seraient probablement pas aussi simples...

- 2 -

Lorsque Stacey regagna enfin la crèche, John avait déjà emmené Max et Ella. Cela n'avait rien de surprenant et elle aurait probablement mieux fait de réintégrer directement son bureau. Au moins, elle échappait ainsi à la tentation de jouer les mères poules…

— Tout va bien, Stacey ? lui demanda Nancy Logan.

Les deux femmes ne se fréquentaient pas en dehors de l'hôpital et de la crèche mais elles s'entendaient très bien.

— Oui, répondit-elle. Je suis juste un peu nerveuse à l'idée de les savoir sur la route, de nuit, par un temps pareil.

Nancy lui tapota affectueusement le bras et lui décocha un sourire malicieux.

— Je suis comme toi, lui dit-elle. Nous nous inquiétons beaucoup trop. J'imagine que c'est à force de travailler dans un hôpital. Nous ne voyons pas assez tous les enfants qui rentrent sains et saufs chez eux tous les soirs et un peu trop ceux auxquels il arrive des problèmes…

— Tu as sans doute raison, soupira Stacey.

— En plus, ces journées d'hiver ne contribuent guère à

nous redonner le moral. Ce qu'il nous faudrait, ce sont des vacances au soleil !

Stacey hocha la tête. C'était malheureusement un luxe qu'elle ne pourrait pas s'offrir avant quelques années, le temps que les enfants soient en âge de voyager.

— Alors ? reprit Nancy, curieuse. Qu'as-tu pensé du cousin de Robbie ?

— A vrai dire, je l'ai connu autrefois, répondit Stacey. Nous allions même au lycée ensemble. Mais je ne sais pas exactement ce qu'il est devenu depuis cette époque.

— J'aimerais pouvoir t'en dire plus, mais, jusque très récemment, je n'avais même pas conscience de son existence. Je sais qu'il est célibataire, qu'il a beaucoup voyagé et que c'est un médecin brillant. Mais je suppose que tu sais déjà tout cela. Après tout, c'est toi qui as eu son CV entre les mains… Je sais aussi que mes beaux-parents ne parlent jamais de cette branche de la famille. Visiblement, le père de Robbie et celui de Jake se sont brouillés, il y a très longtemps…

— Apparemment, Jillian a l'air décidée à les réconcilier.

— Effectivement. Je pense qu'elle a mauvaise conscience. Elle travaille comme assistante sociale et passe une bonne partie de son temps à aider les gens à se rapprocher de leurs familles. Or la sienne est déchirée depuis des années… Je crois qu'elle parviendra à convaincre sans trop de mal les gens de notre génération, mais j'ai bien peur qu'il ne lui soit beaucoup plus difficile de persuader son père. Tiens, à propos de Jillian, la voici justement qui arrive…

De fait, la jeune femme venait de sortir de son bureau et se dirigeait vers elles d'un pas décidé.

— Elle s'occupe d'un enfant difficile, ces temps-ci, expliqua Nancy. Il a un bon fond, mais il a du mal à tenir en place. Tu es venue pour l'évaluation d'Aidan ? ajouta-t-elle à l'intention de Jillian.

— Oui. Et cette fois-ci, je ne suis presque pas en retard !

— Stacey et moi étions en train de parler de Jake. Tu sais qu'elle l'a connu, lorsqu'ils étaient au lycée ?

— Vraiment ? s'étonna Jillian. Tu ne l'avais jamais mentionné, Stacey. Est-ce que vous étiez amis, tous les deux ?

Stacey hésita. D'une certaine façon, Jake et elle avaient été les meilleurs amis du monde… jusqu'à ce qu'ils soient incapables de se trouver dans la même pièce sans qu'une dispute n'éclate. Mais elle pouvait difficilement l'expliquer à Jillian sans entrer dans les détails de leur relation, ce qu'elle n'avait aucune envie de faire.

— Je suis désolée, s'excusa Jillian, percevant son hésitation. Je ne voulais pas être indiscrète… Mais nous avons organisé une pendaison de crémaillère chez lui, demain soir, et nous avons décidé de ne pas inviter uniquement des membres de la famille. Cela risquerait de créer une certaine tension et c'est exactement ce que je veux éviter pour cette première prise de contact…

— Excellente idée, approuva Nancy.

— Est-ce que cela te dirait ? demanda Jillian à Stacey.

— Juste parce que je ne m'appelle pas Logan, ironisa celle-ci.

269

— Exactement, répliqua Jillian en riant.

— Cela tombe bien, renchérit Nancy. Les jumeaux sont justement chez leur père, ce week-end. Et puis, tu connais Jake. Je suis sûre qu'il sera heureux de voir au moins un visage familier.

Stacey était loin d'en être aussi convaincue, mais elle voyait bien que ses deux amies tenaient absolument à ce qu'elle vienne. La perspective de cette soirée de réconciliation les rendait, de toute évidence, très nerveuses. Une fois de plus, elle se demanda ce qui avait pu causer une rupture si profonde entre le père de Jillian et celui de Jake.

— Que voulez-vous que j'apporte ? demanda-t-elle.

Elles en discutèrent quelques instants avant de se mettre d'accord sur un plat. Jillian lui demanda aussi de prendre une bouteille de vin.

— Cela aidera à détendre l'atmosphère, expliqua-t-elle. Je ne tiens surtout pas à ce que cette soirée tourne à la psychanalyse de groupe !

Stacey lui promit d'apporter ce qu'elle avait demandé et regagna enfin son bureau. Au moins, songea-t-elle avec philosophie, elle avait trouvé de quoi occuper son samedi soir. La plupart du temps, lorsque les jumeaux étaient chez leur père, elle se contentait de louer une vidéo ou de lire un livre seule chez elle.

Sortir un peu ne lui ferait pas de mal. Après tout, il était temps qu'elle apprenne à se montrer un peu moins dépendante de ses enfants…

Forte de cette décision, elle décida qu'elle profiterait de ce week-end pour faire des courses, ranger sa maison, et aller voir l'une de ses amies à laquelle elle promettait régulièrement de rendre visite.

Quant à la nervosité que lui inspirait l'idée de revoir Jake, elle était bien décidée à en faire abstraction. Après tout, ils seraient amenés à se voir régulièrement à l'hôpital. Mieux valait donc s'y habituer rapidement.

Qui sait ? Peut-être parviendraient-ils même à repartir sur de nouvelles bases et à devenir de véritables amis ?

— Comme nous l'avions décidé, je me suis permis d'inviter quelques amis, expliqua Jillian à Jake.

Elle venait tout juste d'arriver chez lui et il leur restait encore un peu de temps avant que les premiers convives ne les rejoignent. Elle déposa sur le plan de travail les victuailles qu'elle avait apportées ainsi que des couverts en plastique et des assiettes en carton.

Tandis qu'elle commençait à déballer le tout, Jake alla chercher les bouteilles de vin qu'elle avait laissées dans le coffre de sa voiture.

— J'aime beaucoup cet endroit, lui dit-elle lorsqu'il revint.

Jake avait loué une grande maison de bois située sur un vaste terrain boisé, un peu à l'écart de la ville. La propriété était vaste et accueillante et avait le mérite de se trouver à proximité de l'autoroute menant à Portland. S'il devait être appelé en urgence au beau milieu de la nuit, il serait à l'hôpital en moins d'un quart d'heure.

Pour l'ameublement, il avait fait appel à une décoratrice qui s'était chargée de tout et avait transformé en moins d'une journée la grande bâtisse vide en confortable retraite campagnarde.

Jake était assez satisfait du résultat, mais il lui semblait que quelque chose manquait, sans qu'il parvienne à déterminer ce dont il pouvait s'agir exactement.

— Tu n'étais pas obligée d'apporter tout cela, remarqua-t-il en voyant les plats que Jillian avait déjà sortis.

— Je te l'ai dit : il y a un peu plus de monde que prévu.

— Combien de gens seront là, en dehors des membres de la famille ?

— Eh bien, il y a Brian et Carrie Summers. Ils ont adopté leur fils par l'intermédiaire de la fondation. Cela s'est si bien passé qu'ils sont devenus très proches de Lisa, la mère génétique. Elle sera là aussi, d'ailleurs. Il y aura aussi Stacey, que tu connais. Son ex-mari et elle ont eu recours à la clinique pour concevoir leurs enfants par fécondation in vitro. Quant à Eric et Jenny, ils viendront avec…

Mais Jake ne l'écoutait déjà plus.

Stacey et John avaient conçu leurs enfants par fécondation in vitro.

Cette information éveillait en lui un profond malaise. Dix-sept ans plus tôt, Stacey et lui n'avaient eu aucun mal à concevoir un enfant par accident. Mais la fausse couche dont la jeune femme avait été victime avait été très violente.

Stacey avait saigné abondamment et souffert d'une infection dont les médecins ne s'étaient pas aperçu immédiatement. Ils avaient fini par la guérir, mais c'était peut-être ce qui l'avait empêchée ensuite de concevoir normalement.

Il se rappela alors les remarques de la mère de Stacey qui

leur avait expliqué que cette fausse couche était peut-être un bienfait déguisé parce qu'ils étaient trop jeunes pour avoir des enfants. Il se souvint de son propre soulagement.

Et une culpabilité immense le submergea. Se pouvait-il que Stacey ait été marquée physiquement autant que psychologiquement par la perte de leur fille ?

Cela expliquerait la fécondation in vitro à laquelle elle avait eu recours. Et peut-être aussi son divorce. Car Jake était bien placé pour savoir combien ce genre d'épreuve pouvait affecter un couple.

Combien de patientes avait-il vu se disputer avec leurs époux ou leurs petits amis en de telles circonstances ?

— Je vais installer le buffet, déclara-t-il soudain.

Il avait besoin de s'activer pour chasser les idées noires qui l'assaillaient et s'efforça donc de se concentrer sur la réception. Alors qu'il était en train de disposer de petites coupelles pleines de biscuits apéritifs, il entendit vaguement quelqu'un sonner à la porte.

Jillian alla ouvrir et, quelques instants plus tard, il la vit revenir, suivie de Stacey qui portait une marmite d'où s'échappait un délicieux fumet. Jake aurait voulu l'entraîner à l'écart et lui poser toutes les questions qui lui brûlaient les lèvres.

Mais le moment était très mal choisi. Aussi se fit-il violence et parvint-il à conserver le silence. Cela faisait très longtemps qu'il n'avait pas éprouvé un tel sentiment protecteur envers qui que ce soit. Probablement depuis que Stacey et lui s'étaient séparés, en fait…

— Salut, Jake, lui dit-elle d'une voix qui se voulait décontractée.

Son regard trahissait en réalité une certaine nervosité. Elle aussi devait être sensible à l'ambiguïté de leurs rapports et percevoir cette mystérieuse alchimie qui subsistait entre eux après toutes ces années.

Jake, quant à lui, ne pouvait s'empêcher de remarquer la façon dont son haut de soie rehaussé de dentelle soulignait la courbe de sa poitrine. Sa jupe ondulait doucement au gré de ses mouvements, laissant entrevoir ses mollets au galbe parfait.

Ses joues étaient légèrement rougies par le froid et ses longs cheveux couleur d'or étaient constellés de petites gouttes de pluie qui accrochaient la lumière comme autant de diamants.

— Salut, répondit-il d'un ton nettement moins naturel.

Le désir qu'elle éveillait en lui était si lancinant qu'il lui faisait presque peur.

— Tu devrais mettre le poulet directement dans le four, suggéra Jillian à qui leur embarras paraissait échapper complètement.

— Bonne idée, répondit Stacey en s'arrachant à la contemplation de Jake.

Les deux femmes disparurent dans la cuisine. Quelques instants plus tard, un nouveau coup de sonnette retentit et Jillian ressortit pour aller ouvrir.

— Jake ? appela alors Stacey.

Il la rejoignit et constata qu'elle se trouvait devant le four qu'elle étudiait d'un air dubitatif.

— Tu as une idée de la façon dont il fonctionne ? lui demanda-t-elle.

— Absolument aucune.

Il s'approcha à son tour et se retrouva tout près de Stacey. Sans doute aurait-il dû s'écarter légèrement, mais il en était incapable. Le simple fait de se trouver à ses côtés avait quelque chose de grisant. L'odeur familière de son parfum le troublait tout autant que le contact de sa jupe qui effleurait légèrement sa jambe. Il remarqua qu'elle non plus n'avait pas bougé et cela le remplit d'une exaltation aussi incoercible que disproportionnée.

— Cinq boutons et aucun d'eux ne comporte la moindre indication, remarqua-t-elle. Voilà qui promet d'être intéressant…

— Celui-ci, peut-être, suggéra Jake en tendant la main vers l'un des commutateurs.

Elle inclina la tête d'un air pensif, lui offrant au passage une vue imprenable sur sa gorge nacrée.

— Toute la question est de savoir quel symbole choisir, observa-t-elle. Le rectangle ? Le rectangle avec une barre horizontale au sommet ?

— Celui qui a inventé ces codes mériterait d'être pendu, s'exclama Jake.

— Pourquoi n'essaierions-nous pas le rectangle avec une barre en dessous et un sigle Mercedes au milieu ?

— J'imagine que ce symbole est censé représenter le ventilateur, mais je suis certain que Mercedes sera ravi de cette publicité gratuite.

Stacey fit tourner le bouton et tous deux observèrent attentivement le four. Mais rien ne se passa. Elle sourit et Jake sentit son cœur se serrer dans sa poitrine. Il se rappelait parfaitement cette expression.

Ce n'était pas le sourire rayonnant qu'elle arborait parfois, mais un petit sourire en coin qui creusait une délicieuse fossette sur sa joue et allumait une lueur malicieuse dans son regard.

Il réalisa alors combien il avait aimé ce sourire et combien il l'avait regretté.

— Une autre théorie, Sherlock ? demanda-t-elle, moqueuse.

En fait, Jake ne se souciait pas le moins du monde de ce four et de la façon dont il fonctionnait. Il était même ravi que Stacey n'ait pas réussi à l'allumer car cela lui donnait une excuse pour rester à ses côtés.

Il aurait préféré se retrouver vraiment seul avec elle plutôt que de devoir affronter cette pendaison de crémaillère. Ils auraient pu évoquer les bons souvenirs qu'ils conservaient de leur couple et même se laisser aller à flirter un peu, en souvenir du bon vieux temps…

Mais la sonnette retentissait régulièrement et, bientôt, la cuisine fut envahie par des invités qui apportaient toutes sortes de victuailles et de bouteilles. Il les salua rapidement avant de revenir vers Stacey.

— Je pense qu'il faut aussi tourner le bouton de gauche, suggéra-t-il. Il doit s'agir de la minuterie.

— Et celui-ci est le seul qui soit gradué. Ce doit être le thermostat.

Ils tendirent simultanément la main vers le commutateur et leurs doigts se rencontrèrent. Un frisson irrépressible les parcourut tous deux et Stacey se tourna vers lui d'un air incertain.

— Je ne crois pas que ce soit une bonne idée, murmura-t-elle, troublée.

Pourtant, elle ne retira pas sa main.

— Tu as sans doute raison, répondit-il en souriant. Nous ferions peut-être mieux d'opter pour le rectangle…

— Je ne parlais pas du four.

— Je sais, murmura-t-il.

Ils se contemplèrent longuement. Les lèvres de Stacey étaient entrouvertes et Jake fut brusquement tenté d'y déposer un baiser. Il réalisa alors qu'il était sur le point de perdre complètement le contrôle de la situation.

Cela n'avait aucun sens. Il ne pouvait se permettre d'embrouiller encore ses relations avec elle. Et leur histoire était bien trop compliquée pour qu'il puisse s'autoriser à souffler sur les braises d'une passion encore bien trop brûlante.

Quel avenir pourraient-ils espérer ensemble ? N'avaient-ils pas été jusqu'au bout de ce qu'ils pouvaient espérer partager ? Ils savaient à présent que leurs attentes étaient parfaitement incompatibles. Et l'âge n'avait en rien atténué ces différences. Au contraire, Stacey avait à présent deux enfants auxquels elle paraissait se vouer corps et âme.

Bien sûr, ils étaient toujours liés l'un à l'autre. Comment en aurait-il été autrement ? Après tout, ils ne s'étaient pas séparés par lassitude ou par manque d'amour. Mais, s'ils voulaient éviter de commettre une douloureuse erreur, ils devraient apprendre à transformer ces sentiments en amitié.

— Je crois que tu devrais tourner ce bouton, lui dit-elle enfin.

Il fallut quelques instants à Jake pour comprendre de quoi elle voulait parler. Puis elle retira doucement sa main et il s'exécuta.

— A mon avis, le premier contrôle la rôtissoire, et le deuxième, le four, reprit-elle.

Il hocha la tête, à la fois soulagé et déçu qu'elle ait décidé de revenir à un mode de relations plus aseptisé.

— Maintenant, je vais mettre le thermostat sur 220, conclut-elle en joignant le geste à la parole.

Le four se mit aussitôt à ronronner et, lorsque Stacey ouvrit la porte, une bouffée d'air chaud leur caressa le visage.

— Bingo ! s'exclama-t-il, faussement enjoué.

— C'est fou ce que peuvent réaliser deux grands esprits qui travaillent ensemble, Lo… Jake.

Par réflexe, elle avait failli l'appeler par son nom de famille. Mais elle avait dû comprendre le danger que recelait ce genre de familiarité. Il la vit alors froncer les sourcils tandis qu'une expression plus sombre se peignait dans ses beaux yeux bleus.

Jake aurait été prêt à parier qu'elle venait de se rappeler l'un des moments les plus sombres de leur histoire. Pensait-elle à sa fausse couche ? Aux incessantes disputes qui avaient suivi ? A la façon dont il avait fini par partir ?

Il n'était pas certain que cela suffise à éradiquer définitivement l'attirance qu'ils exerçaient l'un sur l'autre. Et il était de plus en plus convaincu qu'une discussion à ce sujet s'imposait.

Peut-être pourraient-ils en profiter pour se dire tout ce qu'ils avaient sur le cœur et affronter les sujets qu'ils n'avaient pas eu le courage d'aborder au moment de leur rupture.

— Que dirais-tu de chercher un endroit tranquille où nous pourrons parler librement ? suggéra-t-il.

Malheureusement, c'est cet instant précis que Jillian choisit pour interpeller l'assistance.

— Puis-je avoir votre attention ? fit-elle.

Mais il y avait à présent beaucoup de monde dans la cuisine et le salon attenant et le brouhaha des conversations noya ses paroles. On n'entendait même plus le disque de jazz que Jake avait mis en guise de musique d'ambiance.

— Ecoutez-moi ! s'exclama Jillian un peu plus fort.

Elle paraissait à la fois mal à l'aise et très décidée à obtenir le silence.

— Je vous promets que je n'en aurai pas pour longtemps, reprit-elle lorsque le bruit ambiant commença à se résorber et que les invités se tournèrent vers elle. Jake ? ajouta-t-elle en se tournant vers lui. Peut-être pourrais-tu commencer par expliquer comment nous nous sommes rencontrés à Seattle…

— Je te laisse faire, répondit-il. Après tout, c'est toi qui m'as abordé, ce qui, étant donné les circonstances, demandait un certain cran.

Stacey se tenait toujours à ses côtés et paraissait très intéressée par ce que Jillian s'apprêtait à dire. Jake, quant à lui, ne put s'empêcher de se demander qui parmi l'assistance se souvenait qu'ils étaient sortis ensemble autrefois. En les voyant si proches l'un de l'autre, s'imagineraient-ils qu'ils avaient renoué le fil de leur relation ?

— Très bien, déclara Jillian. La plupart d'entre vous savent déjà que j'ai remarqué le nom de Jake sur le programme de la conférence à laquelle je devais assister à Seattle, il y a quelques mois de cela. En lisant sa biographie et en voyant sa photographie, j'ai réalisé qu'il s'agissait bien de l'un de nos cousins. De l'un de ceux dont on ne parle jamais dans notre famille, de l'un de ceux que nous ne voyons plus…

Robbie, Eric et Bridget, les deux frères et la sœur de Jillian, hochèrent la tête.

— J'ai assisté à l'intervention de Jake qui concernait la souffrance des couples stériles. Sur le coup, je pensais m'éclipser discrètement à la fin pour ne pas raviver de vieilles querelles de famille. Mais à mesure que j'écoutais son exposé, j'ai réalisé que quelque chose n'allait pas. Vous savez tous que je suis assistante sociale. Mon métier consiste le plus souvent à aider des familles décomposées à se réconcilier. Jake, quant à lui, parlait de la façon dont on pouvait accompagner des couples que les épreuves avaient fragilisés… Comment aurais-je pu ne pas aller lui parler sous prétexte que nos pères s'étaient disputés, il y a plus de trente ans de cela ?

Jillian s'interrompit, laissant la petite assemblée méditer sur cette question.

— Finalement, j'ai pris mon courage à deux mains et je suis allée le voir. J'étais terriblement nerveuse et je n'avais aucune idée de la façon dont Jake prendrait les choses…

— Je crois qu'il nous faut préciser une chose à l'intention de ceux qui ne connaissent pas l'histoire de notre famille, intervint ce dernier.

Parmi l'assistance, il avait en effet repéré plusieurs personnes qui n'appartenaient à aucune des deux branches ennemies. Parmi elles se trouvaient notamment Stacey ainsi que les petites amies de ses deux frères, Ryan et Scott, et le petit ami de Suzie, leur demi-sœur.

— Il y a trente et un ans, reprit-il, notre cousin Robbie

a été kidnappé. Il a disparu pendant des années sans que l'on parvienne à retrouver sa trace.

Quelques murmures stupéfaits saluèrent cette révélation.

— Comme vous pouvez l'imaginer, cela a profondément bouleversé mon oncle et ma tante. Mes parents ont essayé de leur venir en aide, mais mon oncle Terrence a toujours refusé. Mon père et lui ont constamment été aux antipodes l'un de l'autre, tant en ce qui concernait leurs choix personnels que professionnels…

Jake sourit tristement.

— Mon père a été très vexé par ces rebuffades répétées, poursuivit-il. Et lorsqu'il a écrit deux livres sur la psychologie familiale, il s'est fortement inspiré de ses relations avec son frère pour appuyer sa démonstration. Apparemment, c'est la goutte d'eau qui a fait déborder le vase et les maigres chances qu'ils avaient de se réconcilier ont volé en éclat. Le succès international de *La Chose la plus importante* et *Le Plus Dur à pardonner* n'a évidemment rien arrangé…

De nouveaux murmures se firent entendre. Apparemment, plusieurs personnes dans l'assemblée avaient lu au moins l'un de ces ouvrages. Cela n'avait d'ailleurs rien de très étonnant : le deuxième était resté en tête de la liste des best-sellers du *New York Times* pendant quarante-trois semaines d'affilée.

— Le pire, intervint Jillian, c'est que la publication de ces livres est tombée au plus mauvais moment pour mes parents. Ils venaient tout juste d'apprendre que la piste la plus prometteuse que suivait la police dans l'enquête sur la disparition de Robbie s'était révélée être une impasse…

Jake n'avait que quatre ans quand Robbie avait été enlevé. Mais il se rappelait encore parfaitement la visite des policiers, les larmes de sa mère, les coups de téléphone incessants et la tension qui s'était brusquement installée dans la maison.

De toute évidence, les choses avaient été plus difficiles encore pour la famille de Terrence. D'autant que l'attente insupportable s'était prolongée pendant de longues années.

— Lorsque mon oncle a lu le livre de papa, expliqua-t-il, il y a vu une condamnation sans appel de tous ses choix : son métier, son mariage, la façon dont il avait élevé ses enfants… Je ne pense pas que telle était l'intention de mon père. Il a reçu des milliers de lettres de remerciements depuis la publication de ces ouvrages et je crois qu'ils ont aidé énormément de gens. Malheureusement, il est incontestable qu'ils ont encore ajouté à la souffrance de mon oncle et de sa famille.

— C'est vrai, approuva Eric. Je me rappelle parfaitement qu'à l'époque le bruit avait couru que les livres parlaient de nous. Les amis de nos parents ont abondamment commenté l'analyse de Lawrence, la comparant avec ce qu'eux-mêmes pensaient de nous…

— J'avais même des camarades de classe qui venaient me demander si notre père nous battait, renchérit Bridget. Ils voulaient savoir ce qui n'allait pas chez notre mère, pourquoi mes parents ne divorçaient pas ou si papa était vraiment le plus mauvais père de la Terre… Tous prenaient pour argent comptant ce que notre oncle avait écrit.

Eric passa affectueusement un bras autour des épaules de sa sœur.

— Je crois que beaucoup de gens étaient heureux de pouvoir se prouver ainsi que l'argent ne faisait pas le bonheur. J'ai même entendu dire çà et là que Robbie n'avait pas vraiment été kidnappé et que mes parents le gardaient caché dans leur cave.

— Mon Dieu ! murmura Nancy en se serrant contre son mari.

— J'étais la plus jeune de tous, remarqua Bridget. Je n'ai donc pas été celle qui a le plus souffert de cette histoire. Mais en grandissant j'avoue que j'ai compris pourquoi mon père était tellement en colère contre son frère.

— Pourtant, intervint Jillian, je suis intimement persuadée que nous avons tous souffert à cause de cela. Je ne crois pas qu'une famille puisse sortir indemne d'un tel conflit. Et il est grand temps pour nous d'essayer de réparer les dégâts qu'a causés la dispute de nos parents. A Seattle, j'ai réussi à convaincre Jake de revenir s'installer à Portland et d'accepter un poste au sein de l'hôpital général. Et cette pendaison de crémaillère est la première occasion qui nous est donnée d'entamer la réconciliation entre les deux branches de notre famille.

— Je suis heureux que vous ayez pris cette décision, tous les deux, déclara Scott. Et je crois que nous devrions tous remercier Jillian et Jake.

Il se mit à applaudir, bientôt imité par tous les autres invités. Jake se tourna alors vers Stacey et lut dans son regard à quel point leur histoire l'avait marquée. Il savait qu'elle-même avait eu à souffrir de problèmes familiaux.

Elle ne se sentait proche ni de ses parents ni de sa sœur et en avait beaucoup souffert, étant jeune.

— Il est vraiment dommage que vos parents ne soient pas là, dit-elle à Jake et à Jillian.

— Cela prendra certainement du temps, reconnut celle-ci. Mais j'espère que nous parviendrons un jour à les convaincre.

— Les aviez-vous invités ?

— Mon père et ma belle-mère sont à New York pour quelques jours, répondit Jake. Ils sont allés voir mon frère L.J.

— Et mes parents n'ont pas voulu en entendre parler, précisa Jillian. Surtout papa…

Les convives avaient commencé à se disperser dans les différentes pièces de la maison et le brouhaha avait repris de plus belle. Jillian s'excusa et alla aider sa sœur Bridget à apporter les plats.

— Je ne savais pas que ta famille était coupée en deux de cette façon, remarqua alors Stacey. Tu ne m'en avais jamais parlé.

— Cela ne me semblait pas très important, à l'époque, répondit-il.

— Mais ça l'est devenu, n'est-ce pas ? Dans le cas contraire, tu ne serais jamais revenu à Portland…

Elle s'interrompit brusquement et fronça les sourcils.

— A moins que je ne me trompe complètement, murmura-t-elle comme pour elle-même. Je me rappelle maintenant que tu as dit à Nancy que, si les choses tournaient mal, tu repartirais d'ici à deux ans…

Il y avait dans sa voix une note accusatrice qui n'échappa

pas à Jake. Apparemment, elle n'avait pas une très haute idée de la façon dont il menait sa vie.

— Stacey…, commença-t-il.

— Excuse-moi, Jake, l'interrompit-elle en lui décochant un sourire complètement dépourvu de chaleur. Je vais aller me servir une assiette et dire bonjour à Nancy.

— Tu ne penses pas que nous devrions d'abord… ?

Mais elle ne lui laissa pas même le temps de terminer sa phrase et s'éloigna à grands pas.

Stacey était furieuse contre Jake et contre elle-même. Contrairement à ce qu'elle s'était laissée aller à penser, il n'avait pas changé. Et elle avait été bien naïve de croire le contraire. Jamais elle n'aurait dû flirter avec lui comme elle l'avait fait. Et jamais elle n'aurait dû trahir l'attirance qu'il exerçait toujours sur elle.

Il était déjà bien assez difficile comme cela d'y faire face. En jouer équivaudrait purement et simplement à un suicide émotionnel. D'autant qu'elle ignorait complètement ce qu'il attendait d'elle.

Se contentait-il de jouer ? Ou voulait-il réellement discuter du passé ?

Comme elle se posait cette question, il la rattrapa par le bras.

— Stacey…

— Non, Jake ! s'exclama-t-elle. C'est inutile. Je ne crois pas que nous ayons quoi que ce soit à nous apporter mutuellement, aujourd'hui, à part de la colère et des regrets.

— Tu as peut-être raison, soupira-t-il. Mais je persiste à croire que nous devrions parler…

— Eh bien, pas moi !

Sur ce, elle s'arracha à son étreinte et se dirigea vers Nancy. Elle avait eu tort de se laisser influencer par les bons souvenirs qu'elle conservait de Jake. Bien sûr, il existait toujours entre eux une certaine complicité. Bien sûr, le désir qu'ils avaient l'un de l'autre était toujours là.

Mais cela n'avait pas suffi à le retenir autrefois. Et cela ne l'empêcherait pas de repartir aujourd'hui, ainsi qu'il l'avait expliqué à Nancy.

Le mieux qu'elle puisse faire était d'enfouir au plus profond d'elle-même les sentiments qu'elle continuait d'éprouver à son égard en espérant qu'ils finiraient un jour par disparaître complètement.

- 3 -

La situation ne manquait pas d'une certaine ironie, songea Jake. Il était revenu à Portland pour tenter de refermer une blessure du passé et voilà qu'il se trouvait confronté à une autre qu'il n'avait pas prévue et qui le touchait bien plus profondément encore.

Car sa rupture avec Stacey avait eu beaucoup plus d'influence sur son existence que le fait que son père et son oncle refusent de se parler.

Or la jeune femme avait apparemment décidé de l'ignorer complètement. Depuis qu'elle l'avait quitté, elle n'avait cessé de discuter avec différents invités mais s'était bien gardée de revenir vers lui.

Il ne pouvait tout de même pas la laisser faire. Il ne pouvait pas laisser passer cette soirée sans parler avec elle des épreuves qu'ils avaient traversées autrefois et de ce qu'ils ressentaient encore aujourd'hui.

C'eût été trop absurde…

Une fois de plus, il la chercha du regard. Cela faisait des heures qu'il l'épiait à la dérobée en prenant soin néanmoins que personne ne s'en aperçoive. A ses yeux, elle était incontestablement la plus rayonnante de toutes les femmes présentes ce soir-là.

En outre, elle paraissait avoir un véritable don pour les relations humaines. Elle savait écouter, paraissait toujours trouver le mot pour rire et parvenait même à initier d'improbables discussions entre des personnes que tout semblait opposer, comme la petite amie très snob de son frère Ryan et la femme de son cousin Eric.

— Anitra, l'avait-il entendue dire, Ryan m'a dit que vous preniez des cours de droit, parallèlement à votre carrière de mannequin. Jenny est avocate, justement. Je sais qu'à une époque tu jonglais avec de multiples responsabilités, ajouta-t-elle à l'intention de l'épouse d'Eric. Tu as peut-être quelques conseils pour Anitra…

A présent, Anitra et Jenny s'étaient lancées dans une ces discussions passionnées ponctuées de « Je connais cela ! », « Vous avez tout à fait raison », ou « Il m'est arrivé quelque chose de ce genre, une fois. » A les voir, on aurait pu croire qu'elles étaient les meilleures amies du monde.

Stacey, quant à elle, était allée s'entretenir avec Jillian et son amie Lisa Sanders. Celle-ci paraissait tendue et Stacey l'avait écoutée avec attention, prodiguant parfois une parole d'encouragement ou de réconfort.

— Tu ne peux pas vivre avec une telle épée de Damoclès au-dessus de la tête, Lisa ! s'exclama enfin Jillian. Je pense que tu devrais vraiment demander l'aide d'un avocat. Parles-en à Jenny. Elle parviendra certainement à trouver une solution. Si ton ex parvenait vraiment à invalider l'adoption de ton fils, Carrie et Brian en seraient anéantis…

— Mon ex…, répéta Lisa d'une voix désolée. Je n'arrive

même pas à croire que nous ayons pu être ensemble. J'ai l'impression que cela fait des siècles... En tout cas, je ne le laisserai pas gâcher nos vies, simplement parce qu'il espère pouvoir en tirer un avantage financier !

Jake s'éloigna, considérant que cette conversation était d'ordre trop intime pour qu'il puisse se permettre d'en entendre plus. Stacey avait dû parvenir à la même conclusion car elle s'excusa et alla chercher une pile d'assiettes sales qu'elle rapporta dans la cuisine.

Elle les rangea dans le lave-vaisselle qu'elle referma avant d'étudier avec une pointe de résignation les indications qui étaient tout aussi incompréhensibles que celles du four. Jake décida que le moment était venu de la rejoindre.

— Tu devrais essayer le sigle Mercedes, Stace, suggéra-t-il en pénétrant à son tour dans la cuisine.

— Je le cherchais, justement, répondit-elle en se redressant.

Malgré son apparente décontraction, il remarqua que ses joues s'étaient empourprées. Apparemment, son arrivée l'avait prise par surprise.

— Malheureusement, reprit-elle, il ne semble pas y en avoir.

— Laisse ce lave-vaisselle. Il faut que je te parle.

— Hélas, ce n'est pas réciproque, répliqua-t-elle d'un ton mordant.

Elle croisa les bras comme pour se protéger de lui.

— Nous avons flirté, tout à l'heure, et nous n'aurions pas dû. C'était à la fois stupide et irresponsable de notre part. A présent, je pense qu'il est plus sage que nous maintenions une certaine distance entre nous.

— Ne crois-tu pas que, tôt ou tard, il nous faudra avoir cette discussion ? Depuis que nous nous sommes retrouvés, il est évident que nos sentiments l'un envers l'autre ne sont pas complètement neutres…

— Et alors ? Pourquoi serions-nous obligés d'en parler ? Cela fait dix-sept ans que nous vivons très bien sans cela…

— Vraiment ? Quoi que tu en dises, moi, je crois que cela nous affecte et que cela continue d'influer profondément sur nos existences respectives.

— Evidemment ! s'exclama Stacey, furieuse. Il ne se passe pas un seul jour sans que je pense à Anna !

C'était ce nom que Jake avait voulu entendre. Un nom qui symbolisait tout ce qu'ils avaient perdu, tout ce qui les avait opposés jadis.

Jake se força à bannir les souvenirs terrifiants qui revenaient si souvent le hanter au cœur de la nuit.

— J'y pense encore plus depuis que les jumeaux sont venus au monde, reprit Stacey.

— Il ne s'agit pas seulement d'elle, objecta Jake. Il y a aussi toutes les décisions que nous avons prises ensuite, toutes les choses auxquelles nous avons renoncé.

— Auxquelles *tu* as renoncé, répliqua-t-elle.

— Pas plus que toi, Stacey.

— Ce n'est pas la façon dont je vois les choses, déclara-t-elle en le défiant du regard.

— Vraiment ? Et qu'as-tu fait de nos projets ? Nous voulions partir ensemble à la découverte du monde et te voilà toujours à Portland, piégée dans une vie routinière et ennuyeuse.

Stacey se raidit comme s'il venait de la gifler et il regretta de ne pas avoir mieux choisi ses mots. Il vit un éclair de colère et de rancœur passer dans ses beaux yeux.

— Alors, c'est ainsi que tu vois les choses ? s'exclama-t-elle. Elever une famille te semble ennuyeux. Tu es sans doute persuadé que ta vie vaut mieux que cela, n'est-ce pas ? Mais la plupart des gens te diraient que ce que tu appelles voyager pour élargir tes horizons est en réalité une fuite perpétuelle !

— Ils auraient tort. Je suis très heureux de la vie que je mène.

— Tant mieux pour toi, répliqua-t-elle, les yeux pleins de larmes. Moi aussi, j'aime ce que j'ai fait de ma vie. Voilà qui clôt notre discussion : nous avons fait des choix différents, nous nous sommes séparés et nous sommes heureux tels que nous sommes.

— Stacey…, protesta-t-il.

— Ça suffit ! s'écria-t-elle. Merci de m'avoir invitée. J'ai été ravie de faire la connaissance de ta famille. Ce sont des gens bien et j'espère que vous réussirez à vous réconcilier. Maintenant, si tu n'y vois pas d'inconvénient, je rentre chez moi.

Elle lui tourna le dos et s'éloigna à grands pas. Cette fois, il ne chercha pas à la retenir. Il commençait tout juste à comprendre que la conversation qu'il s'était promis d'avoir avec elle serait plus difficile encore qu'il ne l'avait imaginé.

Le plus dur, pour Stacey, lorsque les jumeaux étaient chez leur père, c'était de rentrer dans une maison vide.

Avant de partir, elle avait pris soin de laisser le chauffage et quelques lampes allumées pour créer une illusion de vie à son retour.

Mais cela ne suffisait pas vraiment à dissiper la profonde mélancolie qu'elle éprouvait toujours dans ces moments-là. Elle se sentait terriblement vulnérable et avait l'impression que quelque chose de crucial manquait dans son existence.

Pourtant, ainsi qu'elle l'avait dit à Jake, elle était heureuse de la vie qu'elle avait. Elle aimait son travail, avait une belle maison, des enfants merveilleux et beaucoup d'amis auxquels elle était très attachée.

Malgré cela, il lui arrivait de se sentit seule.

Lorsqu'elle était plus jeune, elle n'aurait jamais imaginé qu'elle se retrouverait célibataire à cet âge.

Pour chasser la tristesse qui commençait à l'envahir, elle consulta son répondeur et eut la surprise d'y trouver un message de sa sœur Giselle. Stacey était son aînée de cinq ans et toutes deux n'avaient jamais été très proches l'une de l'autre.

Lorsque Giselle avait treize ans, ses parents et elle avaient déménagé pour San Diego, ce qui n'avait fait qu'accentuer les choses.

— Salut, Stacey, disait-elle sur le répondeur. Je t'appelais juste comme cela, histoire de discuter. Rappelle-moi quand tu veux. A bientôt.

Il n'y avait pas d'autres messages, ce qui la rassura quelque peu. Cela signifiait que tout allait bien pour John et les enfants. Se tournant vers le four à micro-ondes qui se trouvait près du téléphone, elle constata qu'il était 9 h 42.

— C'est tout ! s'exclama-t-elle à mi-voix. Quelle guigne !

Je vais devoir m'occuper pendant une heure, au moins, avant d'aller me coucher. Je suppose qu'aucun d'entre vous n'a une suggestion à me faire…

Aucun des meubles présents ne répondit et elle décida de se préparer une tasse de chocolat chaud. Lorsque ce fut fait, elle regagna le salon et s'installa devant la télévision pour regarder un DVD.

Moins de vingt minutes plus tard, alors qu'elle commençait à se détendre un peu, la sonnerie de la porte d'entrée l'arracha brusquement à son film. Surprise, elle se demanda qui pouvait bien lui rendre visite à une heure pareille.

Elle mit son DVD en pause et alla regarder par le judas avant d'ouvrir. Son étonnement ne fit que croître lorsqu'elle découvrit qui se tenait sur le pas de la porte.

Jake Logan.

Visiblement, il ne s'était pas satisfait de la fin de non-recevoir qu'elle lui avait opposée au cours de la soirée. Et la perspective de la nouvelle confrontation qui les attendait la déprima profondément. Elle fut même tentée de ne pas lui ouvrir.

Mais il avait dû voir sa voiture dans l'allée et la lumière qui brillait à la fenêtre du salon. Le connaissant, elle savait qu'il insisterait jusqu'à ce qu'elle se décide enfin à le laisser entrer. Elle déverrouilla donc la porte.

— Bonsoir, lui dit-elle avant de s'écarter pour le laisser entrer.

Il pénétra à l'intérieur sans dire un mot. Elle se demanda s'il avait chargé Jillian de s'occuper de ses invités pendant qu'il serait absent. Lui avait-il dit où il comptait se rendre ?

Si tel était le cas, les gens ne manqueraient pas de penser qu'ils sortaient de nouveau ensemble.

Une chose, au moins, était certaine : il n'avait aucune intention de perdre du temps avant d'en venir au sujet de sa visite. Il refusa les boissons qu'elle lui proposait et ne prit pas même la peine de s'asseoir sur l'un des sièges du salon avant d'en venir au fait.

— Je suis désolé, commença-t-il. Je n'aurais jamais dû te parler de ta vie comme je l'ai fait. Ce n'était pas vraiment l'entrée en matière que j'avais en tête.

— Une entrée en matière ? répéta-t-elle. Mais de quoi tiens-tu tant à ce que nous parlions, Jake ?

— De beaucoup de choses… Nous allons nous voir toutes les semaines à l'hôpital. Nancy et Jillian sont convaincues que nous sommes amis et ne manqueront pas de nous inviter ensemble. Nous ne pouvons donc faire semblant d'ignorer tous les non-dits qui demeurent entre nous. Nous étions probablement trop jeunes, il y a dix-sept ans, pour en discuter posément. Et puis, je t'aimais trop pour le faire de façon calme et modérée…

— Tu ne m'aimais plus, Jake, protesta-t-elle.

Il ouvrit de grands yeux, visiblement choqué qu'elle puisse le penser.

— Comment peux-tu dire une chose pareille ? articula-t-il enfin.

— Tu ne cessais de me repousser. Tu saisissais toutes les occasions pour te disputer avec moi. Je reconnais que c'est moi qui ai fini par te dire que je voulais rompre. Mais c'est parce que tu m'avais sciemment poussée à bout. D'ailleurs, tu n'as pas protesté. Tu étais sans doute bien trop soulagé pour cela !

Cette fois, il tiqua et elle comprit qu'elle avait vu juste. Et, même après toutes ces années, cet aveu muet lui fit plus mal qu'elle ne l'aurait imaginé.

— Tu as fait en sorte que je prenne l'initiative, reprit-elle. De cette façon, j'étais la seule à porter la responsabilité de cette rupture. Nous avons conçu Anna ensemble. Nous l'avons perdue ensemble. Mais tu t'es débrouillé pour que ce soit moi qui nous sépare. J'ai mis très longtemps à m'en rendre compte et à me pardonner ce que j'avais fait. Mais je sais à présent que tu t'es servi de moi. Et je ne vois pas pourquoi tu l'aurais fait si tu m'avais vraiment aimée…

— Mais je t'aimais ! protesta-t-il.

— Même après la mort d'Anna ? Je ne le crois pas, Jake. Je suis sûre que tu ne pensais qu'à une chose : t'enfuir au plus vite pour pouvoir couper les ponts définitivement avec cette partie de ton existence.

— Tu te trompes. Après la mort d'Anna, il m'était devenu impossible de revenir en arrière et de faire comme si rien ne s'était passé…

— Alors pourquoi as-tu fait en sorte que je te quitte ? s'exclama-t-elle en détournant les yeux.

Le chagrin qui l'accablait était si profond qu'elle ne pouvait se résoudre à le regarder en face.

— D'ailleurs, reprit-elle, il suffit de voir la vie que tu mènes depuis que nous nous sommes séparés pour comprendre que j'ai raison. J'ai vu ton CV, Jake. Tu n'as ni femme ni enfant. Tu n'es jamais resté quelque part plus de deux ou trois ans d'affilée. Tu as passé ton temps à courir le monde, passant sans cesse d'un endroit à l'autre. Visiblement, tu ne tiens pas en place. Je peux le comprendre. Je crois même que j'aurais pu l'accepter, à l'époque. Ce que je te reproche, c'est de ne pas avoir été honnête envers moi. Tu voulais être libre mais tu ne me l'as pas dit. Au lieu de cela, tu t'es débrouillé pour me faire porter le chapeau ! Pourtant, tu savais parfaitement combien j'avais souffert du fait que ma mère se conduisait de la même façon. A ses yeux, j'ai toujours été la mauvaise fille, celle qui ne faisait rien comme il fallait. Giselle, au contraire, était parfaite. Tu t'es servi de cette faiblesse pour me renvoyer une fois de plus à ce rôle ingrat. Je suppose que c'était plus facile. Mais je ne te le pardonnerai jamais. Et, dussions-nous parler durant des heures, je ne vois vraiment pas ce que nous pourrions ajouter…

— Pourtant, tu ne m'as pas dit tout cela tout à l'heure, observa Jake.

— Non. Je ne voyais pas l'intérêt de remuer tous ces souvenirs alors que j'ai tourné la page depuis si longtemps. Quoi que tu en penses, j'ai une vie dont je suis plutôt satisfaite.

— Parle-m'en, alors.

— Je ne crois pas que cela t'intéresserait beaucoup. J'ai un travail, deux enfants, des amis, une maison et quelques loisirs. Rien d'aussi exaltant que ce que tu as pu vivre aux quatre coins du monde, je suppose. Mais c'est ma vie. Je ne m'attendais pas à ce que tu y fasses intrusion. Mais, comme je suis quelqu'un de plutôt positif, j'ai essayé de prendre les choses du bon côté et de ne me rappeler que les bons moments que nous avions passés ensemble.

Tandis qu'elle parlait, Jake avait traversé la pièce pour venir se placer à côté d'elle devant la cheminée. Elle percevait distinctement la chaleur qui émanait de son corps et son odeur qui, même en cet instant, éveillait en elle de troublants souvenirs. Elle ne comprenait pas comment elle pouvait le désirer à ce point alors qu'elle venait d'énumérer tout le mal qu'il lui avait fait.

— Nous aurions sans doute pu établir des relations normales, reprit-elle. Pourquoi a-t-il fallu que tu réveilles ces vieux fantômes, Jake ? Je ne comprends pas.

Il ne répondit pas immédiatement. Le silence qui était retombé entre eux n'était troublé que par le crépitement des flammes dans la cheminée et le léger ronronnement du lecteur DVD toujours en pause.

— Je crois que j'ai besoin de faire la paix avec moi-même, avoua enfin Jake d'une voix si basse qu'elle dut tendre l'oreille. Je t'ai repoussée parce que je me sentais coupable...

Jake s'entendit prononcer ces mots et se demanda s'il parviendrait vraiment à lui dire toute la vérité. Mais n'était-ce pas pour cela qu'il était venu ? Pour soulager sa conscience après toutes ces années passées à occulter cet épisode douloureux de son existence ?

Mais il avait sauté dans sa voiture sans réfléchir à ce qu'il dirait exactement. Il n'avait préparé aucun discours, aucun argumentaire. Simplement, il n'avait pu supporter de voir cette soirée se terminer sur les paroles amères qu'ils avaient échangées.

Il savait aussi qu'il leur serait beaucoup plus difficile

d'aborder ce genre de sujet sensible lorsqu'ils se croiseraient à l'hôpital.

S'il voulait vraiment avoir une chance de préserver un semblant de confiance et d'amitié entre eux, il ne pouvait se permettre de s'arrêter au milieu du gué, de se contenter de cette demi-confession.

— Coupable ? répéta Stacey. Pourquoi ? Parce qu'Anna était venue au monde trop tôt ? Ce n'était pas ta faute, tu le sais bien. Les médecins nous ont dit…

— Ce n'est pas cela, l'interrompit-il. Je me suis senti coupable parce que, lorsque Anna est morte, j'ai pensé que tout allait pouvoir redevenir comme avant, que nous allions réaliser les projets auxquels nous avions dû renoncer lorsque tu t'es retrouvée enceinte…

— En fait, tu étais soulagé, articula Anna, les larmes aux yeux.

— Non ! protesta-t-il vivement. Bien sûr que non ! Je ne voulais pas qu'elle meure ! Simplement, je n'étais pas à un âge où j'aurais volontairement choisi de me marier, de devenir père et de m'installer à Portland. C'était toi que je voulais, Stacey, pas toutes ces responsabilités…

— Tu n'en veux pas plus aujourd'hui, remarqua-t-elle d'un ton accusateur.

— Sans doute pas, reconnut-il.

— Pourquoi ? Parce que tu trouves ce genre de vie ennuyeux ?

Parce que c'est trop terrifiant, fut-il tenté de répondre. Parce que c'est bien trop difficile. C'était la leçon qu'il avait retenue d'Anna. Jusqu'alors, la vie lui avait toujours paru très simple : il savait ce qu'il voulait, ce qu'il ne voulait pas, qui il aimait... Il existait une ligne de partage très claire entre le bonheur et la tristesse, entre la liberté et la servitude.

Mais la grossesse de Stacey et la fausse couche qui s'en était suivie avaient tout changé. Il s'était retrouvé déchiré entre des aspirations contradictoires, entre des émotions qui s'opposaient en lui sans qu'il puisse parvenir à s'en défaire.

Son amour pour Stacey et pour Anna était brusquement devenu un fardeau beaucoup trop lourd à porter, une responsabilité qu'il ne pensait pas être de taille à assumer.

— Non, répondit-il enfin. Simplement, ce n'est pas une vie pour moi. Et cela l'était moins encore à l'époque. A certains moments, il m'arrivait de vouloir tout plaquer et de m'enfuir. Ou de souhaiter revenir en arrière. J'aurais acheté sans hésiter une boîte de préservatifs, ce soir-là... J'avais envie de remettre les pendules à zéro...

— Et c'est précisément ce qui est arrivé lorsque Anna est morte.

— Précisément.

— Et pendant que j'étais effondrée, tu t'en réjouissais.

— Ce n'est pas aussi simple ! protesta Jake. Je ne suis pas un monstre, Stacey. J'étais bouleversé, moi aussi. Et j'aimais Anna tout autant que toi. Mais je me sentais également coupable parce que, d'une certaine façon, j'avais obtenu ce que je voulais. Je sais que tout cela n'était pas rationnel, mais nous étions tous deux traumatisés par ce qui venait de nous arriver... Pendant quelque temps, j'ai voulu croire que tout rentrerait dans l'ordre, que nous partirions en voyage, tous les deux. Peut-être pas en Europe, comme nous l'avions imaginé, mais à New York, par exemple...

— Je me souviens effectivement que tu m'en avais parlé.

— Malheureusement, tu as refusé. Tu ne voulais pas quitter Portland…

— J'avais juste besoin de temps, Jake ! s'exclama-t-elle.

— Je le sais aujourd'hui. Mais, à l'époque, ce n'est pas ce que j'ai pensé. D'ailleurs, je crois que, même si je t'avais laissé plus de temps, cela n'aurait pas changé grand-chose. Après la mort d'Anna, je me sentais beaucoup trop coupable pour me donner une nouvelle chance d'être heureux avec toi.

— Parce que tu ne pensais pas mériter ce que tu avais toujours voulu : notre couple et la liberté dont tu rêvais.

— Exactement.

— Oh, Jake…, murmura Stacey d'une voix brisée.

Sa colère semblait avoir disparu, laissant place à un profond chagrin.

— C'est pour cela que j'ai commencé à me disputer avec toi et que je t'ai repoussée, avoua-t-il. Tu as raison, tu sais. Je n'avais pas le courage de tirer les conséquences de ma propre culpabilité et de te quitter. Et j'ai fait en sorte que tu prennes les devants. Je suis désolé, Stacey, crois-moi. Mais je t'aimais trop pour prendre l'initiative de cette rupture. Pourtant, lorsque tu m'as dit que tout était fini, le chagrin que j'ai éprouvé se mêlait d'un certain soulagement. J'avais l'impression que c'était inévitable, que justice était faite…

— Jake…

— J'avais dix-huit ans, lui rappela-t-il.

Ce simple fait lui paraissait rétrospectivement expliquer beaucoup de choses. Comment deux adolescents à peine sortis du lycée pouvaient-ils faire face à de telles épreuves ? Rien ne les y avait jamais préparés…

Il passa un bras autour de la taille de Stacey. Elle ne chercha pas à se dégager et posa sa tête sur son épaule. Pendant de longues secondes, ils restèrent immobiles, les yeux fixés sur les flammes qui dansaient gaiement dans le foyer.

Jake sentit alors une impression de paix et de sérénité l'envahir.

— Tu sais, dit-il enfin, tu es la seule avec qui je puisse parler d'Anna. Même lorsque je suis avec mes parents, j'évite de prononcer son nom…

— Je comprends, soupira-t-elle.

Il sentait la chaleur de sa peau à travers ses vêtements et le contact de sa cuisse qui se pressait contre la sienne. Mais malgré le désir qu'il avait d'elle cette sensation lui paraissait plus réconfortante que troublante. C'était la première fois depuis de longues années qu'il avait autant besoin de la présence de quelqu'un à ses côtés.

— Une fois, j'ai fait allusion à elle en face de ma mère. J'ai juste dit quelque chose comme « Quand Anna est morte… », sais-tu ce qu'elle a répondu ?

— Non.

— Elle m'a demandé qui était Anna. Elle avait complètement oublié le prénom de sa petite-fille.

— Ce n'est pas possible, murmura-t-il, choqué.

— Hélas, si. Sur le coup, j'ai cru que l'on venait de m'arracher le cœur.

Jake posa doucement ses lèvres sur les cheveux soyeux de Stacey.

— Tu es vraiment quelqu'un de merveilleux, tu sais, murmura-t-il.

— Parce que je ne suis pas comme ma mère ? ironisa-t-elle tristement.

— En partie…

Il se rappelait encore ce qui s'était passé lorsqu'ils avaient annoncé à leurs parents respectifs qu'elle était enceinte et qu'ils comptaient se marier. Les siens avaient sans doute éprouvé quelques doutes, mais ils n'en avaient rien laissé paraître. Ils leur avaient témoigné tout leur soutien et toute leur affection et les avaient chaleureusement félicités.

La mère de Stacey, par contre, avait réagi de façon radicalement différente.

— Comment as-tu pu me faire une chose pareille ? lui avait-elle demandé.

Pour Trisha Handley, le fait que sa fille de dix-huit ans soit enceinte était avant tout un affront personnel, une humiliation face à ses amis. De plus, le fait de devenir grand-mère à quarante-trois ans l'horrifiait. Elle leur avait d'ailleurs clairement fait comprendre qu'ils ne devraient pas compter sur elle pour garder Anna.

Puis elle leur avait annoncé que, de toute façon, Bob Handley et elle comptaient partir pour San Diego et qu'elle ne serait probablement pas là au moment de la naissance de leur fille.

Jake n'avait pas été surpris d'apprendre que Stacey ne comptait pas accompagner ses parents dans l'Ouest. Comme lui, elle était entrée en première année à l'université de Portland et elle y était restée lorsqu'il était parti, peu de temps après leur rupture.

Ses parents avaient alors vendu la maison qu'ils possédaient en ville et elle était entrée à l'internat. Elle avait également commencé à travailler à mi-temps, probablement pour s'assurer qu'elle serait complètement indépendante.

Cela prouvait s'il en était besoin le courage et l'intégrité qui la caractérisaient. Et, tandis qu'il la serrait contre lui, il sentit une immense tendresse l'envahir. Elle se mêla d'une profonde mélancolie lorsqu'il réalisa que tous deux auraient pu avoir cette conversation dix-sept ans plus tôt et parvenir ainsi à sauver leur couple.

Il pressa sa joue contre la sienne et elle se frotta doucement contre lui comme elle avait coutume de le faire autrefois. Son odeur l'emplissait tout entier, décuplant la nostalgie et le désir qui l'habitaient.

— Jake…, murmura-t-elle.

Il ne voulait pas l'embrasser. En venant ici ce soir-là, il n'avait jamais eu l'intention de le faire. Mais la douceur de sa peau et la chaleur qui émanait d'elle éveillaient en lui un brasier qui le consumait intérieurement et contre lequel il ne pouvait rien. Tout son être réagissait à son contact, se rappelant instinctivement d'autres étreintes plus passionnées.

Sans même qu'il s'en aperçoive, ses lèvres trouvèrent celles de Stacey. Elles étaient si douces et si chaudes qu'il se sentit vaciller un instant. Sa tendresse se mua alors en passion et son baiser changea brusquement de nature.

De chaste et timide, il se fit ardent, arrachant à la jeune femme un gémissement qui tenait autant de la protestation que du désir. Se déplaçant légèrement, il passa son autre bras autour de sa taille pour l'attirer contre lui.

Leurs langues se mêlèrent et il se rappela les nombreux

baisers qu'ils avaient échangés lorsqu'ils sortaient ensemble au lycée. Jamais il n'avait retrouvé un tel mélange de plaisir et d'excitation en embrassant d'autres femmes.

Il avait même fini par croire que ces sensations s'expliquaient plus par son manque d'expérience, à l'époque, que par le fait qu'il se soit agi de Stacey. Mais il découvrait à présent qu'il s'était trompé sur ce point comme sur beaucoup d'autres.

Dans ses bras, il retrouvait la même intensité, la même évidence qu'autrefois. Elle avait un goût de champagne et de chocolat et, curieusement, l'odeur de ses cheveux évoquait celle des fraises. C'était un cocktail irrésistible dont il ne pouvait se rassasier.

Ses mains glissèrent le long de son corps, retrouvant la courbe familière de ses hanches, la cambrure de son dos et la douceur soyeuse de ses cheveux blonds. Il y plongea les doigts et caressa son cou, ivre d'elle.

La bouche de Stacey s'arracha à la sienne pour se poser successivement sur son front, ses paupières closes, ses pommettes et ses joues avant de retrouver ses lèvres. On eût dit qu'elle voulait ainsi réapprendre les contours de son visage.

Tous deux étaient haletants, à présent. Et Jake ne pouvait plus cacher le désir qui s'était accumulé en lui. Il pointait fièrement contre les hanches de la jeune femme dont les seins s'étaient dressés sous le fin tissu de sa robe. Il brûlait de poser ses paumes sur sa poitrine, de la caresser de ses doigts et de sa langue jusqu'à ce qu'elle le supplie de lui faire l'amour ici, au beau milieu de ce salon…

Il voulait plonger en elle, pénétrer au plus profond de son

corps jusqu'à ce que tous deux ne fassent plus qu'un seul être, unis par le plaisir qu'ils se donneraient l'un à l'autre. Il voulait l'entendre crier son nom, comme elle le faisait autrefois lorsque l'extase la submergeait enfin…

Et s'il ne mettait pas fin à ce baiser, il serait bientôt incapable de contrôler cette envie.

Stacey dut le comprendre, elle aussi, car ce fut elle qui s'écarta enfin. Pantelante, elle le contempla avec un mélange de stupeur, de désir et de frustration qui faillit avoir raison de sa résistance.

— Tu as vraiment une très mauvaise influence sur moi, articula-t-elle enfin d'une voix rauque.

— Tant mieux, répliqua-t-il en la défiant du regard.

Il était bien décidé à exercer cette influence autant qu'il le pourrait. L'aperçu qu'il venait d'avoir du plaisir qu'ils avaient à partager était bien trop tentant pour lui laisser la moindre chance d'y résister.

— Ce serait de la folie, déclara-t-elle.

— Il faut parfois savoir céder à ses impulsions, répliqua-t-il.

— Pas ce soir, Jake. Et pas avec toi.

— Ne vois-tu pas combien nous en avons envie ? protesta-t-il. Ne te rappelles-tu pas combien c'était merveilleux ?

— Si, justement. Et c'est une raison de plus pour ne pas céder. Je ne comprends même pas comment j'ai pu te laisser me prendre dans tes bras et m'embrasser. Je n'aurais jamais dû te laisser faire…

— Stacey…

— Je ne sais même pas si je dois t'en vouloir, reprit-elle, en colère contre elle-même. Tu m'as expliqué ce que tu avais éprouvé, à l'époque. Pourtant, je sais que cela ne suffit pas. Si seulement je pouvais m'en souvenir… Mais je ne sais plus ce que je ressens, ni ce que je devrais ou voudrais ressentir…

— Est-ce important ?

— Oui. Depuis qu'Anna est morte, les choses sont devenues plus… compliquées. J'ai fini par comprendre que l'on ne pouvait pas toujours se laisser guider par ses envies ou par son instinct. J'ai fait des choix, des concessions. Je ne suis peut-être pas parvenue à régler toutes mes contradictions, à obtenir tout ce que j'attendais de l'existence. Mais je ne pense pas que c'est en faisant l'amour avec toi que j'y arriverai, bien au contraire…

Elle se redressa, paraissant recouvrer un semblant de contrôle sur elle-même.

— Faisons en sorte de ne pas commettre les mêmes erreurs qu'autrefois, Jake, lui dit-elle d'une voix qui n'était pas entièrement dépourvue de tendresse.

— Je suis désolé, murmura-t-il, vaincu par cette douceur qui lui faisait plus mal encore que des reproches ou des accusations. J'aurais dû te le dire, il y a des années. Je suis désolé de ce qui s'est passé à l'époque. Cela vient peut-être trop tard pour toi, mais je le pense réellement. Et je tenais à ce que tu le saches…

— Que regrettes-tu vraiment ? lui demanda-t-elle.

— De t'avoir laissé assumer la responsabilité de notre rupture. Ce n'est pas ce que je voulais, crois-moi, mais je vois bien que c'est ce qui s'est passé. Tu as eu l'impression que tout était ta faute alors qu'en réalité j'étais le principal responsable…

Stacey soupira.

— Il est étrange que deux personnes puissent vivre la même expérience et en tirer des conclusions aussi différentes... Je crois que, sur ce point, tu avais raison, Jake : cette discussion était nécessaire. Et elle m'a fait beaucoup de bien. Mais tu devrais retourner auprès de tes invités, à présent.

— Tu me jettes dehors ? demanda-t-il avec un demi-sourire.

— J'en serais incapable, avoua-t-elle. Mais je pense qu'il vaut mieux pour nous deux que tu t'en ailles.

Les yeux de Stacey brillaient à présent des larmes qu'elle se refusait à verser en sa présence.

— Où en sommes-nous, exactement, toi et moi ? lui demanda-t-il gravement.

Elle haussa les épaules.

— J'aimerais bien le savoir... Une chose est sûre : nous serons amenés à nous voir presque chaque semaine aussi longtemps que tu resteras à Portland. Je suppose que nous devrions décider d'une conduite à tenir... Qu'en penses-tu ? A couteaux tirés ? Froidement professionnels ? Faussement décontractés ?

L'humour dont elle avait décidé de faire preuve ne parvenait pas complètement à dissimuler l'angoisse qu'elle éprouvait en cet instant.

— Je ne sais pas si nous pourrons un jour être amis, soupira-t-il. Disons qu'en attendant nous pourrions opter pour une attitude amicale.

— Amicale ? répéta Stacey avec une pointe d'autodérision. Pas de problème ! C'est justement ma spécialité.

— Vraiment ?

— Vraiment. Je suis amicale avec mes parents, avec ma sœur, avec mon ex-mari… Je suis la reine des relations amicales. S'il y avait un livre à écrire sur la question, je serais sans doute la plus qualifiée pour le faire. Je peux être amicale en dormant ou les mains liées derrière le dos…

— Es-tu en train de me dire que ce n'est pas ce que tu attends de moi ?

— Pas du tout, soupira-t-elle. Disons qu'il m'arrive parfois de me demander si je ne devrais pas me contenter toute ma vie de ce genre de relations… Et « amical » est souvent synonyme de « superficiel », tu ne crois pas ?

- 4 -

— J'aimerais à présent vous présenter le Dr Jake Logan qui va vous exposer plus en détail les différents traitements que nous pouvons vous offrir, déclara Stacey. Il vous aidera à vous faire une opinion et à déterminer celui qui vous conviendra le mieux. Le Dr Logan est un expert reconnu en matière de fertilité, précisa-t-elle. Il a exercé aussi bien à Seattle qu'à Denver ou à Melbourne où a eu lieu l'une des toutes premières fécondations in vitro.

Elle adressa un petit signe de la tête à Jake qui se leva.

— Nous sommes fiers de le compter parmi les membres de notre équipe et je suis certaine que, si vous décidez de faire appel à nous, il saura trouver la solution la plus adaptée aux difficultés que vous rencontrez.

Stacey descendit de la tribune du haut de laquelle elle venait de présenter les activités de la clinique et de l'hôpital à la douzaine de couples qui avaient manifesté leur intérêt. Jake la remplaça derrière le pupitre. Tous les yeux étaient braqués sur lui et elle ne put s'empêcher de retenir son souffle.

Elle ne l'avait pas entendu s'exprimer en public depuis

l'exposé qu'il avait fait au concours général du lycée et savait que nombre de praticiens compétents avaient du mal à parler de leur métier à des profanes.

Or l'hôpital organisait régulièrement des soirées d'information comme celle-ci pour présenter ses activités. C'était Stacey qui était chargée d'organiser et de coordonner ces événements. Il s'agissait d'une responsabilité importante car la clinique avait de nombreux concurrents dans son domaine.

Elle était bien placée pour le savoir puisqu'elle avait fait appel à ses services lorsque John et elle voulaient un enfant. Et elle était bien décidée à faire en sorte que l'établissement conserve l'image très positive dont il jouissait aux yeux du grand public.

— Bonsoir à toutes et à tous, commença Jake. Avant toute chose, j'aimerais commencer par vous parler de l'une des patientes dont je me suis occupée en Australie. Elle m'a dit un jour qu'elle était si fertile que pour tomber enceinte il lui suffisait d'utiliser la brosse à dents de son mari…

Un éclat de rire salua cette anecdote et Stacey se détendit. Apparemment, elle n'avait pas à s'inquiéter. Jake paraissait tout à fait capable de mettre son auditoire de son côté. Au fond, cela ne la surprenait guère. Il avait passé sa vie à voyager et sa principale qualité était certainement la prodigieuse faculté d'adaptation qui le caractérisait.

— Je ne vous surprendrai donc pas en vous apprenant que je l'ai aidée à mettre au monde son sixième enfant, reprit-il. Pour vous tous, malheureusement, il se peut qu'une brosse à dents ne suffise pas. Je sais que c'est une source de déception et de découragement pour la plupart des couples qui se retrouvent dans cette situation. J'ai vu la souffrance que cela pouvait susciter chez certaines personnes. Et je tiens à vous rassurer d'entrée de jeu. Il est très rare que nous ne parvenions pas à un résultat. D'une façon ou d'une autre, nous réussirons à vous donner l'enfant que vous désirez. Cela étant dit, le chemin pour y parvenir sera peut-être long et difficile...

Tandis qu'il continuait à parler, Stacey l'observa attentivement. Elle était impressionnée par l'aisance avec laquelle il s'exprimait. Il savait se montrer à la fois plein d'humour, rassurant et compétent. Et il émanait de lui un charme indéniable.

Mais ce qui était peut-être le plus important, c'était l'honnêteté dont il faisait preuve. Il ne cherchait ni à minimiser les difficultés ni à se mettre en valeur. Il exposait aussi clairement et simplement que possible les différentes alternatives qui se présenteraient à ses patients, détaillant avec franchise et clarté leurs avantages et leurs inconvénients.

Il leur faisait aussi sentir qu'ils pourraient toujours compter sur lui, qu'il serait là pour les soutenir dans les moments les plus durs et qu'il ne baisserait jamais les bras. Et les couples qui l'écoutaient avec attention le croyaient, c'était évident.

En fait, seule Stacey ne pouvait se départir d'un soupçon d'incrédulité. Car comment un tel homme pouvait-il à la fois comprendre aussi bien l'angoisse de ces gens qui rêvaient de mettre au monde un bébé et fuir avec tant d'acharnement une telle responsabilité dans sa vie personnelle ?

Comment pouvait-il se montrer si passionné alors qu'il ne voulait pas d'enfant ?

Malgré elle, elle sentit ses yeux se remplir de larmes. Etait-ce la mort d'Anna qui avait éveillé en lui une telle méfiance ? Cela paraissait plus que probable. Et cette idée l'attristait profondément, autant pour Jake que pour leur fille défunte.

— Moi, tu ne m'as pas fait perdre espoir, lui dit-elle en pensée. Au contraire, tu m'as montré combien il était merveilleux d'avoir un bébé. Tu m'as prouvé que ce cadeau valait tous les risques qu'il fallait prendre pour pouvoir espérer l'obtenir. Tu m'as appris que tout l'amour du monde pouvait battre dans le cœur d'un enfant. Et je t'en serai à jamais reconnaissante…

Comme elle formulait cette prière silencieuse, elle sentit disparaître toute la colère qu'elle éprouvait encore à l'égard de Jake. Comment aurait-elle pu lui en vouloir alors qu'il avait perdu bien plus encore qu'elle ?

Elle se demanda si elle saurait lui communiquer ce qu'Anna lui avait enseigné. En tout cas, elle était bien décidée à essayer. D'une certaine façon, elle le devait à leur fille et à l'amour qu'ils avaient partagé autrefois.

En cet instant, elle comprit qu'elle ne pourrait se contenter de la relation amicale qu'ils avaient décidé de nouer. Ainsi qu'elle le lui avait dit lorsqu'il était venu la voir, elle était lasse de la tiédeur dont elle faisait preuve à l'égard des gens qui l'entouraient. Elle avait besoin de plus que cela.

Jake enclencha le diaporama qui devait lui permettre d'illustrer sa présentation. Celle-ci se déroulait sans accroc et Stacey était désormais convaincue qu'il avait su éveiller l'intérêt de ses auditeurs. A plusieurs reprises, ils l'interrompirent pour lui poser des questions.

Il répondait toujours avec tact et précision, calmant leurs craintes et leurs angoisses. Bientôt, ils commencèrent à se détendre et le dialogue se fit plus personnel. Les gens se livraient, ce qui prouvait qu'ils étaient à présent en confiance.

A un moment, il jeta brièvement un coup d'œil dans sa direction et lui sourit. Aussitôt, Stacey se remémora le baiser qu'ils avaient échangé, trois jours auparavant. Elle avait eu beaucoup de mal à trouver le sommeil, ce soir-là.

Pendant des heures, elle avait vainement essayé de mettre un peu d'ordre dans les émotions contradictoires que Jake lui inspirait. Et lorsqu'elle avait fini par s'endormir, ses rêves avaient pris une coloration terriblement érotique.

Le lendemain, elle s'était levée tard et n'avait pu se résoudre à suivre le programme qu'elle s'était fixé. Renonçant à rendre visite à son amie ou à faire le ménage, elle avait tourné en rond chez elle, ressassant la discussion qu'ils avaient eue la veille jusqu'à ce que vienne le moment d'aller chercher ses enfants à Olympia.

Au cours du trajet jusqu'à chez John, la perspective de revoir les jumeaux lui avait enfin permis de chasser Jake de ses pensées. En arrivant, elle avait eu l'impression que son ex-mari était quelque peu soulagé de voir partir leurs enfants qui ne lui avaient apparemment pas laissé un seul instant de répit.

Ils ne retourneraient chez lui que dans trois semaines, pour le dernier week-end du mois de janvier et, cette fois, ce serait Stacey qui les conduirait à Olympia le vendredi soir.

— Nous nous sommes bien amusés, lui avait dit John. Je

les ai emmenés au parc d'attractions, hier matin. En rentrant, ils étaient fatigués et ont fait la sieste. Mais les choses se sont compliquées au moment du dîner. Max ne veut rien manger d'autre que des macaronis, des pommes et du beurre de cacahuète… Il a carrément refusé de toucher aux petits pois et au poisson pané que je leur avais préparés.

— Comment t'en es-tu sorti ?

— Pas très bien, avait avoué John. J'ai insisté, il s'est entêté, a pleuré et a fini par taper des pieds pendant vingt minutes d'affilée. Du coup, il a été privé de dessert.

Stacey avait résisté à la tentation de croire qu'elle se serait mieux sortie d'une telle situation. Max était un garçon têtu, en ce qui concernait la nourriture. Ella, quant à elle, se montrait têtue pour tout le reste…

Cela dit, John était vraiment un excellent père. Il faisait de réels efforts pour se montrer à la hauteur de ses responsabilités. Il en avait toujours été ainsi, d'ailleurs. Lorsqu'ils s'étaient rencontrés, il avait été le premier homme qui était parvenu à l'arracher à la mélancolie qui l'habitait depuis la mort d'Anna.

Il avait su la faire sourire et la distraire. Elle s'était sentie revivre à ses côtés et, lorsqu'il l'avait emmenée en week-end au bord de la mer et l'avait demandée en mariage au sommet d'une falaise dominant le Pacifique, elle avait dit oui.

Il était plein d'attentions à son égard. Il veillait toujours à ce qu'elle ne manque de rien, à ce qu'elle ait tout ce dont elle pouvait rêver. Et lorsqu'elle lui avait dit qu'elle rêvait d'avoir des enfants, il s'était montré très enthousiaste.

C'était même lui qui avait pris contact avec la clinique pour effectuer des examens lorsqu'ils avaient compris qu'ils ne pouvaient pas avoir d'enfants. Les médecins lui avaient fait passer toute une série de tests sans parvenir à déterminer les causes de son apparente stérilité.

Elle avait proposé à John d'attendre encore un peu, de réessayer de concevoir de façon naturelle. Elle était convaincue que, s'ils se laissaient un peu de temps et s'accordaient quelques semaines de vacances, ils finiraient par y parvenir.

— C'est inutile, Stacey, avait protesté John. Si tu veux vraiment un enfant, pourquoi attendre et courir le risque d'être déçue ? Nous pouvons réaliser une fécondation in vitro et mettre toutes les chances de notre côté. Le plus important, c'est que tu sois heureuse, Stacey.

C'était exactement le genre d'attitude qui causerait l'échec de leur mariage. Car si John n'avait à cœur que ses intérêts, il n'hésitait pas parfois à faire pression sur elle et à lui forcer la main.

— ... le cas classique d'un couple qui veut tout, tout de suite..., expliquait Jake.

Elle réalisa qu'elle avait perdu depuis longtemps le fil de ses explications. Mais, curieusement, elles semblaient avoir rejoint ses propres réflexions. L'une des femmes de l'assistance leva la main pour demander la parole.

— Je ne sais pas si vous vous souvenez de nous, docteur Logan. Nous sommes Mike et Pattie McLeod, de Denver. Vous nous avez aidés à avoir un premier enfant là-bas.

Il la regarda attentivement et un sourire illumina son visage.

— Bien sûr ! s'exclama-t-il. Comment allez-vous, madame McLeod ?

— Appelez-moi Pattie, je vous en prie. Je vais très bien, merci.

— Votre fils est né avec six semaines d'avance, si mes souvenirs sont bons, remarqua Jake. Comment s'appelle-il, déjà ?

— Lucas. Il devait avoir un frère jumeau, mais je l'ai perdu au début de ma grossesse.

— Je m'en souviens, effectivement.

— Je voulais vous remercier encore pour tout ce que vous avez fait pour nous, docteur. Nous sommes venus nous installer à Portland, il y a six mois de cela. Lucas a deux ans, à présent, et il est en parfaite santé. Nous aimerions lui donner un petit frère ou une petite sœur et nous avons été ravis d'apprendre que vous veniez travailler ici. Si quelqu'un parmi vous hésite encore, sachez que le Dr Logan est un excellent médecin. N'est-ce pas, Mike ?

— Le meilleur, confirma son mari en souriant. Non seulement il est très compétent, mais il sait être là lorsque l'on a besoin de lui.

Quelques murmures approbateurs saluèrent cet hommage inattendu. Jake sourit, ravi de ces compliments, mais il ne s'attarda pas sur ces louanges.

— Les McLeod ont eut recours à un procédé nommé transfert intratubaire de gamètes, expliqua-t-il. Je vous en ai déjà parlé rapidement tout à l'heure. Mais si Mike et Pattie sont d'accord, ils pourront vous donner leur vision des choses au cours du cocktail qui suivra cette présentation. Le point de vue de quelqu'un qui a vécu ce traitement est parfois plus instructif que celui d'un médecin.

Mike McLeod se tourna vers son épouse, qui hocha la tête.

— Nous serons ravis de partager notre expérience, déclara-t-il.

Jake continua à répondre aux questions qu'on lui posait puis Stacey reprit la parole pour présenter l'infirmière qui leur indiqua les différentes étapes à suivre avant de pouvoir commencer un traitement.

Enfin, elle introduisit Marian Novak, la directrice de l'agence d'adoption associée à la clinique. Celle-ci leur présenta les programmes proposés avec la conviction et l'enthousiasme qui la caractérisaient.

Elle déclina les mérites de cette procédure et rappela qu'elle constituait un recours supplémentaire au cas où la médecine serait impuissante. La plupart des couples accueillirent très favorablement sa présentation, mais l'un d'eux manifesta ses doutes.

— Nous avons entendu dire qu'il y avait eu de graves problèmes, il y a quelques années. On a parlé d'échanges d'enfants, d'adoptions illégales et même de kidnapping. Je dois vous avouer que cela ne plaide guère en faveur de votre institution. Comment pouvez-vous nous garantir que de telles choses ne se reproduiront pas à l'avenir ?

Une vague de murmures étonnés suivit cette déclaration. Apparemment, la plupart des personnes présentes n'avaient pas eu vent de ces dysfonctionnements.

— C'est très simple, répondit Stacey. Les problèmes auxquels vous venez de faire allusion n'ont aucune raison de se reproduire parce qu'ils étaient le fait d'une vendetta personnelle particulièrement sordide. Les personnes responsables ont été appréhendées et condamnées. Nous avons eu à cœur de résoudre tous les cas litigieux. Aujourd'hui, je peux vous assurer que nous faisons preuve d'une vigilance sans faille pour que cela n'arrive plus jamais.

— Seriez-vous prête à vous y engager par écrit ? demanda l'homme qui avait soulevé la question.

— C'est déjà fait, répondit Stacey en souriant. Vous trouverez ces engagements dans notre brochure ainsi que dans tous les contrats que vous pourriez être amenés à signer avec l'agence.

Passablement inquiète, elle se prépara à de nouvelles critiques de ce genre. Malheureusement, elle ne pouvait pas répondre grand-chose à ce genre de remarques. Les erreurs dont parlait cet homme étaient bien réelles et le fait qu'elles aient eu des motifs crapuleux ne les rendait pas moins préoccupantes pour un couple envisageant l'adoption.

Stacey avait travaillé très dur pour faire oublier ces dérives et restaurer l'image de l'agence. Mais elle savait qu'une simple mise en cause pouvait influencer l'assistance et remettre en question les excellentes présentations de Jake, Justine et Marian.

— Bien, fit l'homme. Nous y réfléchirons. Mais sachez que nous serons extrêmement vigilants et qu'au moindre signe inquiétant nous n'hésiterons pas à aller voir ailleurs.

— Vous avez parfaitement raison, intervint Jake. Lorsque l'on m'a proposé de rejoindre cette clinique, je me suis renseigné et j'ai appris les incidents regrettables auxquels vous venez de faire allusion. Je ne vous cache pas que, tout comme vous, cela m'a inspiré une certaine méfiance…

Stacey le regarda avec une pointe d'inquiétude, se demandant où il voulait en en venir.

— J'ai donc demandé à discuter avec les principaux responsables de cet établissement, reprit-il. Et j'ai été rassuré de découvrir que tous étaient des professionnels sérieux et motivés qui avaient à cœur de faire leur travail le mieux possible. Dans notre domaine, la confiance est un élément primordial. Aucune clinique n'est entièrement à l'abri d'une erreur et moins encore d'un acte de malveillance. C'est pour cette raison que la relation personnelle que vous nouerez avec votre médecin ou l'assistante sociale qui s'occupera de votre procédure d'adoption est fondamentale. N'hésitez jamais à venir nous rencontrer, à nous poser des questions et à nous exposer vos doutes. Il s'agit de votre avenir et de celui de vos enfants et il est parfaitement naturel que vous soyez inquiets. Je vous promets que nous ferons tout ce qui est en notre pouvoir pour vous informer et pour accompagner votre démarche.

Une salve d'applaudissements salua cette réponse et Stacey sentit un mélange de soulagement et d'admiration l'envahir. Une fois de plus, Jake venait de prouver qu'il savait trouver les mots justes pour rassurer ses patients. Stacey en éprouva une fierté inexplicable, comme du temps où ils sortaient encore ensemble.

Elle reprit la parole une dernière fois pour remercier les intervenants et indiquer à l'assistance qu'un buffet les attendait dans la pièce voisine. Plusieurs couples se dirigèrent aussitôt vers Jake et elle se dépêcha de le rejoindre avant qu'ils ne commencent à le bombarder de questions.

— Je vais aller te chercher quelque chose à boire et à

manger, lui proposa-t-elle. Ta présentation était fantastique et je suis certaine que tu vas être très sollicité.

— Merci, Stace, répondit-il, visiblement touché par cette attention. Je ne refuserais pas un café et quelques petits gâteaux.

— Du lait et pas de sucre, n'est-ce pas ?

— Je suis surpris que tu t'en souviennes. Mais n'oublie pas Marian et Justine. Je suis sûre qu'elles auront droit à leur lot de questions, elles aussi.

— Oui. Mais je sais déjà ce qu'elles prendront.

— Tu organises souvent ce genre de soirées ?

— Régulièrement. Je trouve que c'est la meilleure façon de sensibiliser les gens à ces problèmes. Généralement, ils sont nerveux et démoralisés lorsqu'ils arrivent. Puis ils découvrent toutes les options qui s'offrent à eux et commencent à reprendre espoir. Je trouve toujours cela très beau…

— Moi aussi. Et je suis content que Marian soit là. Contrairement à ce que pensent la plupart de mes confrères, la voie thérapeutique n'est pas toujours la meilleure solution.

— Elle aussi travaille depuis peu pour la fondation. Et c'est quelqu'un de vraiment extraordinaire.

Jake hésita un instant avant de lui poser la question qui le préoccupait.

— Dis-moi, fit-il enfin, qui s'occupe de tes enfants, lorsque tu assistes à ce genre de soirées ?

— Je fais appel à une baby-sitter. Mais, généralement, Max et Ella sont déjà couchés lorsqu'elle arrive et elle se contente de travailler dans la pièce d'à côté. Ne t'en fais pas pour moi, Jake. Prends tout le temps qu'il faudra pour répondre aux questions qui te seront posées. En attendant, je vais te chercher à manger…

Stacey s'éloigna sans lui laisser le temps d'ajouter quoi que ce soit. Jake avisa alors trois couples qui se tenaient un peu en retrait, attendant qu'il soit disponible pour répondre à leurs questions. Il se dirigea vers eux en s'efforçant de chasser la jeune femme de son esprit pour se concentrer sur leurs légitimes préoccupations.

Mais cela n'avait rien d'évident. Pendant toute la soirée, il n'avait pu s'empêcher de l'observer à la dérobée. Il avait remarqué l'enthousiasme communicatif dont elle faisait preuve chaque fois qu'elle prenait la parole, la façon dont elle avait soigneusement plié son pull et la veste de son tailleur avant de les poser sur le siège qui se trouvait à côté du sien, la grâce inconsciente avec laquelle elle rabattait derrière son oreille une mèche de cheveux qui retombait obstinément sur sa joue…

Tous ces détails anodins le fascinaient d'autant plus qu'ils éveillaient en lui les souvenirs d'une époque qu'il avait crue à jamais révolue. Il retrouvait la femme qu'il avait aimée, avec laquelle il avait partagé tant de moments merveilleux et qui avait continué à hanter sa mémoire longtemps après leur séparation…

Une semaine auparavant, il était convaincu de ne jamais la revoir. Pourtant, il avait suffi de quelques jours pour qu'elle accapare ses pensées. Il savait déjà qu'il ne pourrait se contenter très longtemps des relations cordiales mais légèrement distantes auxquelles ils se limitaient pour le moment.

Stacey était probablement la personne qui avait le plus compté dans sa vie après ses parents. Avec elle, il avait découvert l'amour, l'espoir, le chagrin, la déception et l'amertume. Et il lui paraissait absurde de faire comme si tous ces moments essentiels de son existence n'avaient pas existé, comme s'ils étaient de simples collègues de travail.

Ecartant ces pensées, il s'efforça de répondre de son mieux aux interrogations des couples qui venaient successivement l'aborder. Quelques minutes plus tard, Stacey revint le trouver avec l'en-cas qu'elle lui avait promis.

Elle profita du fait que la majorité des gens se trouvait près du buffet pour lui glisser quelques mots.

— J'ai vraiment admiré ta prestation de ce soir, tu sais, lui dit-elle.

— C'est réciproque.

— J'ai surtout aimé la façon dont tu avais répondu à la question concernant le programme d'adoption. C'est un problème qui est soulevé régulièrement au cours de ces réunions, mais rarement de façon aussi frontale et agressive.

— Je n'ai fait que dire la vérité, répondit Jake en haussant les épaules. Toutes les cliniques que j'ai fréquentées ont connu ce genre de difficultés à un moment ou à un autre. Le plus important, c'est de savoir tourner la page et d'en profiter pour parfaire les procédures mises en place…

— Malheureusement, cela ne suffit pas toujours, soupira Stacey. Il suffit parfois d'un article de journal pour semer le doute dans l'esprit des gens et leur faire oublier tout le travail accompli...

— Docteur Logan ?

— Un instant, je vous prie, répondit Jake avec un sourire désarmant. Stacey, je pense que la réunion se terminera assez tôt. Tu m'as dit que tu avais une baby-sitter et je me demandais si nous ne pourrions pas en profiter pour aller manger un morceau tous les deux.

— Tu as encore faim ? demanda-t-elle.

— Pas vraiment. Ce serait plus pour le plaisir de ta compagnie.

Stacey parut hésiter un instant et il prépara ses arguments : pas de discussion au sujet de leur passé, pas de flirt, juste un dîner entre amis... Mais avant même qu'il ait pu ouvrir la bouche, elle hocha la tête.

— D'accord, fit-elle. Je serais ravie de me changer un peu les idées. Je vais appeler la baby-sitter pour lui dire que je rentrerai un peu plus tard que prévu.

Ils prirent la voiture de Jake pour se rendre dans un restaurant réputé qui se dressait au bord de la rivière Willamette, non loin de la marina. La nuit était douce pour un mois de janvier et l'air s'était chargé d'une brume qui donnait à l'endroit un aspect magique.

Elle transformait le halo des lampadaires en feux follets et conférait d'étranges échos aux cliquetis des mâts des bateaux.

— Que dirais-tu de marcher un peu avant d'aller dîner ? suggéra Jake lorsqu'ils descendirent de la voiture. Cela nous ouvrira l'appétit et me réveillera un peu. J'ai été appelé pour une urgence à 4 heures, ce matin…

— Tu aurais dû me le dire ! s'exclama Stacey. Tu dois être épuisé.

— Ne t'en fais pas, j'ai l'habitude, la rassura-t-il.

— Franchement, je ne sais pas comment font les médecins pour résister à ces emplois du temps chaotiques. J'avais déjà bien du mal à tenir le coup quand je devais me réveiller toutes les nuits pour nourrir Max et Ella ! D'autant qu'ils prenaient un malin plaisir à réclamer le sein à des heures différentes…

Tout en parlant, ils s'étaient mis en marche. Jaka avait pris le bras de la jeune femme et elle se serra contre lui, heureuse de se trouver seule avec lui. Elle se réjouissait d'avoir accepté son invitation. Cela lui paraissait constituer un premier pas vers le but qu'elle s'était fixé ce soir-là.

D'une façon ou d'une autre, elle parviendrait à réconcilier Jake avec lui-même et avec l'idée qu'il se faisait de la paternité.

— Ça y est, déclara-t-il au bout d'un moment. Je commence lentement à émerger. Au moins, je devrais avoir droit à une bonne nuit de sommeil, ce soir. Ce n'est pas moi qui suis de garde et ma première intervention est prévue à 9 heures demain matin.

— Comment se fait-il que les bébés veulent toujours naître à l'aube ? Les jumeaux sont venus au monde à 4 h 20 et je suis sûre que le médecin m'a maudite.

— Qui était-ce ? demanda Jake, curieux.

— Damian Cheeley. John et lui étaient amis à l'université. C'était quelqu'un de très compétent, quoique un peu froid...

— Le nom ne me dit rien.

— Il a déménagé, il y a quelques mois. Pour la Californie, je crois.

Ils poursuivirent leur marche jusqu'à la marina et s'arrêtèrent quelques instants pour observer les bateaux qui tanguaient doucement sous l'effet du courant. Puis ils firent demi-tour et regagnèrent le restaurant.

A l'intérieur flottait une délicieuse odeur de poisson grillé qui leur mit l'eau à la bouche. Sachant qu'ils devaient dîner ensemble, tous deux s'étaient contentés de grignoter après la conférence et l'air frais de la nuit avait encore aiguisé leur appétit.

La serveuse qui les accueillit les conduisit jusqu'à une table située près d'une fenêtre donnant sur la rivière. Après maints débats, ils commandèrent deux bières et un assortiment d'entrées à base de fruits de mer.

— Parle-moi un peu de tes enfants, suggéra Jake.

Un large sourire naquit sur les lèvres de la jeune femme et ses yeux s'illuminèrent. Puis elle parut se rendre compte de sa propre réaction et se fit plus sobre sans qu'il comprenne vraiment pourquoi.

— Ils sont extraordinaires, lui dit-elle. Et très différents l'un de l'autre.

Elle paraissait choisir ses mots avec soin, comme s'il s'agissait d'un sujet délicat, ce qui ne fit qu'accroître l'étonnement de Jake.

— De quelle façon ? insista-t-il.

Cette fois, le sourire de Stacey se teinta d'une pointe de sarcasme.

— Jake, je préfère te prévenir. Tu risques fort de t'endormir ou de mourir d'ennui si tu me laisses m'emballer au sujet de mes enfants. Je crois que nous ferions mieux de choisir un sujet de conversation plus passionnant. Parle-moi de ton séjour en Australie, par exemple.

— J'avais des kangourous dans mon jardin et quand je voulais me rendre quelque part je sautais dans une de leurs poches et je leur demandais de m'emmener. Sérieusement, Stace, j'espère que tu ne me considères pas comme un de ces types allergiques aux enfants…

Elle ne répondit pas.

— Si cela peut te rassurer, je ne demande pas un autre siège dans un avion quand je me trouve à côté d'un bébé, je ne coupe pas les ponts avec mes amis quand ils en ont un et je ne considère pas les enfants comme une forme de nuisance nécessaire ! Je te rappelle que je suis obstétricien : mon travail, c'est de les mettre au monde et j'adore ce métier…

Il s'interrompit avant de mentionner Anna. Il ne tenait pas à aborder ce sujet douloureux, ce soir-là. Ce qu'il voulait, c'était tisser de nouveaux liens avec Stacey, pas réveiller de vieilles douleurs.

Elle le regarda longuement et il comprit qu'elle pensait à la même chose que lui. Ses yeux bleus avaient pris une teinte si sombre qu'ils paraissaient presque noirs dans la pénombre du restaurant. Il réalisa alors que s'ils ne parvenaient pas à passer ce cap, ils se retrouveraient bientôt dans une position intenable et seraient de plus en plus mal à l'aise en présence l'un de l'autre.

Or il tenait au moins à gagner son amitié et n'était pas prêt à se contenter de moins que cela.

— Je sais que la mort d'Anna a changé ta façon de voir les enfants, murmura-t-elle enfin. Et je trouve cela très triste. Je ne veux pas que sa mémoire te rende méfiant et amer. Elle mérite mieux que cela, Jake. C'est elle qui m'a montré la joie que l'on pouvait éprouver en devenant mère. Et le fait que cela n'ait duré que quelques secondes n'y change rien.

— Je suis désolé, Stacey, mais je ne vois pas les choses de la même façon. Mais ce n'est pas d'elle que nous étions en train de parler, mais de toi et de tes propres enfants. N'essaie pas de changer de sujet.

— Si tu veux, soupira-t-elle.

Elle parut comprendre qu'elle avait touché un point sensible et se mit à parler avec volubilité pour lui faire oublier ce qu'elle venait de dire.

— Max est plus timide que sa sœur. Il a plus besoin de moi... Je crois qu'il a un don pour la musique. Il passe son temps à chanter et adore écouter la radio. Je lui ai offert un xylophone et il passe des heures à en jouer, ce qui finit parfois par me rendre folle.

Jake sourit. Tandis qu'elle parlait, il commença à se détendre.

— Ella est plus sûre d'elle et plus extravertie. Mais elle ne manque pas non plus de créativité... A deux ans et demi, elle a déjà un vrai talent pour le dessin et la poterie. Et elle fait preuve d'une étonnante coordination motrice...

Ils continuèrent à parler des jumeaux pendant quelques minutes puis Jake l'interrogea au sujet de ses relations avec John. Il apprit notamment que Stacey lui avait racheté sa part de leur maison de Portland. Elle évoqua aussi ses rapports difficiles avec sa sœur Giselle.

— Chaque fois que je discute avec elle, elle me raconte combien sa vie est parfaite. Elle me parle des cadeaux que ma mère ne cesse de lui offrir. Elle me répète combien mes parents adorent Stirling, son mari…

Stacey s'interrompit et fronça les sourcils.

— Je ne devrais pas parler d'elle, reprit-elle. Chaque fois, je me donne l'impression d'être amère et aigrie.

— Il y a peut-être de quoi, remarqua Jake. Tes parents n'ont jamais caché à qui allait leur préférence.

— Tu n'es pas objectif, remarqua Stacey en souriant. Tu imagines toujours que je suis une sainte.

— Une sainte, peut-être pas. Mais tu es quelqu'un de bien, Stace.

— Quelqu'un de bien et de routinier ? ironisa-t-elle. Voilà qui est excitant !

— Je me suis déjà excusé pour cette remarque malheureuse, lui rappela-t-il.

— Je sais. Mais, crois-moi, ce n'est pas ce qui m'empêchera de te la reprocher ! Mais parle-moi plutôt de toi et des kangourous. Et s'ils ne sont pas aussi mignons en vrai que sur les photos, je t'autorise à mentir, Logan.

— Ils sont vraiment mignons, Handley, confirma-t-il en posant doucement sa main sur celle de la jeune femme. Et nous aussi, je trouve, ajouta-t-il.

— C'est vrai, répondit-elle en le regardant droit dans les yeux.

Elle lui abandonna sa main tandis qu'ils continuaient à manger. Au bout d'un moment, ce fut Jake qui rompit le silence.

— Tu n'es pas surprise par la façon...

Il hésita, cherchant ses mots.

— Par tout ce qui passe encore entre nous, reformula-t-il enfin.

Elle hocha la tête et finit par détourner les yeux, incapable de soutenir son regard.

— Je ne vais pas tarder à devoir rentrer, tu sais, remarqua-t-elle à regret. Ma baby-sitter est en première année à l'université et elle a cours demain.

Jake acquiesça et jeta un coup d'œil à sa montre. Il était déjà 11 h 30. Normalement, il aurait dû tomber de sommeil après la journée épuisante qu'il venait de passer. Mais la présence de Stacey avait le don de le ressourcer en profondeur.

Il était rare de rencontrer quelqu'un comme elle, doté à la fois d'une grande sensibilité et d'une intelligence aiguë. Leurs conversations étaient toujours stimulantes. De plus, lorsqu'il se trouvait en sa compagnie, il avait l'impression d'être plus jeune de dix-sept ans.

Il fut brusquement tenté de l'embrasser. Mais s'il le faisait dans ce restaurant, leur baiser ne durerait que quelques secondes. S'il attendait le moment où il la déposerait devant sa voiture, sur le parking de l'hôpital, elle risquait d'être distraite par la perspective de rentrer voir ses enfants.

Il décida donc d'opter pour un compromis et de tenter sa chance lorsqu'ils sortiraient du restaurant.

Jake l'avait prise complètement par surprise.

Elle ne s'était pas du tout attendue à ce qu'il essaie de l'embrasser ce soir-là. Jusqu'à présent, ils s'étaient cantonnés à une discussion amicale, évitant toute allusion à leurs relations passées.

Mais Jake avait habilement choisi le lieu et le moment de passer à l'acte. Comme elle observait la lumière fantomatique des lampadaires, il la prit dans ses bras. Surprise, elle baissa les yeux vers lui et il en profita pour poser ses lèvres sur les siennes.

Elle n'avait pas eu le temps de s'y préparer et l'intensité de sa propre réaction la stupéfia. Un frisson irrépressible la parcourut tandis qu'elle s'abandonnait à ce baiser, incapable de résister à la douceur de sa bouche et à la délicatesse de son étreinte.

Le plus étrange, sans doute, c'était que ce moment lui paraissait parfaitement naturel. Il y avait quelque chose de magique dans cette évidence, comme si le monde entier paraissait brusquement prendre tout son sens.

Elle répondit sans hésiter à son baiser, s'abandonnant sans remords à lui. Il y avait dans cette réponse une promesse qu'elle n'aurait encore osé formuler à voix haute. Car elle était à présent convaincue qu'ils venaient de franchir une étape déterminante, qu'ils avaient désormais une chance de construire quelque chose de nouveau.

Elle se pressa un peu plus contre lui et plaqua ses mains

contre son dos pour le serrer contre elle. Les mains de Jake glissèrent jusqu'à ses hanches qu'il étreignit de façon délicieusement possessive.

— Stacey, murmura-t-il d'une voix très rauque.

— Ne t'arrête pas, répondit-elle.

Elle l'embrassa avec une ardeur renouvelée, faisant onduler doucement son bassin contre lui, heureuse de sentir le désir impérieux qu'il avait d'elle. Une onde de chaleur naquit au creux de son ventre et se répandit en elle, transformant son sang en lave et faisant battre son cœur à toute vitesse.

En cet instant, elle se serait donnée à lui sans hésiter un seul instant. Plus que jamais, elle sentait combien ils étaient faits l'un pour l'autre.

— Est-ce que tu sais ce que tu es en train de me faire ? articula Jake.

— Oh, oui…

— Alors continue.

Elle ne se fit pas prier, redoublant de sensualité jusqu'à ce que le désir les submerge tous deux complètement et que leurs mains s'égarent sur leurs corps, éveillant un plaisir presque insoutenable.

Mais la porte du restaurant s'ouvrit alors et ils durent se résigner à s'arracher l'un à l'autre. Pantelants, les yeux brillants de l'envie qui les habitait, ils se contemplèrent en silence pendant ce qui leur parut une éternité.

— Je veux te voir, déclara enfin Jake. C'est possible, ce week-end ?

Pour détendre l'atmosphère qui paraissait crépiter d'électricité statique, Stacey feignit d'hésiter.

— Je ne sais pas, fit-elle. Crois-tu que tout cela réponde toujours à la définition de « relations amicales » ?

— J'imagine que non, concéda-t-il.

Elle sourit.

— Mais tu n'as pas répondu à ma question, ajouta Jake.

— Ce week-end…, répéta-t-elle en s'efforçant vainement de recouvrer le contrôle de ses sens en déroute.

— Je ne suis pas de garde, précisa-t-il.

Apparemment, il ne parvenait pas à détacher son regard de sa bouche et elle avait l'impression que ses yeux caressaient ses lèvres, prolongeant les délices du baiser qu'ils venaient d'échanger.

— D'accord, acquiesça-t-elle enfin.

— Tu n'as qu'à venir déjeuner à la maison. Tu connais déjà l'adresse. Ensuite, nous prendrons les choses comme elles viennent, d'accord ?

Elle hocha la tête, se demandant avec un mélange d'impatience et d'angoisse où tout cela pourrait bien les mener. Cependant, elle s'abstint de lui poser la question. Elle savait que le lien qui existait entre eux était encore ténu et fragile.

S'il lui disait ce qu'il avait précisément à l'esprit, elle ne pourrait plus faire semblant d'ignorer ce qui allait se passer. Elle devrait prendre une décision. Et, pour le moment, elle s'en sentait parfaitement incapable.

Il y avait trop de paramètres à prendre en compte, trop d'incertitudes concernant leur avenir comme leur passé, et probablement bien plus d'enjeux pour elle qu'elle ne voulait bien l'admettre.

Pour le moment, il lui paraissait plus rassurant de se laisser guider par son instinct.

— D'accord, fit-elle d'une voix mal assurée.

— Disons 11 heures, si cela te convient.

— C'est parfait.

Les jumeaux se réveillaient généralement très tôt et elle aurait le temps de s'occuper d'eux avant de se préparer. Ensuite, elle pourrait les confier à Melody ou à son amie Valbona.

Après tout, il lui restait quatre jours pour s'organiser, ce qui était amplement suffisant. Mais la perspective de devoir attendre le samedi suivant pour revoir Jake lui paraissait déprimante.

Et elle savait déjà que ces quatre jours lui sembleraient une éternité.

- 5 -

— Jake ?

— Stacey ? Ne me dis pas que tu es perdue.

Il était déjà 11 heures et il l'attendait avec impatience. Du fond du cœur, il pria pour que ce coup de téléphone ne signifie pas qu'elle avait changé d'avis ou qu'elle avait un empêchement de dernière minute.

Il avait préparé ce déjeuner très soigneusement, réfléchissant longuement à ce qui pouvait plaire à des enfants de l'âge des jumeaux. Finalement, il avait opté pour des pépites de poulet et des frites, des petites portions de fromage crémeux, des brownies au chocolat et du jus de myrtille et de pomme.

Il s'était même rendu au magasin de jouets le plus proche pour acheter de quoi les occuper. Après maintes hésitations, il avait opté pour une grosse boîte qui contenait des cubes en plastique qui permettaient de réaliser diverses constructions, un tapis d'éveil et plusieurs personnages articulés.

Il avait aussi emprunté quelques jouets à l'un de ses confrères qui travaillait en pédiatrie.

— Ce n'est pas le problème, répondit Stacey d'un ton

morne. Mais je crois que je vais devoir annuler. Ma baby-sitter vient tout juste de m'appeler pour me dire qu'elle s'était foulé la cheville. Je ne sais pas si c'est vrai. D'habitude, je peux lui faire confiance, mais je l'étranglerai volontiers si j'apprends qu'elle a menti. J'avais tellement envie de venir, Jake, et maintenant…

Elle paraissait être partagée entre le désespoir et la colère. Et Jake se trouvait précisément dans le même état d'esprit.

— Tu étais censée amener les jumeaux, Stace, lui dit-il.

— Vraiment ? s'exclama-t-elle, apparemment stupéfaite.

— Je croyais que nous avions réglé la question, soupira-t-il. Je t'ai dit que je n'avais rien contre les enfants. Et je sais combien tu es attachée à eux. Je n'ai pas imaginé un seul instant que tu viendrais sans eux ! J'ai tout ce qu'il faut pour les recevoir. Même des cubes en plastique et du jus de fruit.

Elle renifla pour ravaler ses larmes et sa voix trahit le sourire qui venait de se dessiner sur ses lèvres.

— Ils ne mangent pas de cubes en plastique, répondit-elle. C'est bien trop épicé pour eux. Surtout les rouges…

Jake se refusait à sourire. Il était furieux qu'elle ait pu imaginer qu'il ne voulait pas avoir affaire à ses enfants.

— Tu n'étais pas obligé, remarqua-t-elle enfin, percevant sa colère.

— Vraiment ? ironisa-t-il. Heureusement que tu le précises, Stace. Moi qui croyais qu'il y avait une loi qui m'y forçait, me voilà soulagé…

— Pourquoi te fâches-tu ? protesta-t-elle.

— Parce que je pensais avoir été clair mais que cela n'a apparemment pas suffi à te faire oublier tes préjugés à mon égard.

— Tu te trompes, répondit-elle. Mais je préfère en discuter autour d'un bon déjeuner plutôt que par téléphone. Je suis heureuse que tu aies pensé aux jumeaux. Je vais les préparer et j'arriverai un peu plus tard que prévu. Mais tu peux compter sur nous.

Quarante minutes plus tard, lorsque la voiture de Stacey se gara devant chez lui, Jake était toujours en colère contre elle. Il sortit pour se porter à sa rencontre et elle lui décocha un sourire qui faillit avoir raison de sa mauvaise humeur. Puis elle fit sortir les jumeaux avant de sortir du coffre un paquet de couches, un parc pliable et un plat recouvert de papier aluminium.

Elle portait un jean, un pull-over de la couleur de ses yeux, un blouson d'aviateur en cuir et une paire de bottes montantes qui suffirent à éveiller en lui quelques images d'un érotisme insoutenable.

— Est-ce que tu es toujours furieux contre moi ? lui demanda-t-elle avec une moue irrésistible.

Il jeta un coup d'œil à Max et Ella qui s'étaient déjà éloignés pour explorer le jardin. Ils paraissaient notamment captivés par les feuilles mortes qui constellaient la pelouse.

— Je ne sais pas, répondit-il en se tournant de nouveau vers elle.

— Apparemment, oui, soupira-t-elle. Jake, tu m'as invitée à déjeuner, mais tu n'as pas précisé que j'étais censée amener les enfants. Tu es célibataire et ta maison est remplie de choses fragiles. Il ne me semble donc pas insultant d'avoir imaginé que tu puisses vouloir me voir seule…

— Si tel avait été le cas, je t'aurais invitée dans un bon restaurant.

— Très bien. Je m'en souviendrai.

— Puis-je savoir pourquoi, toi, tu es en colère ?

— Parce que je ne considère pas que tu aies le droit de l'être.

— Eh bien, moi si. J'ai l'impression que tu m'as rangé dans une case hermétiquement séparée de ta vie de famille. Je t'ai pourtant dit que ce n'était pas ce que je voulais…

Elle le contempla attentivement avant de répondre.

— Tu tiens vraiment à partager cette partie de mon existence ?

— Oui.

— Logan, je crois que tu ne t'imagines pas ce qui t'attend ! déclara-t-elle en riant.

Cette fois, sa gaieté était bien trop communicative pour qu'il puisse continuer à bouder.

— Oh ! s'exclama Ella en tendant la main vers la balançoire qu'avaient installée les anciens locataires de la maison.

Elle se précipita dans cette direction et Max lui emboîta le pas. Jake était très impressionné par la vitesse à laquelle ils se déplaçaient. Il s'empara du parc pliable et du paquet de couches et fit mine de se diriger vers la maison. Mais Stacey lui tendit le plat qu'elle avait apporté et courut après les jumeaux.

Surpris, Jake la suivit des yeux et ne tarda pas à comprendre les raisons de cette précipitation. Elle venait juste d'atteindre la balançoire et elle se jeta dessus, les bras en avant, comme un plongeur au départ d'une course de natation.

Malheureusement, elle avait mal évalué la distance et perdit l'équilibre avant de basculer de l'autre côté, la tête la première. Un instant plus tard, des hurlements retentirent dans le jardin.

Stacey ramassa la petite fille et la berça doucement dans ses bras tout en interceptant de sa main libre la balançoire qui s'apprêtait à heurter le front de Max de plein fouet.

Jake réalisa que la jeune femme avait peut-être raison : il n'avait pas imaginé ce qui l'attendait.

Il était très impressionné cependant par la réactivité dont Stacey avait fait preuve. En quelques instants, elle avait anticipé le danger que couraient ses enfants et y avait fait face presque instantanément.

Jake alla déposer ce qu'il portait à l'intérieur de la maison avant de ressortir par la porte de la cuisine. Les cris d'Ella avaient cessé. Comme si de rien n'était, la fillette s'était juchée sur l'une des balançoires tandis que Stacey poussait doucement Max qui avait pris place sur la plus haute.

— Elle va bien ? demanda Jake.

— Oui. En général, c'est plutôt bon signe quand ils se mettent à crier à pleins poumons.

— Vraiment ? demanda-t-il, surpris.

— S'ils ont vraiment mal, ils pleurent doucement ou ne disent rien. Ella n'a pas son pareil pour pousser des hurlements. Elle devrait doubler des films d'horreur. En général, trente secondes plus tard, elle a déjà oublié ce qui lui est arrivé...

— Tant mieux. J'avoue que j'ai eu un peu peur, sur le coup. C'était une chute impressionnante.

— Tu n'as encore rien vu. A cet âge, ce sont de véritables cascadeurs ! Tu peux la pousser, si tu veux. Mais je te préviens, tu risques de t'ennuyer rapidement…

— Stacey ! protesta-t-il vivement.

— Je te préviens, c'est tout, répondit-elle en haussant les épaules.

Il aurait sans doute mieux fait de changer de sujet, mais il était bien décidé à en apprendre plus sur les rapports de la jeune femme à la maternité.

Au restaurant, elle lui avait dit qu'il ne devait pas laisser le souvenir d'Anna l'empêcher d'avoir des enfants. Cela, il pouvait le comprendre. Ce qui lui échappait, par contre, c'était la façon dont elle avait pu tirer de cette triste expérience une envie décuplée d'être mère.

— Je croyais que le temps que l'on passait avec des enfants était une source incomparable d'enrichissement ? remarqua-t-il.

— Je suppose que tu as entendu ça dans la bouche de l'une de ces actrices d'Hollywood qui disposent d'une armée de nounous pour s'occuper de leurs bambins ?

— Bien sûr ! railla-t-il. C'est ma source exclusive d'informations sur le sujet !

— Tu veux vraiment savoir ce que j'en pense ?

— Dans le cas contraire, je ne t'aurais pas posé la question, répondit Jake en haussant les épaules.

— C'est enrichissant, expliqua-t-elle. Et cela fait un bien fou. Regarde-nous : nous respirons de l'air pur, nous faisons de l'exercice physique en les poussant, ils sont heureux et j'ai l'impression d'être une bonne mère. Que demander de plus ? Seulement, ce n'est pas aussi simple. Parfois, on n'a pas l'énergie qu'il faudrait pour faire face à leur incessant besoin d'attention. Ou on voudrait pouvoir faire autre chose et s'occuper un peu de soi. Mais c'est impossible. Des enfants de cet âge doivent être surveillés et occupés à chaque instant. Alors, on se retrouve à les pousser sur une balançoire pendant vingt minutes. Dix d'entre elles constituent une joie et un enrichissement, les dix suivantes sont mortellement ennuyeuses...

— Tu pourrais te contenter de dix minutes et leur proposer autre chose ensuite, objecta Jake.

— Cela ne changerait rien, lui assura-t-elle. Il y a douze heures par jour à remplir. Contrairement aux adultes, les enfants ne restent jamais inactifs. Ils ne réfléchissent pas pendant des heures, ne lisent pas et ne peuvent pas tenir en place plus de cinq minutes d'affilée. Il faut aussi veiller continuellement à ce qu'ils ne courent aucun risque, à ce qu'ils ne salissent rien, à ce qu'ils ne tombent pas sur quelque chose de dangereux comme une prise d'électricité ou un briquet, par exemple...

— Tu exagères ! s'exclama Jake en riant.

— Pas du tout. Tu voulais une réponse honnête, n'est-ce pas ?

— De ta part, toujours, répondit-il en la regardant droit dans les yeux.

Le courant qui passait entre eux était presque palpable. Il s'agissait d'une compréhension si profonde, si immédiate, qu'elle avait presque quelque chose de terrifiant.

Une fois de plus, Jake s'étonna de cette profonde complicité que n'avaient pas entamée les années qu'ils avaient passées loin l'un de l'autre.

Mais il était bien décidé à ne plus jamais trahir la confiance de Stacey. Une fois déjà, il lui avait menti et s'était menti à lui-même. Et cela les avait durablement séparés. Et c'était une erreur qu'il ne commettrait pas de nouveau.

— D'accord, Jake, acquiesça-t-elle. Alors voilà la vérité : lorsque tu es un parent célibataire comme moi, tu apprends rapidement à considérer l'ennui comme un luxe. Parce que, le plus souvent, je suis si occupée que je n'ai quasiment pas une minute pour souffler.

— Mais je croyais que tu aimais cela. L'autre soir, tu m'as dit…

— Ne te méprends pas ! l'interrompit-elle. J'adore cela. Je suis tellement folle de ces deux petits bonshommes que je ferais absolument n'importe quoi pour eux. Mais j'ai découvert que l'on pouvait à la fois être prêt à tout pour quelqu'un et se sentir frustré au quotidien.

— Pourquoi ne les laisses-tu pas plus longtemps à la crèche, dans ce cas ? Tu pourrais consacrer plus de temps à ton travail et fréquenter d'autres adultes. Ne m'as-tu pas dit que tu pouvais demander un temps plein, si tu le voulais ?

— Si. Mais j'attendrai qu'ils soient à l'école pour cela. J'imagine que je suis un peu vieux jeu, mais je pense que deux jours de crèche par semaine, c'est amplement suffisant pour des enfants de cet âge.

— Mais je pensais qu'ils adoraient cette garderie ?

— Ce n'est pas aussi simple que cela. Ils aiment y passer

seize heures, mais je ne suis pas certaine qu'ils en supporteraient quarante.

— Je comprends.

— De plus, poursuivit Stacey, et bien que nombre de personnes pensent différemment, je suis profondément convaincue que les enfants de moins de cinq ans méritent de passer la majeure partie de leur temps en compagnie de quelqu'un qui les aime. Peu importe qu'il s'agisse de leurs parents, de leurs grands-parents, d'un ami de la famille ou d'un mélange de tout cela. Je sais que certaines personnes ne peuvent s'offrir ce luxe et je suis reconnaissante du soutien financier que m'apporte John. Mais je crois que, dans un monde idéal, tous les enfants devraient avoir droit à cela…

— Et tu le penses même lorsque tu es fatiguée, débordée et lasse ?

— Oui.

Jake resta longuement silencieux, méditant ces paroles.

— Alors ? fit-elle.

— Alors, rien, répondit-il en haussant les épaules. Je réfléchis, c'est tout…

— Je viens de te faire un discours passionné sur ma vision de l'éducation des enfants et tout ce que tu trouves à me dire, c'est que tu réfléchis ! s'exclama Stacey.

— Si cela peut te rassurer, je trouve tout cela très instructif, répondit Jake en riant. Et je trouve que tu es une femme passionnante…

— Mais empêtrée dans la routine…

— Tu ne pardonnes vraiment rien !

— Non… En tout cas, je suis heureuse d'être avec toi, aujourd'hui. S'occuper des enfants en compagnie d'un autre adulte est nettement plus intéressant. Quant à eux, ils sont contents comme tout… A ce propos, j'ai apporté un de leurs desserts préférés, une tourte aux pommes.

— Cela devrait nous prémunir contre une bataille de nourriture, remarqua Jake en riant.

— Entre autres…

Ils continuèrent à pousser les balançoires des jumeaux en silence pendant quelques minutes. Jake ne tarda pas à comprendre ce que Stacey avait voulu lui dire. C'était effectivement une tâche répétitive et légèrement ennuyeuse. Mais le rire des enfants et leurs cris de joie semblaient la métamorphoser en quelque chose de magique.

Ils étaient vraiment adorables, avec leurs blousons miniatures qui leur donnaient des airs de bibendums, leurs bonnets à pompons et leurs mitaines assorties qui s'agrippaient aux cordes des balançoires.

— Je commence à avoir mal au bras, annonça enfin Stacey. Les enfants ? Ça vous dirait de descendre de là et d'explorer un peu le jardin ? Vous pourriez essayer le toboggan…

Elle souleva Ella qu'elle reposa au sol. Max commença à se tortiller sur sa balançoire qui était plus haute que celle de sa sœur et munie d'une chaîne de sécurité. Jake essaya de l'aider, mais l'enfant se prit le pied dans la chaîne.

Pendant qu'il se demandait s'il ferait mieux de le soulever complètement ou de le rasseoir pour le dégager, le petit garçon ne cessait de gigoter en riant, ce qui compliquait encore les choses.

Jake se sentit légèrement ridicule. Il était capable de faire pivoter à cent quatre-vingts degrés un bébé dans le ventre de sa mère et voilà qu'il se retrouvait complètement impuissant face à un enfant de deux ans juché sur une balançoire.

— Euh… Stacey… ?

— Laisse-moi faire. Max a encore du mal à comprendre quand il doit plier la jambe…

Avec une aisance désarmante, elle parvint à l'extraire de son perchoir et à le reposer sur le sol.

— Je devrais aller faire chauffer leurs beignets de poulet, déclara Jake. Ils ne vont pas tarder à être affamés.

— Tu crois vraiment que tu parviendras à faire fonctionner ce maudit four ? lui demanda malicieusement Stacey.

— Je me suis entraîné pendant toute la journée, dimanche dernier.

Elle éclata de rire et il éprouva brusquement une délicieuse sensation de bien-être qui se répandit en lui. D'un pas léger, il se dirigea vers la cuisine et fit bouillir de l'huile pour les frites. Puis il mit les croquettes au four et réchauffa la soupe qu'il comptait servir en entrée.

Il sortit aussi du pain, de la charcuterie, du fromage et les packs de jus de fruit qu'il posa sur la table de la cuisine.

Lorsque tout fut près, il regagna le jardin et trouva les jumeaux et leur mère en train d'observer attentivement mille petits détails du jardin qu'un adulte n'aurait pas remarqués mais qui semblaient fasciner les deux enfants.

— Tu as un sacré terrain, remarqua Stacey.

— Le responsable de l'agence m'a dit qu'il faisait un demi-hectare. A vrai dire, c'est en grande partie pour cela que j'ai choisi cette maison. J'en avais assez des appartements, si luxueux soient-ils. Ici, j'ai l'impression de pouvoir respirer. Je n'ai pas de vis-à-vis et il y a de nombreux sentiers qui s'enfoncent dans les bois voisins, ce qui permet de faire de belles promenades. Quand il fera plus chaud, je crois que je m'achèterai un vélo. Et, s'il neige, je peux toujours me mettre au ski de fond.

— Qu'y a-t-il, au-delà de la haie ? demanda Stacey en désignant le massif qui se dressait sur leur droite.

— Une piscine.

— Elle est couverte ?

— En hiver, oui. Elle est même entourée d'une barrière, mais je ne sais pas si je l'ai laissée fermée. J'irai vérifier, au cas où les enfants voudraient jouer dehors.

— Merci. De toute façon, je ne les laisserai pas sans surveillance, mais avec ces deux-là il vaut mieux veiller à tout.

— Vous êtes prêts à rentrer ?

— Moi oui. Je commence à geler. Mais je crois que les enfants n'ont pas encore eu leur comptant d'exploration.

— J'ai remarqué. Dis, ils ne comptent pas manger ces baies, n'est-ce pas ? Je ne crois pas qu'elles soient comestibles.

— Je le leur ai dit.

— Tu es sûre que ça suffira ?

— Oui. Ils sont beaucoup plus obéissants qu'il y a quelques mois. Et ils comprennent quand je suis vraiment sérieuse.

— Bien… Ils trouveront certainement des champignons sous les arbres.

— Je ferai attention.

— Voyons s'il n'y a pas autre chose…

Jetant un coup d'œil aux alentours, Jake ne tarda pas à comprendre que même un jardin aussi paisible que le sien recelait mille dangers. Il y avait les baies, les champignons, la piscine, les retours de balançoire, l'escalier qui menait à la cave, la cabane où il rangeait ses outils...

La liste s'allongeait à l'infini et il comprit pourquoi Stacey ne pouvait se permettre de les quitter des yeux une seule seconde.

— Ella, dit-elle alors à sa fille, tu te souviens de ce que je t'ai dit au sujet de ces baies. Elles sont très jolies, mais elles te feraient mal au ventre si tu les mangeais. Tu devrais les poser, maintenant...

Mais la fillette avait visiblement d'autres projets. A titre purement expérimental, elle resserra le poing et fit éclater les baies qui répandirent un jus orange et gluant sur sa paume. Elle l'observa attentivement avant de relever les yeux vers sa mère en arborant un sourire ravi.

Stacey eut tout juste le temps de se précipiter sur son fils pour éviter qu'il n'imite sa sœur. Elle lui retira les baies des mains et les laissa tomber sur le sol.

— Regarde ! s'exclama-t-elle. C'est magique, Max ! Il pleut des baies ! Jake, ajouta-t-elle, où pourrais-je aider Ella à se laver les mains ?

— Au fond du salon, sur la droite. Je me demande vraiment quand tu trouves le temps de souffler, avec ces deux-là...

— Quand je m'effondre, le soir après les avoir bordés, répondit-elle en souriant.

Elle prit Ella par le poignet et l'entraîna vers la maison.

— Occupe-toi de Max, lui dit-elle.

Il prit le petit garçon par la main et la suivit à l'intérieur.

— Non, Ella, je ne lâcherai pas ta main tant que tu ne te la seras pas nettoyée. Je ne veux pas que tu abîmes les peintures de Jake. Au fait ? Qu'est-ce que tu as fait à manger ?

— De la soupe aux champignons en entrée, répondit-il. J'espère que tu aimes toujours ça.

— J'adore, répondit-elle. Où est-ce déjà ?

— La soupe ?

— Mais non, la salle de bains.

— A droite.

— Non, Ella, je ne pense pas qu'il ait de dessins animés. Elle est prête ?

— La salle de bains ?

— Non, la soupe, répondit Stacey en riant. Tu as l'air un peu dépassé. Tu aurais dû y penser avant, Ella.

— Je crois qu'il est bien plus difficile que je ne l'aurais imaginé de suivre deux conversations en même temps, remarqua Jake.

— Trois, en fait, répondit Stacey en disparaissant dans la salle de bains.

Jake les compta : les DVD d'Ella, la soupe aux champignons et la salle de bains. Cela faisait bien trois.

Comme il se demandait une fois encore comment elle parvenait à faire face à de tels tourbillons vivants, il remarqua que Max s'intéressait de près au cadran d'affichage de sa chaîne hi-fi et le rejoignit pour éviter un nouvel incident.

Jake fut pris d'un brusque vertige. Il était obstétricien et, chaque jour, il aidait des enfants à venir au monde. Il avait toujours considéré un accouchement comme une étape sensible et difficile pour une femme. Mais il se demandait à présent si ce n'était pas plutôt après que les problèmes commençaient réellement…

Il n'avait jamais passé beaucoup de temps avec un enfant, et encore moins avec des jumeaux. Et ces deux-là se trouvaient être ceux d'une femme qui se taillait chaque jour une place un peu plus grande dans son cœur.

Stacey, Max et Ella étaient indissociables. C'était une évidence. Il l'avait compris à l'instant même où il l'avait rencontrée à la crèche. Mais il n'en avait pas fait l'expérience concrète. A présent, il croyait comprendre pourquoi elle avait pensé ne pas les amener…

Mais s'il voulait nouer avec elle une relation plus profonde que la collaboration « amicale » pour laquelle ils avaient opté à l'origine, il allait bien lui falloir établir un lien vis-à-vis de ses enfants. Il lui faudrait tenir compte d'eux lorsqu'il sortirait avec Stacey, lorsqu'ils seraient chez elle ou chez lui…

Et que se passerait-il s'il commençait à s'attacher vraiment à eux ? Ou si, au contraire, il en était incapable ? Ces deux possibilités le terrifiaient presque autant l'une que l'autre.

Comme il méditait sur ce dilemme, il entendit la soupe déborder de la casserole…

— Fais bien attention quand tu perces le trou, Max, conseilla Stacey.

Au même moment, Ella venait de percer le pack de jus de fruit que lui avait tendu Jake. Et comme elle le serrait fermement dans son poing pour le maintenir en place, le liquide sous pression sortit de la paille, formant une belle fontaine rouge qui se répandit sur la table de la cuisine.

— Désolée, Jake, soupira Stacey qui était familière du phénomène.

— Ce n'est pas grave, lui assura-t-il en épongeant à l'aide d'un morceau d'essuie-tout la petite flaque qui s'était formée. L'essentiel, c'est qu'il en reste un peu dans le pack…

Stacey sourit. Elle savait pertinemment que ce repas devait être très stressant pour lui, mais elle, au contraire, parvenait presque à se détendre.

Jake s'était montré plutôt doué pour s'occuper des enfants. Il avait soigneusement préparé la table pour éviter qu'ils n'aient à se relever sans arrêt, au risque de perdre les jumeaux des yeux.

Les enfants paraissaient plutôt contents de ce qu'il avait préparé pour eux. Ils avaient mangé de tout sans rechigner et n'avaient quasiment fait aucune bêtise. Stacey avait donc pu profiter de la délicieuse soupe aux champignons que lui avait servie Jake et qu'elle avait accompagnée de charcuterie et de fromage.

— J'aime vraiment beaucoup ta maison, déclara-t-elle enfin.

— Merci. C'est bizarre, tu sais. Depuis que je me suis installé ici, j'ai l'impression que quelque chose ne va pas dans la décoration, mais je n'arrive pas à trouver ce dont il peut bien s'agir…

— Je crois que tout est un peu trop assorti.

— N'est-ce pas le but ? demanda Jake en souriant.

— Si, bien sûr. Mais il faut toujours laisser une ouverture, un petit grain de liberté ou de folie, c'est selon… J'imagine que tu as fait appel à un décorateur d'intérieur.

— Une décoratrice, oui.

— Il te faudrait quelques petites touches plus person-nelles par-ci par-là… Tu n'as rien rapporté de tes nombreux voyages ? Ni photographies de paysages, ni sculptures, ni masques africains ?

— Non.

— Tu n'as pas des bibelots qui te viennent de tes parents ou de tes grands-parents ?

— Non plus.

— Je vois. Tu voyages léger pour être sûr de ne pas avoir d'attaches…

— Tu veux de la bière ? suggéra Jake, embarrassé par la facilité avec laquelle elle lisait toujours en lui. Un verre de vin ?

— A l'heure du déjeuner ? Jamais ! Cela me donne envie de faire la sieste et c'est un luxe que je ne peux m'offrir avec ces deux-là… Mais tu essaies de changer de sujet.

— Je sais, soupira-t-il, vaincu. Honnêtement, je ne sais pas quoi te répondre… Je pense que tu as raison. Je ne me suis jamais attaché à un endroit. Mais ce n'est pas vraiment un choix conscient. Il vient toujours un moment où je sens que je dois partir…

Stacey hocha la tête. Ce qu'il venait de lui avouer ne la surprenait nullement. Cet aveu éveillait pourtant en elle un mélange de tristesse et d'inquiétude. En quelques jours, elle s'était profondément attachée à lui et elle était de plus en plus convaincue que, tôt ou tard, ils finiraient par sortir de nouveau ensemble.

Mais que se passerait-il, le jour où il déciderait qu'il était las de Portland ? Il lui avait déjà brisé le cœur une fois. Pouvait-elle se permettre de commettre de nouveau la même erreur ?

Déchirée intérieurement, Stacey entreprit de débarrasser la table. Elle proposa à Jake de tout nettoyer pendant qu'il s'occuperait des enfants, ce qu'il accepta sans hésiter. Tandis qu'elle rangeait, elle les entendit jouer dans la pièce d'à côté. Apparemment, le tapis d'éveil et les cubes qu'il avait achetés ravissaient les jumeaux.

— Quelle belle tour, Max ! s'exclama Jake au bout d'un moment. Non, Ella… Ne sois pas triste, Max. Nous allons la reconstruire, d'accord ? Regarde…

Stacey ne put s'empêcher de sourire. Lorsqu'elle eut terminé dans la cuisine, elle jeta un coup d'œil discret dans le salon avant de les rejoindre. Jake était à genou et posait précautionneusement un nouveau cube au sommet d'une immense tour à l'équilibre très instable.

C'était Max qui lui fournissait de nouveaux blocs. Pendant ce temps, Ella avait commencé à dessiner, encouragée par Jake qui gardait un œil sur elle tout en construisant son fragile édifice.

— Pas mal, n'est-ce pas, Max ? Mais maintenant, l'orage arrive. Tu veux bien faire le vent avec moi ? Nous allons voir si nous pouvons la faire s'effondrer sans la toucher. Tu es prêt ? Souffle !

A genoux l'un à côté de l'autre, Jake et le petit garçon soufflèrent sur l'édifice qui se mit à vaciller puis s'écroula dans un grand fracas de cubes. Jake poussa un cri de victoire, bientôt imité par Max qui sautait sur place en tapant des mains.

Stacey était ravie de voir que tous deux s'entendaient aussi bien. Mais elle savait que, si Max continuait à s'exciter de la sorte, il ne parviendrait jamais à faire la sieste. Vers 5 heures, il serait fatigué et grincheux et se disputerait inévitablement avec sa sœur.

— Quel ouragan ! s'exclama-t-elle en pénétrant dans le salon. Je suis impressionnée. Vous avez rasé tout Cubeville !

— Que veux-tu ? répliqua Jake avec une pointe de malice. Nous sommes des garçons. Notre créativité n'est jamais aussi grande que lorsqu'il s'agit de détruire.

Le sourire ravi qu'il arborait en cet instant fit palpiter le cœur de la jeune femme. Elle se réjouit qu'il se soit révélé aussi doué avec ses enfants. Mais une question insidieuse modérait quelque peu sa belle humeur.

Que se passerait-il si les jumeaux commençaient à s'attacher à lui, eux aussi, et qu'il décidait alors de partir ?

Max commençait déjà à rassembler les cubes avec un bruit de bulldozer, apparemment bien décidé à réitérer l'expérience.

— Je crois que nous devrions commencer à les calmer un peu, dit-elle à Jake. Ça va être l'heure de leur sieste.

— Bien sûr..., acquiesça-t-il. A vrai dire, j'espérais les épuiser pour qu'ils dorment longtemps et que nous puissions nous retrouver un peu seuls, tous les deux, ajouta-t-il en souriant.

— Malheureusement, cela ne marche pas comme cela, bien au contraire.

— Vraiment ?

— Vraiment. Le meilleur moyen de les faire dormir, c'est de faire en sorte qu'ils s'ennuient.

— Est-ce que cela signifie que cette idée de tour détruite était une erreur ?

— Ne t'en fais pas, je ne pense pas que ce soit irréparable. Cela prendra juste un peu plus longtemps, c'est tout.

S'agenouillant à côté de Max, Stacey commença à trier les cubes par couleur et demanda ses enfants à l'aider. Tous deux s'attelèrent à la tâche. Progressivement, leur excitation retomba et ils se mirent à bâiller. Vingt minutes plus tard, ils étaient prêts pour la sieste.

Stacey changea alors leurs couches et installa le parc dans la chambre d'amis. Les jumeaux aimaient y dormir ensemble, même s'il ne tarderait pas à être trop petit pour eux deux. Elle les y installa et leur donna à chacun un livre en tissu, sachant qu'ils ne seraient pas longs à le lâcher et à s'endormir.

— Dormez bien, mes chéris, leur dit-elle avant de les embrasser l'un après l'autre.

Elle gagna enfin la porte sur la pointe des pieds. Elle avait découvert qu'il s'agissait d'un moment critique. Si elle faisait montre de trop d'impatience au moment de quitter la pièce, les jumeaux le sentiraient et se mettraient à pleurer.

Ils étaient encore très possessifs et n'aimaient pas que leur maman les délaisse pour quelqu'un d'autre. Cette fois, c'était beaucoup plus difficile pour elle. Car elle savait que Jake l'attendait et elle brûlait d'aller le retrouver.

Les promesses qu'elle avait lues dans ses yeux lorsqu'ils s'étaient embrassés au restaurant restaient suspendues entre eux. Ils n'avaient pas eu besoin d'y faire allusion : leurs regards trahissaient suffisamment le désir qu'ils avaient l'un de l'autre.

Elle avait besoin de lui, besoin de sentir sa bouche se poser sur la sienne, son corps se presser contre le sien et ses mains éveiller sur sa peau ces frissons qui lui laissaient espérer bien plus encore.

Elle réalisait à présent qu'elle ne lui avait jamais vraiment échappé. Depuis leur séparation, il continuait à faire partie d'elle, à occuper une partie de son âme dont rien, jamais, ne pourrait le déloger.

Le cœur battant à tout rompre, elle referma la porte derrière elle et constata que Jake l'attendait dans le couloir.

— Ils ne vont pas tarder à s'endormir, lui dit-elle. Nous voilà tranquilles pour une heure et demie...

Elle hésita avant de reprendre.

— Merci, Jake.

— Pourquoi ?

— Pour avoir fait tout ce que tu as fait aujourd'hui, répondit-elle gravement.

— Et avoir misérablement échoué ?

— Au contraire ! Tu t'es merveilleusement bien débrouillé !

— Je n'en suis pas convaincu.

— Je t'assure que c'est vrai. La plupart des gens n'ont aucune idée de la façon dont ils sont censés se comporter face à des enfants de cet âge. C'est bien plus facile lorsqu'ils savent parler ou lorsqu'ils sont encore bébés, je t'assure.

Elle faillit lui parler de John qui attendait souvent beaucoup trop des jumeaux et les considérait à tort comme des adultes en miniature avec lesquels on pouvait raisonner. Mais elle n'en fit rien.

Non seulement elle ne tenait pas à faire preuve de déloyauté envers le père de ses enfants qui, à sa façon, s'efforçait toujours d'agir pour le mieux, mais, surtout, elle ne tenait pas à parler de son ex avec Jake.

Pas lorsqu'elle lisait dans ses yeux ce mélange d'admiration et de désir qui la faisait chavirer…

- 6 -

Jake ne savait que penser des compliments de Stacey. D'un côté, il était plutôt satisfait de la façon dont s'était déroulée cette journée. Malgré ses craintes initiales, il était parvenu à entrer en contact avec eux et s'était vraiment amusé en leur compagnie.

Mais cela n'avait duré que deux ou trois heures. Serait-il capable de tenir la distance ? D'établir une relation épanouissante avec eux s'il était amené à les revoir très régulièrement ? Rien ne lui permettait de l'affirmer.

Or, s'il ne se montrait pas à la hauteur, les jumeaux feraient pression sur leur mère pour qu'elle s'éloigne de lui. Ne lui avait-elle pas dit qu'ils étaient parfois très possessifs ? Et si Stacey devait choisir entre eux et lui, il savait déjà qu'elle n'hésiterait pas une minute.

Et Jake n'était pas certain de pouvoir supporter une deuxième rupture avec elle. Il avait déjà eu le cœur brisé une fois et ne tenait vraiment pas à revivre cela. Malheureusement, la seule alternative était de résister à l'envie qu'il avait d'elle. Et il s'en savait incapable…

Levant les yeux vers elle, il comprit qu'il n'avait aucune

chance. Elle lui paraissait plus belle et plus désirable en cet instant que toutes les femmes qu'il lui avait été donné de rencontrer.

Ses grands yeux bleus brillaient d'une flamme qui le consumait. Le sourire qui jouait sur ses lèvres le rendait fou. Il aimait son humour, sa douceur, sa façon de parler et de bouger, le courage dont elle faisait preuve en élevant seule ses enfants…

Et, surtout, il y avait cette magie qu'il ne s'expliquait pas mais qui semblait tisser entre eux un lien invisible que rien ni personne ne pouvait altérer. D'une façon qui le dépassait complètement, ils étaient faits l'un pour l'autre. Leurs corps et leurs esprits se correspondaient si parfaitement qu'ils n'avaient pas besoin de mots pour se deviner.

Comment aurait-il pu s'opposer à cette miraculeuse alchimie ? Comment pouvait-il y céder en sachant pertinemment les risques qu'il leur ferait courir à tous deux ? Jake avait l'impression d'être déchiré en deux.

Puis elle fit un pas vers lui. Et un autre encore, jusqu'à ce qu'ils ne soient plus qu'à quelques centimètres l'un de l'autre. Elle posa alors ses mains de chaque côté de son visage et se hissa sur la pointe des pieds pour déposer sur ses lèvres un baiser aussi doux et léger que l'aile d'un papillon.

Jake sut alors qu'il était perdu. Peut-être serait-il parvenu à lutter contre lui-même. Mais, face à Stacey, il était impuissant. Il ferma donc les yeux et lui abandonna sa bouche, sachant qu'il maudirait peut-être un jour ce moment de faiblesse.

Leur baiser se fit plus ardent, plus passionné. Jake ne cherchait même plus à contrôler le désir impérieux qui enflait en lui comme une vague que plus rien ne pourrait arrêter. Stacey laissa alors glisser ses mains jusqu'à ses épaules et le repoussa lentement jusqu'au mur qui se trouvait derrière lui.

Là, elle s'arrêta et s'écarta de lui un bref instant.

— J'en avais vraiment besoin, murmura-t-elle, le souffle court.

— Moi aussi.

— Tant mieux, répondit-elle avec un sourire malicieux, parce que j'en veux encore…

Cette fois, il n'aurait su dire qui prit l'initiative de leur baiser. Mais il comprit immédiatement qu'ils venaient de franchir un point de non-retour. Le corps brûlant de Stacey se pressait contre le sien, décuplant le désir qu'il avait d'elle. Il y avait dans leur étreinte quelque chose de primitif, de sauvage. La faim qu'ils avaient l'un de l'autre était presque désespérée, comme s'ils voulaient soudain combler des années de séparation.

— Touche-moi, Jake, murmura-t-elle contre ses lèvres.

— Où ? parvint-il à articuler.

— Où tu veux, répondit-elle en agrippant ses poignets pour poser ses mains sur ses fesses. J'ai besoin de savoir que tu en as autant envie que moi.

— Comment peux-tu en douter ? souffla-t-il en plaquant les hanches de la jeune femme contre les siennes. Tu ne le sens donc pas ?

— Prouve-le moi, Jake.

Il laissa glisser ses doigts entre ses cuisses, lui arrachant un râle qui le fit frissonner. Il l'embrassa de nouveau avec une ardeur presque rageuse tandis que ses hanches ondulaient contre lui au rythme des caresses qu'il lui prodiguait à travers le tissu rêche de son jean.

— Merci, soupira-t-elle.

— Arrête, protesta-t-il.

Elle s'immobilisa et le regarda d'un air un peu perdu qui éveilla en lui un flot de tendresse presque insoutenable.

— Pas ça, la rassura-t-il sans cesser de la toucher. Arrête de me remercier. J'en avais envie autant que toi, Stace. Plus encore, peut-être…

— C'est impossible, murmura-t-elle d'une voix très rauque.

A présent, il pouvait lire dans ses yeux le plaisir qu'il faisait monter en elle. L'une de ses mains quitta alors son entrejambe pour se poser sur sa poitrine et il sentit la pointe de ses tétons qui se dressait sous sa paume.

Il commença à masser son sein. Elle renversa la tête en arrière et ses cheveux retombèrent dans son dos en une cascade dorée. Elle s'abandonnait entièrement à lui, le laissant disposer d'elle à sa guise.

Jake la repoussa doucement et pivota de façon à ce que ce soit elle qui se retrouve dos au mur. Il lui ôta alors son pull et le haut qu'elle portait dessous, révélant son soutien-gorge qui les rejoignit bientôt à ses pieds.

Pendant quelques instants, il se contenta de la contempler, fasciné. Il avait l'impression de se retrouver projeté des années en arrière. De ce corps qu'il avait adulé, il croyait connaître tous les secrets : la marque de naissance sur sa hanche, la pluie de taches de rousseurs qui constellait la naissance de ses seins, la fine cicatrice qui courait le long de son poignet gauche, souvenir d'une mauvaise chute à vélo…

Pourtant, il lui paraissait plus magnifique encore qu'autrefois, comme si les années avaient modelé un chef-d'œuvre dont il n'avait connu que l'ébauche. L'adolescente d'autrefois s'était transformée en une femme plus désirable encore.

Et ce fut presque avec révérence qu'il posa ses lèvres sur l'un de ses mamelons qu'il entreprit d'agacer du bout de sa langue. Les doigts de Stacey plongèrent dans ses cheveux, l'attirant plus près d'elle. Le goût de sa peau le rendait fou, de même que les petits soupirs étranglés que lui arrachaient ses caresses.

— Jake, j'ai besoin de toi, murmura-t-elle enfin. Prends-moi. Maintenant !

Incapable de résister à l'urgence qu'il percevait dans sa voix, il se redressa. Fébrilement, ils se défirent mutuellement de leurs jeans. Lorsque Stacey découvrit l'intensité du désir qu'il avait d'elle, elle ne put retenir un gémissement et posa doucement sa main sur lui.

Cette simple caresse faillit lui faire perdre tout contrôle et il se mordit la lèvre jusqu'au sang. La douleur l'aida à recouvrer un semblant de maîtrise de soi. Mais Stacey l'attirait déjà vers elle.

Posant ses mains sur ses fesses, il la souleva. Elle s'agrippa à ses épaules et noua ses jambes autour de ses hanches tandis qu'il la pénétrait, lui arrachant un cri qu'il étouffa d'un baiser. La plaquant contre le mur, il se perdait en elle.

Leurs gestes se faisaient plus saccadés tandis qu'ils luttaient de toutes leurs forces pour dominer le plaisir qui les envahissait. Haletant, éperdus, ils s'accrochaient l'un à l'autre comme s'ils avaient peur de se perdre.

Puis, progressivement, ils parvinrent à accorder le

rythme de leurs mouvements, retrouvant la même harmonie qu'autrefois. Chacun paraissait deviner ce dont l'autre avait besoin et devançait même ses envies.

Ensemble, ils s'élevaient toujours plus haut, chevauchant la vague de leur extase. Jake avait l'impression que ses sens étaient démultipliés. Jamais il n'avait eu à ce point conscience de ses propres réactions et de celles de sa partenaire.

Il avait l'impression que le temps s'était figé, que l'univers entier avait disparu, laissant place à la seule réalité de ce moment magique qui symbolisait mieux que tout ce qui l'unissait à Stacey.

Leurs corps se mêlaient et tout ce qui les séparait s'effaçait progressivement. Tous deux ne faisaient plus qu'un, fusionnant au sein de cette joie primitive qui paraissait enfler sans cesse et les emporter toujours plus loin.

Puis, ensemble, ils parvinrent au sommet de leur passion et basculèrent, terrassés par l'intensité des sensations qui déferlaient en eux, les entraînant bien au-delà de tout ce qu'ils avaient pu connaître.

Combien de temps restèrent-ils ainsi enlacés, tremblant, haletant, incapables de retenir les gémissements d'un plaisir si aigu qu'il confinait à la douleur ? Stacey n'aurait su le dire. Elle avait perdu tous ses repères, toutes ses certitudes. Et aucun mot n'aurait pu définir ce qu'elle éprouvait en cet instant.

Lorsque Jake se dégagea enfin et la remit sur ses pieds, elle s'appuya contre lui et posa sa tête sur son épaule. S'il n'avait été là pour la soutenir, elle se serait probablement effondrée.

Tout contre son oreille, elle percevait la cadence effrénée de sa respiration et des battements de son cœur. Progressivement, il se fit plus lent, plus apaisé et elle se laissa bercer par ce rythme rassurant.

Pendant très longtemps, ils restèrent enlacés en silence. L'odeur de leur corps se mêlait, semblant symboliser cette union parfaite qu'ils venaient de vivre. Au loin, elle entendit une voiture passer sur la route, l'arrachant à cette transe quasi hypnotique.

— Jake…

— C'était merveilleux, murmura-t-il en la serrant contre lui. C'était magique, Stacey…

Elle se redressa légèrement et tendit la main vers son visage pour effleurer ses lèvres, ses tempes, ses joues, retrouvant ce visage qu'elle avait tant aimé et qui était resté gravé à jamais dans son esprit.

— C'était incroyable, acquiesça-t-elle.

— J'espère que nous n'avons pas réveillé les jumeaux.

— Rassure-toi, ils nous l'auraient déjà fait savoir.

Il parut hésiter un instant avant de formuler la question qui le préoccupait.

— Est-ce que vous serez obligés de partir, lorsqu'ils se réveilleront ?

— Combien de temps veux-tu que nous restions ?

— Toute la nuit…

Stacey sentit son cœur se serrer tandis que la réalité reprenait lentement ses droits. Ils ne pouvaient passer la nuit ici. Lorsque Max et Ella restaient chez elle pour le week-end, John avait coutume de les appeler pour leur souhaiter bonne nuit. Ce moment faisait toujours le bonheur des jumeaux.

Tour à tour, ils écoutaient la voix de leur père en souriant. Parfois, ils babillaient une réponse dans cette langue qui n'appartenait qu'à eux. Ils semblaient encore croire que John pouvait sortir du téléphone.

Bien sûr, elle aurait pu l'appeler d'ici. Mais il lui demanderait alors certainement où elle se trouvait. Et elle ne se sentait pas encore prête à lui parler de ce qui venait de se passer entre Jake et elle.

John savait très bien qui il était. Elle lui avait parlé de lui, avant leur mariage, et il connaissait quasiment toute leur histoire. Il savait qu'ils avaient perdu Anna, qu'ils s'étaient disputés, qu'ils avaient rompu et que tout cela l'avait profondément affectée.

A l'époque, il en voulait tellement à Jake qu'elle avait craint de le voir sauter dans un avion pour aller s'expliquer avec lui d'homme à homme. Elle lui avait alors expliqué que tout était terminé, qu'il ne s'agissait que d'une erreur de jeunesse et que Jake et elle n'avaient probablement jamais été faits l'un pour l'autre.

Visiblement, elle s'était trompée. Et cela expliquait peut-être en partie l'échec de son mariage.

— Il faut vraiment que je ramène les enfants à la maison, lui dit-elle. De toute façon, ils sont trop grands pour passer la nuit entière dans ce lit pliant. Ella a même commencé à tenter de se hisser par-dessus la barrière, ces derniers temps. Ce n'est plus qu'une question de jours avant qu'elle ne réussisse à le faire…

A cet instant, ils furent interrompus par la voix de la fillette.

— Mamaaaaaa !

Fébrilement, Stacey entreprit de se rhabiller tandis que Jake faisait de même. Il fut nettement plus rapide qu'elle.

— Tu veux que j'aille voir ce qui se passe ? suggéra-t-il.

— Oui. Je te rejoins tout de suite.

Il s'éloigna en courant tandis qu'elle raccrochait son soutien-gorge et enfilait ses bottes. Tout en se dirigeant vers la chambre d'amis, elle remit un semblant d'ordre dans sa coiffure. Ella et Max pleuraient à présent tous les deux. Lorsqu'elle les rejoignit, elle vit que Jake les tenait maladroitement dans ses bras.

— Je suis désolé, s'excusa-t-il. Ils ne me connaissent pas encore très bien. Je n'aurais pas dû…

Stacey lui prit les deux enfants. Ils commençaient à devenir un peu trop lourds et, bientôt, elle serait incapable de les porter tous les deux en même temps.

— Dites donc, les petits gars, vous ne croyez pas que votre réaction est un peu disproportionnée ? Il essayait juste d'être gentil… Il vaudrait peut-être mieux que tu nous laisses, ajouta-t-elle en levant les yeux vers Jake.

Il se raidit comme si elle venait de le gifler mais ne protesta pas. Se détournant brusquement, il gagna la porte de la chambre et sortit. Stacey se sentait profondément désolée pour lui, mais elle n'avait pas eu le choix.

Des enfants de deux ans ne pouvaient pas faire semblant. Ils n'étaient pas déjà habitués à lui et en avaient encore un peu peur. Il lui serait donc beaucoup plus facile de les calmer s'il n'était pas là.

Cet incident lui rappela douloureusement que Jake n'avait pas réellement sa place dans sa vie. Leurs priorités, leurs habitudes, leurs perspectives étaient différentes. Et il n'était pas certain qu'ils parviennent un jour à les faire coïncider.

Un frisson la parcourut soudain. En fait, elle n'était même pas certaine que Jake désire une telle chose. Peut-être voulait-il juste prendre un peu de bon temps avec elle et profiter de cette extraordinaire alchimie qui existait entre eux.

Elle savait qu'il ne s'était jamais attaché à personne. Qui lui disait qu'il en irait autrement, cette fois ?

Chassant ces pensées angoissantes, elle se concentra sur les jumeaux qui ne tardèrent pas à se calmer. Elle les prit alors par la main et les entraîna vers le salon où elle trouva Jake au téléphone.

— Admettez-la en urgence, disait-il. Je ne pense pas qu'il faille prendre le moindre risque… Mais non, Lindsay, il n'y a pas de quoi vous excuser. Vous avez bien fait de m'appeler. Je la verrai dès lundi matin. J'espère que d'ici là tout sera rentré dans l'ordre… Merci, à vous aussi. Au revoir.

Il raccrocha et aperçut alors Stacey et les jumeaux. Instantanément l'expression de son visage se modifia. S'il avait semblé à la fois grave et concentré lorsqu'il s'entretenait avec Lindsay, il paraissait à présent empli de doutes et d'incertitudes.

— Alors ? fit-il. Qu'as-tu décidé, au sujet de cette nuit ?

Stupéfaite, Stacey comprit qu'en cet instant il se sentait aussi vulnérable qu'elle.

— Je ne veux pas que nous nous disions au revoir maintenant, articula-t-elle, d'une voix un peu étranglée. J'aimerais vraiment que nous passions le reste de la nuit ensemble…

— Mais… ?

Elle hésita, sachant que c'était probablement sa dernière chance de mettre un terme à cette histoire et de limiter le mal qu'ils pourraient se faire l'un à l'autre. Elle pouvait lui expliquer qu'elle avait eu tort, qu'elle avait cédé sans réfléchir à l'envie qu'elle avait de lui, mais que leurs existences étaient bien trop différentes…

Elle souffrirait certainement, mais beaucoup moins que s'il la quittait dans une semaine, un mois ou un an. Or elle ne pouvait douter que cela arriverait tôt ou tard. Jake voudrait partir. Peut-être lui proposerait-il même de l'accompagner, cette fois. Mais elle serait obligée de refuser à cause des jumeaux…

— Stacey ? fit Jake.

Elle leva enfin les yeux vers lui.

— Mais il faut que ce soit chez moi, reprit-elle.

Le sourire qui illumina son visage la fit fondre.

— Bien sûr ! s'exclama-t-il allègrement. Avec plaisir !

Stacey sourit à son tour. Les dés étaient jetés, à présent. Elle regretterait sans doute amèrement la décision qu'elle venait de prendre, mais, en attendant, elle était bien décidée à profiter autant qu'elle le pourrait de la joie qu'elle avait retrouvée entre ses bras.

— Que veux-tu que nous fassions ?

— Nous pourrions laisser Max et Ella jouer encore un peu ici. Puis nous rentrerons à la maison, nous les ferons dîner et nous les coucherons. Nous pourrons alors nous commander un bon petit repas. Et ensuite…

Elle ne prit pas la peine de conclure sa phrase. Tous deux savaient très bien ce qu'ils feraient ensuite. L'envie qu'ils avaient l'un de l'autre se lisait dans chacun de leurs regards, dans chacun de leurs gestes et même au creux de leurs silences.

Mais pour combien de temps ? se demanda alors Stacey avec une pointe d'angoisse.

- 7 -

— Dis au revoir à papa, Ella, dit Stacey à sa fille qui tenait le combiné du téléphone fermement plaqué contre son oreille.

Jusqu'à ce jour, ses efforts n'avaient guère été couronnés de succès. Malgré ses encouragements, les jumeaux ne prononçaient guère d'autres mots au téléphone que « mama » ou « papa ».

— Au'voi' papa, t'aime !

Stacey resta figée, le cœur battant à tout rompre, les yeux braqués sur la fillette qui lui tendait solennellement le combiné. Elle éclata d'un rire joyeux et le lui prit des mains.

— Tu as entendu ? s'exclama-t-elle, ravie.

— Oui, répondit John d'une voix un peu étranglée. Je n'arrive pas à y croire…

— Moi non plus ! Oh, tu aurais dû la voir. Elle était tellement chou…

— J'imagine. Tu veux que Max réessaye ?

— Malheureusement, il a déjà filé depuis longtemps rejoindre ses nouveaux cubes.

— Je ne savais pas que tu lui en avais acheté. Je lui en ai offert lorsqu'il est venu à la maison…

— Ce n'est pas moi qui les lui ai achetés, précisa Stacey.

— Ah bon ? Qui est-ce ? Valbona ? Suzanne ?

— Non, éluda la jeune femme. Bon, je ferais mieux d'y aller. Ils sont épuisés.

Mais John la connaissait trop bien pour ne pas reconnaître un faux-fuyant.

— Qui est-ce, Stacey ? insista-t-il.

Le ton de sa voix trahissait une certaine tension. Il avait probablement senti que le sujet n'était pas aussi anodin qu'elle voulait bien le lui faire croire. Elle se demanda si c'était par jalousie. John ne s'était jamais pardonné de ne pas avoir su se faire aimer pleinement d'elle.

Et il était têtu. Stacey savait que plus elle se montrerait évasive et plus il insisterait. Cette obstination pouvait être une qualité chez un homme, tant qu'il savait à quel moment il devait lâcher du lest. Mais John en était parfois incapable.

S'il avait été général, il aurait probablement continué à se battre longtemps après la mort de son dernier homme face à un ennemi dix fois supérieur en nombre. Attitude héroïque, certes, mais inutile.

Mais, alors même qu'elle se faisait cette réflexion, Stacey se sentit un peu honteuse. Si elle voulait vraiment maintenir une relation amicale avec son ex-mari pour le bien de leurs enfants, elle se devait d'être honnête envers lui.

— C'est Jake, avoua-t-elle enfin. Jake Logan…

— Jake Logan ? répéta John d'un ton stupéfait. Pas celui qui… ?

— Si, le coupa-t-elle. Il est de retour à Portland. Il travaille comme obstétricien à l'hôpital général.

— Pourquoi ne m'as-tu rien dit ?

— C'est ce que je suis en train de faire.

— Et vous vous voyez ?

— Eh bien…

— Je ne pense pas que ce soit une bonne idée, Stacey. Te rappelles-tu ce qui s'est passé, la dernière fois ? Je suis bien placé pour savoir dans quel état tu étais lorsqu'il t'a quittée ! Et puis, tu dois penser à Max et à Ella.

— Je sais tout cela.

— Je n'en suis pas si sûr ! Comment peux-tu seulement envisager… ?

— John ! protesta-t-elle. Tu me connais assez pour savoir que, quoi qu'il arrive, je ne ferai jamais rien qui puisse affecter Max et Ella.

— Comment crois-tu qu'ils réagiront s'ils sentent que leur mère est malheureuse ? Je ne veux pas qu'il leur fasse du mal, Stacey. Je ne veux pas non plus qu'il t'en fasse à toi. Ce n'est pas parce que nous ne sommes plus mariés que je n'ai pas toujours de l'affection pour toi. Tu le sais, n'est-ce pas ?

— Bien sûr…

— Alors compte sur moi pour veiller sur toi. En attendant, sois prudente et prends soin des enfants, d'accord ?

Il raccrocha avant qu'elle n'ait eu le temps de lui répondre. Stacey soupira. Cette conversation symbolisait parfaitement tout ce qui n'avait pas marché dans leur mariage. John était toujours convaincu de savoir mieux qu'elle ce qu'il lui fallait.

Pendant longtemps, elle lui avait pardonné ce trait de caractère, sachant qu'il n'avait à cœur que ses intérêts. Mais sa patience avait fini par s'éroder et elle avait commencé à ne plus pouvoir supporter ce comportement paternaliste.

En quelques phrases, il avait réussi à ternir le miracle que représentait la première phrase prononcée par leur fille.

Levant les yeux, elle constata que Jake se tenait sur le seuil de la pièce. Il avait dû entendre une partie de leur conversation.

— Je crois que je ferais mieux de ranger ces cubes, remarqua-t-il. Les enfants sont en train de s'exciter, une fois de plus.

— Je vais te donner un coup de main.

Ils regagnèrent la salle de jeux où se trouvaient les jumeaux. Ils avaient déjà mangé et revêtu leurs pyjamas et ce serait bientôt l'heure de les coucher. Pour les aider à se calmer, Jake et Stacey leur firent classer les cubes par couleur. Max, notamment, paraissait prendre cette activité très à cœur. Il parcourait la pièce pour les ramasser et venait les tendre à Jake d'un air grave.

— Bleu, précisait-il. Vè'. Jaune. Enco' bleu…

— Il est très doué, constata Jake en souriant. La plupart des enfants ont encore du mal à reconnaître les couleurs, à cet âge.

— Cela ne devrait pas te surprendre, Jake. Sa mère a fait de grandes études !

— Je crois surtout que c'est un professeur admirable, répondit-il.

— Merci, Jake. C'est l'un des plus beaux compliments que l'on puisse me faire.

— Il n'y a pas de quoi...

Il resta quelques instants silencieux tandis qu'ils continuaient à ranger la salle de jeu.

— John ne paraissait pas aussi enthousiaste que les enfants au sujet de ces cubes..., remarqua-t-il enfin.

— Tu as entendu ?

— Je suis désolé. C'était involontaire.

— Ne t'en fais pas... Je crois que John n'est pas encore prêt à ce que je sorte avec quelqu'un.

Surtout pas avec Jake Logan, songea-t-elle. Mais elle s'abstint sagement de le préciser.

— Je ne vois pas en quoi cela le regarde, observa Jake en haussant les épaules. Après tout, il n'a plus aucun droit sur toi, n'est-ce pas ?

— Il ne veut pas que je fasse du mal aux enfants.

— C'est ridicule !

— Pas du tout, répondit-elle. Très honnêtement, je crois que je n'agirais pas différemment s'il invitait une petite amie à passer le week-end avec Max et Ella. Je voudrais savoir de quel genre de personne il s'agit et comment elle se comporte vis-à-vis de mes enfants. Je voudrais être certaine qu'elle ne va pas leur hurler dessus, lever la main sur eux ou les laisser enfermés dans leur chambre pendant des heures. Si elle se considère comme une belle-mère à part entière, j'aimerais aussi savoir quelle est la nature des relations qu'elle envisage de nouer avec eux. Si c'est juste une maîtresse d'un soir, par contre, j'aurais peur que les jumeaux ne soient perturbés en découvrant qu'une inconnue a passé la nuit dans le lit de leur père… Ils sont encore si jeunes qu'il est difficile de savoir comment ils peuvent réagir à ce genre de choses.

— Et John t'a posé ces questions à mon sujet.

— Il le fera, c'est certain. Je suis désolée, Jake. Je sais que ce genre de pression n'est jamais agréable…

— Ce n'est pas grave, répondit-il. Tes explications m'ont parfaitement convaincu… Mais, du coup, je me demande s'il ne vaudrait mieux pas que je parte avant qu'ils ne se réveillent, demain matin.

— Ce serait sans doute plus sage, même si cela me fend le cœur, soupira Stacey.

— Est-ce qu'il y a une heure pour le couvre-feu ? ironisa Jake.

Stacey détourna les yeux, peinée. Cette discussion n'était sans doute que la première d'une très longue série. Puis, tôt ou tard, Jake finirait par se lasser des impératifs que lui imposait cette liaison avec une mère de deux enfants…

— Je suis désolé, soupira-t-il. Je n'aurais pas dû… Tu devrais les coucher pendant que je vais nous chercher à dîner. Je crois que j'ai besoin d'un peu d'air.

L'ambiguïté de cette dernière remarque n'échappa pas à la jeune femme. Elle se demanda s'il l'entendait au sens propre ou au sens figuré, mais préféra ne pas poser la question.

Lorsque Jake revint du restaurant chinois que lui avait indiqué Stacey, il se gara devant chez elle et resta quelques minutes au volant de sa voiture, les yeux fixés sur la maison. Elle paraissait si calme et si paisible, vue d'ici. Pourtant, il était convaincu que, dès qu'il rentrerait, il serait accueilli par les cris et les pleurs des deux jumeaux qui n'avaient aucune envie de dormir.

Se préparant psychologiquement, il récupéra le grand sac en papier qu'il avait posé sur le siège passager et se dirigea vers la porte d'entrée. Stacey lui avait confié une clé pour qu'il ne soit pas obligé de sonner et il ouvrit, retenant son souffle.

A sa grande surprise, un profond silence régnait à l'intérieur. Après avoir complètement épuisé deux adultes dans la force de l'âge en quelques heures seulement, Max et Ella avaient apparemment condescendu à aller se coucher.

A pas de loup, Jake rejoignit Stacey dans la cuisine où elle était en train de rassembler des couverts, des assiettes et des verres.

— Je pensais que tu voulais manger devant un DVD, remarqua-t-il.

Au cours de l'après-midi, elle lui avait expliqué que regarder un bon film était le meilleur moyen qu'elle avait trouvé pour se détendre après une journée passée à s'occuper des enfants. Et Jake commençait tout juste à comprendre combien un tel palier de décompression pouvait être nécessaire.

Surveiller les jumeaux requérait une attention perpétuelle. A tout moment, ils étaient susceptibles de provoquer une quelconque catastrophe ou de se faire mal. Et la concentration de tous les instants dont il avait dû faire preuve l'avait épuisé.

— Ce n'est pas parce que l'on mange devant la télévision que nous n'avons pas droit à une belle vaisselle, répondit Stacey en souriant.

Jake réalisa qu'il venait de trahir ses mauvaises habitudes de célibataire. Lorsqu'il était seul chez lui, il ne s'embarrassait jamais de telles précautions. Et cela lui devait lui arriver au moins quatre soirs par semaine…

— J'aime beaucoup ta cuisine, tu sais, remarqua-t-il en l'observant plus attentivement.

Elle était aménagée de façon radicalement différente de la sienne. Au lieu du four au design moderne et aux commandes incompréhensibles, Stacey utilisait une vieille cuisinière qui devait dater des années quarante.

Le reste de la pièce était décoré dans le même style. Le mur au-dessus de l'évier était recouvert de carreaux aux motifs bleus qui s'harmonisaient parfaitement avec les placards de bois à l'ancienne.

Sur une étagère, on pouvait apercevoir une rangée de théières anciennes et divers ustensiles de cuisine datant des années trente aux années cinquante.

— C'est toi qui l'as entièrement décorée, n'est-ce pas ?

— Oui. Cela fait près de douze ans que j'ai commencé ma collection. Ce que tu vois ne constitue qu'une petite partie de l'ensemble. Malheureusement, je n'ai pas assez de place pour tout mettre. Alors je les remplace de temps à autre. J'ai notamment une magnifique collection de tasses chinoises en porcelaine qui datent de la fin du XIXe siècle. Mais je ne les sortirai que quand les jumeaux auront appris à ne pas casser systématiquement tout ce qui leur tombe sous la main.

— Nous pourrions peut-être manger ici, suggéra Jake. Comme cela, nous discuterons tranquillement avant de regarder ce film…

— Avec plaisir, répondit Stacey.

Elle mit rapidement le couvert tandis que Jake déballait les plats chinois qu'il avait choisis.

— Cela me changera agréablement des repas en solitaire devant la télévision, remarqua-t-il.

— A qui le dis-tu !

— Toi aussi ?

— Depuis que John et moi avons divorcé, cela m'arrive assez souvent, j'en ai peur. Le pire, c'est que, du coup, je mange beaucoup trop vite et que je digère mal.

— Je connais ça. Si tu savais le nombre de nuits où j'ai passé une heure à me retourner dans mon lit en maudissant la cuisine mexicaine, indienne ou chinoise !

Stacey éclata de rire.

Ils se mirent alors à table et commencèrent à manger avec appétit. Les plats étaient plutôt bons, même pour quelqu'un comme Jake qui pouvait les comparer avec les saveurs authentiques de Pékin, Hong-Kong ou Shanghai.

Stacey l'interrogea d'ailleurs sur ses voyages. Puis elle lui parla de ses amies. Jake l'interrogea aussi sur sa vie avec John, s'efforçant de ravaler la jalousie que ce dernier lui inspirait pour en apprendre un peu plus sur cette période importante de sa vie.

Vers 9 heures, ils s'installèrent sur le canapé du salon et lancèrent le DVD que Stacey avait loué pour le week-end. Elle se nicha contre sa poitrine et il l'entoura d'un bras protecteur, heureux de la sentir si proche de lui.

Le film était une comédie romantique plutôt bien ficelée et il se surprit à rire à plusieurs reprises des situations impossibles dans lesquelles se retrouvaient les deux héros.

A un moment, il se rendit compte que la soirée qu'il était en train de passer constituait probablement le summum de la routine qu'il prétendait abhorrer. Pourtant, cela faisait bien longtemps qu'il ne s'était pas senti autant en paix avec lui-même et avec le monde.

Lorsque le générique de fin commença à se dérouler sur l'écran, Stacey éteignit la télévision et le prit par la main pour le conduire dans sa chambre.

Là, ils firent de nouveau l'amour. Et ce fut une expérience complètement différente de l'étreinte impatiente qu'ils avaient vécue chez lui. Cette fois, ils prirent tout leur temps, laissant leurs sens s'éveiller lentement, redoublant de douceur et de caresses.

Ils réapprirent leurs corps, se redécouvrant l'un l'autre avec un émerveillement sans cesse renouvelé. Le désir que Stacey lui inspirait se doublait d'une sérénité et d'une tendresse qui ne faisaient qu'ajouter à son plaisir.

Ils s'aimèrent lentement, longuement, retardant autant qu'il le pouvait le moment d'atteindre le zénith de leur passion.

Puis ils restèrent enlacés, prolongeant par leurs effleurements et leurs murmures cette délicieuse impression de satiété.

Lorsque Jake se réveilla en sursaut, il mit quelques instants à réaliser où il se trouvait. Avisant la silhouette de Stacey endormie à ses côtés, la mémoire lui revint brusquement et il sourit. C'est alors qu'il perçut de nouveau le bruit qui l'avait arraché à son sommeil.

C'était un petit cri étouffé qui provenait de la chambre

des jumeaux. Sans même réfléchir, il quitta le lit, enfila son caleçon et quitta la chambre de la jeune femme. Traversant le couloir, il parvint devant celle des enfants.

Là, il s'immobilisa, se rappelant la réaction de Max et Ella lorsqu'il les avait pris dans ses bras, cet après-midi-là. Après quelques instants d'hésitation, il décida de jeter un coup d'œil et de retourner avertir Stacey en cas de problème.

Précautionneusement, il poussa le battant de la porte entrouverte et observa les deux berceaux dans lesquels se trouvaient les jumeaux. C'était Max qui gémissait doucement en se retournant dans son sommeil. Apparemment, il était simplement victime d'un cauchemar.

Rassuré, Jake referma la porte et regagna la chambre de Stacey. Là, il s'assit au bord du lit et la contempla. Les rayons de la lune qui filtraient par la fenêtre éclairaient son corps d'un éclat bleuté qui la faisait paraître plus pâle et plus fragile qu'elle ne l'était réellement.

Offerte à ses regards dans toute la splendeur de sa nudité, elle éveillait en lui un irrépressible mélange de désir et de tendresse. Pendant quelques instants, il observa sa poitrine délicieuse qui se soulevait avec régularité.

Il y avait dans ce rythme quelque chose de rassurant.

En fait, il lui paraissait symboliser quelque chose qui lui manquait depuis plusieurs années sans même qu'il s'en soit rendu compte.

Il s'était abstrait du rythme des saisons par ses incessants voyages aux quatre coins de la planète. Sans transition, il lui arrivait de passer de la rigueur d'une conférence à Stockholm à la chaleur brûlante de Sydney, de la douceur

379

d'un printemps parisien aux moussons de la Thaïlande ou du Cambodge.

Même ses journées n'obéissaient à aucun rythme. Les médecins qui travaillaient en hôpital étaient soumis à des gardes de jour comme de nuit. Dans le cas des obstétriciens, c'était encore pire puisqu'ils devaient s'adapter aux hasards des naissances. Et les célibataires comme lui finissaient souvent par accepter les horaires les plus improbables…

Peut-être était-il temps pour lui de trouver son propre rythme, d'arrêter de fuir sans cesse et d'accepter le fait qu'une vie régulière et posée n'était peut-être pas synonyme d'ennui.

Il avait envie de se recoucher auprès de Stacey, de dormir au creux de ses bras et de prendre le petit déjeuner avec elle avant de partir travailler. Cette perspective avait quelque chose de profondément rassurant…

Mais il se rappela ce qu'elle lui avait dit au sujet des enfants.

« Si c'est juste une maîtresse d'un soir, j'aurai peur que les jumeaux ne soient perturbés en découvrant qu'une inconnue a passé la nuit dans le lit de leur père… Ils sont encore si jeunes qu'il est difficile de savoir comment ils peuvent réagir à ce genre de choses. »

Etait-il l'amant d'un soir ? Ou leur relation était-elle plus sérieuse que cela ?

Il était incapable de le dire. Déchiré entre des aspirations contradictoires, il ne savait même ce qu'il attendait vraiment de sa vie.

Pendant des années, il avait eu si peur de s'engager qu'il avait passé son temps à perdre ce qui lui était cher. Cela avait commencé avec Stacey, bien sûr, lorsqu'il était parti de Portland.

Mais il réalisait à présent que, par la suite, il n'avait cessé de répéter le même schéma. Chaque fois qu'il commençait à s'attacher à un endroit, il déménageait. Et il en allait de même avec les objets.

N'était-ce pas pour cela qu'il avait vendu le vélo magnifique qu'il avait acheté en Australie au lieu de l'expédier aux Etats-Unis ? Qu'il avait cédé la Jaguar qu'il avait achetée à Seattle ? Qu'il faisait aménager tous ses appartements par des décorateurs professionnels au lieu de les arranger selon ses goûts à lui ?

Sa vie n'était qu'une succession de fuites. Et il était inutile de réfléchir très longtemps pour comprendre que tout avait commencé avec la mort d'Anna. C'était à ce moment précis qu'il avait réalisé le prix à payer lorsque l'on s'attachait vraiment à quelqu'un.

Mais, par une fabuleuse ironie du sort, sa course éperdue l'avait ramené à son point de départ. Il était de retour auprès de Stacey, dans cette ville que hantait toujours le fantôme de leur fille morte avant d'avoir vécu. Et une deuxième chance venait de lui être offerte.

Toute la question était de savoir si, cette fois, il parviendrait à la saisir...

Incapable de répondre à cette question, Jake se leva à contrecœur. Il n'avait aucune envie de quitter Stacey, mais il lui avait promis de partir avant le matin. Et il savait que, s'il se recouchait à ses côtés, il n'aurait jamais le courage de le faire.

A tâtons, il rassembla donc ses vêtements éparpillés sur

le sol au milieu de ceux de la jeune femme. Il se rhabilla rapidement avant de revenir vers elle pour déposer un léger baiser sur ses lèvres entrouvertes.

Le cœur lourd, il quitta alors la chambre et gagna la cuisine. S'emparant du bloc-notes aimanté qu'il avait remarqué sur le réfrigérateur, il hésita quelques instants.

Tu m'as demandé de partir pour éviter que les enfants ne me trouvent dans ton lit…

Cela sonnait un peu trop comme un reproche. Froissant la feuille sur laquelle il venait d'écrire, il la glissa dans sa poche.

Etant donné la discussion que nous avons eue, j'ai jugé préférable de rentrer chez moi. Je t'appelle dès que possible. Tu es merveilleuse. Jake.

Il relut deux ou trois fois ce message et jugea qu'il ferait l'affaire. Quittant la maison, il se dirigea vers sa voiture à l'intérieur de laquelle flottait encore une légère odeur de cuisine chinoise.

Tandis qu'il prenait la direction de chez lui, son téléphone portable se mit à sonner. Le cœur battant, il espéra qu'il s'agissait de Stacey et qu'elle lui demanderait de revenir.

Malheureusement, ce n'était pas elle mais Lindsay Forrest qui lui annonça que la patiente qu'ils avaient admise dans l'après-midi venait d'avoir ses premières contractions. Sans hésiter, Jake effectua un demi-tour et prit le chemin de l'hôpital.

Le lendemain matin, en ouvrant les yeux, Stacey sentit une joie irrépressible la submerger.

Jake était de retour.

Cette simple idée lui faisait presque oublier leur rupture, les mois d'angoisse qui avaient suivi et son mariage raté avec John. Jake était revenu à Portland, ils sortaient de nouveau ensemble et tout redevenait possible.

A la lueur de l'aube, les craintes qu'elle avait éprouvées la veille lui paraissaient désormais sans fondement. Son corps tout entier ne résonnait-il pas toujours des caresses délicieuses qu'il lui avait prodiguées ? N'avait elle pas lu dans ses yeux tout autant que dans ses gestes la tendresse qu'il éprouvait pour elle ?

S'il avait juste voulu faire l'amour avec elle, pourquoi aurait-il tant insisté pour venir dîner et passer la nuit avec elle ?

Quant à ses enfants, ils s'habitueraient rapidement à sa présence. N'avaient-ils pas passé près d'une heure à jouer avec lui, la veille ? De leur part, c'était un signe de confiance très encourageant.

Forte de ses convictions, elle alla chercher les jumeaux et les fit manger. Puis elle les emmena faire les courses au supermarché. Comme à leur habitude, ils insistèrent pour se rendre utiles et ne manquèrent pas de provoquer une bonne dizaine de catastrophes.

Au moment précis où ils rentraient à la maison, Stacey entendit le téléphone sonner. Le cœur battant à tout rompre, elle se précipita sur le combiné et décrocha.

— Jake ? fit-elle.

— Non, c'est John, fit la voix de son ex-mari.

La joie de Stacey retomba aussi soudainement qu'elle était apparue.

— Désolée, fit-elle, affreusement embarrassée. J'attendais un coup de téléphone…

— C'est ce que j'avais cru comprendre, répondit-il froidement. Je t'appelais pour te dire que j'étais de passage à Portland dans la journée. Je voulais te le dire hier, mais nous avons parlé… d'autre chose et cela m'est complètement sorti de l'esprit. Je me demandais si je pouvais venir dîner à la maison, histoire de pouvoir embrasser les enfants.

— Bien sûr, répondit Stacey.

Elle aurait de loin préféré passer la soirée en compagnie de Jake, mais elle ne pouvait interdire à John de voir les jumeaux.

— A vrai dire, reprit-il, je pensais initialement pouvoir rentrer à Olympia, mais j'ai l'impression que le dossier est plus épineux que prévu…

— Ne t'en fais pas. Je viens juste de faire les courses. Nous avons pris de quoi nourrir une armée.

— Merci, Stacey. Disons vers 7 heures ?

— C'est parfait.

Stacey raccrocha et consulta les messages sur son répondeur. Il n'y en avait aucun de Jake et elle se sentit légèrement déçue. L'espace d'un instant, elle fut tentée de l'appeler à l'hôpital, mais elle y renonça. Il avait promis de lui téléphoner et elle ne tenait pas à lui donner l'impression qu'elle le harcelait.

Après avoir fait manger les jumeaux, elle s'occupa donc l'esprit en préparant un bon dîner. Cela aiderait peut-être John à lui pardonner le fait qu'elle revoyait Jake. Après tout, malgré la façon dont elle avait répondu au téléphone, il s'était abstenu de lui faire la moindre remontrance…

Comme à son habitude, John fit preuve d'une ponctualité irréprochable. A 7 heures précises, la sonnette de la porte d'entrée retentit.

John s'était fait couper les cheveux depuis la dernière fois qu'elle l'avait vu. Ils étaient à présent très courts et lui donnaient un aspect légèrement martial, ce qui renforçait encore le mélange de sérieux et d'autorité qui se dégageait de lui.

— Ça sent diablement bon ici, remarqua-t-il. Où sont mes petits monstres ?

— Devant la télévision. Ils ont encore passé la journée à faire les fous et sont complètement épuisés. Je crois que les employés du supermarché se souviendront d'eux encore longtemps.

— Tu aurais dû les asseoir dans le Caddie. C'est la seule façon de les surveiller…

— Malheureusement, il n'y en avait plus un seul de libre. J'ai bien essayé de donner cinquante dollars à une cliente pour lui prendre le sien, mais elle a refusé. Je lui ai proposé de régler ça par un duel à coup dc baguette de pain, mais elle s'est enfuie lâchement…

— Stacey ! protesta-t-il, choqué. Ce n'est vraiment pas un exemple pour les enfants…

— Je plaisantais, John.

Il soupira.

— Désolé… Je crois que c'est cette réunion qui me préoccupe…

Stacey hocha la tête et le suivit des yeux tandis qu'il se dirigeait vers le salon pour aller embrasser les jumeaux.

John n'avait pas changé. Il était beaucoup trop sérieux pour son propre bien.

Combien de fois, du temps où ils étaient mariés, avait-elle essayé de le dérider, d'introduire un peu de folie ou d'originalité au sein de leur couple ? En vain…

Pourtant, il ne manquait pas d'humour. Simplement, il était incapable de prendre à la légère les sujets qu'il considérait comme sérieux…

Un nouveau coup de sonnette interrompit ses réflexions. Surprise, elle se dirigea vers la porte pour aller ouvrir. Et elle se retrouva nez à nez avec Jake qui portait un pantalon de chirurgien, un pull-over et un blouson de cuir.

Malgré ce curieux accoutrement, le simple fait de poser les yeux sur lui la fit fondre.

— Salut, lui dit-il. Je sais que j'avais dit que je t'appellerais mais j'ai préféré te rendre une petite visite surprise, à la place…

En d'autres circonstances, Stacey n'aurait pu s'empêcher de se jeter dans ses bras. Au lieu de cela, elle se força à sourire et à ravaler l'inquiétude qui l'assaillait.

— Entre, lui dit-elle. Je suis sûre que John sera ravi de faire enfin ta connaissance.

John déplut immédiatement à Jake.

Il y avait en lui quelque chose…

L'observant à la dérobée, Jake chercha ce qui pouvait bien le gêner dans son apparence. L'homme était grand, bien bâti, avec des cheveux très noirs et des yeux gris qui trahissaient une intelligence aiguë. Il portait un costume élégant mais sans ostentation.

Ella s'accrochait à la jambe de son pantalon, mais il ne paraissait pas se soucier du fait qu'elle froisse le tissu. En fait, chaque fois qu'il posait les yeux sur elle ou sur Max, son regard se teintait d'une grande douceur. Il était évident qu'il tenait énormément à eux…

Jake fronça les sourcils. Force était de reconnaître que rien dans son aspect extérieur ne le rendait antipathique. En fait, ce qui le gênait vraiment chez lui, c'était…

Le fait qu'il s'agisse de l'ex-mari de Stacey.

Le fait que ce lien qui existait entre eux était bien plus fort que celui qu'il avait établi avec elle.

Jake était son amant, John le père de ses enfants.

Soupirant intérieurement, il songea que ce genre de raisonnement ne le mènerait nulle part.

— Alors, comme ça, vous vivez à Olympia, fit-il pour dissiper le silence pesant qui s'était installé. Il paraît que c'est une très jolie ville…

C'était peut-être une entrée en matière lamentable, mais il ignorait de quoi étaient censés parler un amant et un ex-mari lorsqu'ils se rencontraient.

— J'y réside surtout à cause de mon travail, expliqua John qui paraissait tout aussi embarrassé que lui. Mais, comme en politique les gens ont tendance à ne jamais prendre un jour de repos, je n'ai pas encore eu l'occasion de visiter la ville…

Le regard de John semblait clairement indiquer que l'antipathie des deux hommes était mutuelle. Pourtant, s'il continuait à sortir avec Stacey, il devrait trouver un terrain d'entente avec cet homme qui ferait toujours partie de son existence.

Il était le père de Max et Ella et, quelle que soit la nature de ses relations avec Stacey, elle n'accepterait jamais de les séparer de leur père. Le problème, c'est que Jake n'avait toujours aucune idée de la façon dont lui-même était censé agir avec les jumeaux.

Il avait profité de ses rares moments de liberté au cours de la journée pour méditer sur cette épineuse question, mais n'était guère plus avancé que la veille.

Brusquement, il regretta d'être venu à l'improviste. S'il avait su que John se trouvait là, il se serait prudemment tenu à l'écart.

Encore en train de fuir, Jake ? lui souffla la petite voix qui ne cessait de le persécuter.

Se tournant vers Stacey, il essaya de deviner ce qu'elle pensait de cette étrange situation. Elle paraissait tendue, mais s'efforçait de le dissimuler derrière un sourire aussi rayonnant qu'artificiel.

— Le dîner est bientôt prêt, signala-t-elle. Est-ce que tu veux te joindre à nous ? Il y a assez à manger pour tout le monde…

— Malheureusement, je suis de garde ce soir, mentit-il. Et l'une de mes patientes doit accoucher incessamment sous peu.

Stacey savait pertinemment qu'il s'agissait d'une pure affabulation. Elle le connaissait trop bien pour se laisser abuser.

— Dans ce cas, nous nous verrons peut-être demain à l'hôpital.

— D'accord, répondit-il, bien décidé à faire en sorte que tel soit le cas.

— Que diriez-vous de prendre un verre avant de repartir ? suggéra John à la surprise de Stacey et de Jake.

— Je ne bois jamais lorsque je suis de service, objecta ce dernier.

— J'imagine que Stacey a des boissons sans alcool…

— Certainement, répondit celle-ci. J'ai du jus d'orange, de l'eau pétillante, du soda, du lait… Je peux te faire un café, si tu veux.

Jake comprit que John avait l'intention d'en apprendre un peu plus long sur son compte. Il songea que c'était peut-être l'occasion pour lui de faire de même et de dépasser sa première impression.

Après tout, le père de deux enfants aussi charmants ne pouvait être complètement mauvais. Et puis, si difficile que ce soit à admettre, Stacey était tombée amoureuse de cet homme…

— Je prendrais bien un jus d'orange, répondit-il.

— Très bien. Installez-vous dans le salon pendant que je fais dîner les enfants.

Les deux hommes quittèrent la cuisine et prirent place l'un en face de l'autre. Pendant quelques instants, ils se regardèrent à la dérobée. Jake songea qu'ils agissaient exactement comme deux animaux se disputant une femelle. Après ce round d'observation viendrait le moment du premier coup de corne.

Tout ceci était ridicule. Il repensa alors à l'un des conseils que prodiguait son père dans son second best-seller : conduisez-vous toujours comme si vous aviez pardonné, même lorsque tel n'est pas le cas. Au bout d'un moment, le véritable pardon naîtra de lui-même.

Il décida d'appliquer ce sage conseil : en faisant comme s'il appréciait John, il finirait peut-être effectivement par le trouver sympathique.

A condition, bien sûr, qu'il ait l'occasion de le revoir.

Donc qu'il continue à sortir avec Stacey.

Donc qu'il s'installe durablement à Portland…

Il pouvait aussi décider de quitter cette maison, de rompre avec Stacey et de partir de Seattle. Cette simple idée lui donna une impression de liberté si intense qu'il fut tenté de la mettre en application au plus vite.

Encore en train de fuir, Jake ?

Il se figea sur son siège, réalisant combien il lui serait difficile de perdre Stacey une fois de plus.

Malheureusement, cette certitude ne contribua guère à adoucir le goût amer qu'il avait dans la bouche lorsqu'il sortit de chez la jeune femme, moins d'une demi-heure plus tard.

- 8 -

Le lendemain, vers l'heure du déjeuner, Jake vint trouver Stacey dans son bureau. Depuis qu'elle était arrivée à l'hôpital, ce matin-là, elle avait travaillé sans relâche.

C'était tout le problème de son poste à temps partiel : les gens avaient tendance à entasser les dossiers sur son bureau pendant qu'elle n'était pas de service et elle était ensuite forcée de tout traiter dans l'urgence.

Jusqu'à présent, elle s'était toujours refusée à ramener du travail à la maison pour ne pas empiéter sur le temps qu'elle passait en compagnie de ses enfants. Mais le jour viendrait bientôt où elle n'aurait plus le choix. Et cette perspective la déprimait profondément.

Aussi fut-elle ravie de voir Jake passer la tête par l'embrasure de sa porte. Il lui suffisait de le regarder pour sentir ses soucis s'envoler, remplacés par des pensées nettement mois avouables mais beaucoup plus exaltantes.

— Salut, fit-il. Je peux entrer ?

— Avec plaisir ! s'exclama-t-elle.

Il pénétra dans le bureau et elle se sentit fondre intérieurement. Vêtu d'un pantalon noir et d'une chemise blanche, il

391

portait sa blouse de médecin qui renforçait l'aura d'autorité et de compétence qui se dégageait de lui.

Stacey se demanda brusquement combien de ses patientes étaient tombées amoureuses de lui.

— Ça n'a pas l'air d'aller, remarqua-t-il.

— Ce n'est rien… J'ai une quantité de travail astronomique et c'est justement ce jour-là que choisit mon ordinateur pour faire des caprices.

— Tu devrais appeler la maintenance, suggéra-t-il.

L'estomac de la jeune femme émit un grognement affamé.

— Je crois que ça ira beaucoup mieux une fois que j'aurai mangé, répondit-elle.

— Est-ce une façon de te faire inviter à déjeuner ?

— Pas du tout, protesta vivement Stacey.

Elle ne tenait pas à ce qu'il pense qu'elle en était réduite à mendier un rendez-vous avec lui.

— C'est juste qu'il est une heure et demie, que j'ai passé beaucoup trop de temps à me battre avec cet ordinateur et que, contrairement à lui, j'ai besoin de me sustenter de temps à autre…

— Détends-toi, Stacey. A vrai dire, c'est exactement pour cela que j'étais venu te voir. Je me disais que nous pourrions manger ensemble et en profiter pour discuter. Nous n'en avons pas vraiment eu l'occasion, hier soir…

Tout en parlant, il s'était rapproché d'elle. Il se tenait à présent à quelques centimètres, ce qui n'aurait pas manqué de surprendre ses collègues s'ils les avaient aperçus à travers la porte entrouverte.

Mais Stacey s'en moquait. Si elle l'avait osé, elle aurait

couvert cette distance qui les séparait encore pour l'embrasser avec passion. Le simple fait de sentir l'odeur de sa peau à laquelle se mêlait celle de son eau de toilette suffisait à lui rappeler leurs étreintes passionnées de l'avant-veille.

— Je sais, répondit-elle enfin. Moi aussi, j'ai été déçue. Mais je ne savais pas que John serait là. Il est passé à l'improviste parce qu'il avait une réunion en ville…

Elle se demanda avec une pointe d'angoisse ce que Jake était venu lui dire, la veille, et ce qu'il lui dirait si elle acceptait son invitation à déjeuner. Qu'il avait commis une erreur et qu'il valait mieux qu'ils en restent là ?

Cette idée lui était intolérable.

Stacey n'avait fait l'amour avec Jake que parce qu'elle pensait que leur relation avait un avenir. Elle espérait plus, beaucoup plus, même. Et s'il la repoussait à présent, elle savait déjà que la blessure qu'il lui causerait mettrait longtemps à se refermer.

— Il a l'air d'être quelqu'un de bien, remarqua Jake. Je l'ai trouvé plutôt sympathique…

— Menteur ! s'exclama-t-elle. Vous vous êtes détestés dès le premier regard. On aurait que vous étiez prêts à vous sauter à la gorge l'un l'autre !

Jake ne put s'empêcher de rire. Tendant la main vers elle, il caressa doucement sa joue.

— Je plaide coupable, avoua-t-il. Pourtant, je t'assure que j'ai essayé… J'aurais vraiment voulu sympathiser avec lui, crois-moi.

— J'ai bien peur qu'il n'en ait aucune envie.

— Sans doute… Mais c'est une autre question. Si je

parviens à le trouver sympathique, je parviendrai peut-être à le convaincre que je le suis, moi aussi.

— Tu serais prêt à faire ça ? s'étonna-t-elle.

Il hésita un instant.

— Nous en reparlerons…, répondit-il. En attendant, allons déjeuner. De combien de temps disposes-tu ?

Elle jeta un coup d'œil à sa montre et poussa un soupir de désespoir.

— Disons quarante-cinq minutes moins les quarante-deux que je viens de passer sur ce maudit ordinateur, répondit-elle d'un air sombre.

Jake sourit.

— Trois minutes ? Cela nous laisse le temps d'une promenade romantique jusqu'au distributeur de sandwichs. Qu'en dis-tu ?

Elle rit à son tour, oubliant brusquement les craintes qui l'habitaient. Apparemment, il n'était pas encore décidé à l'abandonner. Et si elle ne savait combien de temps durerait cette idylle, elle saurait se satisfaire pour le moment de l'espoir qui lui était offert.

— Soyons fous, répondit-elle en souriant. Poussons l'audace jusqu'à nous accorder un quart d'heure à la caféteria…

Ils quittèrent donc son bureau pour s'y rendre. Là, Stacey prit une salade composée tandis que Jake commandait un plat mexicain. Ils allèrent ensuite s'installer à une table qui se trouvait un peu à l'écart des autres.

— Tu sais que j'ai acheté un nouveau vélo ? remarqua-t-il brusquement.

— Ah bon ? fit-elle, ne sachant trop que penser de cette déclaration.

Ce n'était pas vraiment le genre de conversation qu'elle s'était attendue à avoir avec lui. Pourtant, en le regardant plus attentivement, elle remarqua qu'il paraissait accorder une certaine importance à cet achat.

Il se lança même dans une description détaillée de l'engin qui avait presque des accents lyriques.

— C'est une mécanique de toute beauté, conclut-il. On voit que ceux qui l'ont conçue ont pensé au moindre détail…

— On dirait que tu es tombé amoureux, remarqua-t-elle, gentiment moqueuse.

Une expression étrange passa dans ses yeux.

— Peut-être, répondit-il. Tu dois avoir raison. Je ne l'aurais pas achetée, sinon…

Une fois de plus, Stacey avait l'impression qu'il s'agissait d'une phrase à double sens. Mais elle ne voyait vraiment pas quel rapport il y avait entre une bicyclette et leur relation.

— Te connaissant, je suis prête à parier que tu as dû prendre ce qu'il y avait de mieux.

Il sourit malicieusement.

— Toujours, répondit-il en lui lançant un regard incendiaire.

— Est-ce que tu m'inviteras un jour pour me la montrer ? demanda-t-elle en le regardant droit dans les yeux.

— Je ne savais pas que les filles craquaient pour les vélos, remarqua-t-il en riant.

— A moins que ce ne soit pour le cycliste, répliqua-t-elle d'un ton qui se voulait léger.

— Tu pourras même l'essayer, si tu veux.

Elle se demanda s'il parlait toujours du vélo.

— Il paraît qu'il y a des promenades magnifiques à faire, autour de Portland…

— C'est vrai, acquiesça Jake. A vrai dire, cela fait très longtemps que j'avais envie de me remettre au vélo… J'en avais un en Australie et je passais presque tous mes week-ends à explorer la région. Qui sait ? Je pourrais peut-être t'en offrir un pour ton anniversaire. Nous pourrions aller faire quelques balades ensemble.

Etait-ce une façon de lui dire qu'il entendait poursuivre ce qu'ils avaient commencé ce week-end ?

— En attendant, tu pourrais venir dîner à la maison, ce soir, suggéra-t-il. Comme cela, je te montrerai cette petite merveille. Amène les jumeaux.

— Tu es sûr ? Je ne voudrais pas qu'ils abîment ton précieux engin.

Il parut réfléchir à la question et hocha la tête.

— Tu as peut-être raison. Et puis, ce ne serait pas idéal de les coucher pour les réveiller lorsque tu repartiras. Tu es sûre que tu ne peux pas passer la nuit chez moi ?

— J'aimerais beaucoup, je t'assure. Mais je ne sais pas s'ils sont prêts. Il vaut sans doute mieux que je fasse venir leur baby-sitter.

— D'accord, soupira-t-il.

Elle réalisa une fois de plus qu'ils se retrouveraient perpétuellement confrontés à ce genre de problème. Car si la passion qui brûlait entre eux paraissait être sortie intacte de dix-sept ans de séparation, leurs vies, elles, avaient changé.

Elle était divorcée et mère de deux enfants, ce qui rendait les choses bien plus difficiles qu'autrefois. Et, si elle voulait que leur relation ait une chance de s'épanouir, tous deux devraient faire certains efforts et certaines concessions.

Stacey se sentait prête à tenter l'aventure. Mais elle continuait à se demander avec angoisse si Jake ne finirait pas par se dire que le jeu n'en valait pas la chandelle…

Lorsque Stacey le rappela pour lui confirmer qu'elle avait trouvé quelqu'un pour garder les enfants, Jake perçut dans sa voix une certaine tension.

— Je suis désolé, lui dit-il. Il aurait peut-être été plus simple que ce soit moi qui vienne chez toi. Si tu préfères, on peut toujours faire comme ça…

— Ne t'en fais pas, répondit-elle. Tout est arrangé. Je passe la prendre dans cinq minutes.

— Si tôt que cela ? s'étonna Jake.

— Ce n'est pas ma baby-sitter habituelle mais l'une de ses amies. Les enfants l'adorent, mais elle vit assez loin de chez moi et n'a pas de voiture. Le temps que je parte la chercher avec les jumeaux, que nous revenions tous ici, et que j'aille chez toi, je devrais arriver vers 7 heures, comme prévu.

— Tu peux venir plus tard, si cela t'arrange…

— Non, c'est bon. Par contre, je ne te promets pas d'être pile à l'heure. Lorsqu'il s'agit des jumeaux, j'ai appris qu'il fallait toujours compter sur quelques imprévus de dernière minute…

— En tout cas, tu as fait vite ! J'imagine que tu n'as pas dû rentrer chez toi depuis plus d'une demi-heure.

— Vingt minutes, le temps d'aller chercher les enfants à la crèche. Mais tout est sous contrôle…

Un cri perçant se fit entendre derrière elle.

— Plus ou moins, ajouta-t-elle avec une pointe d'auto-dérision.

Jake se morigéna intérieurement. Il aurait dû anticiper les difficultés que Stacey rencontrerait pour venir chez lui. Ils avaient travaillé d'arrache-pied toute la journée et il avait voulu organiser une soirée tranquille et reposante pour que tous deux puissent décompresser ensemble.

Mais son invitation semblait avoir eu un effet radicalement opposé. A cause de lui, Stacey n'aurait pas même cinq minutes pour se détendre un peu et profiter de ses enfants.

Comment avait-il pu être aussi stupide ? Douze ans de cours à l'université, de succès professionnels et de voyages à travers le monde n'avaient visiblement pas suffi à le préparer à la complexité d'une relation avec elle.

— Il serait peut-être plus simple que j'aille chercher la baby-sitter, que je l'emmène chez toi et que je revienne ici avec toi, suggéra-t-il.

— C'est inutile, Jake, je t'assure. Je passe mon temps à faire ce genre de choses. Tout ce que tu as à faire, c'est me préparer un bon repas. Je crois que j'en aurai bien besoin !

— Pas de problème. Ça, au moins, je dois pouvoir le faire, promit-il.

Stacey arriva à 7 h 20. Jamais Jake n'aurait pu croire qu'elle avait passé une journée à travailler sans relâche avant de passer à la crèche, de s'occuper de ses enfants et d'aller chercher leur baby-sitter à l'autre bout du monde.

Elle était rayonnante. Coiffée, maquillée, elle portait un haut légèrement décolleté et un pantalon noir qui mettait en valeur sa silhouette avantageuse. Le seul détail qui trahissait sa précipitation — ou le caractère facétieux des jumeaux — était la tache de dentifrice qui ornait son fascinant postérieur.

Mais Jake jugea préférable de ne pas en parler. Il avait commis suffisamment de bévues pour ne pas courir le risque de gâcher le soin qu'elle avait apporté à sa tenue.

Il s'était aussi donné beaucoup de mal en cuisine pour se faire pardonner son erreur. Initialement, il avait été tenté de faire appel aux services d'un traiteur renommé de la région. Mais il avait finalement décidé de tout faire lui-même.

Après tout, il n'aurait pas été juste de laisser à Stacey l'exclusivité de tous les efforts…

Après mûre réflexion, il avait opté pour des raviolis aux crevettes, une salade au fromage de chèvre, des steaks au poivre accompagnés de petits légumes grillés et un gâteau au chocolat que, faute de temps, il avait acheté dans l'une des meilleures pâtisseries de Portland.

Le résultat était tout à fait honorable et il eut le plaisir de voir Stacey se régaler.

— Je ne savais pas que tu faisais la cuisine, remarqua-t-elle, impressionnée.

Il venait de servir le dessert et elle paraissait nettement plus détendue que lorsqu'elle était arrivée chez lui.

— Disons qu'après quelques années de célibat on finit par se lasser des plats surgelés et des boîtes de conserve, répondit-il modestement.

— Moi qui te prenais pour un irréductible du plateau-télé !

— Oh, ne t'en fais pas ! La plupart du temps, je n'ai pas

le courage de me mettre aux fourneaux et je mange ce que je trouve dans mon réfrigérateur…

Il jeta un coup d'œil à sa montre et constata qu'il était 9 heures passées.

— Dis-moi, fit-il, est-ce que tu dois ramener ta baby-sitter chez elle, ce soir ?

— Et laisser les enfants à la maison ? protesta-t-elle avec effroi. Sûrement pas ! Je lui paierai un taxi.

— Tu ne les laisses jamais seuls ? demanda-t-il.

— A deux ans ? Tu n'y penses pas ! Dieu seul sait ce qu'ils seraient capables d'inventer…

— Même quand tu as juste une course à faire ?

— Même dans ce cas, répondit-elle. Il suffit de quelques minutes pour qu'ils provoquent une catastrophe. Du coup, la moindre emplette se transforme en véritable expédition. Pour un obstétricien, on dirait que tu as encore beaucoup de choses à apprendre sur les enfants, Jake, ajouta-t-elle avec une pointe d'ironie.

Il regretta brusquement d'avoir abordé le sujet. Une fois de plus, cela le renvoyait à toute une série de problèmes qu'il devrait régler s'il souhaitait voir leur relation durer. Le plus important, sans doute, était de savoir à quel point il était prêt à s'engager vis-à-vis de Stacey et de ses enfants.

Et cela dépendait beaucoup de ce qu'elle-même attendait de lui et de la façon dont elle réagirait s'il était incapable d'assumer ses responsabilités. Qui sait ? Ce serait peut-être elle qui finirait par rompre, cette fois, en constatant qu'il n'était pas à la hauteur…

Cette idée le terrifiait presque autant que l'engagement qu'exigerait de sa part une vie de couple avec elle. Et il préféra écarter momentanément ces préoccupations pour se concentrer sur sa séduisante invitée.

Chaque fois que ses yeux se posaient sur elle, il ne pouvait s'empêcher de se rappeler l'expression de son visage lorsqu'ils faisaient l'amour. Et ce souvenir l'aida à ravaler la boule d'angoisse qui s'était formée dans sa gorge.

Encore en train de fuir, Jake ?

Il frissonna, aiguillonné une fois de plus par cette petite voix qui ne cessait de le persécuter. Il avait l'impression de se débattre entre enfer et paradis, prisonnier de son désir comme de ses propres contradictions.

— Tu sais que tu as du chocolat au coin de la lèvre, remarqua-t-il, s'arrachant à ses sombres pensées.

Elle ne fit pas mine de l'enlever et se contenta de le regarder droit dans les yeux.

— Je crois que tu es mieux placé que moi pour l'enlever, lui dit-elle d'une voix un peu rauque.

Percevant le désir qui se lisait dans ses yeux, il fut parcouru d'un frisson irrépressible. Incapable de lui résister, il se leva à demi de sa chaise et se pencha par-dessus la table pour cueillir du bout de la langue la crème au chocolat qui ornait sa lèvre.

Stacey frémit à son tour et tourna légèrement la tête pour pouvoir l'embrasser. Et la sensualité de cet instant balaya momentanément tous les doutes de Jake, ne laissant place dans son esprit que pour cette passion brûlante qu'elle lui inspirait.

*
* *

Ils se déshabillèrent l'un l'autre avec une urgence qui trahissait mieux que des mots le besoin qu'ils avaient l'un de l'autre. Puis Jake écarta violemment leurs couverts et l'allongea sur la table sans cesser de la dévorer de baisers.

Stacey savait qu'il cherchait à oublier les doutes et les angoisses qu'elle avait lus dans ses yeux au cours du dîner. Il voulait oublier, l'espace de quelques minutes, toutes les incertitudes qui pesaient sur eux.

Mais elle s'en moquait.

Elle aussi avait besoin d'exorciser sa peur de l'avenir incertain qui s'ouvrait devant eux. Elle voulait croire que le plaisir qu'ils savaient se donner triompherait de tous les obstacles qui les attendaient encore.

Aussi s'abandonna-t-elle entièrement à cette étreinte, y puisant la force de croire que tout était encore possible. Puis le plaisir balaya toute pensée et de l'espace, cet instant où Jake et elle ne faisaient plus qu'un, elle sut au plus profond d'elle-même que, quoi qu'il arrive, elle ne cesserait jamais de l'aimer.

Pendant ce qui lui parut une éternité, ils restèrent allongés côte à côte sur la table. Stacey se demanda si la décoratrice qui l'avait choisie avait deviné l'usage détourné qu'en ferait un jour son client. Au moins, elle n'avait pas cédé sous l'ardeur de leur étreinte, songea-t-elle malicieusement.

— Quand pourrons-nous nous revoir ? lui demanda alors Jake.

Il y avait une pointe de détresse dans sa voix, comme si l'idée de la voir repartir ce soir lui était insupportable. Stacey aurait certainement dû s'en réjouir, mais elle en était incapable. Elle aussi aurait voulu rester et passer la nuit dans ses bras.

Et, alors que tous ses sens résonnaient encore de l'expérience merveilleuse qu'elle venait de vivre, elle sentit ses inquiétudes resurgir.

— Ce week-end ? suggéra-t-elle.

— C'est impossible… Je suis de garde et j'ai trois césariennes à faire demain, ce qui veut dire que je devrai surveiller mes patientes et veiller à ce qu'elles se rétablissent bien.

Il se redressa et chercha ses vêtements des yeux. L'expression de son visage prouvait de façon éloquente qu'il partageait ses doutes et ses incertitudes. Elle se sentit brusquement très exposée, allongée comme elle l'était sur cette table.

Le cœur lourd, elle se releva donc à son tour et tous deux entreprirent de se rhabiller dans un silence lourd d'amertume et de non-dits.

— Il se fait tard, soupira-t-il enfin.

— J'ai encore un peu de temps, objecta-t-elle.

— Bien, fit-il. Tant mieux.

Mais il ne paraissait pas vraiment convaincu. Stacey se demanda tristement comment ils avaient pu basculer si rapidement de la passion la plus débridée à cette discussion embarrassée et distante.

C'était le genre de situation qui se produisait régulièrement, du temps de son mariage avec John, mais jamais elle n'aurait pensé qu'une telle chose puisse arriver avec Jake.

— Je voulais juste éviter que ta baby-sitter ne s'inquiète…, lui dit-il, mal à l'aise.

— Je sais… Jake, serre-moi dans tes bras, s'il te plaît.

Il s'exécuta et tous deux s'étreignirent soudain avec force, comme s'ils craignaient de se perdre. Stacey avait beaucoup de mal à retenir les larmes qui lui montaient aux yeux.

La vie lui paraissait brusquement très injuste. Dix-sept ans plus tôt, ils avaient été séparés par la mort de leur fille. A présent, ils s'étaient retrouvés et c'étaient ses propres enfants qui creusaient entre eux ce gouffre qui menaçait à chaque instant de les engloutir…

— Stace, murmura-t-il à son oreille, je suis désolé… J'ai beaucoup de mal à gérer tout ça, tu sais. J'essaie de faire ce qu'il faut, mais je ne cesse de commettre des erreurs et j'ai peur qu'elles ne finissent par nous séparer une fois encore…

— Je comprends.

— Je voudrais te voir ce week-end. Et le fait de savoir que c'est impossible me tue.

— Moi aussi, avoua-t-elle. Mais nous pourrons nous voir la semaine prochaine, n'est-ce pas ? Je suis libre presque tous les soirs.

— D'accord, soupira-t-il.

Stacey se demanda combien de temps au juste ils parviendraient à se voir de cette façon. Certes, elle aurait pu lui consacrer toutes ses soirées, s'il l'avait voulu.

Malheureusement, la plupart du temps, elle était si épuisée qu'elle s'effondrait sur son canapé et regardait un film. Une fois sur deux, elle s'endormait devant et ne voyait même pas la fin. De plus, ils ne pourraient espérer sortir beaucoup. Chaque fois que Jake voudrait l'emmener au restaurant, au théâtre ou au cinéma, il lui faudrait faire venir quelqu'un pour s'occuper des enfants.

— Disons lundi soir, suggéra-t-elle.

Mais l'idée de devoir patienter jusque-là avant de le revoir la déprimait. Elle réalisa alors combien elle était déjà dépendante de lui. Pouvait-elle vraiment se le permettre alors que l'avenir de leur relation était si incertain ?

C'était sans doute une question purement académique, songea-t-elle avec une pointe d'autodérision. Après tout, qu'elle le veuille ou non, elle avait déjà commencé à compter sur Jake, à attendre la prochaine fois qu'ils se verraient, à penser à lui, à se sentir en sécurité auprès de lui…

C'était arrivé si vite. Elle ne parvenait pas vraiment à comprendre comment une telle chose était possible. Etait-ce simplement à cause du lien qui avait existé entre eux, autrefois ? Ou bien à cause de ce qu'il lui avait dit au sujet de leur rupture et de la mort d'Anna ?

Ou bien parce qu'ils avaient toujours été faits l'un pour l'autre et que seuls les aléas de la vie avaient pu les séparer ?

— Tu sais, remarqua-t-elle, la semaine prochaine, nous pourrons passer tout le week-end ensemble.

Un large sourire illumina le visage de Jake et lui réchauffa le cœur.

— Vraiment ? fit-il.

— Oui. Max et Ella seront chez leur père. Je pensais les y emmener mais je crois qu'il ne verra pas d'inconvénient à venir les chercher. C'est ce qu'il fait, la plupart du temps.

— Deux jours entiers ! s'exclama joyeusement Jake. C'est génial !

Stacey hocha la tête. Mais le sourire qu'elle lui retourna

était teinté d'un brin d'amertume. Comment pouvaient-ils en être réduits à considérer ces deux jours comme un véritable miracle alors qu'autrefois ils avaient parlé de passer ensemble leur vie tout entière ?

- 9 -

Au cours de la semaine qui suivit, Jake et Stacey parvinrent à se voir deux fois. A chaque occasion, ils se donnaient rendez-vous chez elle, faisaient manger les enfants puis passaient des heures à discuter et à faire l'amour. Mais Jake repartait toujours avant que les jumeaux ne se réveillent, ce qui leur laissait à tous deux un vague sentiment de frustration.

La joie qu'ils éprouvaient de se retrouver ne faisait para-doxalement que renforcer cette amertume. Ils auraient aimé ne pas avoir à se cacher, pouvoir prendre le petit déjeuner ensemble, pouvoir s'embrasser lorsqu'ils en avaient envie… Mais c'était impossible.

Stacey attendait donc avec une impatience croissante ce week-end où ils pourraient enfin s'aimer librement et sans contrainte. Et, lorsqu'elle se gara enfin devant chez Jake, le vendredi soir, son cœur était gorgé d'une joie qu'elle avait beaucoup de mal à contenir.

Aussi fut-elle très surprise de constater que la maison était plongée dans l'obscurité. Inquiète, elle s'approcha de la porte et constata qu'elle était entrouverte. Sur le montant était placardée une petite affiche. Fronçant les sourcils, elle s'en approcha.

« Entre », lut-il.

Surprise, elle s'exécuta. L'entrée était déserte, mais elle remarqua aussitôt une autre affichette.

« Par ici »

Elle suivit la flèche et se retrouva au pied de l'escalier sur lequel était épinglé une autre pancarte.

« Plus haut »

Cette fois, elle sourit, ravie. A mi-chemin, elle trouva un nouveau papier.

« Encore plus haut »

Et, juste avant le palier du premier étage :

« Encore un effort… »

Elle éclata d'un rire qui résonna joyeusement dans la grande maison vide et chercha l'affiche suivante.

« A droite, s'il vous plaît »

Suivant le couloir, elle dépassa plusieurs portes sur lesquelles étaient accrochées de nouvelles affiches.

« Non »

« Pas ici »

« Toujours pas »

« Bien tenté… mais non »

Au bout du couloir, elle trouva la dernière.

« Entrez à vos risques et périls »

Le cœur battant, elle poussa la porte et se figea sur le seuil de la pièce qu'elle découvrit derrière.

C'était une immense salle de bains que Jake avait pris soin d'éclairer d'une multitude de petites bougies. Lui-même était confortablement allongé dans une immense baignoire emplie de mousse. A ses côtés trônait un seau à glace dans lequel était plongée une bouteille de champagne.

— Bonsoir, lui dit-il, visiblement ravi de l'expression à la fois stupéfaitc ct émue qui se peignait probablement sur son visage. Je me suis dit qu'après une dure semaine de labeur tu avais sans doute besoin de te détendre un peu…

— Oh, Jake, murmura-t-elle, les larmes aux yeux.

Elle savait qu'elle était ridicule, mais ne s'en souciait pas le moins du monde. Cette surprise était le plus beau cadeau qu'on lui ait fait depuis très longtemps.

— Cela doit faire trois ans que je n'ai pas pris un bain, murmura-t-elle.

— Dans ce cas, tu dois être très sale. Ne t'en fais pas, j'ai ici tout ce qu'il faut pour te nettoyer !

Il tendit la main vers un imposant assortiment d'articles de douche : des éponges, des crèmes, diverses sortes de savon, de shampoings et de brosses.

— A vrai dire, je ne connais pas l'utilité de la moitié de ces trucs, mais la vendeuse m'a assuré que c'était ce qui se faisait de mieux. A ce propos, d'après ce qu'elle m'a dit, la première chose à faire pour profiter vraiment d'un bon bain est de se déshabiller. Comme tu le vois, j'ai pris un peu d'avance…

Stacey éclata de rire et fit mine de déboutonner son chemisier.

— Attends ! protesta-t-il vivement.

Se tournant sur sa droite, il appuya sur l'un des boutons du lecteur CD qu'il avait installé près du lavabo. Les premières notes de *Ascenseur pour l'échafaud* de Miles Davis résonnèrent dans la salle de bains.

— Pas de strip-tease digne de ce nom sans musique, déclara-t-il sentencieusement.

Dans ses yeux brillait une lueur de défi. Mais c'en était un qu'elle était prête à relever avec plaisir. Se laissant guider par la musique, elle entreprit d'effeuiller ses vêtements un par un sous le regard appréciatif de Jake.

Elle prit tout son temps, bien décidée à lui offrir un spectacle qu'il n'oublierait pas de sitôt. L'admiration qui ne tarda pas à illuminer ses yeux constitua une récompense plus que gratifiante.

Lorsqu'elle se retrouva enfin nue devant lui, elle enjamba le rebord de la baignoire et prit place en face de lui.

— S'ils ne veulent plus de toi à l'hôpital, je crois que tu n'auras aucun mal à te reconvertir, remarqua-t-il d'une voix un peu étranglée.

Elle plongea sa main sous la mousse, effleura la hampe dressée de son désir et sourit en le voyant frissonner.

— On dirait que tu as raison, répondit-elle avec un petit sourire satisfait.

— Stacey, je crois que tu vas finir par me rendre complètement fou.

— Tant mieux, répondit-elle en accentuant le mouvement de ses doigts. Parce que c'est exactement ce que j'avais en tête. Et je te préviens, Jake, cela ne fait que commencer…

Lorsque Stacey ouvrit les yeux, ce matin-là, la première chose qu'elle sentit fut le corps tiède de Jake niché contre le sien. Ils avaient enfin passé la nuit entière dans les bras l'un de l'autre comme ils avaient si souvent rêvé de le faire.

Elle se sentait en sécurité, comme si plus rien ne pouvait plus l'atteindre ou lui faire de mal. La joie qui l'envahit était si pure et si parfaite qu'elle aurait pu rester allongée là pendant des heures, goûtant simplement le bonheur de cette étreinte.

Mais Jake avait apparemment d'autres idées. Lorsqu'il se réveilla à son tour, quelques minutes plus tard, elle sentit sa main effleurer son flanc avant de glisser le long de son ventre jusqu'à sa poitrine.

Il suffit de quelques caresses pour que la sérénité de Stacey se transforme en passion incandescente et ils firent l'amour avec le même enthousiasme que la veille. La magie sans cesse renouvelée de ces moments ne cessait d'émerveiller Stacey.

Avec Jake, il lui semblait que c'était toujours la première fois. L'habitude grandissante qu'ils avaient l'un de l'autre n'entamait en rien le plaisir qu'ils partageaient. L'érotisme de ces moments semblait pouvoir durer toujours, comme si leur désir était insatiable.

Ils prirent tout leur temps et ne quittèrent leur chambre que vers 9 heures. Jake portait un caleçon et un T-shirt de rugby qu'il avait acheté en Australie. Stacey, quant à elle, avait enfilé le peignoir qu'il lui avait prêté et qui était deux fois trop grand pour elle.

Mais elle s'y sentait bien, parce que le tissu-éponge avait conservé un peu de l'odeur troublante de sa peau. D'une certaine façon, elle avait ainsi l'impression de ne faire plus qu'un avec lui.

Et n'était-ce pas ce que souhaitait toute femme amoureuse ?

Bien sûr, réalisa-t-elle, ils s'étaient bien gardés jusqu'alors de mettre des mots sur les sentiments qui les unissaient. Mais le fait qu'ils s'aimaient n'était-il pas de plus en plus évident ?

« Je t'aime, Jake », murmura-t-elle en son for intérieur.

Ces simples mots lui donnaient le courage de faire face à toutes les difficultés qu'ils auraient encore à affronter. Elle les savourait en secret, les laissant réchauffer son cœur après l'interminable hiver qu'il avait traversé.

Jake prépara du café et sortit de quoi préparer un petit déjeuner pantagruélique. Après la nuit passionnée qu'ils venaient de passer, c'était exactement ce dont ils avaient besoin. Ils mangèrent donc avec appétit.

— Alors ? fit Jake. Qu'est-ce que tu veux faire de ta journée ? Rester ici ? Aller te promener ? Aller voir un film ?

— Je ne sais pas encore… En tout cas, il faut d'abord que j'appelle John pour lui demander si tout s'est bien passé.

Cette remarque figea Jake, qui s'apprêtait à lui resservir du café. Il parut hésiter quelques instants avant de parler.

— Tu es sûre ? demanda-t-il enfin. Ne crois-tu pas qu'il t'aurait appelée, s'il s'était passé quoi que ce soit d'anormal ?

— Si, bien sûr…, répondit-elle, troublée. Mais j'ai juste envie de leur parler.

Jake hocha la tête et remplit sa tasse. Puis, sans dire un mot, il alla chercher le téléphone sans fil et le lui tendit. Tandis qu'elle composait le numéro de John, elle perçut dans ses yeux une certaine distance qu'elle ne s'expliquait pas vraiment.

— John ? fit-elle lorsque son ex-mari décrocha enfin. Salut, c'est moi…

— Ils ont passé une bonne nuit, lui dit John avant même qu'elle ne lui pose la question.

— Tant mieux, répondit-elle. Est-ce qu'Ella a encore essayé de sortir de son lit ?

— Non. Elle est restée bien sagement dedans. Comme Max. Je les ai emmenés au centre commercial hier, et ils étaient épuisés.

— J'espère qu'ils ne se sont pas couchés trop tard…

— Ne t'en fais pas, on est juste allés manger une glace. Par contre, j'ai eu beaucoup de mal à les convaincre que se baigner dans la fontaine décorative n'était pas une bonne idée…

— Et aujourd'hui ? Qu'est-ce que vous allez faire ?

— Je ne sais pas. Nous trouverons bien quelque chose.

Stacey résista à l'envie de lui suggérer diverses activités ou de l'interroger sur ce qu'il avait prévu à manger. Elle s'abstint aussi de demander à parler aux jumeaux. A la fin de telles conversations, ils ne manquaient jamais de demander à John quand ils reverraient leur mère.

Le problème, c'est qu'ils étaient beaucoup plus habitués à ce que John les appelle alors qu'ils se trouvaient chez elle. Et cette inversion des rôles avait tendance à les déstabiliser. Aussi évitait-il généralement de leur infliger ce genre d'expérience.

Lorsqu'elle raccrocha enfin, Jake la considérait toujours avec attention. Peut-être aurait-elle dû téléphoner d'une autre pièce, mais elle n'avait rien à lui cacher et tenait à lui prouver qu'elle lui faisait entièrement confiance. Malheureusement, cette attitude ne paraissait pas avoir porté ses fruits, s'il fallait en croire le regard réprobateur qu'il posait sur elle.

— Y a-t-il un problème, Jake ? lui demanda-t-elle.

— Je me demandais juste pourquoi tu avais fait ça…

— Pourquoi j'ai appelé John ? Parce que j'ai tendance à être un peu trop protectrice lorsqu'il s'agit de mes enfants, je suppose…

— Le fait de l'admettre ne l'excuse pas, Stace, remarqua-t-il.

— C'est vrai. Mais je ne vois pas très bien en quoi cela te dérangerait. C'est plutôt John qui aurait le droit de se plaindre…

— Et il ne le fait jamais ?

Stacey hésita.

— Il pense parfois que j'en fais un peu trop, reconnut-elle. Mais je suis convaincue du contraire. Je sais que ce n'est pas facile pour un célibataire de se retrouver avec deux enfants de cet âge…

— C'est ce que tu vis tous les jours, pourtant, rétorqua Jake. D'ailleurs, je ne pense pas que ce soit pour l'aider que tu l'appelles. J'ai plutôt l'impression que tu cherches à contrôler la façon dont il s'occupe d'eux. Or je ne pense pas qu'il en ait besoin. Tu me diras peut-être que cela ne me regarde pas… Ce serait vrai si cela ne venait pas interrompre le premier vrai moment d'intimité que nous avons depuis que nous sortons de nouveau ensemble.

— Alors, c'est cela qui t'ennuie ? Le fait que ce coup de téléphone ait interrompu notre petit déjeuner ?

— Entre autres choses, oui. Je suis prêt à faire des efforts,

Stacey. Mais il faut que tu en fasses aussi si nous voulons que ça marche entre nous.

— Qu'est-ce que tu veux dire ? demanda-t-elle sèchement.

Jake leva les mains en signe d'apaisement.

— Du calme. Je ne tiens pas à ce que nous nous disputions à ce sujet, d'accord ?

— Moi non plus, lui assura-t-elle. Mais je tiens à ce que tout soit très clair entre nous.

Il soupira et passa nerveusement la main dans ses cheveux.

— Il serait peut-être temps que nous nous demandions ce que nous attendons l'un de l'autre, déclara-t-il enfin.

Stacey sentit un froid glacé l'envahir. Elle se demanda brusquement si ses pires craintes n'étaient pas en train de se matérialiser. Faisant appel à toute la force de sa volonté, elle s'efforça de dissimuler son angoisse.

— Est-ce une façon de me dire que tu comptes jeter l'éponge ?

— Non ! s'exclama-t-il. Bien sûr que non…

Le ton de sa voix trahissait un curieux mélange de conviction et de doute, comme s'il refusait une échéance qu'une partie de lui considérait déjà comme inévitable. Il parut hésiter un instant puis se pencha vers elle pour l'embrasser.

Partagée entre soulagement et désespoir, elle lui rendit son baiser avec ardeur, comme s'il pouvait suffire à chasser les spectres qui dansaient autour d'eux. Elle avait besoin de se raccrocher à la réalité de leur désir, à cette complicité physique qui avait toujours été leur plus grande force et leur plus grande faiblesse.

— Alors, explique-moi, murmura-t-elle lorsqu'ils se séparèrent enfin. Quel est le problème, exactement, Jake ?

— Je ne sais pas s'il s'agit vraiment d'un problème, expliqua-t-il d'une voix hésitante. Plutôt de certains paramètres qu'il nous faut ajuster… Comme je viens de te le dire, je crois qu'il est temps que nous nous mettions d'accord sur ce que nous voulons faire de cette relation.

— Très bien, acquiesça-t-elle gravement. Je t'écoute. Dis-moi ce tu penses, toi…

Elle pria de toute son âme pour que leurs perceptions de ce qu'ils étaient en train de vivre ne diffèrent pas trop l'une de l'autre.

Jake se recula légèrement pour pouvoir observer le visage de Stacey. Il la vit se redresser sur son siège et lui rendre son regard. Ses bras étaient croisés sur sa poitrine. Ses yeux étaient légèrement plissés et sa mâchoire serrée. En apparence, elle semblait sûre d'elle et prête à en découdre.

Mais il n'était pas dupe un seul instant de cette attitude bravache. Car il la connaissait beaucoup trop bien pour ne pas discerner la peur qui transparaissait dans son regard. Tout comme lui, elle savait que c'était leur avenir qui était en train de se jouer en cet instant.

Lui-même était terrifié. Et, comme souvent dans ces cas-là, il se raccrocha à ce qu'il connaissait. Après tout, il était médecin. Et il savait que l'une des premières règles à respecter dans cette profession était de ne jamais montrer à un patient que l'on avait peur.

Il fallait toujours paraître sûr de soi, compétent et sous contrôle. Sans même s'en rendre compte, il se glissa donc dans la peau du praticien qu'il était et se prépara à délivrer son diagnostic.

— Tout d'abord, commença-t-il, je veux plus de week-ends comme celui-ci.

— Moi aussi, approuva-t-elle.

Elle le regarda droit dans les yeux et il sentit sa maîtrise de soi vaciller. Une partie de lui n'aspirait qu'à fuir, à éviter cette confrontation qu'ils n'avaient que trop repoussée.

Il aurait pu l'entraîner jusqu'à la chambre et lui faire l'amour avant de prétendre que tout allait pour le mieux, qu'ils étaient parfaitement heureux comme cela et que le plus sage était de se laisser guider par les circonstances…

Mais c'était impossible.

Il avait menti une fois à Stacey en lui faisant croire qu'elle était responsable de leur précédente rupture et il était bien décidé à ne jamais recommencer.

— Le problème, reprit-il, c'est que tu avais sans doute raison, lorsque tu es venue ici avec les jumeaux, il y a deux semaines. Peut-être vaudrait-il mieux que nous ne passions ces week-ends ensemble que lorsque Max et Ella sont chez John.

— Je n'ai jamais dit ça, protesta Stacey, indignée.

— Je te rappelle que tu ne pensais pas les amener. Et lorsque j'ai insisté pour que tu le fasses, tu m'as laissé entendre que je n'avais aucune idée de ce à quoi je m'engageais. Depuis, j'ai eu l'occasion de constater que tu avais raison. C'est très difficile pour moi, Stacey. Je ne sais pas si c'est parce qu'ils sont déjà grands ou parce que ce sont les enfants d'un autre homme… Je crois que ce dernier élément est fondamental, en tout cas. Tu m'as dit que John avait en quelque sorte un droit de regard sur les personnes avec lesquelles tu sortais. Lui-même me l'a clairement fait comprendre, l'autre soir. Et je sais que, si je m'engage vis-à-vis de ces enfants, ce ne sera pas quelque chose à prendre à la légère…

— Contrairement à ton engagement vis-à-vis de moi ? demanda-t-elle, très pâle.

— Ne déforme pas mes paroles. Tu es une adulte parfaitement responsable. Tu connais comme moi les risques de toute relation amoureuse. Les jumeaux, eux, n'ont pas le choix. C'est nous qui devons le faire pour eux. Soit je décide de faire partie intégrante de leur vie, soit je reste à distance. Il n'y a pas de juste milieu : ils ne le comprendraient pas et cela leur ferait énormément de mal. Or je ne tiens pas à leur faire du mal. Ni à t'en faire à toi, ou à moi…

— Alors tu préfères te tenir prudemment à l'écart ? demanda Stacey. Tu es prêt à faire ce choix pour nous quatre ?

— Oui, répondit-il sans hésiter.

Un éclair de colère passa dans les yeux de la jeune femme.

— Et comment comptes-tu t'y prendre, au juste ? En faisant comme si je n'existais pas entre chaque week-end qu'ils passent avec leur père ? Ou en me laissant carrément tomber comme tu l'as déjà fait une fois ?

— Comment peux-tu dire une chose pareille ? s'exclama-t-il, blessé qu'elle puisse seulement le penser.

Ne voyait-elle pas combien il avait besoin d'elle ? Il pensait à elle à longueur de temps, il rêvait continuellement d'elle et, chaque fois qu'elle n'était pas là, il attendait avec impatience la prochaine fois qu'il leur serait donné de se revoir.

Et il savait pertinemment qu'il en allait de même pour elle. Dans le cas contraire, elle ne serait jamais venue le rejoindre ce week-end, elle n'aurait pas passé la nuit dans ses bras et ils ne seraient pas en train de se disputer de cette façon.

Il tendit la main vers sa joue pour la caresser tendrement, mais elle la repoussa. Son visage était de marbre et son regard trahissait toujours la même colère glacée qui éveillait en lui une incoercible angoisse.

— Stacey…, murmura-t-il d'un ton presque suppliant.

— Tu veux vraiment savoir pourquoi j'ai des doutes au sujet de notre relation, Jake ? lui demanda-t-elle durement. Parce que je crois que ce n'est pas avec moi que tu sors !

— Je ne comprends pas…

— C'est pourtant simple. Il n'y a pas deux Stacey : d'un côté la mère des jumeaux et de l'autre l'amante passionnée qui vient te rejoindre la nuit ou le week-end. Ce sont deux facettes d'une même personne et elles sont inséparables, Jake. Je ne peux concevoir ma vie sans Max et Ella. Ils font partie intégrante de moi, à présent…

Elle s'était exprimée avec tant de colère et de tristesse qu'il sentit son cœur se déchirer. Jamais il ne l'avait vue se mettre dans un tel état depuis le jour où ils s'étaient séparés, dix-sept ans auparavant.

— Mais je ne te demande pas de renoncer à tes enfants,

protesta-t-il vivement. Tu ne perdras pas une seule minute du temps que tu leur consacres actuellement…

— Là n'est pas la question, Jake. Tu ne comprends donc pas ? Ce que tu me demandes, c'est de me mentir à moi-même, de faire comme si les jumeaux n'existaient pas chaque fois que je viendrai te rejoindre.

— Bien sûr que non, objecta-t-il d'un ton nettement moins assuré.

N'était-ce pas exactement ce qu'il attendait d'elle, au fond ? Qu'elle redevienne l'amante libre et sans attache qu'il avait connue autrefois ?

— Tout ce que je veux, reprit-il, c'est protéger tes enfants, justement.

— T'es-tu demandé pourquoi tu avais si peur de leur faire du mal, Jake ? Parce que tu redoutes le jour où tu finiras par les laisser tomber. Mais ce n'est pas seulement eux que tu laisseras tomber, ce jour-là. Moi aussi, je te perdrai. Tu te rassures en te disant que je suis une adulte responsable, que je sais à quoi je m'expose… Mais la vérité, c'est que tu cherches à te dédouaner. J'ai été assez naïve pour croire que tu avais changé, mais tu as toujours autant peur de t'engager, peur de souffrir, peur du défi que représente une relation amoureuse… Tu prétends vouloir protéger mes enfants, Jake, mais je pense que c'est toi-même que tu protèges, en réalité. Crois-tu vraiment que cela en vaille la peine ? Crois-tu vraiment que je puisse me contenter d'une liaison fondée uniquement sur le sexe et les bons moments que nous partagerons ?

— Admettons un seul instant que tu aies raison, répondit-il, troublé par cet argumentaire qui ne manquait pas d'une certaine pertinence. Serait-ce si terrible ?

— Je n'arrive pas à croire que quelqu'un d'aussi intelligent que toi puisse être aussi naïf ! s'exclama-t-elle. Connais-tu donc si mal les femmes ? Penses-tu vraiment que nous ne soyons en couple que pour partager des bons moments ? Ce n'est pas lorsque tout va bien que l'on reconnaît ceux qui vous aiment ! C'est lorsque les choses commencent à se compliquer, justement, lorsqu'il faut prendre des risques pour l'autre, lorsque l'on n'hésite pas à se mettre en danger parce que l'intérêt de la personne avec laquelle on vit est plus important que le sien !

— Préfèrerais-tu que je te fasse de belles promesses impossibles à tenir ? répliqua-t-il, blessé. N'est-ce pas ce qu'a fait John lorsqu'il s'est marié avec toi ?

— Tu ne comprends donc rien ? John, au moins, a eu le courage de ses opinions. Il m'a avoué ses sentiments, il s'est engagé, il a partagé avec moi les moments difficiles comme les moments de bonheur… Nous avons fait des enfants ensemble et, lorsque nous nous sommes rendu compte que nous n'étions pas faits l'un pour l'autre, il a continué néanmoins à assumer ses responsabilités vis-à-vis d'eux. Peux-tu en dire autant ?

Jake ne répondit pas. Il avait l'impression qu'elle venait de le gifler en pleine figure. Très pâle, il se contentait de la regarder, espérant qu'elle retirerait les paroles cruelles qu'elle venait de prononcer. Mais elle ne paraissait pas décidée à le faire.

Et le pire, c'est que si ces mots lui faisaient si mal, c'est parce qu'ils le renvoyaient à ses angoisses les plus profondes.

Elle avait raison : il n'était pas comme John. Il avait passé sa vie à éviter toute forme d'engagement. A fuir.

— Qu'attends-tu pour t'impliquer vraiment ? demanda-t-elle enfin. Un signe de Dieu ? Une preuve scientifique ? Il n'y a pas de preuve en amour, Jake. C'est une question de foi.

— Mais les enjeux sont bien trop importants pour que je m'en remette uniquement à la foi ! protesta-t-il.

— Au contraire ! C'est justement lorsqu'ils le sont que la foi fait toute la différence. Je pensais que tu avais commencé à t'attacher à mes enfants, Jake…

— Mais c'est le cas. Je les aime beaucoup…

— Je pensais que tu commençais à imaginer à quoi pourrait ressembler ta vie s'ils en faisaient partie, poursuivit-elle sans tenir compte de son interruption.

— C'est exactement ce qui se passe, insista-t-il. Et c'est pour cela que je tenais à en parler avec toi, que je voulais que nous prenions ensemble une décision à ce sujet…

Stacey le regarda longuement, comme si elle cherchait à lire au plus profond de son cœur. Puis, lentement, elle secoua la tête.

— Je crois que ta décision est déjà prise, Jake, lui dit-elle tristement.

Elle essuya les larmes qui perlaient au coin de ses yeux.

— Je vais m'habiller, conclut-elle. Ensuite, j'appellerai un taxi.

- 10 -

Stacey remonta dans la chambre de Jake et se rhabilla sans même prendre le temps de se doucher. Elle ne tenait pas à rester une minute de plus dans cette maison. Après avoir rassemblé ses affaires, elle redescendit. Il l'attendait au pied des escaliers, les bras croisés et le visage fermé.

— Annule ton taxi, lui dit-il. Je te raccompagne.

— C'est inutile, répondit-elle en se dirigeant vers la porte.

— Ecoute, Stacey…, commença-t-il.

— Nous n'avons plus rien à nous dire, Jake, l'interrompit-elle. Je suis en colère et j'ai mal. Je n'arrive même pas à croire que tu recommences à fuir, une fois de plus. Mais je ne suis plus une adolescente, à présent. J'ai une vie et des enfants que je dois protéger. Alors je ne laisserai pas les choses dégénérer comme la dernière fois. Pour une fois, j'espérais pouvoir nouer une relation qui ne soit pas seulement « amicale » ou récréative. Je pensais l'avoir trouvée et j'ai ignoré sciemment toutes les raisons qui auraient dû me pousser à me méfier de toi. Je savais que je courais un risque, que tu finirais peut-être par me blesser. Mais je n'avais pas imaginé que cela se produirait si vite !

Elle avait parlé de façon précipitée, la voix entrecoupée de larmes qu'elle se refusait à verser en sa présence.

— Mais la nuit dernière…

— La nuit dernière était merveilleuse, Jake. Toutes les nuits que nous avons passées ensemble l'ont été. Ce matin était peut-être plus extraordinaire encore. Me réveiller dans tes bras, te sentir contre moi, te laisser me toucher… Mais cela ne suffit pas, Jake. Je ne peux pas passer mon temps à me mentir juste pour quelques moments comme ceux-là. Je dois penser avant tout à mes enfants. Ils sont ce que j'ai de plus précieux dans la vie et ils ont besoin de confiance, d'amour et de courage. Moi aussi. Tu m'as clairement fait comprendre que c'était quelque chose que tu ne pouvais m'offrir. Je peux le comprendre. Mais tu dois en accepter les conséquences, toi aussi.

Jake était blême, à présent. Au moins, elle ne pouvait l'accuser de prendre cette situation à la légère. Et elle dut lutter contre le besoin impulsif qu'elle avait de le réconforter et de le serrer une dernière fois contre elle.

Curieusement, même en cet instant, elle était toujours convaincue qu'ils étaient faits l'un pour l'autre et que Jake était l'homme de sa vie. Mais elle savait aussi que, tant qu'il ne serait pas prêt à l'assumer, leur relation ne pourrait leur apporter que souffrances et déceptions.

D'un geste un peu raide, il lui ouvrit la porte et s'écarta pour la laisser passer. Ce ne fut que lorsqu'elle commença à descendre les marches du perron qu'il retrouva enfin l'usage de la parole.

— Appelle-moi, lui dit-il.

— Pour te dire quoi ? soupira-t-elle.

— Je ne sais pas, reconnut-il. Mais appelle-moi…

Incapable de supporter la souffrance qu'elle percevait dans sa voix, elle lui adressa un dernier regard avant de se détourner. Ils n'eurent ni l'un ni l'autre le courage de se dire au revoir.

Tandis qu'elle remontait l'allée en direction de son portail, elle sentait le regard de Jake peser sur elle. Il lui sembla que les deux cents mètres qui séparaient la maison de la route s'étiraient à l'infini. Mais elle finit par l'atteindre et s'adossa au muret qui marquait les limites de la propriété.

Sachant que, si elle ne s'occupait pas très rapidement l'esprit, elle fondrait en larmes sans pouvoir s'arrêter, Stacey sortit son téléphone portable de sa poche et consulta sa messagerie.

— Stacey ? fit la voix de sa sœur. C'est moi… J'ai de grandes nouvelles à t'annoncer… Enfin, je suppose que ce sont de grandes nouvelles… Malheureusement, tu n'es jamais chez toi quand j'appelle !

Stacey se souvint brusquement du message qu'avait laissé sa sœur et auquel elle n'avait jamais répondu. Luttant contre un brusque accès de culpabilité, elle écouta la suite.

— Je serai à Portland ce week-end. Mon vol arrive samedi à 10 h 5, mais ce n'est pas la peine de venir me chercher. Je prendrai un taxi à l'aéroport. Par contre, tâche d'être chez toi vers onze heures et demie, midi. Je ne voudrais pas me retrouver devant une porte close… Rappelle-moi dès que tu auras ce message. Bye.

A cet instant, le taxi que Stacey avait appelé se gara

devant le portail. Elle monta à l'arrière et donna son adresse au chauffeur avant de jeter un coup d'œil à sa montre. Avec un peu de chance, elle arriverait chez elle en même temps que sa sœur.

Elle ne put réprimer un soupir. Giselle était bien la dernière personne qu'elle avait envie de voir aujourd'hui. S'il n'avait tenu qu'à elle, elle se serait enfermée pendant tout le reste du week-end pour pleurer tout son soûl puis tenter de recouvrer un semblant de maîtrise de soi avant le retour des jumeaux.

Hélas, sa sœur n'était pas vraiment le genre de personne sur l'épaule de qui elle s'imaginait pleurer. Toutes deux n'était pas très proches et elles n'avaient jamais partagé ce genre de confidences.

D'ailleurs, comment aurait-elle pu confier ses malheurs à quelqu'un qui se targuait toujours de mener une existence parfaite ? Stacey devait donc se reprendre rapidement si elle voulait être en état d'affronter les fanfaronnades habituelles de Giselle sans fondre en larmes ou tenter de l'étrangler.

Une fois parvenue devant son appartement, la jeune femme se rendit compte avec soulagement que sa sœur n'était pas encore arrivée. Sans perdre de temps, elle se précipita dans la salle de bains, se défit de ses vêtements auxquels s'accrochait toujours l'odeur de Jake, et prit une bonne douche pour essayer de se purger du souvenir de ses caresses.

Elle s'habilla ensuite et prit même le soin de se maquiller légèrement pour dissimuler le fait que ses yeux étaient rouges de larmes. Elle venait juste de finir de se coiffer lorsque la sonnette retentit. Prenant une profonde inspiration, elle rassembla son courage et se prépara à affronter Giselle.

Mais, lorsqu'elle ouvrit la porte et se retrouva nez à nez avec elle, elle se demanda si tous ses préparatifs avaient été réellement nécessaires.

Comme à son habitude, sa sœur portait une tenue qui mettait en valeur les nombreux atouts de sa plastique impeccable : un pull-over rouge moulant, surmontant une jupe noire coupée suffisamment court pour révéler des jambes de rêve qui plongeaient dans des bottes en cuir rouges. Son écharpe noire formait un contrepoint élégant à cet ensemble éclatant.

Mais ce ne furent pas ces vêtements aussi sensuels qu'agressifs qui éveillèrent l'attention de Stacey. Car sous le maquillage élégant que portait sa sœur, elle devinait des yeux qui avaient dû pleurer plus encore que les siens.

— Est-ce que ça va ? demanda-t-elle, inquiète.

— Ça ira beaucoup mieux lorsque j'aurai pris un café, rétorqua Giselle avec sa forfanterie habituelle.

Sans réussir pourtant à dissimuler une fragilité que Stacey n'avait pas l'habitude de discerner chez elle.

— Je crois que cela ne me ferait pas de mal non plus, répondit-elle pour temporiser. Je vais nous préparer ça.

Elle se dirigea vers la cuisine tandis que Giselle déposait ses sacs au pied de l'escalier. Elle la rejoignit ensuite devant la machine à café et poussa un soupir à fendre l'âme.

— A vrai dire, avoua-t-elle d'une petite voix, cela ne va pas si bien que cela, Stace…

Stacey se tourna vers elle, surprise par l'emploi de ce diminutif que Giselle n'utilisait plus depuis leur enfance et plus encore par cet aveu de faiblesse qui lui ressemblait si peu.

— Quel est le problème ? demanda-t-elle d'une voix très douce.

— J'imagine que je devrais en rire, tu sais… Je pourrais jouer les cyniques et dire que je me fiche que mon mariage soit fini, que j'ai un bon avocat et qu'il veillera à ce que ce salaud finisse ruiné… Mais ça fait trop mal. Tu n'aurais pas une cigarette ?

— Je ne fume pas, lui rappela Stacey. Toi non plus, d'ailleurs.

— Je sais, mais je me disais que cela me ferait peut-être du bien…

Elle gémit.

— Bien sûr, j'oubliais ! Je ne peux pas fumer… Il paraît que c'est très mauvais lorsqu'on est enceinte.

— Enceinte ? s'exclama Stacey, stupéfaite. Mais c'est…

Non, songea-t-elle. Visiblement, c'était même tout sauf une excellente nouvelle…

— Bon sang ! Ça ne va pas recommencer ! C'est la troisième fois que je me remaquille depuis ce matin…

Stacey considéra sa sœur avec stupeur. C'était la première fois depuis de longues années qu'elle la voyait pleurer.

— Stirling prétend que je suis trop dépensière, reprit Giselle. Mais je sais que ce n'est qu'une excuse. Il cherche juste un prétexte pour se débarrasser de moi et rejoindre sa maîtresse…

Giselle sanglota de plus belle.

— Oh, ma chérie, murmura Stacey en la serrant dans ses bras.

Elle la prit dans ses bras, oubliant toutes ces années de guerre froide qui les avaient opposées. Elle oublia leurs querelles, leurs paroles cruelles et la façon dont elles s'étaient toujours disputé la faveur de leurs parents. Brusquement, Giselle était redevenue cette sœur qu'elle aimait tant lorsqu'elle était encore enfant.

— Je suis désolée, soupira Giselle. Je ne devrais pas t'imposer ça… Mais je ne savais vraiment plus vers qui me tourner, tu sais.

— Je suis contente que tu sois venue, lui assura Stacey. Plus que cela, même ! Jamais je n'aurais pensé que ce serait à moi que tu choisirais de parler lorsque les choses tourneraient mal. Et je suis heureuse que tu l'aies fait…

— Je sais, soupira Giselle d'un air désolé. Nous n'avons jamais été très proches toutes les deux… Mais c'est en grande partie de ma faute. J'étais jalouse de toi parce que j'avais toujours l'impression que je ne t'arrivais pas à la cheville…

— Toi ? s'exclama Stacey, éberluée.

— Bien sûr ! Tu as toujours été si forte, si indépendante. C'est pour cela que maman et toi vous vous êtes toujours disputées. Elle ne supporte pas que tu n'en fasses qu'à ta tête. Alors que moi, j'ai toujours fait bien sagement ce que l'on attendait de moi…

— Ce n'est pas vrai, protesta Stacey.

— Si… C'est pour cela que je suis venue te voir, tu sais. J'ai commencé par appeler maman mais, à l'entendre, j'ai eu l'impression que c'était elle qui était sur le point de divorcer.

Elle était tellement contente que j'aie trouvé Stirling. A ses yeux, nous formions le couple idéal. Et maintenant…

— Mais tu as bien des amies, n'est-ce pas ?

Giselle émit un petit rire dédaigneux.

— Mes amies, comme tu dis, attendent surtout de connaître le montant de la pension alimentaire que je toucherai pour savoir pour qui elles prendront partie !

— Ça va si mal que ça ?

— Avec mes amies ?

— Non, avec Stirling.

— J'ai bien peur que oui… Apparemment, sa liaison durait depuis un petit moment déjà. Depuis que j'ai appris que j'étais enceinte, en fait…

— Quand était-ce ?

— Vers le milieu de novembre. Ça commence déjà à se voir, tu sais…

Stacey considéra d'un air dubitatif le ventre plat de sa sœur.

— Avec une loupe, peut-être, répondit-elle, gentiment moqueuse.

— Je ne plaisante pas, regarde…

Elle prit la main de sa sœur et la posa sur son ventre, juste au-dessus de sa jupe.

— Tu vois ? Il y a une bosse. C'est mon bébé… Le médecin m'a même fait entendre les battements de son cœur. C'était fantastique. Et même si Stirling est un véritable salopard, je trouve que c'est un miracle !

— C'est vrai, confirma Stacey. Et je suis heureuse que tu le penses.

— Si tu avais entendu ce que maman a dit lorsque je lui

ai annoncé la nouvelle ! Elle m'a déclaré que, si je n'étais pas capable de faire ce qu'il fallait pour sauver mon mariage, je ferais mieux de me débarrasser de ce bébé !

Stacey serra les dents, furieuse.

— Cela me rappelle quelque chose, lui dit-elle. Elle m'a tenu exactement le même genre de discours, il y a dix-sept ans…

— Lorsque tu étais enceinte d'Anna ? Je ne savais pas.

Stacey lui sourit, heureuse qu'elle, au moins, se souvienne encore du prénom de sa fille.

— Je commence à croire qu'il y a beaucoup de choses que nous ne savons pas l'une sur l'autre, déclara-t-elle. Et il serait peut-être temps de rattraper un peu le temps perdu…

C'est ce qu'elles firent durant les deux heures qui suivirent. Giselle lui parla de son mariage avec Stirling et de son aventure avec l'une de ses collègues. Stacey lui raconta ses retrouvailles avec Jake, la façon dont ils étaient sortis ensemble et leur rupture toute fraîche.

Puis elles discutèrent longuement de leurs parents et des relations qu'elles entretenaient respectivement avec eux, de John, de leur enfance, de l'enfant qu'attendait Giselle… Elles burent énormément de café et vidèrent en moins d'un après-midi la réserve entière de chocolats de Stacey.

A vrai dire, ce fut celle-ci qui en consomma la plus grande partie, sa sœur préférant se contenter d'une banane et de deux pommes, ce qui valait peut-être mieux pour le bébé.

Lorsqu'elles terminèrent enfin leur discussion, elles décidèrent d'un commun accord de se rendre au centre commercial et de s'offrir une séance de shopping thérapeutique qui leur réussit plutôt bien.

En sortant, elles constatèrent qu'il faisait déjà nuit et s'arrêtèrent dans un restaurant mexicain à la demande de Giselle, qui prétendait que son bébé devait raffoler de cette cuisine épicée. Il dut changer d'avis car leur arrêt suivant eut lieu dans une pharmacie où la jeune femme acheta un sirop contre les brûlures d'estomac.

Ainsi, contre toute attente, les sœurs Handley passèrent une journée plutôt plaisante malgré les récents déboires de leurs vies amoureuses…

Lorsque Jake décrocha le téléphone, le lendemain après-midi vers 16 heures, il ne s'attendait vraiment pas à entendre la voix de John Deroy. C'était pourtant lui qui l'appelait et il paraissait inquiet.

— Bonjour, John, répondit-il lorsque l'autre se fut présenté. En quoi puis-je vous aider ?

Il se sentait un peu moins mal à l'aise à l'idée de discuter avec lui maintenant que Stacey avait rompu avec lui. Peut-être était-ce parce qu'ils avaient maintenant un point commun, songea-t-il avec une pointe d'autodérision mordante.

Il avait espéré que la jeune femme l'appellerait mais avait attendu en vain son coup de téléphone. A plusieurs reprises, il avait failli prendre l'initiative mais, chaque fois, il avait reposé le combiné, incapable de répondre à deux questions primordiales.

Que lui dirait-il, si elle décrochait ?

Qu'est-ce qui avait changé depuis qu'elle avait décidé qu'elle ne voulait plus de lui ?

Il avait longuement réfléchi aux reproches qu'elle lui

avait faits et il comprenait son point de vue. Néanmoins, il persistait à trouver injuste la façon dont elle le mettait au pied du mur.

Après tout, il s'agissait d'une décision qui engagerait le reste de sa vie. Ce n'était pas comme choisir la garniture d'une pizza, la couleur d'une bicyclette ou même la décoration intérieure d'une maison !

Il n'y avait pas de retour en arrière possible, pas de seconde chance, pas le droit à l'erreur. Et, s'il ne se sentait pas prêt à contracter un engagement aussi irrévocable, elle aurait dû l'accepter et se féliciter qu'il ne prenne pas une telle décision à la légère.

Au lieu de cela, elle lui avait adressé un réquisitoire impitoyable, énumérant de façon exhaustive toutes ses angoisses les plus profondes et s'en servant pour le condamner sans appel.

Il était presque tenté de demander à John comment il avait trouvé le courage de s'engager et s'il regrettait de l'avoir fait maintenant qu'il était divorcé. Qui sait ? Peut-être saurait-il trouver les mots pour lui expliquer comment on pouvait lier de façon aussi irrémédiable son existence à celle de deux enfants…

— Est-ce que Stacey est chez vous, par hasard ? lui demanda John, le rappelant brusquement au moment présent.

Sa voix trahissait un mélange d'impatience et d'inquiétude tout à fait perceptibles malgré le bruit qui paraissait régner autour de lui.

— Non, elle n'est pas là. Désolé.

— Zut… Je n'arrive à la joindre ni chez elle ni sur

son portable. Vous ne sauriez pas où elle se trouve, par hasard ?

— Non. Est-ce qu'il y a un problème ?

— Je ne pense pas que ce soit très grave… Je suis bloqué sur l'autoroute à cause d'un accident qui a eu lieu à quelques kilomètres d'ici. La circulation ne se fait que sur une file et il pleut des cordes, ce qui n'arrange rien.

— C'est pareil ici, lui indiqua Jake en regardant les gouttes qui s'abattaient sur la vitre du salon.

— Le vrai problème, reprit John, c'est que les jumeaux ne se sentent pas très bien.

— Vraiment ? fit Jake, sentant son instinct de médecin reprendre brusquement le dessus. Qu'est-ce qu'ils ont, exactement ?

— Ce n'est sans doute pas grand-chose. La plupart du temps, lorsqu'ils ont de la température, il ne s'agit que d'une infection bénigne qui disparaît en moins de vingt-quatre heures… Max était un peu agité en début d'après-midi et il a eu une poussée de fièvre. Ella avait l'air d'être en forme. Mais, maintenant, elle commence à avoir chaud, elle aussi et Max est brûlant. Je n'aurais jamais pris la route si j'avais su que cela évoluerait de cette façon. Je n'ai même pas d'aspirine ou de paracétamol à leur donner…

— Vous pensez pouvoir sortir et faire demi-tour ?

— Au point où j'en suis, je suis plus proche de Portland. Je voulais juste avertir Stacey et lui dire que nous aurons besoin d'un docteur. En attendant son diagnostic, ce serait bien de prendre au moins de quoi faire tomber la fièvre.

— Ont-ils d'autres symptômes ? Douleurs au niveau

de l'estomac ? Vomissements ? Raideur de la nuque ? Démangeaisons ? Sensibilité exacerbée à la lumière ?

— Je ne sais pas... Pas de vomissements. Mais ils n'ont pas mangé beaucoup, aujourd'hui. En tout cas, ils ont vraiment une sale mine... Ecoutez, je vais devoir vous laisser. On dirait que ça commence à circuler un peu mieux. Je ne sais pas combien de temps il me faudra pour arriver, exactement. Mais si vous pouviez contacter Stacey, je vous en serais très obligé.

— Ne vous en faites pas, je m'en occupe.

— Merci, répondit John d'un ton reconnaissant. A bientôt.

Lorsque Jake raccrocha, il sentit une vive inquiétude monter rapidement en lui. Deux enfants malades, des bouchons et une route pluvieuse, tout cela ne lui disait rien de bon. Et le pire, c'est que Stacey était injoignable...

Il essaya de l'appeler chez elle mais n'obtint pas plus de résultat que John. Il tenta ensuite sa chance sur son portable mais soit il était coupé, soit elle avait décidé de ne pas lui répondre.

Frustré, Jake alla chercher une ordonnance vierge et un stylo. Puis il s'empara de ses clés de voiture et de son blouson et quitta la maison au pas de course, bien décidé à aller acheter les médicament dont Max et Ella pourraient avoir besoin.

Il se rendrait ensuite directement chez Stacey. Après tout, si elle attendait John, elle ne tarderait sans doute pas à rentrer à la maison.

Ses prévisions s'avérèrent exactes. Lorsqu'il arriva enfin chez elle, il y avait de la lumière à ses fenêtres. Quatre à quatre, il monta les marches du perron et pressa la sonnette. Il ne savait pas trop comment elle réagirait en le trouvant sur le pas de sa porte mais, étant donné les circonstances, il estimait inutile de l'appeler pour la prévenir.

Lorsqu'elle ouvrit, son visage exprimait une indéniable méfiance.

— Jake…, fit-elle d'une voix incertaine.

Son propre cœur battait la chamade et il prit une profonde inspiration avant de parler.

— Où étais-tu ? lui demanda-t-il.

Il regretta aussitôt cette entrée en matière malheureuse. Quel droit avait-il de savoir ce qu'elle faisait de son temps libre ?

— J'ai conduit ma sœur à l'aéroport, expliqua-t-elle. Elle est venue me rendre visite hier. Je te rassure, ajouta-t-elle en désignant le sac frappé du logo de la pharmacie de garde, je ne suis pas malade…

— Tu n'as pas consulté ton répondeur ?

— Pas encore. Je viens tout juste de rentrer.

— C'est John qui m'envoie…

— Que se passe-t-il ? demanda-t-elle, inquiète.

— Je peux entrer ?

Elle s'écarta et, comme il passait devant elle, il remarqua que son visage était très pâle et que sa main était crispée sur le montant de la porte.

— Que se passe-t-il ? répéta-t-elle d'une voix blanche. Ce sont les jumeaux, n'est-ce pas ? Il leur est arrivé quelque chose ? Dis-moi ce qu'il a dit, Jake…

Il la prit doucement par les épaules de peur qu'elle ne s'effondre sur elle-même.

— Ils vont bien, lui assura-t-il. Ils ont juste un peu de fièvre et John est coincé dans les embouteillages.

— Tu es sûr ?

— Certain. J'ai apporté des médicaments, au cas où. Je peux rester ici et les examiner lorsqu'ils arriveront, si tu veux…

— Pourquoi ne les a-t-il pas emmenés directement chez un médecin ? protesta-t-elle. Il n'aurait jamais dû prendre la route s'il savait qu'ils étaient malades !

— Je crois que la fièvre s'est déclenchée brusquement. Apparemment, Max ne se sentait pas très bien après le déjeuner, mais il n'avait pas beaucoup de température. Et John ne pensait pas se retrouver bloqué entre Olympia et Portland…

Jake réalisa qu'il était en train de défendre son ex-mari, ce qui lui parut un peu surréaliste. Néanmoins, il ne tenait pas à ce qu'elle accuse John de quelque chose dont il n'était pas responsable.

Il continuait à penser qu'elle avait tort de se montrer si possessive et de vouloir régenter les relations entre les jumeaux et leur père.

— Combien de temps mettra-t-il à arriver jusqu'ici ? demanda-t-elle, paniquée.

— Il semble qu'il y ait eu un accident sur la route et le trafic est très ralenti. Cela ne devrait pas prendre plus d'une heure, je pense. Il m'a dit qu'il était plus proche de Portland que d'Olympia, lorsqu'il m'a appelé.

— Merci, Jake. Merci d'avoir pris les médicaments et d'être venu… Je sais que rien ne t'y obligeait.

Elle lui prit le sachet des mains et s'écarta légèrement

pour le laisser sortir. Jake comprit qu'il pouvait effectivement quitter la maison et rentrer chez lui. Il retrouverait sa vie et sa liberté et n'aurait plus de choix difficiles à faire.

Encore en train de fuir, Jake ?

Curieusement, la petite voix qui avait le don de l'agacer d'habitude aiguillonna sa fierté.

— Je reste, déclara-t-il.

— Tu n'es pas forcé, tu sais. Tu as probablement raison : ce ne doit pas être bien grave. Les enfants tombent tout le temps malade…

Une fois de plus, les rôles paraissaient inversés : c'était elle, à présent, qui essayait de le rassurer.

— Je tiens à être là quand John arrivera, insista-t-il. Je les examinerai. Et je ne veux pas que tu restes seule en attendant leur arrivée.

Un éclair d'inquiétude passa dans les yeux de la jeune femme, comme si elle le soupçonnait brusquement de lui cacher quelque chose.

— Que t'a dit John, exactement ? C'est plus grave que tu ne veux bien me le dire, n'est-ce pas ?

— Détends-toi, Stace. Cela te semble donc si incompréhensible que je veuille rester et vous donner un coup de main ?

Il effleura son épaule pour la rassurer, mais elle recula d'un pas.

— Je croyais que tu ne voulais pas de responsabilités, remarqua-t-elle. Que tu ne voulais voir que le bon côté des choses…

— Il ne s'agit pas de cela, protesta-t-il. La question n'est pas de savoir si j'affectionne ce genre de responsabilités ou si je suis capable d'en être à la hauteur. Simplement, je tiens à toi, Stacey. Cela n'a pas changé. Et même si tu me mets à la porte juste après, je tiens à t'aider dans la mesure de mes moyens.

Elle l'observa longuement comme si elle cherchait dans ses yeux la confirmation de ce qu'il lui disait.

— Je suis désolée, soupira-t-elle enfin. Je crois que tout ceci me rend très nerveuse. Et la façon dont nous nous sommes quittés hier n'arrange rien.

— Je comprends, acquiesça-t-il.

Ils se contemplèrent longuement, sachant tous deux combien ils avaient besoin de ce baiser qui les aurait tant réconfortés. Puis, brusquement, Stacey serra les dents et son visage se ferma. Une fois de plus, elle se détourna de lui.

— Est-ce que tu veux un café, en attendant ? proposa-t-elle.

— Volontiers, soupira-t-il.

Il la suivit jusqu'à la cuisine. En pénétrant dans cette pièce colorée et encombrée d'instruments de cuisine en tout genre, il eut l'impression de retrouver un lieu familier et rassurant. Une délicieuse odeur de cannelle flottait dans l'air, souvenir, sans doute, des pâtisseries que sa sœur et elle avaient dû préparer.

— Tu as dit que Giselle était venue te voir, remarqua-t-il pour meubler le silence inconfortable qui s'était installé. Comment va-t-elle ?

Il se souvenait parfaitement de la magnifique enfant gâtée des Handley. Il avait toujours été frappé par la différence qui existait entre les deux sœurs et était un peu surpris d'apprendre que Giselle avait rendu une visite surprise à Stacey.

— Pas très bien, répondit celle-ci. Elle est enceinte de trois mois mais son mariage part à vau-l'eau. Curieusement, ce sont nos malheurs respectifs qui nous ont enfin rapprochées. C'est plutôt pathétique, non ?

— N'est-ce pas toi qui m'as dit que l'on ne reconnaissait vraiment les gens qui vous aimaient que dans les moments difficiles ?

Elle lui jeta un regard étonné et hocha la tête.

— Je suppose que tu as raison, reconnut-elle. Mais je t'assure que nous étions plutôt ridicules, toutes les deux. Nous avons mangé des tonnes de sucreries et dépensé plusieurs centaines de dollars en achats inutiles.

Il ne put s'empêcher de sourire.

— Cela me paraît être une excellente thérapie.

Il aurait voulu chasser les cernes qui ornaient ses beaux yeux bleus et les rides que creusaient sur son front ces soucis dont il était en grande partie responsable.

— Tu sais, pour la première fois, j'ai eu l'impression que nous nous écoutions vraiment… Et j'ai même fini par comprendre qu'il n'était pas tellement plus facile d'être la fille chérie de notre mère que la brebis galeuse de la famille. Apparemment, maman exerce au moins autant de pression sur Giselle que sur moi…

— Et qu'a-t-elle appris à ton sujet ?

— Que je tenais à elle plus encore que je ne l'aurais imaginé, que j'aimerais que nous soyons plus proches l'une de l'autre… Je crois que ce sera le cas, à présent, même si elle parvient à se réconcilier avec son multimillionnaire de mari.

— Mais tu espères que ce ne sera pas le cas, n'est-ce pas ?

— C'est vrai. Mais ce n'est pas par jalousie ou pour nous mettre sur un pied d'égalité, Jake. J'estime simplement que ma sœur mérite mieux que d'avoir épousé une carte de crédit illimité. Mais, à propos de réconciliation, est-ce que celle qu'a initiée Jillian porte ses fruits ?

— Lentement, répondit-il. Elle m'a même convaincu de sonder mon père à ce sujet, la prochaine fois que je le verrai... Mais le différend qui l'oppose à son frère est bien plus profond que celui de ta sœur et toi... On dirait que le café est prêt, ajouta-t-il pour éviter que ces discussions au sujet de frères et sœurs ne l'amènent à penser de nouveau aux jumeaux.

Cela sembla fonctionner. Stacey se détourna pour aller chercher la cafetière et leur servit deux tasses. Il la suivit des yeux, remarquant avec fascination la grâce inconsciente qui caractérisait chacun de ses mouvements ou la façon dont ses cheveux échappaient toujours à l'élastique qui était censé les retenir.

Il sentit son cœur se serrer en réalisant à quel point elle était seule. Elle s'était disputée avec ses parents. Sa sœur habitait à l'autre bout du pays. Son mari et elle avaient divorcé. Quant à lui, il était incapable de lui offrir ce qu'elle méritait.

Il s'imagina en train de la demander en mariage et de lui promettre de s'occuper de Max et d'Ella comme s'ils étaient ses propres enfants.

Les mots semblaient justes et une partie de lui brûlait de les prononcer. Mais l'autre Jake se recroquevillait intérieurement, pétri d'angoisses et de doutes. Le poids des responsabilités, et les risques qui allaient avec, lui paraissaient insurmontables.

Que se passerait-il si son amour pour Stacey n'était pas assez fort ? S'il se rendait compte au bout d'un moment qu'il était pris au piège d'une vie qui ne le rendait pas heureux ? S'il devait alors supporter leur chagrin et leur déception en plus des siens ?

Il n'avait que dix-huit ans lorsque Anna était morte. Il en avait trente-cinq, aujourd'hui. Mais rien n'avait changé. Au contraire, son cœur lui paraissait moins résistant qu'autrefois. Et les dommages qu'y causerait une nouvelle déception seraient probablement irréparables.

Il avait déjà promis à Stacey de l'épouser et d'avoir des enfants avec elle. Et, au lieu de cela, ils s'étaient mutuellement fait du mal avant de se séparer dans la douleur. Comment pourrait-il commettre de nouveau la même erreur ?

— Quand seront-ils là ? soupira-t-elle alors.

Elle mordilla nerveusement l'ongle de son pouce comme elle le faisait autrefois lorsque sa mère la prenait en défaut ou lui faisait des reproches. Le cœur serré par la compassion, il posa sa tasse de café et traversa la pièce pour la rejoindre.

Il ne réfléchit pas, se contentant de plonger son visage dans ses cheveux blonds et de l'embrasser partout où il le pouvait. Ses baisers se posèrent successivement sur son front, au creux de son cou, sur le lobe de son oreille…

L'amour qui brûlait en lui était plus adent que le cœur d'un volcan. Il se répandait dans ses veines comme une coulée de lave que rien ne pouvait endiguer. Mais cela ne changeait rien au fait qu'il n'était pas et ne serait probablement jamais à la hauteur de ses attentes.

— Je t'aime, Stacey, lui murmura-t-il pourtant.

— Moi aussi je t'aime, Jake, répondit-elle d'une voix étranglée. Et je te déteste pour tout le mal que tu me fais.

— Je sais.

— Quand seront-ils là ? répéta-t-elle.

— Bientôt.

Cette fois, il ne put s'empêcher de l'embrasser. A travers ce baiser, il essaya de lui transmettre tout l'amour, toute la tendresse et toute l'admiration qu'il éprouvait pour elle. Elle le lui rendit avec passion, s'accrochant à lui de toutes ses forces comme si elle avait peur de se perdre.

— Je te déteste, Jake, conclut-elle lorsqu'ils se séparèrent enfin. Je te déteste vraiment...

La sonnette de la porte d'entrée lui évita d'avoir à répondre.

- 11 -

— Max est brûlant, déclara John en portant son fils jusqu'en haut des marches qui menaient à la porte d'entrée. Touche-le, Stacey, tu verras. Je n'ai pas trouvé le thermomètre.

— Il doit être dans le sac où je range les couches, répondit-elle en posant doucement la main sur le front du petit garçon.

Elle ne put réprimer un petit gémissement d'angoisse en découvrant que John n'avait pas exagéré. Jake remarqua que les joues de Max étaient écarlates et que ses yeux étaient légèrement vitreux. Contrairement à son habitude, il était étonnamment inerte et silencieux.

— Ça ne va pas, mon chéri ? murmura Stacey, de plus en plus alarmée.

Elle prit l'enfant des bras de John et fronça les sourcils.

— Tout son corps est brûlant… Et Ella ? Comment va-t-elle ?

— Elle n'a pas autant de fièvre, mais elle est apathique et elle dit que son ventre lui fait mal.

— Le thermomètre doit se trouver dans la poche latérale,

indiqua Stacey en voyant que Jake était allé chercher le sac contenant les couches des enfants. John, tu devrais vraiment en acheter un et le laisser tout le temps chez toi !

Elle se mordit la lèvre, réalisant probablement que le moment était mal choisi pour faire ce genre de reproches ou de suggestions. Mais John lui lança un regard agacé.

— Je vais chercher Ella, déclara-t-il. Et tâche de garder tes critiques pour plus tard, Stacey !

— Je peux vous donner un coup de main ? suggéra Jake.

— Je veux bien, merci. Il y a d'autres affaires dans le coffre…

— Mais qu'est-ce que vous fabriquez, tous les deux ? s'exclama Stacey, furieuse. Laissez leurs affaires ! Il faut les conduire à l'hôpital immédiatement !

— A l'hôpital ? répéta John, interloqué.

Jake fronça les sourcils. La tension sous-jacente qui existait entre Stacey et son ex-mari était maintenant perceptible.

Cette fois, il n'avait aucun mal à discerner les raisons de leur divorce : au lieu de se soutenir mutuellement dans les moments difficiles, ils se retrouvaient tous deux pris dans une spirale de reproches et d'arguments qui ne les menaient nulle part.

Et il était le seul à conserver un semblant d'objectivité et de contrôle de soi.

— Est-ce que tu veux que je les examine ? proposa-t-il à Stacey.

Elle se tourna vers lui, les yeux agrandis par l'angoisse qui s'était emparée d'elle.

— Oui, s'il te plaît, répondit-elle.

— Installe Max sur le canapé. J'ai le thermomètre. Et va me chercher une cuillère à café.

Stacey hocha la tête et s'exécuta. S'agenouillant auprès du divan sur lequel elle avait allongé le petit garçon, Jake entreprit de l'examiner. Ses ganglions étaient gonflés. Il utilisa la cuillère que Stacey lui apporta pour repousser la langue de l'enfant et pouvoir ainsi examiner sa gorge.

Mais Max refusait de se laisser faire et l'intensité lumineuse de la pièce était trop faible pour lui permettre de réaliser un diagnostic définitif. Il lui sembla néanmoins que la gorge et les amygdales étaient plus rouges qu'elles ne l'auraient dû.

Il prit sa température et constata qu'elle atteignait presque trente-huit degrés cinq. Il ne constata ni raideur de la nuque ni rougeurs, mais préféra se montrer prudent.

— Quand avez-vous remarqué qu'il ne se sentait pas bien ? demanda-t-il à John qui se tenait sur le seuil, avec Ella dans ses bras.

Elle était abattue et ne ressemblait plus du tout à la fillette qu'il avait vue se jeter la tête en avant sur sa balançoire, deux semaines auparavant.

— Une demi-heure après avoir quitté Olympia.

— Et son état s'est dégradé dans la voiture ?

— Oui.

Jake fronça les sourcils. Il ne pensait pas qu'il puisse s'agir d'une méningite ni d'une quelconque maladie grave. Il y avait de fortes chances pour qu'ils aient affaire à un simple coup de froid.

Néanmoins, il ne voulait courir aucun risque. De plus, il était bien trop proche du patient ou plus exactement de sa mère et il ne pouvait rester insensible à son angoisse. Il n'était donc plus assez objectif pour poser un diagnostic.

— Je pense qu'il ne s'agit que d'un problème bénin, déclara-t-il enfin. Mais je crois que vous devriez le conduire à l'hôpital, ne serait-ce que pour être complètement rassurés. Ils lui feront passer tous les tests nécessaires et ils auront des antibiotiques sous la main, en cas de besoin.

— John ?

— Nous y allons tout de suite, déclara-t-il. Merci pour votre aide, Jake.

— Est-ce que tu pourras fermer derrière nous ? lui demanda alors Stacey. Je préfère ne pas perdre une minute.

Une fois de plus, il comprit qu'elle essayait de le renvoyer chez lui.

— D'accord, dit-il. Je fermerai et puis je vous rejoindrai à l'hôpital.

— Ce n'est pas…

— … nécessaire, je sais, l'interrompit-il d'une voix où perçait un soupçon de rancœur. Mais j'ai envie de le faire. De plus, je connais la plupart des pédiatres, et je pourrai vous aider à obtenir des réponses plus rapides et plus précises.

Stacey hocha la tête et il se demanda où en était exactement leur relation. Ils s'aimaient et se l'étaient avoué. Elle le détestait aussi, ce qui n'était pas si différent. Ils ne pouvaient plus aller de l'avant ni oublier ce qui s'était passé entre eux.

Quant à lui, il était toujours aussi terrifié à l'idée de s'engager, mais il commençait à l'être plus encore à l'idée de la perdre…

Lorsque John, Stacey et les enfants eurent quitté la maison, il en fit le tour et éteignit toutes les lumières ainsi que la cafetière. Puis il ferma la porte à clé et gagna sa voiture pour prendre le chemin de l'hôpital.

Il ne tarda pas à rejoindre la voiture de John qu'il se mit à suivre. De temps à autre, il voyait Stacey se retourner vers la banquette arrière où devaient être installés les enfants. Et il se sentit brusquement très seul.

Quelles que soient les relations qu'entretenaient Stacey et John, ils étaient unis par ces enfants qu'ils aimaient tous deux plus que tout. Jake n'avait que lui-même. Et il commençait à se demander si sa liberté chérie justifiait vraiment cette sensation terrifiante d'isolation et d'abandon.

Lorsqu'ils arrivèrent enfin à l'hôpital, il vécut pour la première fois une admission du point de vue d'un patient et trouva l'expérience traumatisante. Le calme et l'attitude méthodique des infirmières qu'il aurait loués en d'autres circonstances lui parurent soudain relever de l'indifférence la plus totale.

Il se surprit à ronger son frein tandis que Stacey et John, habitués à cette procédure, remplissaient les papiers nécessaires et attendaient patiemment leur tour.

Lorsque l'infirmière de garde prit enfin la température du petit garçon et constata qu'elle avait dépassé les trente-huit degrés cinq pour se rapprocher dangereusement des trente-neuf, tout s'accéléra brusquement.

Les deux jumeaux furent conduits en urgence auprès d'un médecin et Stacey les accompagna tandis que John finissait de remplir les papiers d'assurance. Jake savait qu'il s'était garé sur une place réservée à la dépose des patients et que son temps de stationnement était strictement limité.

— Si vous voulez, je peux aller déplacer votre voiture, suggéra-t-il pour se rendre utile et chasser le sentiment frustrant d'impuissance qui l'habitait.

— Merci, Jake. Je veux bien, répondit John en lui décochant un regard empli de reconnaissance.

Il lui tendit ses clés et le retint par la manche alors que Jake allait faire volte-face pour se diriger vers la sortie.

— Ecoutez, lui dit-il, ce qui se passe entre Stacey et vous ne me regarde sans doute pas…

— Bien sûr que si, répondit Jake. Vous êtes le père de Max et d'Ella et vous avez parfaitement le droit de le savoir. Et je tiens à vous rassurer sur un point : quoi qu'il puisse arriver entre nous, je ne négligerai jamais le bien-être de vos enfants. Vous pouvez en être certain.

— Tant mieux, acquiesça John. Parce que, si vous leur faites le moindre mal, je me chargerai personnellement de vous dépecer à mains nues.

— Et personne ne pourra vous le reprocher.

— Bien. Nous sommes donc sur la même longueur d'onde, vous et moi.

— Oui.

— J'espère que ce ne sera pas nécessaire, cependant.

— De me dépecer à mains nues ? Je l'espère aussi.

John sourit et lui tendit la main. Sans hésiter, Jake la serra. Contrairement à ce qu'il avait pu croire, John et lui n'étaient pas ennemis, bien au contraire. Paradoxalement, le fait qu'ils tiennent tous deux à Stacey et à ses enfants faisait même d'eux des alliés naturels.

— Vous l'aimez, n'est-ce pas ? lui dit soudain John.

— Oui. Mais je ne sais pas très bien où cela va nous mener.

— C'est toujours la partie la plus difficile.

Jake hocha gravement la tête.

Après avoir déplacé la voiture de John, il regagna la salle d'attente des urgences. John avait disparu, probablement pour rejoindre Stacey auprès des jumeaux. Sans hésiter, Jake alla présenter son badge à l'infirmière qui s'occupait des admissions.

— Max et Ella Deroy ? lui demanda-t-il.

— Urgences pédiatriques, chambre quatre, lui indiqua-t-elle.

A grands pas, il remonta le couloir qui conduisait vers les chambres. Parvenu devant celle des jumeaux, il s'arrêta brusquement, observant l'intérieur à travers le panneau de verre encastré dans la porte.

La scène qui s'offrait à ses yeux formait un véritable tableau vivant. Les murs colorés contrastaient avec les draps blancs et l'éclat chromé de l'équipement médical. John était assis sur une chaise auprès du lit d'Ella et lui lisait une histoire. Stacey avait pris place au bord de celui de Max et lui caressait amoureusement les cheveux.

Personne ne l'avait encore aperçu et il resta immobile, les yeux rivés sur cet ensemble harmonieux. Il avait l'impression désagréable d'être un voyeur, un intrus inutile. Quelle aurait donc pu être sa place au sein de ce tableau ?

Aux yeux d'un observateur extérieur, il était déjà achevé : deux parents aimants et deux beaux enfants, l'incarnation de la famille idéale.

Bien sûr, Jake n'était pas complètement dupe. Il avait

bien vu la façon dont John et Stacey se comportaient l'un vis-à-vis de l'autre et savait que leur mariage n'avait aucune chance de renaître de ses cendres. Pourtant, il était également persuadé que s'introduire au sein de ce savant équilibre constituerait un exercice des plus périlleux.

— Tu mérites mieux que moi, Stace, murmura-t-il tristement. Je te tirerais vers le bas avec mes doutes et cette peur qui me ronge continuellement…

Son monologue fut interrompu par une alarme qui se déclencha à l'autre bout du couloir. Une femme se mit à crier, un médecin appela une infirmière et deux autres confrères le dépassèrent à grands pas.

— Qui va prévenir la famille ? demanda l'un d'eux d'un air sombre.

Curieusement, cette scène lui paraissait presque rassurante, comparée à celle qu'il venait d'observer. Professionnellement, il était confronté chaque jour au risque et à des décisions qui engageaient la vie de ses patients. C'était quelque chose qu'il avait appris à assumer et qui faisait partie de son quotidien.

Mais, sur le plan personnel, il en allait tout autrement. Et il fut brusquement tenté de tourner les talons, de déposer les clés de John à l'infirmière de service et de rentrer chez lui sans demander son reste.

Encore en train de fuir, Jake ?

Un profond dégoût de soi monta en lui. Etait-il donc tombé si bas ? Etait-il prêt à abandonner Stacey sans même lui dire au revoir ?

Prenant une profonde inspiration, il rassembla son courage

et poussa la porte de la chambre. Une fois à l'intérieur, il se dirigea vers John qui avait levé les yeux vers lui.

— Tenez, lui dit-il en lui tendant ses clés. Votre voiture est dans le parking réservé aux visiteurs. Il ne devrait pas tarder à se vider et vous n'aurez aucun mal à la trouver.

— Merci, Jake.

— Stacey, ajouta-t-il en se tournant vers la jeune femme, je crois que je vais vous laisser…

Elle leva les yeux et le regarda d'un air incertain.

— D'accord, fit-elle enfin.

Il fut tenté de lui expliquer qu'il n'avait pas sa place ici et qu'il ne voulait pas s'imposer. Mais il savait que John et elle protesteraient pour la forme et que cela ne ferait que compliquer encore un peu les choses.

Il se contenta donc de pivoter sur lui-même et de quitter la pièce. Pourtant, il ne put s'empêcher de jeter un dernier coup d'œil en arrière et vit que Stacey avait recommencé à caresser les cheveux de son fils.

A l'extérieur, la nuit était en train de tomber et la température s'était brusquement rafraîchie. Il devait être un peu plus de 6 heures et Jake décida qu'il n'était pas en état de rentrer chez lui. L'idée de se retrouver seul pendant les six heures qui le séparaient encore de son heure de coucher habituelle le déprimait profondément.

Finalement, il se dirigea vers la maison de ses parents, espérant qu'il y trouverait son père. Il s'entendait très bien avec Abigail, sa belle-mère. Agée de quarante-quatre ans, elle n'avait que neuf ans de plus que lui. Il aimait aussi beaucoup ses belles-sœurs Suzie et Janet, respectivement âgées de vingt-deux et vingt-quatre ans.

Ce fut la plus jeune des deux qui vint lui ouvrir la porte, une barquette de lasagnes à la main.

— Maman prépare des pâtes à l'italienne, expliqua-t-elle en souriant. Tu dois avoir un bon odorat pour les avoir senties de chez toi…

— A vrai dire, je venais voir papa.

— Il est dans son bureau, lui indiqua Suzie. Tu veux goûter ? ajouta-t-elle en lui tendant la barquette.

— Peut-être plus tard, lorsque ce sera vraiment l'heure de manger.

— Je ne suis pas sûre qu'il en reste, à ce moment-là. Je ferais mieux de demander à maman de t'en mettre de côté.

— Dis-lui que je viendrai l'embrasser dès que j'aurai vu papa, d'accord ?

— Promis. A tout à l'heure, Jake.

Elle se dirigea d'un pas dansant vers la cuisine tandis qu'il gagnait le bureau de son père. C'était sans aucun doute la pièce la plus désordonnée de la maison, son père ayant la fâcheuse habitude d'entasser ses documents de travail les uns sur les autres sur toutes les surfaces disponibles.

Jake n'avait jamais vraiment compris comment il parvenait ensuite à les retrouver, mais, apparemment, il n'en avait jamais perdu un seul. Trônant au milieu de ce joyeux fatras, Lawrence Logan était en train de consulter ses e-mails sur son ordinateur.

Comme souvent, la nuit était tombée sans même qu'il s'en rende compte et il n'avait pas songé à allumer la lumière. Jake le fit pour lui et son père leva les yeux, surpris par cette brusque illumination.

— Merci, Jake, fit-il sans s'étonner un seul instant de sa présence. Tu sais qu'il y a encore des gens qui m'écrivent pour me féliciter au sujet de mes livres ? J'étais justement en train de répondre au message de l'une de ces admiratrices. Elle n'a pas eu une vie facile, la pauvre…

Quittant son siège, Lawrence vint embrasser son fils.

— Je ne suis pas surpris, remarqua ce dernier. Certains manuels de psychologie appliquée sont déjà passés de mode avant même d'être publiés. Mais le succès des tiens ne s'est jamais atténué. En passant à la librairie, l'autre jour, j'ai vu qu'ils étaient toujours édités. Il faut croire que tu as su toucher le cœur des gens…

Lawrence se rembrunit.

— Un peu trop, parfois, remarqua-t-il.

— Tu penses à l'oncle Terrence ?

— Bien sûr… Tu sais que ça a été une véritable leçon d'humilité pour moi. Je crois que je n'aurais jamais dû m'inspirer de lui pour écrire… J'aurais dû comprendre que ce n'était pas la meilleure façon de lui montrer le mal qu'il nous avait fait, à Lisanne et à moi.

— Tu parles de la façon dont il a rejeté votre aide, lorsque Robbie a été kidnappé ?

— Oui. Nous avons essayé de nous rendre utiles, mais, quoi que nous fassions, il l'interprétait comme une façon pour nous de lui faire comprendre qu'il avait eu tort de ne pas nous écouter…

— Mais lui non plus n'avait pas été tendre avec toi, remarqua Jake.

— C'est vrai. Mais ce n'est pas ça qui compte, tu sais. La disparition de Robbie aurait dû nous aider à dépasser nos différends et à nous réconcilier. Malheureusement, mes livres ont rendu cela impossible. Tandis que Terrence désespérait de retrouver son fils, je publiai le premier qui se vendit à des centaines de milliers d'exemplaires. Et au moment où le second sortait en librairie, ton frère passait son permis de conduire et nous présentait sa première petite amie…

— Quel est le rapport ? demanda Jake, surpris.

— Robbie et lui avaient exactement le même âge, expliqua Lawrence. Je pense que Terrence aurait aimé le voir aussi heureux…

— A t'entendre, on dirait que tu espères encore qu'une réconciliation est possible… Est-ce que tu as parlé à Scott ou à Ryan de tout cela ?

— Oui. Et ils m'ont fait part des grands projets de ta cousine Jillian, répondit Lawrence avec une pointe d'amertume dans la voix.

— Tu as entendu parler de ma pendaison de crémaillère ?

— Oui. Mais j'avoue que je n'aurais pas voulu être là. Il paraît que mes livres ont eu droit à une nouvelle condamnation en règle de la part des enfants de Terrence.

— Ce n'est pas tout à fait comme cela que ça s'est passé, répondit prudemment Jake. Mais ils ont effectivement beaucoup souffert à cause de ces ouvrages. Tu aurais dû veiller à mieux travestir les détails.

— Je pensais l'avoir fait. Les personnages que j'ai pris en exemple étaient de purs montages réalisés à partir d'expériences vécues. Ils ne correspondaient à personne en particulier. Malheureusement, les gens ne connaissaient que mon frère parmi les modèles que j'avais utilisés. Et ils l'ont identifié à l'un de ces personnages… Mais je me suis excusé des dizaines de fois à ce sujet. Je n'ai pas envie de recommencer…

— Le problème, c'est que ce ne sont pas seulement les lecteurs et les critiques qui ont fait l'amalgame, objecta Jake. Les enfants de Terrence eux-mêmes se sont reconnus.

— Et ils ont eu tort ! s'exclama Lawrence. Au risque de me répéter, je me suis servi de centaines de cas pour réaliser cette étude. Je défie quiconque de prouver que sa vie a servi de modèle à l'un des personnages ! Malheureusement, la psyché humaine ne possède pas une richesse illimitée. On retrouve un certain nombre d'invariants et d'archétypes auxquels les gens peuvent s'identifier. Ce n'est pas seulement le cas de mon livre, d'ailleurs. Demande à n'importe quel écrivain, même de fiction, combien de personnes lui ont dit un jour qu'il s'était inspiré d'eux. Mais ce n'est pas comme cela que ça fonctionne…

Jake remarqua que son père était très pâle. Les traits de son visage paraissaient tirés et il semblait brusquement bien plus vieux que son âge. D'une main tremblante, il s'appuyait sur le rebord de son bureau comme s'il avait du mal à se tenir debout.

Etait-ce l'effet de cette discussion au sujet de son frère ou de sa famille ? Ou souffrait-il de problèmes de santé qu'il n'avait jamais mentionnés en sa présence ? Jake se promit d'interroger Abigail à ce sujet.

— Est-ce que ça va ? demanda-t-il, inquiet.

— Très bien, mentit son père.

— Tu ferais mieux de t'asseoir.

— Je m'assiérai si tu t'assois aussi, rétorqua fièrement le vieil homme.

Jake ne se fit pas prier. Il écarta une pile de dossiers pour libérer une des chaises sur laquelle il prit place. Lentement, Lawrence contourna son bureau pour s'installer en face de lui.

— Les regrets usent un homme, déclara-t-il sentencieusement. Et le pire, c'est que, par définition, ils ne cessent jamais.

— Alors, tu regrettes d'avoir écrit ces livres ?

— Bien sûr ! s'exclama Lawrence, apparemment stupéfait qu'il puisse en douter. Mais il est trop tard pour faire marche arrière… Si seulement mon frère acceptait de me parler, nous pourrions peut-être guérir ces blessures. Mais je ne pense pas qu'une telle chose se produise jamais, malgré tous les efforts de ta cousine. Alors, les regrets continueront à me ronger comme cette fichue arthrite… Franchement, je pensais que nous avions encore une chance, il y a trois ans, lorsqu'ils ont retrouvé Robbie après toutes ces années. Est-ce que tu l'as vu, à ce propos ?

— Oui. Il va bien, très bien, même. Nous nous croisons régulièrement à l'hôpital ou à la clinique. Sa femme est vraiment charmante.

Jake s'interrompit, hésitant à poser la question qui lui brûlait les lèvres.

— Papa, fit-il enfin, d'après ton expérience, qu'est-ce qui fait le plus mal, en fin de compte ? Le regret de ce que l'on n'a pas fait ou le remords pour ce que l'on a fait ?

Son père éclata de rire. Il commençait rapidement à reprendre des couleurs, ce qui rassura quelque peu Jake.

— Si tu parles du plus vieux dilemme du monde : « je suis désolé d'avoir tué ma femme » contre « je suis désolé de ne pas l'avoir fait », les hommes ont tendance à choisir la première solution… Mais si tu parles de choses plus positives, comme aller à l'université, par exemple, les gens regrettent généralement bien plus amèrement leur manque de courage que leurs actes de bravoure qui n'ont pas abouti au résultat escompté…

Il regarda Jake droit dans les yeux et ce dernier comprit qu'il n'avait vraiment rien d'un vieillard cacochyme. Au contraire, il était aussi vif et instinctif qu'autrefois.

— Que t'arrive-t-il, exactement ? demanda-t-il gravement.

— Comment sais-tu que ce n'était pas une question purement rhétorique ?

— Me prends-tu pour un imbécile ? Je n'ai pas écrit pendant des années sur la psychologie humaine pour être incapable de voir ce qui se passe juste sous mon nez !

— Je suis donc si transparent ?

— D'habitude, non.

— Alors pourquoi cette fois ?

— Parce que ce doit être diablement important.

— Il vaudrait mieux que j'en parle, alors…

— Je pense que c'est pour cela que tu es venu, non ? répondit son père en souriant gentiment.

Jake soupira et hocha la tête. Il entreprit alors de raconter toute son histoire avec Stacey, commençant par leur rencontre au lycée et terminant par la scène qui s'était déroulée à l'hôpital, moins d'une heure auparavant.

— J'en suis venu à la conclusion que tout est lié à Anna,

dit-il enfin. Chaque fois que je pense à elle, j'imagine ce qu'elle aurait dû devenir. Elle était si petite, papa… Aujourd'hui, ce serait presque une femme… Je ne veux plus jamais revivre ça. Je ne veux plus m'investir autant dans une relation pour découvrir que tout peut s'écrouler du jour au lendemain, sans la moindre sommation. J'ai peur aussi de décevoir les attentes de Stacey et de me retrouver lié à elle par l'amertume et le chagrin plus que par l'amour et la joie…

— Crois-tu que tu trouveras ce bonheur et cet amour si tu refuses le risque de la déception et de la souffrance ?

— Non, avoua Jake.

— Dans ce cas, le choix est simple : au pire, tu peux être malheureux avec Stacey ou malheureux sans elle.

Son père sourit malicieusement.

— Si je me souviens bien de cette petite, je crois que je n'aurais aucune peine à choisir, personnellement.

— Moi, j'en suis incapable.

— Tu ne cesses de répéter cela. Tu me fais penser à une mouche qui se cogne contre une vitre ! Ne vois-tu pas à quel point c'est absurde ? Ne comprends-tu pas qu'il n'y a pas de fatalité ? Que c'est toi qui feras en sorte que votre couple s'épanouisse ou s'entre-déchire ? Tu l'aimes, n'est-ce pas ?

— C'est une maladie incurable.

— Cesse de penser en médecin et commence à réfléchir comme un être humain, bon sang ! Tu n'as qu'une vie, alors profites-en pour en faire quelque chose de beau ! Il est temps de te jeter à l'eau, tu sais ? Tant que l'on n'a pas enlevé les petites roues, on ne peut pas savoir si l'on sait faire du vélo !

— John s'est jeté à l'eau, remarqua Jake. Il a essayé de faire le bonheur de Stacey et il a échoué.

— Mais tu n'es pas comme lui.

— L'as-tu déjà rencontré ?

— Là n'est pas la question, Jake ! Tu n'es pas comme lui parce que tu n'es comme personne. C'est là le miracle de l'être humain. Nous sommes tous différents. Et c'est toi que Stacey aime. Et à en croire ce que tu m'as raconté, elle n'a jamais cessé de le faire. Imagine seulement que cet amour a survécu à dix-sept ans de séparation ! Comprends-tu vraiment le pouvoir d'un tel sentiment ? Tu dois retourner à l'hôpital, Jake. Et je crois que tu le sais. Va la voir et dis-lui ce que tu as vraiment sur le cœur, même si toutes les fibres de ton corps te crient de faire demi-tour, même si tu penses que tu vas t'effondrer en larmes devant tout le monde... Dis-lui que tu l'aimes et que tu veux être là pour elle. Pas seulement aujourd'hui, demain ou un week-end sur trois. Dis-lui que tu seras là tant que tu l'aimeras et que tu l'aimeras toujours !

— Je...

« Je ne peux pas », songea Jake. Il pressa ses paumes sur ses yeux, se sentant toujours aussi perdu.

— Tu sais, remarqua son père d'une voix très douce, d'après ce que tu m'as raconté, c'est peut-être ta dernière occasion de le lui avouer. La prochaine fois, elle ne prendra peut-être pas le risque de te laisser une nouvelle chance... Crois-tu vraiment être le seul à avoir peur ? Penses-tu que ce trait de caractère n'appartienne qu'à toi ? Qu'il t'empêchera à jamais de tenter ta chance ?

Encore en train de fuir, Jake ? murmura la petite voix qui ne se taisait jamais.

— Si tel est le cas, tu te trompes. J'ai lu quelque part…

Il s'interrompit pour fouiller l'un des dossiers qui se trouvaient sur son bureau.

— Je t'en prie, papa, ce n'est quand même pas une citation qui va me convaincre !

— Je suis pourtant sûr de l'avoir rangé par ici…

— Tu n'as qu'à me la dire de mémoire, suggéra Jake en haussant les épaules.

— Ah, la voilà ! Ecoute ça… « L'homme courageux n'est pas celui qui ne ressent pas la peur. Cela, c'est le fait des gens stupides et irrationnels. C'est l'homme dont la noble âme soumet la peur et qui bravement affronte le danger que la nature elle-même redoute. » C'est de Joanna Baillie, une poétesse écossaise.

— Merci, papa, fit Jake avec une pointe d'ironie.

Lawrence soupira et quitta son siège pour contourner le bureau. Lorsqu'il fut en face de son fils, il le releva de force, trahissant une force déconcertante chez un homme de son âge. Il le prit alors dans ses bras et le serra très fort contre lui.

— Fils, je crois que tu devrais arrêter de réfléchir. Contente-toi de faire ce que te dicte ton cœur. Je suis sûr que tu découvriras que, sans le savoir, tu es déjà prêt. C'est juste une question de foi.

Jake frissonna malgré lui.

— C'est exactement ce qu'a dit Stacey, murmura-t-il.

— Et elle a parfaitement raison…

Lawrence renifla soudain.

— Ne serait-ce pas une odeur de lasagnes ?

— De restes de lasagnes, peut-être… Pour une fille aussi mince, Suzie semble avoir un sacré coup de fourchette.

— Ne t'en fais pas, je suis sûr qu'Abigail en aura sauvé une part pour moi. Tu restes dîner ?

— Non.

— Tu comptes retourner à l'hôpital ?

— Je ne sais pas, avoua Jake. Je ne sais pas…

- 12 -

— Mais non, John, je t'assure que tout ira bien.

— Tu sais, je peux rester, si tu veux…

— Je sais. Mais si tu envisages de rentrer à Olympia, c'est qu'il doit vraiment s'agir de quelque chose d'important. Et ta réunion de demain est capitale. De toute façon, le test a prouvé qu'il n'y avait rien de grave… Les jumeaux seront sortis demain au plus tard.

— Je crois qu'Ella s'est endormie, elle aussi.

Max avait sombré dans le sommeil bien avant sa sœur. John les observa tour à tour avant de se tourner de nouveau vers Stacey.

— Bon, j'y vais, déclara-t-il. Je t'appellerai en arrivant, d'accord ?

Il déposa un léger baiser sur son front et quitta la chambre d'hôpital. Stacey ne put retenir un petit soupir de soulagement. Elle tenait beaucoup à John mais, chaque fois qu'il était là, elle avait l'impression d'endosser un rôle. Celui de l'ex-épouse douce, mesurée et… amicale.

Elle devait continuellement surveiller ce qu'elle disait pour ne pas réveiller de vieilles querelles ou ranimer d'anciennes rancœurs. Cela lui demandait une dépense d'énergie monumentale et elle ne gagnait pas grand-chose en retour.

La seule bonne chose qu'ils se soient réellement apportée était ces enfants qui dormaient paisiblement dans leurs lits. Elle alla tâter leurs fronts et constata avec soulagement que leur fièvre avait baissé.

Rassurée, elle réalisa brusquement qu'elle était affamée. Mais elle ne voulait pas abandonner les jumeaux pour ne pas qu'ils se sentent perdus, au cas où ils se réveilleraient dans cette chambre inconnue.

Si les formalités de sortie se faisaient rapidement, elle pourrait peut-être ramener Max et Ella à la maison dès ce soir. La nuit qui suivrait serait probablement épuisante car ils risquaient fort d'être réveillés tour à tour par la maladie.

Ce n'est qu'alors qu'elle se rendit compte qu'elle n'avait pas sa voiture. Elle était venue avec John et il venait de repartir pour Olympia. Sans doute était-il convaincu que Jake serait là pour s'occuper d'elle.

A cette pensée, son cœur se serra dans sa poitrine. Elle regretta amèrement qu'il ait décidé de partir. Quoi qu'il ait pu lui dire et si improbable que paraisse leur avenir commun, elle aurait aimé le savoir auprès d'elle en cet instant.

Maintenant que sa sœur était partie et que les enfants étaient tirés d'affaire, elle sentait se réveiller l'atroce sensation de vide et de désespoir qui s'était emparée d'elle lorsqu'elle était partie de chez lui la veille.

Sa voix, son humour et sa tendresse lui manquaient cruellement. Elle aurait voulu poser son visage contre son épaule et se gorger de son odeur. Elle aurait voulu sentir ses mains sur ses hanches et ses lèvres sur les siennes. Elle se faisait l'effet d'une droguée en manque.

Il n'était pas là. Elle ne savait pas quand elle le reverrait. Pire encore, elle ne savait pas si elle le reverrait.

Et cette pensée la tuait à petit feu.

Elle ferma les yeux, sachant qu'il lui faudrait survivre malgré tout. Pour ses enfants. Elle endurerait donc chaque seconde, chaque minute et chaque heure, ravalant ses envies et ses désirs, se concentrant uniquement sur ceux des jumeaux.

Elle avait déjà vécu cela une fois. Et, à l'époque, elle n'avait pas Max et Ella pour la soutenir...

Plusieurs minutes s'écoulèrent, semblant durer des siècles. Elle essayait de ne pas se demander où pouvait être Jake, ce qu'il pouvait faire, à quoi il pouvait bien penser...

La chaise sur laquelle elle était installée depuis des heures était inconfortable et son cou et son dos étaient noués et douloureux. Elle se massa la nuque sans quitter Max des yeux. Il gémit doucement et se retourna dans son sommeil.

Elle aurait aimé pouvoir baisser un peu la lumière, mais quatre autres enfants étaient installés dans les autres lits et les médecins venaient régulièrement vérifier que leur état ne se dégradait pas. Elle finit par fermer les yeux.

— Stace ?

Un frisson la parcourut de la tête aux pieds.

Jake était revenu.

Le cœur battant à tout rompre, elle rouvrit les paupières pour s'assurer qu'elle n'avait pas rêvé ce murmure. Mais il se trouvait bien là, devant elle.

Le col de sa veste était relevé et son nez était légèrement rougi par le froid. Ses yeux paraissaient plus sombres que d'ordinaire et ses lèvres étaient presque aussi pâles que son visage. Mais elle était si heureuse de le voir qu'elle ne chercha pas à comprendre pourquoi il était sorti dans le froid glacial dans cette tenue ni pourquoi il était revenu.

Tout ce qu'elle savait, en cet instant, c'était que sa présence s'imposait comme une évidence.

— Salut, murmura-t-elle d'une voix légèrement hésitante.

— Où est John ? demanda-t-il.

— Il est parti, répondit Stacey en quittant son siège. Les médecins pensent que les enfants souffrent d'un problème alimentaire ou d'un mauvais virus. Nous devrions rentrer à la maison dès ce soir.

— Tant mieux ! approuva Jake. Je suis content que ce ne soit pas grave.

Elle hocha la tête, regrettant qu'il n'ait pas cherché à l'embrasser. Car, même s'ils n'étaient plus censés sortir ensemble, elle avait besoin du réconfort de ses bras.

— Et John ? insista-t-il.

— Il est rentré à Olympia. Il hésitait à partir, mais je lui ai dit que nous pourrions nous débrouiller tous les trois. Il avait une réunion très importante, demain matin.

Jake parut sur le point de lui dire quelque chose mais il se ravisa.

— Je t'ai apporté des lasagnes qu'a préparées ma belle-mère, indiqua-t-il. J'ai pensé que tu aurais peut-être envie de manger quelque chose.

— Je suis affamée, confirma Stacey en souriant. Je me demandais même si ce n'était pas la faim qui me faisait sentir cette délicieuse odeur de pâtes…

Sur la petite table qui se trouvait à côté d'elle, il déposa le sac en plastique qu'il tenait à la main.

— Abigail est une excellente cuisinière, précisa-t-il, et j'ai dû me battre contre ma belle-sœur pour pouvoir récupérer une part. Mais je te promets que tu ne seras pas déçue. Elles doivent être encore chaudes… Je t'ai mis des couverts, une serviette en papier et une bouteille de jus de fruit. J'ai failli ajouter une flasque de bourbon, mais je me suis dit qu'après une telle journée cela risquait de t'achever…

— Oh, Jake…, murmura Stacey, les larmes aux yeux.

Il lui décocha un petit sourire.

— Tu détestes donc tant les lasagnes ? demanda-t-il.

— J'adore ça, lui assura-t-elle.

— Tant mieux.

— Merci d'y avoir pensé, lui dit-elle.

— Tu ne croyais quand même pas que j'allais te laisser mourir de faim ? s'exclama-t-il. J'étais persuadé que tu ne quitterais même pas les jumeaux le temps d'aller chercher un sandwich…

— Jake, lui dit-elle brusquement, je ne pensais pas ce que je t'ai dit tout à l'heure. Je ne te déteste pas. Je t'aime. Et je ne sais pas pourquoi tu es revenu, mais…

Elle s'interrompit, incapable de poursuivre.

— Pourquoi crois-tu que je sois revenu ? lui dit-il doucement.

— Pour m'apporter à manger ? lui dit-elle.

Elle savait que ce n'était pas la seule raison, mais avait besoin de le lui entendre dire.

— Parce que je t'aime, murmura-t-il. Je sais, ajouta-t-il avec une pointe d'ironie, ce n'est pas vraiment un scoop… Je t'ai toujours aimée, mais ce n'était pas suffisant.

— Pourquoi, Jake ? souffla-t-elle, tiraillée entre bonheur et désespoir.

— Parce que j'avais peur de te décevoir. J'ai toujours peur, remarque. Mais il paraît que c'est normal.

— Il paraît ? répéta-t-elle, amusée.

— Papa m'a fait tout un discours à ce propos. Il m'a même lu une citation ! Que dis-je ? Il l'a recopiée et me l'a donnée avant que je parte. Il m'a forcé à la mettre dans mon portefeuille. Et je crois même que, s'il avait eu l'équipement nécessaire, il se serait personnellement chargé de me la tatouer sur le torse !

— On dirait que tu l'as échappé belle ! Mais si j'avais su qu'une simple citation pouvait avoir un tel effet sur toi, j'en aurais trouvé une depuis longtemps.

— Ce n'est pas tant la citation que tout ce que m'a dit mon père, reconnut Jake. Je crois qu'il m'a montré que je n'avais pas vraiment le choix. Je suis toujours terrifié. Je suis toujours hanté par le souvenir d'Anna qui me rappelle sans cesse combien cela peut être difficile… Mais ce serait plus difficile encore de ne jamais te revoir. Ou, pire, de te revoir sans pouvoir être vraiment avec toi… Je suppose que nous aurons des hauts et des bas au cours des cinquante prochaines années…

Stacey le contempla avec un mélange de stupeur et de joie si intense qu'elle craignit un instant que son cœur n'y résiste pas.

— Mais je suis incapable de renoncer à toi, poursuivit-il. Tu es la femme de ma vie, Stacey. Celle vers laquelle mes pensées m'ont toujours ramené. Et si je n'essaie pas de te rendre heureuse, je passerai ma vie entière à le regretter. Je ne sais pas si ma foi sera suffisante, mais ce n'est qu'en la mettant à l'épreuve que je le découvrirai. Et je suis prêt à le faire si tu veux encore de moi.

— Comment peux-tu en douter, Jake ? articula-t-elle d'une voix brisée par une émotion qu'elle était incapable de contenir.

— Alors, épouse-moi, Stacey. J'ai besoin de toi. Je veux être à tes côtés pour le reste de notre vie. Nous avons déjà perdu dix-sept ans et je ne veux pas perdre un jour de plus. Et puis, je crois que les jumeaux ont besoin d'une figure paternelle au quotidien. Je ne veux pas remplacer John. Il est leur père et le restera à jamais. Mais tu es leur mère et je les aimerai autant que je t'aime. Et lorsque nous aurons un enfant, je te promets que je ne ferai pas de différence entre eux…

— Un enfant ? murmura Stacey.

— Oui. J'ai vu la façon dont John et toi regardez les jumeaux. J'ai vu la façon dont ils vous regardent. Et je veux un jour pouvoir vivre la même chose. Je crois aussi que, d'une certaine façon, nous le devons à Anna. Pour lui prouver qu'elle nous a donné cette foi dont tu m'as parlé. Je ne veux plus que son souvenir soit associé à tant de peur, de souffrance et de déceptions. Je veux qu'elle soit celle qui nous a guidés vers le bonheur. Je sais que tu l'as compris bien avant moi, mais il faut croire que je ne suis pas aussi vif que je veux bien le penser…

Stacey ne put s'empêcher de sourire à travers ses larmes.

— Oh, Jake, murmura-t-elle d'une voix blanche. J'ai tellement espéré que tu finirais par me dire tout cela… J'ai essayé de te l'expliquer, mais je ne trouvais jamais les mots qu'il fallait.

— Je ne crois pas que cela aurait changé grand-chose, tu sais. Il fallait du temps pour que l'amour que tu avais semé en moi grandisse et s'épanouisse. Pour qu'il devienne si fort que je ne puisse plus l'ignorer. Peut-être est-ce pour cela que je suis revenu à Portland. Peut-être qu'inconsciemment j'avais besoin de te revoir… Maintenant, je sais au plus profond de moi que je veux passer ma vie avec toi.

Le cœur battant à tout rompre, Stacey le vit se rapprocher d'elle. Il y avait de l'hésitation dans le regard qu'il posa sur elle et elle couvrit la distance qui les séparait encore pour se jeter dans ses bras.

Le baiser qu'ils échangèrent avait un goût d'éternité, celui de l'avenir qui s'ouvrait devant eux, empli de mystère et d'incertitudes. Mais Stacey savait que cette chambre d'hôpital portait en germe tout ce qui les attendait encore.

Deux enfants dormaient auprès d'eux. L'odeur des médicaments se mêlait à celle des lasagnes. Jake et elle célébraient la victoire de la vie.

Tout était déjà là : la peur, la tristesse, la souffrance, mais aussi le soulagement, la joie, l'espoir. Et ces sensations se mêlaient pour constituer ce drame sans cesse renouvelé qu'était l'existence des hommes.

Mais tant qu'ils conserveraient le précieux sentiment qui battait dans leurs cœurs, ils sauraient affronter ensemble ce qui restait la plus merveilleuse des épreuves.

La vie.

Passions

—— *Le 1ᵉʳ mars* ——

Passions n° 71

Les amants de Penang - Kelly Hunter

A peine arrivée à Penang, Mia a le sentiment de vivre un rêve, tant la ville est sublime. Mais ce qui la fascine le plus, c'est Ethan, cet homme venu l'accueillir dont les yeux de nuit et l'allure si sensuelle l'attirent irrésistiblement. Jusqu'à ce qu'elle découvre qui il est vraiment...

Les liens du désir - Catherine Mann

Elizabeth sait qu'elle doit à tout prix se tenir loin de David Reis, l'homme qui lui a déjà brisé le cœur deux fois. Mais quand il frappe à sa porte, encore plus séduisant que dans son souvenir, elle se sent incapable de résister à son charme...

Passions n° 72

Envoûtante Louisiane - Stella Bagwell

En découvrant l'homme aux yeux de braise venu livrer un pur-sang à son père, Anne-Marie sent un frisson la parcourir. Mais, presque aussi-tôt, la colère l'envahit : de quel droit cet inconnu la déshabille-t-il du regard, elle, l'héritière d'une des plus vieilles familles de Louisiane ?

Une nuit, un inconnu... - Lois Faye Dyer

L'étranger était entré un soir dans son bar et Lori lui avait proposé de travailler pour elle. Comme ça, juste parce qu'elle se sentait différente, vivante, en présence de cet homme mystérieux. Mais à présent, elle s'interrogeait : avait-elle eu raison de faire confiance à quelqu'un dont elle ne savait rien ?

Comme un baiser brûlant - Nalini Singh

Lorsqu'elle comprend que son nouvel époux a bien l'intention de consommer leur union, Jess sent l'angoisse monter en elle. Car lorsqu'elle a accepté de devenir la femme de Gabriel Dumont, elle s'imaginait que ce contrat n'impliquerait ni émotion, ni contact physique...

Passé secret - Barbara McCauley

Pourquoi Jordan Grant revient-il aujourd'hui dans la vie d'Alexia Blackhawk, en prétendant qu'elle est sa femme ? Certes, des années plus tôt, ils se sont mariés à Las Vegas, sur un coup de tête, mais Alexia a fait annuler leur union dès qu'elle s'est rendu compte que cet homme n'éprouvait en réalité aucun sentiment pour elle...

L'inoubliable étreinte - Lisa Jackson

Jamais Nicole n'aurait imaginé que Thorne et elle seraient à nouveau amants, si longtemps après leur terrible rupture. Pourtant, c'est ce qui venait d'arriver. Mais cette fois pas question qu'elle tombe à nouveau amoureuse. Même si Thorne la troublait plus encore qu'autrefois...

L'invité de l'hiver - Barbara Gale

Pour échapper à une vie artificielle qu'elle détestait, Valetta a quitté sa richissime famille. Mais dix ans plus tard, dans le petit village de montagne où elle vit, quelle n'est pas sa surprise de voir arriver Lincoln, son amour de jeunesse, porteur d'une singulière nouvelle...

Le retour de l'Irlandais - Trish Wylie

Quand Connor Flanaghan débarque dans sa vie après sept ans de silence, Shannon n'a qu'une envie : que cet Irlandais qu'elle a si passionnément aimé sorte définitivement de sa vie. Mais la nouvelle qu'il est venu lui annoncer la rend muette de stupeur...

Le défi d'une héritière - Brenda Jackson

Casey n'a jamais renoncé devant la difficulté. Et si c'est parce que McKinnon Quinn doute de ses compétences professionnelles qu'il ne veut pas qu'elle travaille pour lui, elle va montrer à cet homme arrogant et bien trop séduisant de quoi une Westmoreland est capable...

—— *Le 1ᵉʳ mars* ——

Rédemption - M.J. Rose • N°318

Psychothérapeute à Manhattan, Morgan Snow est confrontée à la disparition de Cleo Thane, une call-girl de luxe qui comptait parmi ses patientes. Une disparition d'autant plus inquiétante qu'elle survient au moment où un tueur en série s'en prend aux prostituées de la ville dans le but de sauver leur âme...

Noire révélation - Brenda Novak • N°319

Madeline n'avait que 16 ans lorsque son père, le respectable Révérend Barker, a mystérieusement disparu. Vingt ans plus tard, au moment où la voiture de son père est retrouvée, Madeline espère découvrir la vérité sur la nuit du drame. Mais de sulfureux indices sont retrouvés dans la voiture, qui laissent Madeline perplexe, et réveillent de douloureux souvenirs.

Noces de sang - Carla Neggers • N°320

Abigail Browning est veuve. Car l'homme qu'elle aimait a été assassiné pendant leur lune de miel, sur une île du Maine... Sept ans plus tard, elle est devenue flic et ne parvient pas à oublier ce crime, resté impuni. Jusqu'au jour où un appel anonyme la pousse à retourner sur l'île et à affronter le passé de son mari défunt...

Intention mortelle - Karen Harper • N°321

Lauren Taylor se fige lorsqu'elle découvre dans un journal le portrait-robot d'un pyromane recherché par toute la police du pays : elle connaît cet homme. C'est elle qui l'a introduit dans son village isolé du Montana, grâce à son avion de tourisme. Un homme responsable de dix incendies criminels. Un homme qui aime s'attaquer aux femmes seules et les voir brûler vives...

Un printemps à Blossom Street - Debbie Macomber • N°322

Lorsque Lydia Hoffman ouvre sa boutique sur Blossom Street, elle réalise son rêve de toujours. Car à travers la laine qu'elle y vend et les ateliers de tricot qu'elle anime, c'est son goût de la vie qu'elle transmet. L'envie d'avancer envers et contre tout qui guide son existence depuis qu'elle a vaincu la maladie. La boutique devient le rendez-vous privilégié de trois femmes — Jacqueline la bourgeoise, Carol, la jeune mariée en mal d'enfant et Alix la rebelle — qui, par delà leurs différences, vont se découvrir bien plus proches qu'elles ne le croyaient...

La dame au fleuret - Elaine Coffman • N°323

Ecosse et France, 1746

Lady Kenna Lennox doit fuir ses Highlands natales pour échapper à l'ennemi juré de sa famille, lord Ramsay, qui a assassiné son père et ses trois frères. Résolue à venger les siens, elle décide de se rendre à Paris pour apprendre à y manier l'épée avec le meilleur maître d'armes d'Europe, et de rentrer en Ecosse afin d'y affronter lord Ramsay en duel. Forte de cette résolution, elle se rend au port d'Edimbourg par un jour de neige, et use de son charme pour persuader un ombrageux capitaine corsaire, cloué à quai par la tempête, de l'embarquer à son bord...

Neige de sang - Rachel Lee • N°324 *(réédition)*

Quand l'avion où se trouvaient son mari et ses deux enfants explose, Jennifer ne songe plus qu'à mourir à son tour. Suicide ? Il n'en est pas question : ses parents en nourriraient une terrible culpabilité. Elle fait donc appel à un tueur à gages, avant d'apprendre que l'enquête sur la mort de sa famille a conclu à un attentat. Qui se cache derrière ce plan diabolique ? Jennifer va devoir faire vite pour le découvrir, avec l'aide de l'homme qui lui a révélé l'existence du mystérieux tueur. Un tueur embusqué déjà lancé à ses trousses, et que rien ni personne ne peut plus arrêter...

Le venin - Erica Spindler • N°325 *(réédition)*

Enceinte d'un ancien amant de sa mère, un homme pervers et violent, Julianna prend la fuite et décide de faire adopter l'enfant. Mais pas par n'importe qui. Par Richard et Kate Ryan, un couple parfait à ses yeux, à travers lequel elle vit par procuration. Jusqu'au jour où elle décide de s'immiscer réellement dans leur vie. En épiant Kate, elle s'efforce alors de lui ressembler au point de lui voler son identité et sa place dans le cœur de son mari...

L'ennemi sans visage - Heather Graham • N°326 *(réédition)*

Le soir du meurtre de sa mère, la petite Madison a douze ans. Avant de s'évanouir, elle sent l'étreinte glacée de la mort dans le cœur de sa mère, elle voit le sang couler... Douze ans plus tard, elle est de nouveau la proie de visions au moment où des meurtres se produisent. Mais jamais elle ne voit le visage de l'assassin. Les visions enferment Madison dans le cercle de la terreur, tandis que le serial killer se rapproche d'elle. Car ce n'est pas par hasard qu'il choisit chaque fois des femmes rousses, belles, et tatouées d'une rose. Comme elle...

Titres non disponibles au Québec.

Composé et édité par les
éditions Harlequin
Achevé d'imprimer en janvier 2008

par

LIBERDÚPLEX

Dépôt légal : février 2008
N° d'éditeur : 13352

Imprimé en Espagne

Découvrez GRATUITEMENT la collection

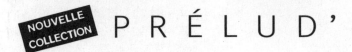

NOUVELLE COLLECTION P R É L U D '

J'ai bien noté que je recevrai d'abord GRATUITEMENT un colis de 2 romans PRÉLUD', ainsi qu'un bijou et un cadeau surprise. Ensuite, je recevrai, tous les mois, 4 romans PRÉLUD' de 352 pages au prix exceptionnel de 4,70€ (au lieu de 4,95€) le volume, auxquels s'ajoutent 2,50€ de participation aux frais de port par colis. Je suis libre d'interrompre les envois à tout moment. Dans tous les cas, je conserverai mes cadeaux.

Renvoyez ce bon à :

Service Lectrices HARLEQUIN
BP 20008
59718 LILLE CEDEX 9

A7GF01

N° abonnée (si vous en avez un) ⊔ ⊔⊔⊔⊔⊔⊔

Mᵐᵉ☐   Mˡˡᵉ ☐   NOM _____

Prénom _____

Adresse _____

Code Postal ⊔⊔⊔⊔⊔ Ville _____

Tél. : ⊔⊔⊔⊔⊔⊔⊔⊔⊔⊔

Date d'anniversaire ⊔⊔⊔⊔⊔⊔

Le Service Lectrices est à votre écoute au 01.45.82.44.26
du lundi au jeudi de 9h à 17h et le vendredi de 9h à 15h.